PAVILLON

VICTORIA ALEXANDER

Im Taumel der Begierde

Roman

Aus dem Amerikanischen
von Eva Stadler

PAVILLON VERLAG
MÜNCHEN

PAVILLON TASCHENBUCH
Nr. 02/368

Titel der Originalausgabe
THE HUSBAND LIST

Umwelthinweis:
Dieses Buch wurde auf chlor- und säurefreiem Papier gedruckt.

Taschenbuchausgabe 11/2003

Der Pavillon Verlag ist ein Verlag
der Ullstein Heyne List GmbH & Co. KG
Printed in Germany 2003
Umschlagillustration: Victor Gadino/Agentur Schlück
Umschlaggestaltung: Nele Schütz Design, München
Satz: Buch-Werkstatt GmbH, Bad Aibling
Gesetzt aus der Cochin
Druck und Bindung: Elsnerdruck, Berlin
http://www.heyne.de

ISBN: 3-453-86866-8

Dieses Buch ist
Cindy Rutledge, Louise Foster,
Melissa McCoy und Diane Kirkle gewidmet –
liebe Freundinnen, die mich immer wieder an den Rand
des Abgrunds geführt haben.
Und mir dann gezeigt haben, wie man fliegt.

Liste infrage kommender Ehemänner

Zusammengestellt von Lord Weston und Lord Cummings, mit Anmerkungen von Lady Gillian Marley versehen

Viscount Reynolds
Ein reueloser und, was noch viel schlimmer ist, erfolgloser Spieler

Marquis of Dunstable
Ein angenehmer Zeitgenosse, benötigt mit seinen neun Kindern aber wohl eher eine Gouvernante als eine Ehefrau

Lord Tynedale
Sehr wortgewandt für einen Mann, der fast keine Zähne mehr hat

Baron Raitt
Ein sehr netter – älterer – Herr

Lord Clevis
Ein hervorragender Tänzer, obgleich jedes noch so solide Haus einzustürzen droht, sobald er sein fülliges Tanzbein schwingt

Lord Runley
Eine elegante Erscheinung, doch leider nicht viel intelligenter als ein Schaf

Lord Harkin
Sieht aus wie ein kahl geschorenes Kaninchen

Earl of Shelbrooke
Viel zu attraktiv, aber allem Anschein nach mittlerweile bekehrt

Erstes Kapitel

Frühjahr 1818 …

Wo steckte dieser verflixte Kerl nur?

Am liebsten wäre Lady Gillian Marley aus dem Haus gestürmt, um höchstpersönlich die Straßen Londons nach ihm abzusuchen.

Wenn er sich nun gar nicht blicken ließe? Welch entsetzlicher Gedanke!

Gillian spürte, wie sie sich innerlich verkrampfte, doch vor ihren übrigen Gästen wollte sie sich auf keinen Fall etwas anmerken lassen. Möglichst gelassen musterte sie das bunt gemischte Völkchen, das sich zu einem geselligen Abend bei ihr eingefunden hatte, und bemühte sich, ein Lächeln aufzusetzen, das nichts von ihrer inneren Unruhe preisgab.

An diesem Abend hatten sich um die zwanzig Gäste in ihrem Salon eingefunden. In einer Ecke des Raumes debattierten Parlamentsabgeordnete friedlich über irgendein obskures Thema. Eine andere Runde besprach das neueste Werk eines jungen Dichters, während sich die übrigen Gäste über eine kürzlich eröffnete Gemäldeausstellung ausließen.

Die abendlichen Salons in Lady Gillians Haus waren unübertroffen, man sprach in ganz London davon. Die bezaubernde Gastgeberin galt als ruhige, charmante Frau, die zu den besprochenen Themen stets etwas Intelligentes beizusteuern wusste.

Nicht ein Einziger ihrer Gäste hätte vermutet, dass ihre

Nerven heute bis aufs Äußerste angespannt waren. Auch dem scharfsinnigsten Beobachter wäre das flaue Gefühl in ihrer Magengegend entgangen. Und nicht einmal im Traum hätte einer der Anwesenden geahnt, dass die scheinbar so souveräne Gastgeberin sich zusammenreißen musste, vor Enttäuschung nicht laut aufzuschreien.

Wo war Shelbrooke?

Nicht zum ersten Mal an diesem Abend blickte Gillian ungeduldig zur Eingangstür. Er hätte schon vor einer halben Stunde hier sein müssen. Selbstverständlich war es nichts Ungewöhnliches, wenn ein Gast sich einmal verspätete. Doch heute Abend sollte ärgerlicherweise ausgerechnet derjenige nicht erscheinen, auf den allein es ihr ankam, ja, für den sie diesen Abend überhaupt veranstaltet hatte.

Er hatte es sich doch wohl nicht plötzlich anders überlegt? Schließlich hatte er auf ihre Einladung mit einer – wenn auch sehr knappen – Zusage geantwortet, und demnach wäre es absolut unverzeihlich, nun doch nicht zu kommen. Wie konnte der Kerl nur so unhöflich sein? Besaß er denn keinen Anstand? Eine Einladung erst anzunehmen und dann ohne Entschuldigung nicht zu erscheinen! Sie hatte weiß Gott nicht vor, jemanden zu ehelichen, der eine derartige Unhöflichkeit an den Tag legte ... Leider würde Gillians innerliche Zurückweisung Shelbrooke völlig kalt lassen, da dieser ungehobelte Mensch nicht die leiseste Ahnung von ihren Plänen hatte.

Gillian schob jeden Gedanken an das lästige Thema von sich und widmete sich stattdessen wieder denjenigen Gästen, die ihrer Einladung nachgekommen waren. Wie es sich für eine aufmerksame Gastgeberin gehörte, ging sie von einer Gruppe zur anderen, warf hier eine Bemerkung ein und lachte dort höflich über eine Anekdote. An jedem anderen Abend hätte sie liebend gern an einer der lebhaften Diskussionen teilgenommen, doch heute konnte sie sich einfach auf nichts konzentrieren. Ein Grüppchen ihrer Gäste stand vor einem Gemälde, das ihr Bruder Thomas ihr vor ein paar Tagen geschickt hatte. Halbherzig lauschte Gillian dem Gespräch.

»Aber Sir Edmond, Ihr wollt doch sicher nicht behaupten, dass ein Gemälde nur dann kunstvoll ist, wenn es Menschen darstellt?«

Sir Edmond, ein Kunstsammler, der für seinen Geldbeutel, jedoch nicht unbedingt für seinen Geschmack bekannt war, blickte selbstgefällig in die Runde. »Aber ich bitte Euch, Mr. Addison, ohne menschliche Figuren ist das hier nichts weiter als ein schönes Bild. Wahre Kunst zeigt uns immer einen großen Augenblick in der Geschichte der Menschheit.«

»Und was ist so verkehrt an einem schönen Bild?«, ließ sich eine ironische Stimme hinter ihnen vernehmen. Gillian drehte sich abrupt um.

Richard Shelton, der Earl of Shelbrooke, hatte die Arme hinter dem Rücken verschränkt und betrachtete das Gemälde gedankenversunken. Gillians Herz hörte für einen Moment auf zu schlagen.

Dies war nun also der Mann, der die letzten Tage ihre Gedanken beherrscht hatte. Seit vielen Jahren hatte sie ihn nicht mehr aus der Nähe gesehen. Shelbrooke war einen guten Kopf größer als sie. Seine vollen, kastanienbraunen Locken waren eine Idee zu lang. Konnte er sich keinen Kammerdiener leisten?

Sir Edmond runzelte verärgert die Stirn. Es schien ihm überhaupt nicht zu behagen, dass der Neuankömmling die Unverfrorenheit besaß, sein Urteil anzuzweifeln. »Ohne den menschlichen Faktor fehlt einem Bild das … Gefühl. Es hat gewissermaßen keine Seele.«

»Unsinn«, entfuhr es Mr. Addison, einem renommierten

Kunstkritiker. »Wie könnt Ihr nur eine derartige Szenerie betrachten und behaupten, sie habe keine Seele? Man riecht doch förmlich den frischen Duft des Grases und fühlt, wie der Wind durch die Blätter der Bäume streicht.«

»Man könnte vielleicht sagen, dass das Gemälde nicht die menschliche Seele, sondern die Seele Gottes widerspiegelt«, sagte Lord Shelbrooke leise.

»Die Seele Gottes«, stieß Sir Edmond mit hochrotem Kopf aus. »Das ist Gotteslästerung!«

»Nein, das ist Kunstverständnis«, lachte Mr. Addison. »Ich glaube, wir sind einander noch nicht vorgestellt worden.«

»Ich bin eben erst gekommen.« Shelbrooke wandte sich Gillian zu und ergriff ihre Hand. »Bitte verzeiht, Lady Gillian, eine dringende Angelegenheit hat mich aufgehalten.« Er führte ihre Hand an seine Lippen, wobei er Gillian unverwandt ansah.

Seine Augen waren tiefbraun und unergründlich. Er blickte sie so eindringlich an, dass Gillian sich unwillkürlich fragte, ob er ihre Seele in ihren Augen wahrnehmen konnte, so wie er eben noch die Seele des Gemäldes gewahrt hatte. Seine Lippen fühlten sich unerwartet warm auf ihrer Haut an. Selbst inmitten der Abendgesellschaft schien dieser Handkuss merkwürdig intim zu sein und jagte Gillian einen Schauer über den Rücken. Am liebsten hätte sie Shelbrooke ihre Hand entrissen; stattdessen sagte sie so gleichgültig wie möglich: »Ihr habt Euch verspätet, Mylord? Das war mir noch gar nicht aufgefallen.«

»Dann spare ich mir meine Entschuldigung für ein schlimmeres Vergehen auf.« Shelbrooke ließ ihre Hand los und richtete sich wieder auf. Er lächelte zwar nicht, aber in seinen Augen lauerte ein belustigtes Funkeln.

Sie hob eine Augenbraue. »Plant Ihr etwa ein schlimmeres Vergehen?«

»Ich vergeude meine Gegenwart nicht damit, Pläne für die Zukunft zu schmieden, Mylady.« Er verneigte sich leicht und wandte sich dann wieder Mr. Addison und den anderen Gästen zu.

Auf der Stelle debattierten die Herren weiter über den Wert des Gemäldes, und Gillian musste zu ihrer Verärgerung feststellen, dass ihr keinerlei Aufmerksamkeit mehr geschenkt wurde. Ihr erster Eindruck hatte sie also nicht getäuscht: Dieser Kerl war ausgesprochen unhöflich – wenngleich sie zugegebenermaßen froh war, vorerst nicht weiter allein mit ihm reden zu müssen. Im Augenblick hatte sie nämlich nicht die leiseste Ahnung, was sie sagen und womit sie beginnen sollte.

Bei der nächsten Gelegenheit zog sie sich von den Kunstliebhabern zurück, um Shelbrooke erst einmal aus sicherer Entfernung zu beobachten. Die bloße Berührung seiner Hand hatte eine seltsam beunruhigende Wirkung auf sie ausgeübt. Selbstverständlich war das völlig absurd; sie kannten einander kaum, hatten lediglich einmal miteinander getanzt, und das war vor etlichen Jahren, auf einem längst vergessenen Ball gewesen. Dass sie heute Abend derart überreagierte, war gewiss ihren bloß liegenden Nerven zuzuschreiben. Und dass eine Frau mit ihren Plänen ein wenig nervös war, war nun wirklich nicht verwunderlich.

Was würde er von ihrem Heiratsantrag halten? Bei dem Gedanken wurde ihr ganz flau.

Sie beobachtete, wie Shelbrooke sich im Lauf der nächsten Stunde unterschiedlichen Gesprächsrunden anschloss. Dabei wurde er seinem Ruf, ein überaus intelligenter Mann zu sein, vollkommen gerecht. Er drückte sich gewählt aus und konnte überall mitreden, egal ob sich die Unterhaltung um Literatur, Politik oder Kunst drehte. Seine heimliche Beobachterin war beeindruckt.

Dennoch wirkte er auf sie sehr reserviert, selbst dann, wenn er eine witzige Bemerkung machte und die Umstehenden zum Lachen brachte. Er schien darauf aus zu sein, die Reaktionen der anderen zu beobachten, ohne seine eigenen Gefühle zu offenbaren.

»Ich muss schon sagen, Lady Gillian«, ertönte Lady Foresters hohe Stimme direkt neben ihr, »Lord Shelbrooke ist ein ausgesprochen faszinierender Mann.«

»Meint Ihr?«, murmelte Gillian und nippte an ihrem dritten Glas Wein – heute Abend hatte sie das Bedürfnis, sich Mut anzutrinken.

»Er ist so wunderbar geheimnisvoll.«

»Geheimnisvoll?«

»Aber ja.« Lady Forester fächerte sich aufgeregt Luft zu. »Auf der einen Seite macht es ihm nichts aus, seine Kommentare und Meinungen zu verkünden, andererseits würde er um nichts in der Welt etwas über sich selbst verraten.«

Gillian betrachtete seine imposante Erscheinung. »Was mag es da schon zu verraten geben? In London kennt man keine echten Geheimnisse. Seine Lebensumstände sind jedenfalls allseits bekannt. Der Vater hat das Familienvermögen verprasst, und Shelbrooke ist seit dessen Tod damit beschäftigt, die Verluste wieder gutzumachen.«

»Vielleicht sind es seine finanziellen Schwierigkeiten, die ihn in der Öffentlichkeit so zurückhaltend auftreten lassen. Trotzdem ist es merkwürdig, dass ein so blendend aussehender Mann wie der Earl gar kein Interesse daran zeigt, im Mittelpunkt zu stehen; er lächelt ja nicht einmal. Er ist mir bei gesellschaftlichen Veranstaltungen schon des Öfteren aufgefallen, doch er bewegt sich immer nur am Rande des Geschehens, wie ein teilnahmsloser Beobachter. Ich habe ihn allerdings noch nie bei einem Eurer Salons gesehen. Warum habt Ihr ihn eingeladen?«, fragte Lady Forester mit einem neugierigen Blick auf ihre Gastgeberin.

Gillian zuckte die Schultern. »Ich liebe es einfach, die unterschiedlichsten Leute zu meinen Abenden einzuladen, und irgendjemand erwähnte einmal, er könne eine interessante Bereicherung sein.«

»Nun, ich treffe hier tatsächlich immer äußerst faszinierende Herren.« Lady Forester ließ ihren Blick über den Earl schweifen. »Wenn ich mich recht entsinne, war Shelbrooke vor dem Tod seines Vaters selbst ein ziemlicher Schurke.« Sie lächelte vor sich hin. »Zu schade, dass er keine Kunstmäzenin benötigt. Oder glaubt Ihr, dass er vielleicht verborgene künstlerische oder literarische Neigungen verspürt, die man fördern könnte?«

Gillian musste lachen. »Ich denke nicht.«

»Schade«, seufzte Lady Forester, die sich selbst allzu gern in der Rolle der großen Mäzenin der schönen Künste – und vor allem der schönen Künstler – sah. Lady Forester hatte schon so manchen Maler oder Dichter, der am Hungertuch genagt hatte, mit großzügigen finanziellen Zuwendungen gefördert. Im Gegenzug hatten die Künstler ihre Gönnerin ausgiebig in ihren amourösen, doch angeblich nicht weniger kreativen Neigungen unterstützt. Gillian fand es beruhigend, dass Shelbrooke nicht auf Lady Foresters ganz besondere Art des Mäzenatentums angewiesen war.

Shelbrooke, der am anderen Ende des Raumes stand, erwiderte Gillians Blick und hob leicht sein Glas, als hätte er erraten, dass ihre Gedanken gerade um ihn kreisten. Sie errötete und nickte ihm höflich zu, sah dann aber sofort in eine andere Richtung.

Lady Forester betrachtete Gillian eingehend. »Ihr seid nach dem Tod Eures Mannes viel zu lange unverheiratet geblieben. Übrigens habe ich festgestellt, dass Männer, die ungern über sich selbst reden, für gewöhnlich etwas zu verbergen haben. Geheimnisse – auch wenn es sich meist um nichts Großartiges dreht – sind immer gefährlich.« Mit einem viel sagenden Lächeln fügte sie hinzu: »Und immer aufregend.«

»Haben wir nicht alle unsere kleinen Geheimnisse, Lady Forester? Ich denke nicht, dass seine in irgendeiner Weise gefährlicher oder aufregender sind als ... meine.«

Gillian entschuldigte sich lächelnd und schlüpfte eilig in die Eingangshalle. Sie folgte dem Korridor, der in den Dienstbotenflügel führte, bis sie vor zwei identisch aussehenden Türen stand. Die rechte war der Lieferanteneingang, die linke führte auf eine kleine Terrasse, die Gillian nun betrat.

Die Terrasse war von einem winzigen Garten umgeben, der nach außen durch eine hohe Steinmauer abgeschirmt war. Mit geschlossenen Augen lehnte sie sich gegen den Türrahmen und genoss die kühle Abendluft, die erfrischend über ihre erhitzten Wangen strich. Also wirklich, sie war doch seit Jahren nicht mehr errötet! Selbstverständlich waren die Umstände des heutigen Abends daran schuld. Dieser Mann hatte überhaupt nichts damit zu tun, und auch nicht die Art, wie er sie angesehen hatte ... Sein Blick war gleichzeitig erregend und beängstigend gewesen.

»Es ist sehr warm im Haus.«

Gillian stockte der Atem; erschrocken riss sie die Augen auf.

Shelbrooke hatte die Arme vor der Brust verschränkt und lehnte lässig am gegenüberliegenden Türpfosten. »Ich wollte ebenfalls ein wenig frische Luft schnappen.«

»Ach ja?«, stieß sie hervor.

Er zog eine Augenbraue hoch. »Wenn Ihr es vorzieht, allein zu sein ...«

»Nein«, sagte sie etwas gefasster. »Nein, überhaupt

nicht. Verzeiht, das war schrecklich unhöflich. Ich bin gewöhnlich nicht so kurz angebunden gegenüber meinen Gästen, vor allem nicht gegenüber solchen, die neu in meinem Haus sind.« Sie schenkte ihm ein Lächeln und hoffte inständig, dass ihr Herz bald wieder langsamer schlagen würde. »Ihr amüsiert Euch doch hoffentlich?«

»Der Abend ist sehr unterhaltsam. Eure Salons haben ihren guten Ruf verdient.«

»Danke. Das muss daran liegen, dass ich nicht viel von dem Klatsch und Tratsch der üblichen gesellschaftlichen Anlässe halte, sondern lebendige Gesprächsrunden bevorzuge.«

»Warum?«

»Nun, wie ich schon sagte …« Sie zögerte. Gillian beschloss, von Anfang an ehrlich zu ihm zu sein. Immerhin war Ehrlichkeit eine wichtige Basis für eine Beziehung. »Meiner Meinung nach wird in unserer Gesellschaft viel vergeudet. Wertvolle Leben werden vergeudet, sei es durch Krieg oder durch Trägheit. Und man vergeudet seine Zeit lieber damit, über die neueste Mode nachzudenken, als sich Gedanken über den Zustand unserer Welt zu machen.«

»Tatsächlich? Trotzdem wart Ihr meines Wissens nach auf fast jedem Ball und jeder Abendgesellschaft, die ich in den letzten Jahren besucht habe.«

»Ihr seid ein guter Beobachter«, erwiderte sie lächelnd. »Aber dort bin ich selbst nur ein Gast. Ich sehe nichts Schlimmes darin, mich zu vergnügen. Meine Abende jedoch sollen anders sein. Ich lade Künstler und Kritiker, Schriftsteller und Gelehrte, Dichter und Politiker ein, Männer, die über komplexere Dinge nachdenken als die Art, wie man am besten eine Krawatte bindet.«

»Und Eure weiblichen Gäste?« Schwang da etwa Belustigung in seiner Stimme mit?

»Ich halte Frauen für genauso intelligent wie Männer – man muss ihnen nur die Möglichkeit geben, ihre Meinung zu äußern.« Sie runzelte die Stirn. »Oder teilt Ihr diese Auffassung nicht?«

»Aber sicher doch. Intelligente Frauen, die gern ihre Meinung von sich geben, verfolgen mich schon mein ganzes Leben«, entgegnete er trocken.

Sprach er von seinen Schwestern? Soviel sie wusste, hatte er vier. Oder gab es eine andere Frau in seinem Leben?

Beide schwiegen. Da ihr keinerlei geistvolle Bemerkung einfiel, sagte Gillian lieber nichts. Sie wollte sich vor ihm auf keinen Fall lächerlich machen, dafür stand zu viel auf dem Spiel.

Das Licht, das aus dem Haus auf die Terrasse fiel, ließ die eine Hälfte seines Gesichts im Dunkeln verschwinden und betonte die markante Linie seines männlichen Profils. Shelbrooke wirkte stark, entschlossen und ... *gefährlich*? Er blickte sie nachdenklich an, ohne auch nur für eine Sekunde die Augen von ihr zu lassen.

»Weshalb habt Ihr mich heute Abend eingeladen?«, fragte er unvermittelt.

»Weshalb?« Um ihre Überraschung zu überspielen, versuchte sie, ihrer Stimme einen leichtfertigen Ton zu geben. »Ihr stellt sehr viele Fragen, Mylord.«

»Nur wenn ich mir selbst keine Antwort weiß«, sagte er mit Nachdruck. Auf einmal wurde ihr bewusst, wie nah sie beieinander standen und dass sie völlig allein waren. War er sich dessen auch bewusst?

»Lady Gillian?«

Sie atmete tief durch. »Ich habe ... etwas Geschäftliches mit Euch zu besprechen.«

»Etwas Geschäftliches?«, wiederholte er langsam. »Geht es um ein Gemälde?«

»Ein Gemälde? Wie kommt Ihr auf solch einen Gedanken?«

Er zuckte mit den Schultern. »Nur so. Wahrscheinlich, weil sich die meisten Gespräche heute Abend um Malerei gedreht haben. Aber fahrt fort.«

»Es handelt sich um eine sehr persönliche Angelegenheit.«

»Ach ja?« Er richtete sich auf, wodurch er ihr noch näher kam. Gillians Herz schlug heftig. Seine Stimme war tief und hatte einen anzüglichen Unterton, den sie geflissentlich überhörte. »Ich muss zugeben, dass Ihr meine Neugierde geweckt habt. Wie persönlich ist diese Angelegenheit, wenn ich fragen darf?«

»Sehr persönlich.« Sie schob sich an ihm vorbei ins Haus, um seiner körperlichen Nähe zu entkommen. »Aber dies ist nicht der richtige Augenblick, um darüber zu sprechen. Ich habe meine Pflichten als Gastgeberin schon viel zu lange vernachlässigt. Ich wäre Euch sehr verbunden, wenn Ihr bleiben könntet, bis die übrigen Gäste mein Haus verlassen haben.«

»Ganz wie Ihr wünscht«, erwiderte er. »Also bis später.«

Sie nickte und lief dann so schnell wie möglich den Korridor entlang, zurück zu ihren Gästen. Dabei konnte sie seinen bohrenden Blick in ihrem Nacken spüren. Er sah ihr voll Neugierde nach, doch von der Terrasse aus konnte er weder erkennen, dass ihre Hände zitterten, noch dass sie schon zum zweiten Mal an diesem Abend errötet war.

Sie fühlte eine Mischung aus ungeduldiger Erwartung und Furcht vor ihrer nächsten Unterredung mit Shelbrooke. Immerhin ging es um einen Bund fürs Leben …

»Gefällt es Euch wirklich?«, fragte Richard. Er hatte gehört, wie Lady Gillian ins Zimmer trat, nachdem sie endlich die letzten Gäste verabschiedet hatte. Während die Stunden unerträglich langsam verstrichen waren, hatte er seine wachsende Ungeduld kaum in Zaum zu halten vermocht. Was wollte diese Frau von ihm?

»Ja, das tut es«, antwortete sie, während sie neben ihn trat und das Gemälde musterte. Die Anspannung, die er während des Gesprächs auf der Terrasse an ihr bemerkt hatte, war verschwunden. Sie wirkte nun ruhig und gelassen. »Sehr sogar.«

»Und Ihr sagt, Euer Bruder habe es Euch geschickt?«

»Ja, was mich ein wenig überrascht hat. Thomas und ich haben uns nie besonders nahe gestanden. Ein älterer Bruder, der darauf hinerzogen wird, den Titel und die Pflichten eines Dukes zu erben, hat in der Regel nicht viel Zeit für seine jüngere Schwester. Wir mögen einander aber sehr.« Sie musterte ihn genauso eingehend wie zuvor das Gemälde. »Ich glaube, Ihr seid mit ihm bekannt, nicht wahr?«

»Wir sind zusammen zur Schule gegangen«, sagte er betont gleichgültig; dabei hätte er dem zukünftigen Duke of Roxborough in diesem Moment am liebsten eine Tracht Prügel verabreicht. »Kennt Ihr den Maler?«

»Nicht persönlich, nein, obwohl ich in letzter Zeit einiges über ihn gehört habe. Er soll mit den Frauen genauso gut umgehen können wie mit dem Pinsel. Ein Franzose.«

»Tatsächlich?«

»Habt Ihr von ihm gehört? Sein Name ist Etienne-Louis Toussaint.«

»Welch ein Name.«

»Allerdings. Ich würde ihn am liebsten zu einem meiner Salons einladen, aber er lebt anscheinend sehr zurückgezogen.« Sie lächelte vor sich hin. »Obwohl er so einen verwegenen Ruf hat, habe ich bisher noch niemanden getroffen, der ihm tatsächlich begegnet ist.«

»Nicht einmal Lady Forester?«

»Nicht einmal Lady Forester«, lachte Gillian. Ein zauberhaftes Lachen, wie ihr Gegenüber feststellte. »Aber Mylord, Ihr scheint ja tatsächlich zu lächeln.«

»Tue ich das?« Er sah sie mit gespieltem Entsetzen an. »Wie konnte das nur geschehen? Da habe ich wohl für einen Augenblick nicht aufgepasst. Es soll nicht wieder vorkommen.«

»Ich habe Euch noch nie zuvor lächeln sehen.«

Er blickte sie erstaunt an. »Ich wusste gar nicht, dass Ihr mich so genau beobachtet.«

Eine bezaubernde Röte stieg ihr in die Wangen, doch sie überging seine Bemerkung. »Lady Forester hält Euch für höchst geheimnisvoll. Sie vermutet, dass Ihr ein unaussprechliches, dunkles Geheimnis verbergt.«

»Ich werde alles daran setzen, sie nicht zu enttäuschen. Das Hüten unaussprechlicher, dunkler Geheimnisse ist sicherlich viel amüsanter als mein wirkliches, nicht besonders aufregendes Leben.« Er wandte sich wieder dem Bild zu. »Der Künstler, der dieses Bild gemalt hat, hat ganz bestimmt mehrere unaussprechliche, dunkle Geheimnisse.«

»Zweifellos.« Sie betrachtete das Gemälde eingehend. Richard beobachtete sie aus den Augenwinkeln heraus. Sie schien tatsächlich in der Lage zu sein, wahre Kunst und Schund voneinander zu unterscheiden. »In dem Bild steckt sehr viel ungezügelte Leidenschaft. Die pure Lust am Leben. Es ist ungewöhnlich anziehend, beinahe unwiderstehlich. Ich denke, der Maler hat eine große Karriere vor sich.«

»Wirklich?«

Sie nickte nachdenklich. Sie war kaum einen Kopf

kleiner als er, ihre Figur war fraulicher, als er sie in Erinnerung hatte. Aber es war schließlich viele Jahre her, dass er ihr das letzte Mal so nahe gewesen war. Der bezaubernde blonde Backfisch von damals war mittlerweile zu einer klassischen englischen Schönheit herangereift, deren ausgeprägte Intelligenz ihre äußeren Reize nur noch verstärkte. Vor ihm stand eine Frau, von der jeder Mann nur träumen konnte. Selbst ein Mann mit unaussprechlichen, dunklen Geheimnissen.

»Mir hat gefallen, was Ihr über das Bild gesagt habt: dass es die Seele Gottes widerspiegele.«

Er zuckte mit den Schultern. »Ich verstehe nicht viel von Kunst.«

»Aber Ihr seid sehr scharfsinnig.«

»Das stimmt nicht. Ich kann mir zum Beispiel beim besten Willen nicht erklären, was Ihr Geschäftliches mit mir zu besprechen habt.«

Mit einem Schlag war Gillians Gelassenheit wie weggefegt. Sie hob den Kopf und blickte ihm tief in die Augen. Sie schien all ihren Mut zusammenzunehmen, und er konnte spüren, wie viel zäher Wille in dieser bemerkenswerten Frau steckte.

Dann holte sie tief Luft und eröffnete ihm: »Ich brauche einen Ehemann. Ich muss innerhalb der nächsten zwei Monate heiraten.« Sie blickte ihn unverwandt an. »Ich bin der Meinung, dass Ihr der passende Kandidat seid.«

Vor Überraschung verschlug es ihm die Sprache. Er starrte sie völlig entgeistert an und stieß dann hervor: »Ihr wollt mich heiraten? *Mich?*«

»Ja, das will ich«, erwiderte sie. Ihre Stimme zitterte leicht. Mit sichtlicher Anstrengung fragte sie: »Mylord, würdet Ihr mir die Ehre erweisen, mein Mann zu werden?«

Zweites Kapitel

»Euer Mann?«

Mit einem Mal ging ihm auf, wie absurd ihre Bitte war, und er brach in schallendes Gelächter aus.

»Ich weiß nicht, was es da zu lachen gibt«, entgegnete sie empört. »Ich habe wirklich mit allem gerechnet, aber nicht damit, dass Ihr mich auslacht, Mylord.«

»Richard«, stieß er hervor und wischte sich eine Träne aus dem Auge.

»Richard?«

»So heiße ich. Ihr solltet den Mann, den Ihr zu heiraten gedenkt, mit seinem Vornamen anreden, findet Ihr nicht?« Wenn er daran dachte, dass diese begehrenswerte Frau ihm soeben einen Heiratsantrag gemacht hatte … Es fiel ihm schwer, nicht erneut loszuprusten.

»Ich wünschte, Ihr würdet damit aufhören. Ich spaße nicht. Überhaupt ist das alles sehr verwirrend: Erst ein Lächeln, und nun lacht Ihr auch noch laut. Dabei seid Ihr ein Mann, der in der Öffentlichkeit sonst nichts dergleichen tut.«

»Ich vermeide es, in der Öffentlichkeit zu lächeln oder zu lachen, weil ich nicht zur Zielscheibe von Frauen werden möchte, die ungeachtet meiner finanziellen Schwierigkeiten nur allzu gern einen Earl ehelichen würden. Noch dazu sehe ich angeblich blendend aus, was für viele heiratswillige Damen Grund genug wäre, mir nachzustellen.« Kopfschüttelnd lachte er in sich hinein. »Ihr hingegen seid aus ganz anderem Holz geschnitzt. Ich finde Euren Mut faszinierend …«

»Also, ich …«

»Ebenso Eure direkte Art. Ihr haltet Euch nicht mit verschämtem Geplänkel auf. Nein! Ihr kommt gleich zur Sache. Nun, das kann ich auch.« Er trat auf sie zu, wobei er sich ein Grinsen nicht verkneifen konnte. »Was war es, was hat dich am meisten an mir angezogen, Gillian?«

»Lady Gillian.« Sie warf ihm einen vorwurfsvollen Blick zu und trat instinktiv einen Schritt von ihm weg.

»Gillian«, wiederholte er mit fester Stimme. »Mit meiner Verlobten werde ich doch wohl nicht derart formell sein müssen.«

»Ich bin nicht Eure …«

»Aber das möchtest du sein.« Er kam noch ein Stück näher. »Was war es? Meine düstere, unnahbare Art?«

»Im Augenblick wirkt Ihr überhaupt nicht unnahbar, ganz im Gegenteil«, entgegnete sie beunruhigt und wich weiter zurück.

»Das bin ich auch nicht. Lady Forester hat jedoch Recht: Ich habe tatsächlich unaussprechliche, dunkle Geheimnisse.« Er kam immer näher. Sie versuchte, weiter zurückzuweichen, stieß aber gegen ein Sofa. »Meine unnahbare Maske in der Öffentlichkeit ist eines davon.«

»Das ist es aber nicht …«

»Was dann, Gillian?« Mittlerweile war er ihr so nahe, dass sich ihre Körper beinahe berührten. Seine Stimme wurde sanfter, als er fragte: »Warum ich?«

Verschreckt blickte sie zu ihm auf. Ihre Augen waren von einem kristallklaren Blau, das bisher noch kein Maler auf die Leinwand gezaubert hatte. Er war wahrlich nicht abgeneigt, das eheliche Bett mit dieser Frau zu teilen – ganz egal, was nun ihre Gründe für eine Heirat sein mochten.

»Ich …«, hauchte sie, ohne den Satz vollenden zu können. Er blickte ihr tief in die Augen, wollte sie an sich ziehen und ihr einen leidenschaftlichen Kuss geben. Irgendetwas herrschte zwischen ihnen, eine elektrisierende Spannung. War es Begehren?

»Nein!«, rief sie aus, während sie sich an ihm vorbeizwängte und ans andere Ende des Zimmers flüchtete. »Dazu soll es nie kommen!«

»Wozu soll es nie kommen?«

»Ihr wisst ganz genau, was ich meine«, sagte sie und deutete anklagend mit dem Finger auf ihn.

»Ich habe doch gar nichts getan.«

»Aber Ihr wolltet etwas tun.«

»Wollte ich das? Seid Ihr Euch da auch ganz sicher?«

Sie hielt inne und betrachtete ihn aufmerksam. Dann nickte sie. »Ja.«

»Allem Anschein nach seid Ihr ebenfalls sehr scharfsinnig.« Er verschränkte die Arme vor der Brust. »Es dürfte aber verdammt schwierig werden, die Ehe zu vollziehen, wenn es nie zu so etwas kommen soll.«

»Solch eine Ehe meine ich nicht.« Sie warf ihm einen wütenden Blick zu.

»Was genau meint Ihr, wenn Ihr *solch eine Ehe* sagt?«

»Ihr wisst genau, was ich damit meine. Jeder von uns wird weiterhin getrennt sein eigenes Leben führen«, verkündete sie bestimmt. »Es wird nur dem Namen nach eine Ehe sein.«

»Mit mir als Ehemann ganz bestimmt nicht.«

»Aber Ihr seid der einzige passable Kandidat auf der Liste.«

»Welche Liste?«

»Meine Liste infrage kommender Ehemänner.« Verlegen blickte Gillian zu Boden, als wäre ihr soeben bewusst geworden, wie unschmeichelhaft ihre Bemerkung klingen musste.

»Ihr habt ... eine Liste?«

»Ihr seid mir sehr empfohlen worden«, erklärte sie mit einem leichten Zittern in der Stimme.

»Was, zum Teufel ...« Er durchmaß das Zimmer und schenkte sich ein Glas Wein ein, das er in einem Zug leerte. Das Ganze war kein Scherz. Diese Frau meinte es tatsächlich ernst. Und was noch viel schlimmer war, sie suchte sich ihren Ehemann auf dieselbe Art und Weise aus wie einen neuen Schneider oder Hutmacher.

»Ich habe auch Brandy, wenn Euch nach etwas Stärkerem ist«, bot sie zuvorkommend an.

Er ging nicht darauf ein. »Und was hat mich an die Spitze Eurer Liste gebracht? Ich bin doch an der Spitze?«

»Natürlich seid Ihr an der Spitze.«

»Warum?« Er ließ sie nicht aus den Augen.

»Nun …« Hilfe suchend blickte sie sich im Raum um. »Ich habe mir sagen lassen, dass Ihr ein ehrenwerter Mann seid. Ihr habt einen festen Charakter, Sinn für Verantwortung und …«

»Und was?«

Sie lächelte verlegen. »Und Ihr benötigt Geld.«

»Fahrt nur fort.«

»Ich bin die Erbin eines beträchtlichen Vermögens. Doch um das Erbe antreten zu können, muss ich bis zu meinem dreißigsten Geburtstag verheiratet sein.«

»In zwei Monaten?«

Sie nickte.

Er sah sie misstrauisch an. »Wie beträchtlich ist das Vermögen?«

»Sehr beträchtlich.« Sie trat auf ihn zu, nahm ihm das Glas aus der Hand und griff nach einer Karaffe mit Brandy. »Es stammt von einem entfernten Verwandten in Amerika. Schiffe …«

»Wie viele Schiffe?«

»So um die acht Stück, glaube ich«, sagte sie, während sie ihm vom Brandy einschenkte. »Außerdem Ländereien, natürlich in Amerika. Und recht viel Geld.« Sie wandte sich um und hielt ihm das Glas hin.

»Wie viel Geld?«

»Sechshunderttausend Pfund.« Jetzt nippte sie selbst an dem Brandy, als müsste sie sich stärken.

»Sechhunderttausend ...« Er trat auf sie zu, griff nach dem Glas und nahm einen großen Schluck. Es war der beste Brandy, den er seit langer Zeit getrunken hatte, doch er half ihm nicht, seine Fassung wiederzuerlangen. »Sechhunderttausend ...«

»... Pfund. Und als meinem Ehemann würde die Hälfte Euch gehören.«

»Laut englischem Recht würde mir alles gehören«, entgegnete er spitz.

»Nicht zu meinen Konditionen. Jedem von uns soll eine Hälfte des Erbes gehören. Wir werden einen dementsprechenden Vertrag aufsetzen.«

»Aha.« Er ließ sich mit der Wahl seiner Worte Zeit. »Ihr habt also vor, Euch einen Ehemann zu kaufen.«

»So würde ich das nicht nennen«, erwiderte sie empört. »Das Ganze ist schließlich nicht nur für mich von Vorteil; schließlich werdet Ihr genau so von dieser Abmachung profitieren. Ihr werdet über genügend Geld verfügen, um Eure Besitztümer in Stand zu setzen und Eure Schwestern mit großzügigen Mitgiften zu versorgen. Der Earl of Shelbrooke wird endlich wieder in der Lage sein, den ihm zustehenden Platz in der Gesellschaft einzunehmen.«

Richard starrte auf sein Brandyglas. Es ging um viel mehr als nur das. »Und wozu?«

»Was meint Ihr damit?«

Er sah sie durchdringend an. »Wozu, glaubt Ihr, möchte ein Mann seinen Besitz in Stand setzen und seinen guten Ruf wiederherstellen?«

Sie blickte ihn verwirrt an. »Nun, ich ...«

»Er tut das alles, weil er an seine Kinder – seine Erben – mehr weitergeben möchte als Schulden und einen zweifelhaften Namen. Bei Euren Konditionen werden aber keine

Kinder aus dieser Ehe hervorgehen.« Er fuhr kopfschüttelnd fort: »Ich habe immer vorgehabt, eines Tages zu heiraten. Bisher hatte ich nur einfach weder die Zeit noch die Mittel, um nach einer passenden Frau Ausschau zu halten. Sollte ich Euer Angebot annehmen, kauft Ihr nicht nur einen Ehemann, sondern auch ein Leben, eine Zukunft. *Mein* Leben und *meine* Zukunft.« Er trank den letzten Rest Brandy und stellte das Glas mit einem lauten Krachen auf den Tisch. »Unter diesen Bedingungen sehe ich mich gezwungen, Euer Angebot dankend abzulehnen.«

Er verbeugte sich kurz und schritt dann auf die Tür zu.

»So wartet doch«, rief sie verzweifelt, und er hielt inne. »Ihr müsst wissen, dass ich meinen verstorbenen Mann innig geliebt habe. Ich habe mir geschworen, mich niemals wieder zu verheiraten, wenn keine Liebe im Spiel ist.«

Er schwieg.

»Aber ich habe schlicht und einfach keine Zeit, mich zu verlieben. Ich weiß auch gar nicht, ob ich es könnte, ob ich es überhaupt möchte.«

»Unter den von Euch aufgestellten Konditionen kann ich nicht heiraten.«

»Ich weiß, dass Leute oft heiraten, ohne einander zu lieben«, ihre Stimme wurde leiser, »und dass sie zusammen Kinder bekommen und glücklich sind. Vielleicht könntet Ihr ja zumindest einer Verlobung zustimmen, für die nächsten zwei Monate …«

»Und dann?«

»Und dann … wenn wir einander besser kennen … und vielleicht … schätzen … gelernt haben …«

Er drehte sich zu ihr um und betrachtete sie neugierig. Vielleicht war er hier nicht der Einzige mit unaussprechlichen, dunklen Geheimnissen. »Warum wollt Ihr dieses Erbe unbedingt?«

»Warum?«, wiederholte sie leise.

»Ihr seid die Tochter eines Dukes. Eine Effington – und die Effingtons gehören zu den wohlhabendsten Familien in ganz England. Wieso kommt eine Frau von Eurer Stellung überhaupt auf den Gedanken, ihr Bett für den Rest ihres Lebens mit einem ihr fremden Mann zu teilen?«

Nach einer kurzen Pause hob sie herausfordernd das Kinn. »Es ist sehr viel Geld.«

»Nicht für eine Effington.«

»Doch, auch für eine Effington. Also wirklich, Mylord, Ihr stellt aber viele Fragen«, seufzte sie ärgerlich.

»Das habt Ihr schon einmal behauptet.«

»Und ich behaupte es wieder«, gab sie bissig zurück. »So weit, so gut.« Sie griff nach der Karaffe und füllte sein Glas. Nachdem sie selbst einen Schluck Brandy getrunken hatte, hielt sie es ihm entgegen, doch er schüttelte den Kopf. Sie zuckte mit den Schultern, nahm noch einen Schluck und stellte das Glas auf den Tisch zurück.

»Jeder von uns wird in bestimmte Erwartungen hineingeboren. Bei meinem Bruder war von Geburt an klar, dass er eines Tages der Duke of Roxborough sein würde. Das ist sein Schicksal, seine Pflicht, und sein ganzes Leben ist darauf ausgerichtet. Als Frau wurde an mich die Erwartung gestellt, eine gute Partie zu machen, und das habe ich getan.« Sie verschränkte die Arme vor ihrer Brust und sah ihm offen in die Augen. »Mein Mann hingegen hat es als seine Pflicht angesehen, König und Land zu dienen. Er ist in Spanien gefallen.«

»Das tut mir Leid.«

»Mir auch«, sagte sie leise. »Mein Leben ist anders verlaufen, als ich es mir vorgestellt habe.« Für einen Augenblick verschleierte ein Anflug von Wehmut ihren kristallklaren Blick. »Er hatte seinen Titel noch nicht geerbt. Ich stand auf einmal ohne alles da. Meine Familie unterstützt mich finanziell, aber es wäre mir lieber, unabhängig zu sein. Nein, das trifft es nicht.« Sie sah ihn trotzig an. »Ich sehne mich danach, unabhängig zu sein. Um es mit anderen Worten zu sagen: Ich halte es nicht aus, eine mittellose, hilfsbedürftige Verwandte zu sein. Ich hasse meine eigene Hilflosigkeit.« Sie wirbelte herum und ging im Zimmer auf und ab. »Habt Ihr auch nur die leiseste Ahnung, wie man sich fühlt, wenn man alles getan hat, was von einem erwartet wurde, und dann auf einmal dasitzt und ein Leben lebt, das überhaupt nicht den eigenen Vorstellungen entspricht?«

»Ich denke schon.«

»Und wenn man dann feststellt, dass man keine andere Wahl hat, nur weil man eine Frau ist?«

»Da muss ich passen«, murmelte er.

»Außer einer Heirat gibt es keine Möglichkeit, etwas daran zu ändern.« In ihrer Stimme schwang Ärger mit. »Eine mittellose Frau kann in unserer Gesellschaft nichts erreichen. Und was noch schlimmer ist, sie kann anderen nicht helfen, etwas zu erreichen. Natürlich kann ich meine Salons geben, solche Abende sind ja nicht sonderlich kostspielig. Auf diese Weise kann ich Künstler und Schriftsteller mit möglichen Mäzenen zusammenbringen. Aber ich selbst habe nicht die nötigen Mittel, um selbst jemanden zu fördern.«

»So wie Lady Forester es tut?«

Sie stutzte und blickte ihn verwirrt an. Dann musste sie lachen. »Nein, so nicht.«

»Gott sei Dank«, erwiderte er trocken. »Ihr wollt also als Mäzenin Künstler finanziell fördern?«

»Nun ja, nicht so ganz.«

»Was denn dann?«

Sie schüttelte den Kopf. »Ich weiß es selbst nicht so genau. Es ist nur eine vage Idee, nichts Bestimmtes. Ich möchte lieber noch nicht darüber reden.«

»Sagt es mir trotzdem.« Er trat auf sie zu. Er war ihr so nah, dass ihm der blumig-würzige Duft ihres Parfums in die Nase stieg. Er merkte, wie sich seine Bauchmuskeln anspannten.

Sie blickte abwägend zu ihm auf. »Bisher ist es nur ein Gedankenspiel, das sich wahrscheinlich sowieso nicht bewerkstelligen lässt. Vielleicht ist es auch nur eine dumme Idee.«

»Mit dummen Ideen kenne ich mich bestens aus.«

»Vielleicht weihe ich Euch dann eines Tages in meine ein«, sagte sie mit einem koketten Lächeln. »Wenn wir verheiratet sind.«

Richard nahm ihr Kinn zwischen Zeigefinger und Daumen und sah in ihre blauen Augen. »Ich werde ganz bestimmt keine Frau heiraten, die mich nicht in ihr Bett lässt. Habt Ihr mich verstanden?«

Sie schluckte. »Ja.«

»Also gut.« Erneut widerstand er der Versuchung, sie zu küssen und ihr Abkommen auf diese Weise zu besiegeln. Er trat zur Seite. »Ich gebe Euch Bescheid, sobald ich meine Entscheidung getroffen habe.«

Gillian nickte, ohne etwas darauf zu sagen.

Richard verließ das Haus. Seine Schritte wurden erst langsamer, als er mehrere Straßen zwischen sich und Gillian gebracht hatte.

Zum Teufel, was sollte er nur tun? Natürlich wäre es das Vernünftigste gewesen, ihr Angebot auf der Stelle anzunehmen. Seine Umstände zwangen ihn dazu, pragmatisch zu denken, doch sein Zögern in dieser Angelegenheit war alles andere als pragmatisch. Ihr Angebot war wie ein Geschenk des Himmels. All seine finanziellen

Probleme wären auf einen Schlag gelöst, seine Zukunft und die seiner Schwestern gesichert.

Außerdem würde eine Heirat mit der Tochter des Duke of Roxborough ihm dabei helfen, seinen Titel und den Namen seiner Familie endlich von jeglicher Schande reinzuwaschen.

Was war nur in ihn gefahren? War er zu stur oder einfach zu dumm, um sechshunderttausend Pfund, acht Schiffe und Ländereien anzunehmen, die ihm auf dem Präsentierteller serviert wurden? War die Vorstellung von *solch einer Ehe* wirklich derart unannehmbar? *Solch eine Ehe* würde es ja früher oder später doch nicht mehr sein. Es hatte ihn noch nie viel Mühe gekostet, Frauen für sich zu gewinnen – auch wenn er als Verführer vielleicht mittlerweile ein wenig aus der Übung gekommen war. Dennoch würde sich nach der Eheschließung sicher bald die nötige Zuneigung einstellen, vielleicht sogar Liebe.

Liebe? Welch seltsamer Gedanke. Dabei glaubte er nicht einmal, dass Liebe in der Ehe tatsächlich eine Rolle spielte. Liebe hatte in seinem Leben noch nie eine Rolle gespielt. Begehren war ein Gefühl, das er zur Genüge kannte. Und seitdem er in Gillians Augen geblickt hatte, wusste er, dass er diese Frau mehr als alles auf der Welt begehrte. Doch sie sollte ihn auch begehren. Erst dann würden sie zueinander passen.

Aller Wahrscheinlichkeit nach hatte sein Stolz ihn zögern lassen. Sein verdammter Stolz – das Einzige, was ihm noch geblieben war. Und eben dieser Stolz hatte ihn bisher davon abgehalten, sich eine vermögende Erbin mit einer ansehnlichen Mitgift zu suchen.

Auch jetzt wollte er nicht einfach wie ein Stück Vieh gekauft werden. Er war kein Gemälde, das man erstand und sich dann zu Dekorationszwecken ins Wohnzimmer hängte. Er wollte, dass die Frau, die er einmal heiratete, mehr von ihm wollte als nur seinen Namen.

Seine Lippen verzogen sich zu einem zynischen Grinsen. Es war die blanke Ironie, dass ausgerechnet die Frau ihn verzweifelt um Hilfe bat, die einst zu stolz gewesen war, ihn auch nur wahrzunehmen. Sie hatte den Vorfall sicher längst vergessen. Es war schon lange her, und Richard hatte sich bis zum heutigen Abend selbst kaum mehr daran erinnert.

Er hatte auf einem Ball mit ihr getanzt und sich einen Teufel darum geschert, dass sie mit ihrem späteren Ehemann schon so gut wie verheiratet gewesen war. Jeder in London wusste, dass die beiden von ihrer frühesten Kindheit an ein Herz und eine Seele gewesen waren. Heute schauderte ihn bei dem Gedanken an die Anzüglichkeiten, die er damals von sich gegeben hatte. Sein jugendlicher Leichtsinn – und der Alkohol – hatten ihm die Zunge gelöst. Glücklicherweise war ihm der genaue Wortlaut seiner Bemerkungen entfallen, doch die Verachtung in ihrem Blick war ihm nur zu gut in Erinnerung geblieben.

Sebstverständlich hatte sie Recht gehabt. Er war ihrer nicht würdig gewesen. Damals war er ein regelrechter Schurke gewesen, genau wie sein Vater.

Doch er hatte sich geändert. Wahrscheinlich stand er deswegen auch an der Spitze ihrer verdammten Liste.

Jetzt hatte er zwei Monate Zeit, um diese hinreißende Frau davon zu überzeugen, dass er nicht nur auf dem Papier ihr Ehemann sein sollte. Keine einfache Aufgabe, denn offensichtlich hatte sie einen Schutzwall um ihre Gefühle errichtet. Keine Frau konnte derart gelassen über den Tod ihres geliebten Gatten sprechen, auch wenn er schon acht Jahre zurücklag. Welcher Mann wäre wohl in der Lage, den Schutzwall einer Lady Gillian niederzureißen?

Mit der Zeit würde es ihm gewiss gelingen. Sein Name stand nicht umsonst ganz oben auf ihrer Liste. Früher war er geradezu ein Verführungskünstler gewesen, doch dann hatten ihn die Umstände gezwungen, eben die Eigenschaften hervorzukehren, die ihn nun an die Spitze ihrer Liste gebracht hatten. Sein Leben schien voll ironischer Wendungen zu sein.

Es war zu ärgerlich, dass ihnen nur so wenig Zeit blieb. Er konnte sich jetzt schon vorstellen, wie sie sich in den Wochen bis zu ihrem Geburtstag viel zu krampfhaft bemühen würden, einander kennen zu lernen. Eine qualvolle Reihe gekünstelter Augenblicke, von denen viel zu viel abhing.

Stünden seine Chancen etwa besser, wenn er kein passender Heiratskandidat wäre? Wenn er keinen gefestigten Charakter und keinen Sinn für Ehre besäße? Wenn er nur eines zu bieten hätte: Leidenschaft?

Ungezügelte Leidenschaft. Die pure Lust am Leben. Es ist ungewöhnlich anziehend, beinahe unwiderstehlich.

Er blieb wie angewurzelt stehen. Das waren ihre Worte gewesen – und sehnten sich nicht alle Frauen heimlich nach den falschen Männern? Nach den Lebemännern und Schurken?

Vielleicht war die schöne, unnahbare Lady Gillian wirklich nicht von dem tadellosen Ehrenmann zu bezwingen, der an der Spitze ihrer Liste stand. Denn das war ein Mann, den man schätzte, aber keiner, den man leidenschaftlich begehrte.

Vielleicht war sein heutiges Wesen nicht in der Lage, Lady Gillians Schutzwall zum Einstürzen zu bringen. Doch was war mit dem Mann, der er einmal gewesen war?

Drittes Kapitel

»Ich kann einfach nicht glauben, dass du das tatsächlich getan hast.« Robert, der Earl of Weston, ließ sich in den Brokatsessel zurücksinken, der schon seit Jahren sein Stammplatz war, und trommelte missmutig mit den Fingern auf den Abstelltisch neben sich. »Und dann auch noch, ohne es vorher mit uns zu besprechen.«

Christopher, Viscount Cummings, lehnte mit verschränkten Armen am Kamin und sah sie beinahe genauso verdrießlich an wie Robin. »Du hast uns nicht einmal das Vergnügen gegönnt, dem Ereignis beizuwohnen. Wir hätten uns sicher köstlich amüsiert.«

»Genau deswegen wollte ich euch nicht dabei haben«, erwiderte Gillian. »Vorher besprochen habe ich es jedoch mit euch.« Sie holte zwei beschriebene Blätter aus der Schublade ihres Sekretärs und hielt sie in die Höhe. »Das war eure Antwort.«

Die beiden Männer warfen einander viel sagende Blicke zu, worauf Gillian die Stirn runzelte. So sehr sie die Eigenheiten ihrer beiden ältesten Freunde sonst auch belächelte, so erwartete sie heute von ihnen, dass sie völlig hinter ihr standen.

»Wir hatten doch keine Ahnung, dass es dir damit ernst war«, murmelte Kit.

»Wenn es mir nicht ernst gewesen wäre, hätte ich euch doch wohl nicht gebeten, in Frage kommende Ehemänner für mich aufzulisten.«

Kit sah erneut zu Robin hinüber. Irgendetwas an diesem Blick kam Gillian verdächtig vor.

»Ach du lieber Himmel. Das hätte ich mir ja gleich denken können.« Gillian betrachtete die Blätter. »Das hier war nur ein Scherz von euch, oder?«

Kit trat unbehaglich von einem Bein auf das andere.

Robin vermied es, ihr in die Augen zu sehen, als er anhob: »Na ja, also …«

»Jetzt macht das Ganze endlich Sinn.« Ihr Blick wanderte von Robins akkurater Schrift zu Kits kaum lesbarem Gekritzel. »Ich habe mir einfach nicht erklären können, warum auf eurer Liste nur eine Hand voll Namen stehen, wo es doch in London vor Junggesellen nur so wimmelt.«

»Was genau hast du denn von uns erwartet?«, entgegnete Robin sichtlich verärgert. »Wir halten dein Vorhaben nun einmal für keine gute Idee. Und einmal ganz ehrlich: die Art Ehemann, die du suchst, ist nicht gerade einfach zu finden.«

»Die Angelegenheit ist doch wohl ein wenig komplizierter, als auf den Viehmarkt zu spazieren und sich einen viel versprechenden Ochsen auszusuchen«, merkte Kit an.

»Aber überlegt doch einmal, wen ihr hier aufgelistet habt.« Voller Abscheu zog sie die Brauen zusammen. »Zum Beispiel Viscount Reynolds. Er ist doch ein stadtbekannter Glücksspieler …«

»Eben, und deshalb käme ihm dein Geld gerade recht.« Kit grinste selbstgefällig. »Der ideale Kandidat.«

»Nicht für mich«, entgegnete sie und überflog die Listen erneut. »Der Marquis of Dunstable hat neun Kinder …«

»Und benötigt folglich eine Frau«, erklärte Robin.

»Wohl eher eine Gouvernante«, erwiderte Gillian entrüstet. »Zumindest hat er bereits einen Erben.«

»Gewiss …« Robin räusperte sich. »Hast du dir darüber eigentlich schon Gedanken gemacht, Gillian? Kinder?«

»Ja, natürlich«, flüsterte sie.

»Und …«

»Darüber möchte ich jetzt nicht sprechen. Das hier«, sie raschelte mit den Blättern, »interessiert mich im Augenblick viel mehr. Seht euch doch nur die restlichen Namen an.« Ärgerlich schüttelte sie den Kopf. »Der hier ist uralt. Der nächste fett. Ich kann Männer nicht ausstehen, deren einzige Leidenschaft dem Essen gilt. Und hier ist einer mit einem mehr als zweifelhaften Ruf. Ich habe nun wirklich nicht vor, einen Schurken zu bekehren.«

»Also, ich bitte dich, es sind doch nicht alle völlig inakzeptabel«, warf Robin ein und nahm ihr die Liste aus der Hand. »Was hast du denn an Lord Runley auszusetzen?«

Sie verdrehte resigniert die Augen. »Der Mann ist ein absoluter Dummkopf. Jedes Schaf ist klüger als er.«

»Und Lord Harkin?«

Sie starrte ihn ungläubig an. »Der reicht mir doch kaum bis ans Kinn. Und wenn ich schon den Rest meines Lebens dazu verdammt bin, auf den Kopf meines Mannes hinunterzublicken, dann sollten da wenigstens ein paar Haare zu sehen sein.«

Kit zuckte mit den Achseln. »Das ist völlig nebensächlich.«

»Du suchst keinen Ehemann, sondern einen Heiligen«, bemerkte Robin trocken.

»Einen Heiligen in Geldnöten.« Gillian verschränkte die Arme vor der Brust. »Shelbrooke ist gar keine so schlechte Wahl.«

»Auch wenn Shelbrooke vielleicht nicht mehr der Schurke ist, der er einmal war«, sagte Robin, »ist er noch lange kein Heiliger.«

»Dann schon eher der Teufel. Es ist seltsam, dass man ihn heutzutage überhaupt nicht mehr an den Spieltischen zu Gesicht bekommt. In den letzten Jahren ist er mit keiner einzigen Frau in Zusammenhang gebracht worden. Man sieht ihn bei zahlreichen gesellschaftlichen Anlässen, aber er bleibt immer für sich. Mit seiner düsteren, wortkargen Art könnte er glatt als einer deiner ewig leidenden Dichter durchgehen, die du dauernd empfängst.« Dieser Umstand schien Kit besonders verdächtig zu sein. »Man sollte diesem Mann nicht trauen.«

»Er ist nicht halb so wortkarg wie du denkst«, murmelte Gillian. »Wenn ihr beide glaubt, dass Shelbrooke so ein unpassender Kandidat ist, weshalb habt ihr ihn dann überhaupt vorgeschlagen, wenn ich fragen darf?«

»Ich hatte keine Ahnung, dass er auf Robins Liste steht«, beeilte sich Kit zu sagen.

Robin warf ihm einen verärgerten Blick zu. »Ich musste doch zumindest einen halbwegs passablen Kandidaten dazuschreiben.«

»Ach so? Sind dir etwa die alten, fetten, hirnlosen oder sonstwie völlig inakzeptablen Männer ausgegangen?«

»Ich halte sie alle für inakzeptabel«, antwortete Robin.

»Shelbrooke eingeschlossen.« Kit schüttelte den Kopf. »Wer hätte auch ahnen können, dass du tatsächlich auf den Kerl zugehst und ihm sogar noch einen Heiratsantrag machst?!«

»Ich bin eben nicht auf eine Liebesheirat aus«, seufzte Gillian resigniert. »Es soll eine Vernunftehe sein, nicht mehr und nicht weniger. Diese Heirat ist bloß ein Mittel zum Zweck.«

»Und der Zweck ist eine ganze Menge Geld.« Robin musterte sie prüfend. »Ich muss gestehen, dass ich ein wenig von dir enttäuscht bin. Ich hätte nie gedacht, dass ausgerechnet du einer derartigen Versuchung erliegen würdest.«

»Dann hast du dich eben in mir getäuscht«, entgegnete Gillian in ungewohnt scharfem Ton.

Es war kaum eine Woche her, dass die Anwälte ihres Großonkels ihr die Nachricht von der Erbschaft überbracht hatten. Sie hatte Jasper Effington, den jüngsten Bruder ihres Großvaters, nie kennen gelernt. Zusammen mit zwei weiteren Brüdern hatte er England etliche Jahre vor der Geburt ihrer Eltern verlassen. Die Auswanderer hatten davon geträumt, in Amerika ein Vermögen zu machen, und ihr Traum war in Erfüllung gegangen.

Die beiden älteren Brüder hatten geheiratet und ihren Besitz an ihre Familien weitervererbt. Jaspers Ehe war kinderlos geblieben. Viel mehr wusste Gillian nicht über sein Leben. Ihr Großonkel hatte ihr sein Vermögen vermacht, weil er die begrenzten Möglichkeiten nur zu gut kannte, die dem jüngsten Kind einer Familie offen standen – noch dazu, wenn es sich um eine Frau handelte.

Doch Jasper war nicht so weit gegangen, seinen Besitz einer unverheirateten Frau zu hinterlassen, auch wenn sie verwitwet war. Das Erbe war laut Testament mit der Bedingung verknüpft, dass Gillian bis zu ihrem dreißigsten Geburtstag verheiratet sein müsse.

»Ich kann mir nicht vorstellen, dass Charles diese Angelegenheit gutheißen würde«, murmelte Kit.

Robin warf ihm einen vernichtenden Blick zu. »Charles würde sich wünschen, dass Gillian ihr Leben weiterlebt.«

»Das habe ich getan.« Ein Anflug von Wehmut überkam sie. Das hatte sie tatsächlich getan, doch dann war Jaspers Testament mit der daran geknüpften Bedingung eröffnet worden. Auf einmal waren all die Gefühle der Trauer und des Zorns wieder in ihr hochgestiegen, die sie das letzte Mal vor acht Jahren verspürt hatte.

Charles, Kit, Robin und sie hatten in einem Alter Freundschaft geschlossen, in dem ihnen der Unterschied zwischen Jungen und Mädchen noch nicht bewusst gewesen war. Die damals geknüpften Bande hielten bis zum heutigen Tag. Doch während Kit und Robin ihre besten

Freunde geworden waren, hatte Charles ihr Herz erobert. Sie hatten in jungen Jahren geheiratet, und die Erinnerung an die schöne gemeinsame Zeit war so stark, dass seither kein anderer Mann Gillians Aufmerksamkeit erregt hatte.

Bis heute bereute Gillian es zutiefst, Charles nicht davon abgehalten zu haben, in den Krieg zu ziehen. Doch sie waren jung gewesen und hatten sich für unverwundbar gehalten – bis das Schicksal Gillian auf grausame Weise vom Gegenteil überzeugt hatte.

»Ich habe mein Leben weitergelebt«, sagte sie zum zweiten Mal, doch ohne rechte Überzeugung.

»Einen Mann wie Shelbrooke zu heiraten ist wohl kaum das, was Charles darunter verstanden hätte«, versetzte Kit.

»Nein, wir wissen selbst am besten, was er gewollt hätte.« Robin hielt inne und nickte Kit zu, der daraufhin mit einem Seufzer zu seinem Freund trat. Die beiden Männer blickten Gillian an, als stünden sie vor ihrer Scharfrichterin.

Robin holte tief Luft. »Charles hätte gewollt, dass einer von uns einspringt.«

»Ohne mit der Wimper zu zucken«, erklärte Kit und richtete sich zu seiner vollen Größe auf.

»Ohne mit der Wimper zu zucken?« Gillian starrte die beiden an und konnte ein Lachen kaum unterdrücken. Sie sahen so … in ihr Schicksal ergeben aus.

»In der Tat«, verkündete Robin. »Heiraten.«

»In Fesseln gelegt sein«, presste Kit hervor. »Für den Rest des Lebens.«

Sie sahen aus wie Männer, die sich auf ein schier unmenschliches Schicksal gefasst machten. Sollte sie die beiden eine Weile zappeln lassen? Sie beschloss, Kit und Robin zu erlösen, schließlich waren sie ihre besten

Freunde. »Ich erwarte von keinem von euch, dass er mich heiratet.«

Beiden stand die Erleichterung ins Gesicht geschrieben. So etwa mussten zum Tode Verurteilte aussehen, die in letzter Minute begnadigt werden. Gillian lächelte unwillkürlich. Sie liebte diese Männer, als wären sie ihre Brüder. Im Grunde standen sie ihr in vielen Dingen näher als ihr eigener Bruder.

»Die ganze Angelegenheit ist auch ohne euch kompliziert genug. Außerdem könnte ich mich doch niemals zwischen euch beiden entscheiden!«

Robin trat beherzt einen Schritt auf sie zu. »Wir hätten es aber getan, Gillian, egal welcher von beiden.«

»Ich hätte es bestimmt nicht getan. Kurz vor dem Altar wäre ich zur Besinnung gekommen«, sagte Kit kopfschüttelnd. »Ich liebe dich, Gillian, aber nicht einmal für dich würde ich freiwillig …«

»Hör lieber auf, bevor deine Schmeicheleien mich noch vollends zum Erröten bringen«, unterbrach Gillian ihn lachend.

Robin mahnte mit gerunzelter Stirn: »Von deinem blödsinnigen Vorhaben musst du aber dennoch ablassen. Was soll denn aus unserer Freundschaft werden? Shelbrooke scheint mir nicht der Mann zu sein, der seine Frau mit zwei Junggesellen durch die Gegend ziehen lässt, ganz egal, wie lange sie schon befreundet sind.«

»Unsinn, Robin«, entgegnete Gillian mit dem Brustton der Überzeugung – ohne selbst zu glauben, was sie sagte. »Durch meine Heirat wird sich nicht das Geringste ändern.«

»Das wird sich noch herausstellen«, meinte Robin nachdenklich. »Ich kenne ihn nicht persönlich, aber immerhin scheint er nicht so ein Tunichtgut zu sein wie sein Vater – zumindest nicht mehr.«

»Er kleidet sich ziemlich schäbig«, warf Kit in einem Tonfall ein, als spräche er von einer unverzeihlichen Sünde.

Gillian war Shelbrookes nachlässiger Kleidungsstil natürlich auch aufgefallen, doch anders als Kit deutete sie diesen Umstand positiv. Wenigstens verschwendete er seine bescheidenen finanziellen Mittel nicht für Nebensächlichkeiten.

»Es liegt auf der Hand, weshalb er in die Heirat eingewilligt hat ...«, meinte Robin.

»Noch hat er gar nicht eingewilligt«, unterbrach sie ihn sofort.

»Das wird er aber ganz bestimmt tun«, prophezeite Kit düster.

»Ich verstehe immer noch nicht, warum du so hinter dieser Erbschaft her bist«, warf Robin ein.

»Es ist sehr viel Geld«, antwortete sie ausweichend. Ihren beiden Freunden konnte sie den wahren Grund genauso wenig erklären wie Shelbrooke am vergangenen Abend.

Robin und Kit sahen sie erwartungsvoll an. »Gerade ihr beide solltet mich verstehen. Ich bin wirklich enttäuscht.« Sie versuchte, so ruhig wie möglich zu wirken. Sie konnte ihren Freunden nichts von ihren Plänen sagen, zumindest nicht solange ihre Pläne noch völlig vage waren. Sie wusste nur, dass sie eine alte Schuld zu begleichen hatte. »Es würde euch nie in den Sinn kommen, einen Mann dafür zu kritisieren, dass er nach finanzieller Unabhängigkeit strebt. Warum also kritisiert ihr mich?«

»Weil wir dich kennen«, erwiderte Kit bestimmt. »Du hast Leute immer verabscheut, die allein wegen des Geldes oder eines Titels heiraten.«

»Du hast Charles aus Liebe geheiratet«, fügte Robin hinzu. »Und du hast immer gesagt, dass du auch ein zweites Mal nur aus Liebe heiraten würdest.«

»Die jetzige Lage hat mich eben dazu gezwungen, meinen bisherigen Standpunkt noch einmal zu überdenken.«

»Ich kann mir nicht vorstellen, dass deine Familie mit der ganzen Sache einverstanden ist.« Robin betrachtete sie aufmerksam. »Was sagt eigentlich dein Bruder zu dieser unmöglichen Testamentsklausel?«

»Er weiß nichts davon. Niemand in meiner Familie weiß davon, und dabei soll es auch bleiben.« Sie warf Robin einen strengen Blick zu. »Du wirst zu niemandem ein Sterbenswörtchen sagen.« Sie wandte sich an Kit. »Und du auch nicht. Sollten Shelbrooke und ich uns einig werden, möchte ich, dass alle Welt glaubt, wir würden heiraten, weil wir einander ...«

»... lieben?«, fragte Kit spöttisch.

»... schätzen«, erklärte sie in einem Tonfall, der keinen Widerspruch duldete.

»Ich werde meinen Mund halten. Aber ich werde nichts unversucht lassen, dir diese blödsinnige Idee doch noch auszureden«, antwortete Robin kopfschüttelnd. »Hör auf mich, Gillian, diesen Schritt wirst du eines Tages bitter bereuen.«

»Ist ja gut«, sagte sie mit einem Lächeln. »Aber wo wir gerade von Thomas sprechen ... Seht einmal, was für ein fantastisches Gemälde er mir neulich geschickt hat. Dabei versteht er sonst gar nichts von Kunst.« Sie schritt auf das Bild zu.

Robin und Kit folgten ihr. Sie mussten Gillian zustimmen. Es war wirklich ein beeindruckendes Kunstwerk. Eine idyllische, in goldenes Sonnenlicht getauchte englische Landschaft – gemalt von einem Künstler, der seine ganze Seele in das Werk hatte strömen lassen.

Man könnte vielleicht sagen, dass das Gemälde nicht die menschliche Seele, sondern die Seele Gottes widerspiegelt.

Mit einem Mal bekam Gillian eine Gänsehaut. Ohne

sich dessen bewusst zu sein, zerknüllte sie die beiden Listen in ihrer Hand.

»Du siehst schrecklich aus.« Thomas Effington, der Marquis von Helmsley, lehnte sich in seinem abgenutzten Sessel zurück. »Hast du wieder die ganze Nacht gearbeitet?«

»Nicht die ganze Nacht«, erwiderte Richard abwesend, während er winzige Tupfer Azurblau auf die Leinwand vor ihm pinselte. »Kurz vor dem Morgengrauen bin ich ein bisschen eingenickt.«

»Um dann pünktlich bei Sonnenaufgang wieder an deiner Staffelei zu stehen.«

»Mhm.« Richard trat einen Schritt zurück und betrachtete das Bild kritisch.

»Du arbeitest viel zu viel.«

»Ich habe keine andere Wahl«, murmelte er. »Das Bild muss fertig werden.« Das war nur zu wahr. Selbstverständlich wollte er das Bild fertig stellen. Je schneller es in den Händen eines Kunsthändlers sein würde, umso schneller bekäme er sein Honorar ausbezahlt. In seinem Atelier standen noch sechs weitere unvollendete Gemälde. Außerdem half ihm die Arbeit dabei, einen klaren Kopf zu bekommen und nachzudenken. Und es gab einiges, worüber er nachdenken musste.

Thomas gab einen gequälten Seufzer von sich. »Ich verstehe noch immer nicht, weshalb du unbedingt anonym bleiben möchtest. Du könntest längst jedermanns Liebling sein.«

»Ich will aber gar nicht, dass der Earl of Shelbrooke das jemals wird.« Richard reinigte seinen Pinsel mit einem in Terpentin getränkten Lappen. »Außerdem erzielen meine Bilder immer höhere Preise. Der Erfolg ist zum Greifen nahe.«

»Vielleicht, aber dann ist es nicht dein Erfolg«, warf Thomas ein, »sondern der von Etienne-Louis Toussaint.«

»Zu Euren Diensten, Mylord.« Richard machte eine theatralische Verbeugung.

»Wenn die Leute wüssten, dass Toussaint in Wirklichkeit der Earl …«

»Dann wäre alles vorbei.« Richard warf Tuch und Pinsel achtlos auf einen ramponierten, farbverschmierten Tisch. »Darüber haben wir doch schon ausführlich gesprochen, und ich habe meine Meinung seitdem nicht geändert. Mein Geheimnis muss gewahrt bleiben. Daran liegt mir mehr denn je.«

Thomas runzelte verärgert die Stirn. »Aber jetzt, da Toussaints Werke in Mode kommen …«

»Ein Grund mehr, anonym zu bleiben«, erwiderte Richard gelassen. »Sieh doch, Thomas, ein Earl darf Glücksspiel betreiben. Ein Earl darf auf die Jagd reiten.« Er schnaubte verächtlich. »Ein Earl darf sogar das Vermögen seiner Familie verprassen und ihren guten Ruf ruinieren, ohne dass irgendjemand etwas sagt. Aber ein Earl darf doch nicht auf ehrbare Weise seinen Lebensunterhalt durch Arbeit verdienen! Ein Earl darf nicht in unzivilisierte Länder auswandern, um dort sein Glück zu versuchen. Und ein Earl darf schon gar nicht Bilder malen. Malen – das tun nur kleine Mädchen in ihren Klassenzimmern oder alte Jungfern, die sich auf diese Weise die Zeit vertreiben.« Er zog eine Augenbraue in die Höhe. »Über einen Earl, der malt, urteilt unsere Gesellschaft ungefähr genauso streng wie über einen Marquis, der Gedichte schreibt, weißt du?«

»Ich habe keine Zeile veröffentlicht«, murmelte Thomas und rutschte unruhig in seinem Sessel hin und her.

Richard grinste. »Und du hast niemandem von deinen Bemühungen erzählt, nicht wahr?«

»Nein, das habe ich nicht. Aber das ist etwas ganz anderes als deine Malerei.«

»Ach ja? Inwiefern denn?«

Thomas hob sein Glas, als wollte er einen Toast aussprechen. »Deine Werke sind hervorragend. Meine Gedichte sind großer Mist.«

Richard musste lachen, brachte es aber nicht über sich, seinem Freund zu widersprechen. Thomas versuchte sich nun schon seit ihrer gemeinsamen Schulzeit als Lyriker, hatte aber in all den Jahren keine nennenswerten Fortschritte gemacht.

»Wenn meine Gedichte auch nur halb so gut wären wie deine Gemälde, würde ich sie von den Dächern schreien.«

»Aber du bist ein Marquis und der Erbe des Duke of Roxborough. Hinter dir stehen der Reichtum und die Macht der Effingtons. Du kannst tun und lassen, was du willst. Ich hingegen muss den Namen und den Ruf meiner Familie wiederherstellen. Dazu bin ich auf die Meinung anderer angewiesen. Und was meinen Verdienst betrifft, auch. Glaubst du wirklich, das Werk eines Earls würde sich auch nur annähernd so gut verkaufen wie das eines geheimnisvollen Franzosen?«

»Vielleicht nicht.«

»Ganz bestimmt nicht. Unter meinem eigenen Namen würden meine Arbeiten niemals ernst genommen werden.«

»Im Grunde ist es nur dein Stolz, der dich schweigen lässt.«

»Mein verfluchter Stolz«, sagte Richard und stieß ein bitteres Lachen aus. Warum konnte das Werk eines englischen Adeligen vom Publikum nicht genauso geschätzt werden wie das eines unbekannten französischen Künstlers? »Aber abgesehen davon, würde ich den guten Etienne-Louis, der ja übrigens deine Erfindung ist, vermissen.«

»Ja, da habe ich mich mächtig ins Zeug gelegt«, erwiderte Thomas lächelnd und trank einen Schluck von seinem Brandy. »Nicht, dass es schwierig gewesen wäre. Eine wohlplatzierte Bemerkung hier, ein Gerücht da …«

»Voilà. Und schon haben wir Etienne-Louis Toussaint, den einzigen überlebenden Sohn eines französischen Adelsgeschlechts, das während der Revolution ausgelöscht wurde. Nachdem er von treuen Bediensteten der Familie außer Landes gebracht worden ist, verbringt er nun seine Tage damit, wie ein Wahnsinniger zu malen – und seine Nächte, oh, *mon ami,* seine Nächte …«, sagte Richard mit einem übertriebenen französischen Akzent.

»Das war ein ganz besonders brillanter Einfall«, erklärte Thomas lächelnd.

»Brillant, in der Tat. Für einen Mann, den bisher noch niemand zu Gesicht bekommen hat, ist sein Ruf als Liebhaber wirklich phänomenal.«

»Herzlichen Dank.« Thomas verneigte sein Haupt in übertriebener Bescheidenheit. »Man tut, was man kann. Ich muss zugeben, dass mir die ganze Sache Vergnügen bereitet, besonders wenn ich Frauen dabei belausche, wie sie sich über die Anziehungskraft des unwiderstehlichen Etienne-Louis unterhalten. Es ist zu schade, dass mir keinerlei derartige Gerüchte über den Earl of Shelbrooke zu Ohren kommen. Wird es nicht langsam Zeit, dass du unter die Haube kommst?«

Wusste Thomas von der Erbschaft seiner Schwester und der Bedingung, die daran geknüpft war?

»Das Letzte, was ich im Augenblick in meinem Leben brauche, ist noch eine Frau. Ich werde ja schon kaum mit meinen Schwestern und meiner Tante fertig. Außerdem dürfte es schwierig sein, eine Frau zu finden, die über meine finanziellen Schwierigkeiten hinwegsieht.« Richard hielt gespannt inne. Wenn Thomas tatsächlich von Gillians Erbschaft wusste, wäre dies der ideale Augenblick, etwas zu sagen. Doch sein Freund schwieg, und Richard vermutete, dass er nichts von dem Heiratsantrag seiner Schwester wusste. »Lass uns aufhören, über Frauen zu reden, Thomas. Komm her und sieh dir das hier an.«

Thomas erhob sich mühsam und ging auf Richard zu. Eine Zeit lang sprach keiner ein Wort.

»Du bist sehr talentiert, mein Freund«, sagte Thomas leise. »Deine Begabung tritt von Bild zu Bild deutlicher zum Vorschein. Ausgezeichnet.«

»Ausgezeichnet? Es ist ein Meisterwerk.«

»Deine Bescheidenheit ist genauso überwältigend wie dein Talent.«

»Wozu bescheiden sein, wenn man doch nur im Schatten eines anderen steht?«

»Ich wünschte, du ließest mich mit meiner Schwester reden. Sie ist sehr einflussreich, und dein Geheimnis wäre bei ihr in guten Händen«, sagte Thomas so beiläufig wie möglich.

Im Lauf der Ereignisse des vergangenen Abends hatte Richard beinahe vergessen, wie überrascht er gewesen war, eines seiner Werke bei Gillian wieder zu sehen. »Ach ja, Lady Gillian, die überaus reizende Witwe. Aber wie schon gesagt, ich brauche nicht noch eine Frau, die mein Leben komplizierter macht, als es ohnehin schon ist – auch wenn sie mir eine große Hilfe sein könnte. Zum letzten Mal: Ich möchte auf keinen Fall, dass du deine Schwester auf meine Werke aufmerksam machst.« Er zog eine Augenbraue hoch. »Du respektierst doch meinen Wunsch, oder etwa nicht?«

Thomas zögerte, und Richard verbiss sich ein Grinsen. »Nun … ja … selbstverständlich.«

»Du würdest niemals mit ihr über meine Arbeiten reden?«

»Nein … nie.«

»Oder ihr vorschlagen, mich zu einem ihrer Salons einzuladen?«

»Auf keinen Fall«, versicherte Thomas.

Richard betrachtete ihn eingehend. »Dann hast du sie nicht dazu gebracht, mich gestern Abend einzuladen?«

»Gestern Abend? Nein, natürlich nicht.« Thomas runzelte die Stirn. »Bist du hingegangen?«

»Ja, aber …«

»Sie hat dich eingeladen? Und du bist hingegangen?« Seine Miene hellte sich merklich auf. »Welch ein glücklicher Zufall!«

»Inwiefern?«

»Nun, es ist doch offensichtlich …« Thomas zögerte. »Wen genau hat sie denn eingeladen?«

Richard verschränkte die Arme. »Den Earl of Shelbrooke. Die Einladung kam über meinen Anwalt.«

»Ich habe nichts damit zu tun. Ehrenwort.«

»Das glaube ich dir sogar.« Er begann, den nächsten Pinsel zu reinigen, behielt dabei aber Thomas im Auge. »Es war ein äußerst interessanter Abend.«

»Tatsächlich?«

»Faszinierende Gespräche, unterhaltsame Gäste und der ein oder andere … Zufall.«

»Ach ja?«, fragte Thomas unsicher.

»Du wirst dir sicher vorstellen können, wie überaus erstaunt ich war, eine meiner Landschaften bei deiner Schwester hängen zu sehen.«

»Eines deiner Gemälde?«

»Das Bild und die unerwartete Einladung. Du wirst verstehen, weshalb ich befürchten musste, mein Geheimnis sei am Ende doch bekannt geworden.«

»Natürlich«, versicherte Thomas beklommen. »Und, ist es das?«

»Nein, überhaupt nicht. Aber zu meiner großen Überraschung habe ich eine ganz andere Neuigkeit erfahren.« Er beugte sich zu Thomas, als wollte er ihm ein Geheimnis anvertrauen. »Wusstest du, dass Lady Gillian einen zweiten Bruder hat?«

Verwirrt legte Thomas die Stirn in Falten. »Welch ein Blödsinn. Ich bin Gillians einziger Bruder.«

»So?« Richard blickte ihn erstaunt an. »Aber sie muss noch einen anderen Bruder haben.«

»Wieso denn das?«

»Nun, das ist doch ganz offensichtlich, alter Junge.« Richard sah sein Gegenüber scharf an. »Sie hat das Bild von ihrem Bruder geschickt bekommen, und wenn sie wirklich nur einen Bruder hat, dann müsstest du das gewesen sein. Aber wir beide wissen doch, dass du so etwas niemals gegen meinen ausdrücklichen Willen tun würdest.«

Einen Augenblick starrte Thomas hilflos vor sich hin. »Verflucht, Richard.« Er leerte sein Glas in einem Zug. »Du hättest es nie erfahren, wenn sie dich nicht zu ihrem Salon eingeladen hätte.«

Richard blickte ihn in erwartungsvollem Schweigen an.

»Also gut, ich gestehe.« Thomas schritt auf einen uralten, wackeligen Tisch zu, auf dem sich Farbtöpfe, Lappen und diverse andere Malutensilien türmten, und griff nach einer Flasche Brandy. »Ich musste einfach etwas tun. So kannst du nicht weitermachen.«

»Thomas …«, unterbrach Richard ihn mit einem warnenden Unterton in der Stimme.

»Nein, jetzt hörst du mir zu. Tag für Tag und so gut wie jede Nacht malst du in diesem Loch …«

»Mag sein, dass meine Behausung ein wenig schäbig ist, aber so schlimm ist es nun auch wieder nicht. Mal ganz davon abgesehen, dass du der Besitzer dieses Lochs bist.«

»Das macht es auch nicht besser«, entfuhr es Thomas. »Wenn du einmal nicht malst, hetzt du von einem gesellschaftlichen Ereignis zum nächsten, bloß um die Modelle für deine Porträts zu beobachten …«

»… die dann später gut für diese Porträts zahlen.«

»Natürlich tun sie das. Du malst aus dem Gedächtnis – das dich immer dann im Stich lässt, wenn es um schiefe Nasen, Doppelkinne oder sonstige Schönheitsfehler geht.« Er schenkte sich Brandy ein und hielt Richard die Flasche hin. »Und wenn du nicht in London weilst, bist du auf dem Land und treibst dort irgendwelchen Blödsinn: hilfst deinen Pächtern bei der Ernte …«

»Jetzt im Frühling ernten sie gewöhnlich nicht, sondern säen.« Richard nahm einige Pinsel aus einem Glas, legte sie beiseite und griff nach der Flasche.

»Ist ja auch egal. Du treibst dich jedenfalls auf den Feldern herum oder versuchst, das Dach von Shelbrooke Manor zu reparieren.«

»Jemand muss es eben tun.« Richard zuckte mit den Achseln und goss sich einen Brandy ein.

»Ja, aber dieser jemand musst doch nicht du sein.« Thomas holte tief Luft. »Gillian könnte deine Werke …«

»Toussaints Werke.«

»Toussaints Werke Leuten zeigen, die dir bei deiner Karriere behilflich wären. Man würde sich um deine Bilder reißen, und du könntest bald dafür verlangen, was du willst.« Er sah Richard herausfordernd an. »Und du hättest endlich genug Geld, um jemanden dafür zu bezahlen, das verfluchte Dach zu richten oder was weiß ich was zu tun.«

»Sehr schön.«

»Sehr schön?«, fragte Thomas misstrauisch. »Was

meinst du mit sehr schön? Ich habe dich schon des Öfteren auf Gillian angesprochen, aber bisher hast du ihre Unterstützung immer strikt abgelehnt. Warum protestierst du jetzt nicht? Was führst du im Schilde, Richard?«

»Gar nichts. Ich habe einfach eingesehen, dass du völlig Recht hast: Lady Gillian könnte eine unschätzbare Hilfe sein.« Was würde Thomas sagen, wenn er wüsste, wie unschätzbar die Hilfe seiner Schwester tatsächlich sein könnte?

»Ich habe Recht?«, fragte Thomas. Ein zufriedenes Lächeln breitete sich auf seinem Gesicht aus. »Natürlich habe ich Recht.«

Richard trank einen großen Schluck Brandy. Er versuchte, nicht daran zu denken, wie viel besser die Marke gewesen war, die er am gestrigen Abend serviert bekommen hatte. »Erzähl mir von deiner Schwester.«

»Nun, also ... sie ist eben meine Schwester. Du verstehst schon, du hast doch selbst welche. Ich weiß auch nicht, was ich dir erzählen soll. Sie ist ziemlich klug und recht hübsch, selbst noch in ihrem Alter ...«

»Sie ist ausgesprochen hübsch.«

»Und stur und eigenwillig, eine echte Effington eben.«

»Weshalb hat sie nie wieder geheiratet?«, fragte Richard so beiläufig wie möglich.

Thomas starrte in sein Glas. »Sie hat Charles sehr geliebt, seit sie Kinder waren. Es war wirklich ziemlich beeindruckend.« Er sah Richard an. »Sie war völlig verzweifelt, als er starb, und meine Eltern haben sich große Sorgen um sie gemacht. Seitdem ist sie viel distanzierter als früher.« Thomas schüttelte den Kopf. »Man weiß nie so genau, was Gillian denkt oder fühlt. Ich jedenfalls nicht. Vielleicht wissen es ja ihre Freunde.«

»Weston und Cummings?«

Thomas nickte. »Die drei sind zusammen aufgewachsen – mit Charles, natürlich. Ich habe mich oft gefragt, ob es an Weston und Cummings liegt, dass Gillian unverheiratet geblieben ist.«

»Soviel ich gehört habe, hatte ihr Mann sein Erbe noch nicht angetreten.«

»Ein verdammtes Pech war das. Sie hätte es so verdient gehabt. Jetzt wird sie von unserer Familie unterstützt. Mutter regt sich ständig darüber auf, dass Gillian keine größeren Summen annehmen will. Ich verstehe es selbst nicht so ganz. Sie spricht kaum darüber, aber ich glaube, am liebsten würde sie ganz auf die Unterstützung verzichten.«

»So, so«, murmelte Richard. Er musste an ihre leidenschaftlichen Worte vom vergangenen Abend denken. Gewiss war Gillian es einfach leid, auf die Wohltätigkeit ihrer Familie angewiesen zu sein. Vielleicht war sie deshalb so auf das Erbe erpicht.

»Ich muss langsam los.« Thomas betrachtete das neue Gemälde. »Das hier kann ich wohl noch nicht mitnehmen?«

»Nein, es ist noch nicht ganz getrocknet. Ende der Woche kannst du es abholen kommen. Ich denke, es wird genug einbringen, um die Dienstboten, die noch auf Shelbrooke Manor geblieben sind, für drei Monate zu bezahlen.«

»Wie wäre es außerdem mit einem neuen Jackett?« Nach einem abfälligen Blick auf das Glas in seiner Hand fügte Thomas hinzu: »Und einem besseren Brandy?«

»Bisher hast du ihn noch jedes Mal getrunken.«

»Pure Höflichkeit.«

»Du bist ein echter Freund.«

Thomas war tatsächlich sein bester, um nicht zu sagen, sein einziger Freund. Sie hatten zusammen die Schule besucht, sich dann jedoch bis nach dem Tod von Richards

Vater aus den Augen verloren. Mittlerweile war Thomas für ihn wie ein Bruder.

Etienne hatte vor drei Jahren das Licht der Welt erblickt. Richard hatte damals in großen finanziellen Schwierigkeiten gesteckt, und Thomas hatte vorgeschlagen, ein Geschäft aus seiner heimlichen Leidenschaft zu machen.

Nun brachte Thomas die Bilder regelmäßig zu einem Anwalt, der sie an einen Kunsthändler weiterleitete. Die Bezahlung erfolgte auf denselben verschlungenen Pfaden. Auf diese Weise wurde sichergestellt, dass Richards Anonymität gewahrt blieb.

»Ach ja, Thomas, denk doch bitte diesmal daran, die Miete von meinem Honorar abzuziehen.«

Thomas verdrehte die Augen. Sie hatten schon so oft über diese heikle Angelegenheit gestritten. »Dieses Haus hat mich weniger gekostet, als ich sonst für ein gutes Pferd ausgebe. Ich kann es mir durchaus leisten …«

»Trotzdem möchte ich nicht …«

»Ich weiß, ich weiß«, seufzte Thomas, während er auf die Tür zuging. »Nun gut. Aber zumindest könntest du es mir gestatten, dir eine bessere Bleibe zu suchen.«

»Diese hier ist gut genug. Es ist hell. Außerdem«, fügte er mit einem Grinsen hinzu, »habe ich dieses *Loch* ins Herz geschlossen.«

Es war ein großer Raum, der das gesamte Dachgeschoss eines Gebäudes einnahm, das am Rande des Geschäftsviertels stand. Die Gegend war zwar nicht sehr gefragt, aber auch nicht sonderlich verrufen. Das Zimmer diente ihm als Atelier und Schlafplatz. Für einen Mann, der allein lebte, reichte es. Seine Schwestern und seine Tante blieben auf dem Land in Shelbrooke Manor, doch aufgrund seiner Arbeit musste Richard in London sein. Seine Familie wusste nicht, woher seine bescheidenen Einnahmen stammten, und das sollte auch so bleiben.

Thomas hatte das Gebäude gekauft, ohne Richard etwas davon zu sagen, und er hatte ihm immer wieder versichert, dass der ursprüngliche Kaufpreis längst durch die anderen Mieteinnahmen gedeckt sei.

»Dein verdammter Stolz wird dir noch einmal das Genick brechen, Richard.«

»Das wird sich zeigen.« Richard sah ihn direkt an. »Eines Tages werde ich dir alles zurückzahlen.«

»Das bezweifle ich nicht«, erwiderte Thomas lächelnd. »Und ich bezweifle auch nicht, dass du dasselbe für mich tun würdest, wenn ich in deiner Lage wäre.« Er öffnete die Tür, wandte sich aber noch einmal zögernd um. »Wie sieht es zurzeit eigentlich mit deinen Finanzen aus?«

»Es sähe besser aus, wenn ich schneller malen könnte.« Richard zuckte gleichgültig die Schultern, als spräche er über etwas völlig Nebensächliches. »Ich könnte ein paar Aufträge mehr gebrauchen, besonders meine schmeichelhaften Porträts, die über jeden Schönheitsfehler hinwegsehen.«

»Das ist Etienne-Louis' großes Talent und der Schlüssel zu seinem Erfolg.« Die beiden Freunde mussten lachen. Dann verließ Thomas das Atelier.

Auf einen Schlag verdüsterte sich Richards Laune. Sicher würden die nächsten Aufträge die eine oder andere Rechnung decken, aber selbst wenn seine Honorare stiegen, würde es nicht reichen. Verärgert fuhr er sich mit den Fingern durch das volle Haar. Egal, was er tat oder wie hart er arbeitete, es würde niemals reichen. Was er brauchte, war eine große Geldsumme, und zwar auf einen Schlag, nicht die vereinzelten Zahlungen, die ihn so eben über Wasser hielten.

Gillians Vorschlag könnte all seine Probleme lösen, doch die Bedingungen, die sie stellte, waren für ihn unannehmbar.

Wenn sie heirateten, wollte er sie wirklich zu seiner Frau haben. Etwas anderes kam nicht in Frage.

Richard nahm das fertige Bild von der Staffelei und lehnte es vorsichtig an die Wand. Gillian hatte gesagt, sie wüsste nicht, ob sie sich jemals wieder verlieben würde. Eigentlich bezweifelte Richard nicht, dass er ihr Herz gewinnen könnte, aber stand für sie beide nicht zu viel auf dem Spiel, um das Risiko einzugehen?

Es war eine ganze Weile her, seitdem der Earl of Shelbrooke die Herzen der Londoner Damenwelt reihenweise gebrochen hatte. Richard hatte keine Zeit mehr für amouröse Spielchen. Mehr als bedeutungslose körperliche Liebe, die man leicht bekam und ebenso leicht wieder vergaß, hatte im Augenblick einfach keinen Platz in seinem Leben. Dennoch verfügte er noch immer über all die Fähigkeiten, die in jungen Jahren seinen Ruf als Herzensbrecher begründet hatten – wenn sie in der Zwischenzeit auch ein wenig eingerostet sein mochten.

Der haarsträubende Einfall, der ihm letzte Nacht gekommen war, wollte ihm nicht aus dem Kopf gehen. Es war keine besonders gute Idee. Sollte er tatsächlich als der verwegene Schurke auftreten, der er einmal gewesen war, würde sie ihn gewiss sofort von ihrer Liste in Frage kommender Ehemänner streichen. Richard stieß einen tiefen Seufzer aus. Er glaubte sowieso nicht daran, noch einmal umkehren zu können. Sein Charakter hatte sich weiterentwickelt. Außerdem hatte er für den Mann, der er einst gewesen war, nichts als Verachtung übrig.

Gillian war kein unerfahrenes Mädchen, das eben noch die Schulbank gedrückt hatte, und auch keine alte Jungfer, die sich nichts sehnlicher wünschte als einen Mann. Unter keinen Umständen würde sie sich ihm aus freien Stücken hingeben. Womöglich würde sie um der Erbschaft willen in den Vollzug der Ehe einwilligen, aber der Gedanke an eine derartige Hochzeitsnacht erfüllte Richard mit Abscheu. Er musste sie für sich gewinnen – aber wie?

Geistesabwesend griff er nach einer leeren Leinwand und platzierte sie auf der Staffelei. Er brauchte dringend einen Plan.

Und er musste arbeiten. Nichts half ihm so sehr dabei, über etwas nachzudenken, wie die Arbeit an einem neuen Gemälde. Außerdem benötigte er das Geld. Im Augenblick war er den sechshunderttausend Pfund, acht Schiffen und den Ländereien in Amerika keinen Schritt näher als zuvor.

Richard starrte auf die unberührte Leinwand und dachte über sein nächstes Bild nach. Landschaften waren zurzeit der letzte Schrei; dafür würde sich zweifellos sofort ein Käufer finden lassen. Doch aus irgendeinem Grund zog er es vor, ein Porträt zu malen.

Und er hatte dabei ein ganz bestimmtes Antlitz vor Augen.

Viertes Kapitel

Ungestümes Klopfen hallte durch das ganze Haus.

Gillian schickte sich an, die Treppe hinunterzugehen. Mit der einen Hand stützte sie sich am Geländer ab, mit der anderen hielt sie ihren Morgenmantel über der Brust zusammen. Wer wohl zu dieser späten Nachtzeit noch Einlass begehrte? Aus dem Dunkeln spähte sie in Richtung der Kerze, die ihr Butler hielt, während er versuchte, die Eingangstür zu öffnen. Wilkins rüttelte an der Tür, wobei er leise fluchte. Er arbeitete nun schon seit vielen Jahren für Gillian und erledigte seine Pflichten immer vorbildlich. Es sei denn, es hatte Ärger mit Mrs. Wilkins, der Köchin, gegeben, oder er hatte sich ein Gläschen Sherry zu viel genehmigt – oder wurde mitten in der Nacht aus dem Bett geholt.

Mit einem lauten Ruck öffnete er schließlich die Tür, jedoch nur so weit, wie unbedingt nötig. Dann schien er sich seiner ehrwürdigen Stellung zu entsinnen. Er warf stolz den Kopf in den Nacken, als bereitete er sich darauf vor, denjenigen kalt von oben herab zu mustern, der die Unverschämtheit besaß, sie in ihrer kostbaren Nachtruhe zu stören. Gillians Butler war sehr gut darin, Leute von oben herab zu mustern.

Wenn es ihm dabei an Körpergröße mangelte, machte er diesen Umstand durch seine offen zur Schau getragene Arroganz wieder wett. Wilkins reichte Gillian kaum ans Kinn. Er sah aus wie ein etwas zu fülliger, hochnäsiger Gnom.

Gillian machte auf dem letzten Treppenabsatz halt und wartete ab, ob die Angelegenheit ihre Anwesenheit erforderte oder ob sie sich wieder in ihr Schlafzimmer zurückziehen konnte. Vielleicht handelte es sich nur um einen Betrunkenen, der sich in der Haustür geirrt hatte. Wilkins' Stimme klang gedämpft zu ihr herauf, und sie konnte kein Wort von dem verstehen, was er sagte.

In diesem Augenblick drehte er sich zu ihr um und warf ihr einen erstaunten Blick zu. »Mylady haben Besuch.«

»Besuch? Zu dieser Stunde?«

»Soll ich ihm sagen, dass Ihr keinen Besuch empfangt?«, erkundigte sich Wilkins in einem Tonfall, als gehörte es zu seinen Gewohnheiten, in Morgenmantel und Schlafmütze nächtliche Besucher an der Tür abzufertigen.

»Da er vor der Tür steht und sicher jedes Wort, das wir gewechselt haben, mitbekommen hat, dürfte sich das als schwierig erweisen.« Gillian unterdrückte ein Gähnen und stieg die letzten Treppenstufen hinunter. »Wer ist es denn?«

»Einen Augenblick, Mylady.« Wilkins wandte sich wieder der Tür zu.

Da schwang die Haustür plötzlich nach innen und schlug dumpf gegen Wilkins' rundlichen Bauch.

»Entschuldigung, alter Freund. Man sollte immer darauf achten, wo man steht. Vorsicht ist besser als Nachsicht.« Shelbrooke schob sich an dem Butler vorbei und nickte Gillian zu. »Guten Abend.«

Sie starrte ihn ungläubig an. »Abend ist schon lange vorbei. Es ist beinahe schon wieder Morgen.«

»Tatsächlich?« Er grinste und strich sich mit den Fingern durch die zerzausten Haare. »Kaum zu glauben. Was ist nur mit der Nacht geschehen?«

»Die meisten von uns haben sie schlafend in unseren Betten verbracht«, entgegnete sie scharf.

»In unserem ... Bett?« Er sah ihr in die Augen, und auf einmal bekam ihre Bemerkung eine Bedeutung, die Gillian völlig fern lag.

»Unseren Betten.« Sie schluckte.

»Habe ich das nicht gesagt?« Er griff nach ihrer Hand und führte sie an seine Lippen. Sein Kinn war voller Bartstoppeln, was sein Gesicht dunkler wirken ließ. Gillian empfand die Berührung als intim und seltsam aufregend.

»Nein.« Gillians Stimme versagte, doch sie konnte ihren Blick nicht von seinem wenden. »Ihr habt *unserem Bett* gesagt. Ich sagte *unseren Betten,* also mehr als eins. Jeder hat in seinem Bett geschlafen.«

»Mein Fehler.« Als er mit seinen Lippen ihren Handrücken berührte, erbebte sie innerlich. »Ich hoffe doch sehr, ich komme nicht ungelegen.«

»Nein, natürlich nicht.« Seine dunklen Augen blickten sie unverwandt an, in seinem Blick glomm Leidenschaft. »Ich konnte sowieso nicht schlafen.«

»Wie bedauerlich.« Er ließ ihre Hand los. Sein Blick wanderte genussvoll über ihren Körper. Da erst bemerkte Gillian, dass ihr Morgenmantel offen stand und ihm tiefe Einblicke gewährte.

»Weshalb seid Ihr hierher gekommen?«, fragte sie, während sie ein paar Schritte zurücktrat und ihren Morgenmantel fester um sich schlang.

»Ich bin gekommen, um Euch meine Antwort zu überbringen.« Er lächelte, verschränkte die Hände hinter seinem Rücken und schlenderte in den Salon.

»Eure Antwort? Jetzt?«

»Ich habe viel darüber nachgedacht«, rief er ihr über die Schulter zu. »Und ich vermute, die Sache hat Euch auch einiges Kopfzerbrechen bereitet. Deshalb habt Ihr nicht schlafen können.«

»Wohl kaum.« Du lieber Himmel, Geld mochte Shelbooke keines besitzen, Arroganz hingegen umso mehr. Sie folgte ihm zögernd. »Wahrscheinlich habe ich etwas zu schwer gegessen. Oder ich war ganz einfach zu müde, um einzuschlafen. Oder die Matratze …«

»Gillian.« Er drehte sich so unerwartet um, dass sie beinahe mit ihm zusammengestoßen wäre. »Ich habe lange über Euren Heiratsantrag nachgedacht.«

»Und?« Das Herz hämmerte ihr plötzlich in der Brust.

»Das größte Hindernis sind Eure Bedingungen, dieser ganze Blödsinn, dass die Ehe nur auf dem Papier bestehen soll.«

»Nun, ja, aber …«

»Doch wenn ich mich recht entsinne, habt Ihr auch vorgeschlagen, dass wir uns die nächsten zwei Monate besser kennen lernen sollten, eine Art Verlobung auf Probe …«

»Das habe ich nun nicht …«

»… in der Hoffnung, dass Ihr mich am Ende nicht völlig abstoßend finden würdet …«

»Ich habe doch nie gesagt, dass ich Euch abstoßend finde!«

»Verzeihung … Was ich sagen wollte, ist, dass Ihr den Gedanken, das Bett mit mir zu teilen, nicht völlig abstoßend finden würdet. So stimmt es jetzt, nicht wahr?«

»Ja.« Sie schüttelte den Kopf. »Das heißt, nein.«

»Aha.« Er zog eine Augenbraue in die Höhe. »Dann habt Ihr Eure Meinung mittlerweile geändert und seid bereit, meine Frau in jedem Sinn des Wortes zu werden?«

»Nein!«

Er warf ihr einen fragenden Blick zu. Sie schüttelte ungeduldig den Kopf. »Um Himmels willen, Mylord, Ihr bringt mich ganz durcheinander.«

»Tue ich das?«, fragte er mit einem viel sagenden Lächeln.

»Ja, das tut Ihr.« Sie wandte sich von ihm ab, schloss die Augen und presste zwei Finger an ihre Nasenwurzel, um dem pochenden Schmerz zuvorzukommen, der sich aller Erfahrung nach gleich dort einstellen würde.

»Habt Ihr Kopfschmerzen?« Seine Stimme klang mitfühlend.

»Noch nicht«, erwiderte sie unwillig, »aber das kann sich jeden Moment ändern.«

»Mit Eurer Erlaubnis.« Sie fühlte, wie er sich ihr von hinten näherte. Bevor sie etwas sagen konnte, berührte er sie leicht an den Schläfen.

Sie zuckte zusammen und riss die Augen auf. »Was macht Ihr da?«

»Ich versuche, Euch zu helfen«, sagte er und zog sie sanft ein Stück nach hinten. »Entspannt Euch, Gillian.« Seine Finger vollführten kreisförmige Bewegungen auf ihrer Kopfhaut. »Ich verspreche auch, nicht zu beißen.«

»Ich mache mir keine Sorgen darum, dass Ihr beißen könntet«, flüsterte sie und versuchte, so gerade wie möglich zu stehen, um ihn nicht zu berühren.

»Zu schade.« Er stieß einen tiefen Seufzer aus. »Es gab eine Zeit, da fürchteten sich die Damen, von mir gebissen zu werden – und nicht nur das. Anscheinend bin ich mittlerweile ein bekehrter Sünder.«

»Das weiß ich.« Seine Hände fühlten sich wunderbar an. »Ich weiß alles über Euch.«

»Alles?«

»Alles, was von Bedeutung ist.« Sie bog ihren Hals nach hinten, um es ihm leichter zu machen.

»Tut Ihr das?«

»Selbstverständlich. Ich würde niemals einem Mann einen Heiratsantrag machen, von dem ich nicht alles Wichtige weiß.« Dennoch hatte sie bisher nicht gewusst, wie gut er massieren konnte. Sie schloss genussvoll die Augen.

»Das wäre auch leichtsinnig.«

»Mhm.« Es fiel ihr immer schwerer, sich auf das Gespräch zu konzentrieren. Mittlerweile hatte sie das Gefühl, ihre Knochen könnten unter seiner Berührung dahinschmelzen.

»Geht es Eurem Kopf ein wenig besser?«

»Mhm.« Sie entspannte sich und lehnte sich mit dem Rücken leicht an ihn. Sie spürte nur mehr den atemberaubenden Druck seiner Finger auf ihrem Kopf.

»Es war mir ein Vergnügen«, flüsterte er ihr ins Ohr. Ihre Sinne waren ganz benebelt von dem wohligen Gefühl, das seine Berührung verursachte. Dennoch spürte sie, dass er sich näher zu ihr gebeugt hatte, dass sie sehr eng beieinander standen und dass es für ihn folglich ein Leichtes wäre, ihren Hals zu küssen oder ihre Schultern oder …

»Also gut.« Er ließ die Hände sinken und trat so plötzlich zurück, dass sie beinahe das Gleichgewicht verloren hätte. Ein Gefühl der Enttäuschung durchzuckte sie. »Nun zu Eurem Vorschlag.«

»Ach ja, Ihr sagtet, Ihr hättet eine Entscheidung getroffen.« Sie drehte sich zu ihm um. »Wie lautet …« Er war nicht so weit zurückgetreten, wie sie angenommen hatte, sondern stand kaum einen Schritt von ihr entfernt, viel zu nah, und Gillians Augen waren auf gleicher Höhe wie sein Mund. Eigentlich ein sehr schöner Mund. Volle, feste Lippen, die sich wahrscheinlich warm anfühlten. Selbstredend der Mund eines Schurken – ganz egal, ob bekehrt oder nicht. Wie viele Frauen hatte dieser Mund schon geküsst? Liebkost? In Ekstase versetzt?

»Gillian?« Ein Lächeln umspielte seine Lippen, als wüsste er genau, woran sie gerade gedacht hatte.

»Ja?«, presste sie ein wenig atemlos hervor und sah ihm dabei in die Augen.

Sofort war sein belustigter Blick von eben verschwunden. Stattdessen betrachtete er sie, als sähe er sie zum ersten Mal. Seine Augen waren dunkel und geheimnisvoll – und zogen sie genauso magnetisch an wie seine Lippen. Sie spürte ein ungewohntes Verlangen in ihrer Brust. Diese Augen waren tief genug, um die eigene Seele darin zu verlieren. Was würde sie darum geben, wenn er jetzt seine Arme um sie legte und seine Lippen auf die ihren presste!

»Gillian?« Seine Stimme klang angespannt, so als ahnte er etwas von dem Verlangen, das in ihr aufgestiegen war – und teilte es.

»Richard, ich …« Sie holte tief Luft. »Ich …«

»Ich denke, dass wir uns möglicherweise gut verstehen würden als Mann und Frau.«

»Deine Frau.« Richards Frau. *Charles' Frau*. Mit einem Mal überkam sie eine Woge von Schuldgefühlen. Gillian taumelte zurück.

»Gillian, was …«

In ihrer Panik schlang sie die Arme fest um ihren Oberkörper und durchquerte eilig den Raum. Wie hatte sie nur im Traum daran denken können, den einzigen Mann zu verraten, den sie jemals geliebt hatte, den sie immer lieben würde? Seit Charles' Tod hatten einige Männer versucht, sie zu küssen. Doch diese Annäherungsversuche hatte sie stets brüsk zurückgewiesen. Noch nie hatte sie einen anderen Mann von sich aus küssen wollen oder sich gar danach gesehnt, von ihm berührt zu werden, seine Arme um sich zu spüren.

»Gillian?« Richards Stimme klang nun misstrauisch.

Sie atmete tief durch und versuchte, sich so weit wie möglich zu beruhigen. Dann schenkte sie ihm ein unnahbares Lächeln, so als wäre nichts zwischen ihnen geschehen.

»Also, Mylord«, sagte sie betont gelassen, »wie steht es mit Eurer Entscheidung?«

Er musterte sie scharf. Sie zwang sich dazu, seinem Blick standzuhalten.

»Nun gut. Obwohl ich mich selbst noch nicht auf dem Heiratsmarkt umgesehen hatte, wird es Zeit, dass ich eine Frau finde. Außerdem würde diese Erbschaft natürlich meine Lebensumstände gewaltig verbessern. Es wäre närrisch, das zu leugnen. Aus diesen Gründen willige ich ein, Euch … Nun, Euch den Hof zu machen scheint nicht ganz der passende Ausdruck zu sein.« Belustigt schüttelte er den Kopf.

»Ich verstehe schon, was Ihr meint«, sagte sie rasch.

»Und seid Ihr Euch auch der Bedingung bewusst, die ich an meine zukünftige Frau stelle?«

Sie hob den Kopf und erwiderte so ruhig wie möglich: »Ja.«

»Ausgezeichnet. Es gibt da allerdings noch eine zusätzliche Bedingung.«

Er hielt kurz inne, als suchte er nach den richtigen Worten. »Es ist doch so: Sollten wir nach der festgesetzten Zeit zu dem Entschluss kommen, nicht zu heiraten, verwirkt Ihr Eurer Anrecht auf die Erbschaft, und ich gehe leer aus.«

»Genau wie ich«, entgegnete sie.

»Sicher, doch Ihr seid nicht so auf das Geld angewiesen wie ich, nicht wahr? Schließlich entstammt Ihr einer wohlhabenden Familie, die Euch bei Bedarf unterstützt.«

»Ich ziehe es vor, nicht von meiner Familie abhängig zu sein«, sagte sie ärgerlich.

»Das ist mir klar, aber die Möglichkeit steht Euch dennoch immer offen. Ich hingegen kann es mir nicht leisten, die nächsten zwei Monate damit zu verbringen, Euch zu verführen …«

»Mich zu verführen?«

»Wie würdet Ihr es denn nennen?«

Verärgert runzelte sie die Stirn. »Ich dachte, wir hätten uns auf ›mir den Hof machen‹ geeinigt.«

»Das ist nicht ganz korrekt«, gab er leise zu bedenken.

»Es ist mir trotzdem lieber.«

»Ganz egal, wie wir es nun nennen wollen, das Ergebnis ist dasselbe: Entweder wir heiraten und bekommen die Erbschaft oder nicht, und dann habe ich meine Zeit und Mühe umsonst investiert.«

»Ich hoffe doch sehr, dass Euch die Angelegenheit nicht ganz so unangenehm sein wird, wie Ihr es jetzt darstellt.« Sie sah ihn misstrauisch an. »Ihr seid doch nicht etwa darauf aus, dass ich Euch bezahle?«

»Keinesfalls«, erwiderte er sichtlich getroffen.

Hatte sie ihn etwa beleidigt? Dabei hatte *sie* doch wohl jedes Recht, beleidigt zu sein. Allein der Gedanke, dass sie es nötig haben könnte, jemanden dafür zu bezahlen, damit er sie verführte … hofierte. Das war nicht nur absurd, es war unverschämt.

»Dass Ihr so etwas auch nur andeutet, kränkt mich.«

»Ihr seid gekränkt?«, fragte sie und sah ihn entgeistert an.

»Ja, das bin ich. Wenn ich die Art Mann wäre, den Ihr bezahlen müsstet, damit er Euch verführt …«

»Ihr werdet mich nicht verführen!«

»… dann stände ich nicht an der Spitze Eurer Liste, oder?«

»Nein, natürlich nicht! Jedenfalls glaube ich das nicht. Zum Teufel, jetzt habt Ihr es doch geschafft!« Sie rieb sich die Schläfen, als sich der nur zu bekannte pochende Schmerz in ihrem Kopf breit machte.

Richard trat auf sie zu. »Soll ich wieder …«

»Nein!« Sie wehrte ihn mit einer Hand ab und wich einen Schritt zurück.

Sie hatte nicht vor, sich nach seinen Worten nun auch

noch durch seine Berührungen verwirren zu lassen. »Sagt mir einfach, was Ihr wollt.«

»Also gut«, erwiderte er, zögerte aber erneut. »Da Ihr, wie Ihr selbst behauptet, alles über mich wisst, seid Ihr Euch ohne Zweifel auch darüber im Klaren, dass ich vier Schwestern zu unterstützen habe. Drei davon sind im heiratsfähigen Alter, die Älteste sollte schon längst verheiratet sein. Es ist meine Schuld, das weiß ich, aber es war einfach kein Geld für eine Mitgift da. Außerdem ist es schwierig, auf dem Land einen passenden Kandidaten zu finden.« Er holte tief Luft. »Ich wäre sehr dankbar, wenn meine älteste Schwester, Emma, hier bei Euch wohnen dürfte.«

»Richard«, sagte sie sanft. »Ich besitze nicht die finanziellen Mittel, um einer jungen Dame eine Ballsaison auszurichten.«

»Darum bitte ich Euch auch gar nicht«, antwortete er schnell. »Wenn Ihr sie nur ein wenig unter Eure Fittiche nehmen und ihr erlauben würdet, an Euren Salons teilzunehmen, wäre das fabelhaft. Mit ein bisschen Glück wird sie schon jemanden finden. Sie ist ein ziemlich hübsches Ding.«

»Aber wenn wir beide nicht heiraten sollten, was wird dann aus der Mitgift?«

»Mir fällt schon etwas ein«, erwiderte er achselzuckend. »Mir ist bisher immer etwas eingefallen.«

Seine Bitte war gering gemessen an dem, was Gillian ihm abverlangte. Außerdem hatte sie zwar eine ganze Reihe Cousinen, aber keine Schwester. Es klang verlockend, endlich eine zu haben, wenn auch nur für kurze Zeit. »Es wäre mir eine Ehre, Eure Schwester hier bei mir aufzunehmen.«

»Danke«, sagte er und ergriff ihre Hand. »Ganz egal, wie unsere Angelegenheit sich entwickelt, werde ich

Euch ewig dankbar sein.« Er sah ihr tief in die Augen, und Gillian hatte das Gefühl, kurz vor dem Ertrinken zu stehen.

»Werdet Ihr mich küssen?«, fragte sie. Ihr zitternder Körper strafte den gleichgültigen Tonfall Lügen.

»Natürlich werde ich Euch küssen. Ich kann mir keine bessere Art vorstellen, um unser Abkommen zu besiegeln.« Er sah sie lange an. Das Schweigen war ebenso wenig zu ertragen wie die knisternde Spannung, die zwischen ihnen lastete, oder das Gefühl ihrer Hand in der seinen. »Aber nicht heute.«

»Ganz wie Ihr wünscht.« Sie entzog ihm langsam ihre Hand, denn sie wollte nicht, dass er dachte, sie sei erleichtert – oder enttäuscht.

Um Richards Mund spielte ein leises, wissendes Lächeln. Er ging auf die Tür zu. »Ende der Woche werde ich aufs Land fahren. Dann werde ich Emma holen.«

Sie folgte ihm. »Wie lange werdet Ihr fort sein?«

Er hielt inne und sah sie erstaunt an. »Vermisst Ihr mich bereits?«

»Seid doch nicht albern. Ich weiß nur nicht, wie wir nun weiter verfahren sollen. Ihr müsst mich doch …«

»Verführen?«

»Hofieren«, sagte sie bestimmt. »Und das geht nicht, wenn Ihr nicht hier seid.«

»Ich gedenke, nicht länger als ein oder zwei Tage fort zu sein. Ich nehme an, Ihr werdet Lady Foresters Maskenball besuchen?«

Sie musste lachen. »Nicht einmal im Traum würde ich daran denken, einen von Lady Foresters Maskenbällen zu versäumen. Man weiß nie, wer oder was dort enthüllt wird. Werdet Ihr kommen?«

»Wenn Ihr dort seid.« Er nickte ihr kurz zu. »Bis dann.« Noch bevor sie etwas erwidern konnte, hatte er das Zimmer verlassen. Sie hörte Stimmen in der Eingangshalle, dann fiel die Haustür ins Schloss. Einen Augenblick später stand Wilkins in der Tür zum Salon.

»Wäre das alles, Mylady, oder erwartet Ihr noch weitere Gäste? Ich könnte Mrs. Wilkins wecken, damit sie vielleicht eine Kleinigkeit zubereitet.« Wilkins' unbeteiligte Miene unterstrich den Sarkasmus seiner Worte. Gillian verkniff sich eine bissige Antwort. »Nein, das wäre für den Augenblick alles. Danke.«

»Mylady.« Wilkins zog sich zurück. Seine gerümpfte Nase ließ keinen Zweifel darüber, was er von dieser nächtlichen Angelegenheit hielt. Dabei wollte sein hochmütiges Gebaren nicht so ganz zu seiner Zipfelmütze passen, die bei jedem seiner Schritte wippte.

Gillian atmete tief aus und sank auf das Sofa. Eigentlich sollte sie erleichtert sein, dass Richard auf ihren Vorschlag eingegangen war, doch allmählich wurde ihr bewusst, was das bedeutete.

Konnte sie wirklich und in jedem Sinne seine Frau werden? Konnte sie sein Leben mit ihm teilen? Sein Bett? Seine Kinder?

Mühsam erhob sie sich wieder und ging im Zimmer auf und ab. Sie hätte einen anderen Kanditaten von ihrer Liste auswählen sollen. Jemanden, der nicht ganz so attraktiv war, dessen Hände sie nicht zum Schmelzen brachten und dessen Blick ihr nicht die gesamte Willenskraft raubte. Sie hätte jemanden wählen sollen, der um des Geldes willen mit der Art Ehe einverstanden gewesen wäre, die sie ursprünglich im Sinn gehabt hatte.

Aber könnte sie mit so jemandem glücklich werden?

Gillian erschrak. An ihr eigenes Glück hatte sie bisher noch keinen Gedanken verschwendet. Wie sollte sie auch ohne Charles jemals wieder glücklich werden? Das war einfach unmöglich. Ihre Aussicht auf ein glückliches Leben war vor acht langen Jahren mit ihm gestorben. Kein Mann könnte jemals seinen Platz in ihrem Herzen einnehmen. Das würde sie nicht zulassen. Niemals könnte sie einen anderen lieben.

Liebe? Welch ein seltsamer Gedanke. Liebe spielte in ihrer Abmachung mit Richard keine Rolle. Es war eine rein praktische Angelegenheit, nichts weiter. Viele ihrer Freunde hatten geheiratet, ohne dass Liebe im Spiel gewesen war. Und die meisten dieser Ehen verliefen nicht unglücklich.

Warum sollte sie es nicht ebenso machen?

Sie versuchte den Gedanken zu verdrängen, dass es vielleicht sogar angenehm sein könnte, das Bett mit Richard zu teilen. Sie hatte bisher immer angenommen, dass sie nach Charles mit keinem anderen Mann mehr so intim werden könnte. Aber in dieser Nacht hatte es einen Augenblick gegeben, in dem sie sich gewünscht hatte … Was genau hatte sie sich gewünscht? Sie schlang die Arme um den Oberkörper, als wäre ihr kalt.

Für das Durcheinander an Gefühlen, in das ihre nächtliche Begegnung mit Richard sie gestürzt hatte, gab es eine ganz einfache Erklärung: Ihr lag sehr viel daran, dass ihre Hochzeitspläne aufgingen. War es da nicht natürlich, sich selbst davon überzeugen zu wollen, dass sie ihm tatsächlich die Frau sein könnte, nach der ihm verlangte? Dass sie sich bemühte, ihm eine gewisse Zuneigung entgegenzubringen? Das war alles. Es konnte nicht anders sein. Sie konnte einen anderen Mann ebenso wenig begehren, wie sie ihn lieben konnte.

Oder doch?

Wieder stiegen Schuldgefühle in ihr auf. Nein. Das seltsame Verlangen, das sie in Richards Gegenwart verspürt hatte, war eine momentane Verirrung gewesen, nichts weiter. Sie konnte ihn heiraten und tun, was er von ihr verlangte, aber sie würde nie wieder einen anderen Mann als Charles begehren.

Heute hatte sie gelernt, dass man bereits in Gedanken untreu werden konnte.

Richard betrachtete das Miniaturporträt auf der Staffelei. Wegen der großen Nachfrage hatte er sich schon des Öfteren an Miniaturen versucht, sah sie jedoch nicht als echte Kunst an, sondern lediglich als technische Stilübungen. Derartige Feinheiten waren etwas für Frauen, nicht für ernst zu nehmende Künstler. Manchmal fragte er sich jedoch, ob seine Geringschätzung vielleicht nicht so sehr von seinem Kunstverstand, sondern vielmehr von seiner eigenen Ungeduld herrührte. Richard bevorzugte Arbeiten im Großformat.

Doch wenn man ein Bild schnell fertig stellen wollte, war eine Miniatur genau das Richtige. Und tief in ihm spürte er das Verlangen, dieses Werk bald zu beenden. Er hatte die halbe Nacht daran gearbeitet, bevor er zu Gillian aufgebrochen war.

Eisblaue Augen blickten zu ihm auf. Nicht so hart wie Eis, aber doch kühl und reserviert. Wenn Augen tatsächlich die Fenster zur Seele waren, hatte Gillians Seele sich erfolgreich gegen Eindringlinge verbarrikadiert. Doch hatte es in dieser Nacht nicht einen kurzen Augenblick gegeben ...?

Er strich sich geistesabwesend über das Kinn, während er sich vorsichtig auf seinem wackeligen Schemel zurücklehnte. Sein Blick blieb starr auf das winzige Porträt geheftet. Er wusste selbst nicht genau, weshalb er das Eis in ihren Augen zum Schmelzen bringen wollte. Stolz war eine mögliche, sogar eine sehr wahrscheinliche Antwort. Ihm lag nichts daran, eine Frau zu heiraten, der er lediglich als Mittel zum Zweck diente. Seine Frau sollte ihn begehren, sie sollte sich nach seiner Berührung sehnen, sich nach seinen Liebkosungen verzehren. Das war nicht zu viel verlangt. Immerhin schenkte er ihr im Gegenzug den Rest seines Lebens.

Hatte Gillian in den langen Jahren nach dem Tod ihres Mannes je ein derartiges Verlangen verspürt? Richard konnte sich nicht an Gerüchte über sie und andere Männer entsinnen. Thomas hätte Affären seiner Schwester bestimmt erwähnt, und sei es nur aus brüderlicher Sorge.

Hatte Gillian bisher niemanden als ihren Ehemann in ihr Bett gelassen? Seine Bauchmuskeln spannten sich an, er kannte die Antwort auf diese Frage. Zum Teufel, die Frau war im Grunde genommen noch eine Jungfrau. Er verabscheute Jungfrauen und hatte sich nach seinem Wissen nie mit einer eingelassen. Jungfrauen waren zimperlich – nicht nur unter der Bettdecke. Er persönlich bevorzugte erfahrene Frauen.

Sicher, streng genommen war Gillian keine Jungfrau, sondern eine Witwe. Aber praktisch gesehen bestand kaum ein Unterschied zwischen einer unberührten Frau und einer Frau, die seit fast einem Jahrzehnt nicht angerührt worden war.

Verdammt. Gillians Familienname und ihre Schönheit mussten ihr zahlreiche Annäherungsversuche eingebracht haben. Wie sollte er eine solche Frau dazu bringen, freiwillig mit ihm ins Bett zu gehen? Er hatte schlichtweg keine Ahnung.

Ein leichtes Lächeln umspielte die Lippen, die er gemalt hatte, als wüsste das Porträt um sein Dilemma. Dabei fand Gillian ihre Situation alles andere als amüsant, so viel war ihm klar. Bäumte ihr Stolz sich nicht auch gegen den Gedanken auf, allein aus finanziellen Beweggründen zu heiraten? Er war sich noch immer nicht sicher, weshalb ihr so viel daran lag, die Erbschaft anzutreten, selbst wenn er ihr keinen Vorwurf daraus machen konnte, dass sie sich ein derartiges Vermögen nicht entgehen lassen wollte.

Sein Blick glitt zurück zu den Augen des Porträts. Sie zu malen war am schwierigsten gewesen. Es wäre sinnvoller gewesen, ein lukrativeres Bild anzufertigen. Aber aus irgendeinem Grund ging ihm ihr Antlitz nicht aus dem Kopf und verdrängte alles, was er sonst auf die Leinwand hätte bannen können.

Vielleicht könnte er ihr die Miniatur schenken? Ihre Abmachung mit einem kleinen Andenken besiegeln? Das war natürlich eine lächerliche Idee. Woher hätte der Earl of Shelbrooke das Geld für eine derartige Auftragsarbeit nehmen sollen?

Nein, er konnte es ihr unmöglich geben, ohne ihre Neugier zu wecken. Dennoch war der Gedanke verlockend. Was sie wohl von seiner Arbeit halten würde?

Er nahm das Porträt vorsichtig in die Hand und betrachtete es aufmerksam. Weshalb sollte er es ihr eigentlich nicht geben? Natürlich nicht persönlich. Er könnte es ihr über Thomas zukommen lassen und ihm sagen, dass er es gemalt habe, weil sie voller Lob für sein Landschaftsgemälde gewesen sei. Nein, Thomas würde ihm das niemals glauben. Er würde genauso viele Fragen wie seine Schwester stellen. Verfluchte Familie. Die Neugier lag ihnen im Blut.

Weshalb aber konnte Etienne-Louis Toussaint es nicht direkt an sie schicken?

Warum nicht? Auch wenn der weltabgewandte Künstler seine Werke immer nur auf den ominösesten Wegen verkaufte, konnte er Gillian die Miniatur durchaus ohne Kunsthändler oder Galerie zukommen lassen. Schließlich schätzte sie sein Werk, und eine Empfehlung aus ihrem Munde wog viel. Lag es demnach nicht nahe, ihr ein Zeichen seiner Dankbarkeit zu schicken? Nur eine Kleinigkeit, nichts weiter als eine höfliche Geste.

Sein Gesicht verzog sich zu einem breiten Grinsen. Fast hätte er laut aufgelacht, stattdessen gähnte er. Es war Stolz. Derselbe Stolz, der ihn davon abhielt, Gillians Heiratsangebot ohne Zögern anzunehmen, veranlasste ihn nun dazu, ihr dieses Geschenk darzubringen. Sein Stolz war das Einzige, was ihm nach dem Verlust seines Vermögens geblieben war. Es würde ihn nicht wundern, wenn dieser Stolz ihn eines Tages zu Fall brächte.

Er lächelte auf das Porträt in seiner Hand hinab. Vielleicht würde das tatsächlich eines Tages geschehen, aber mit ein wenig Glück noch nicht so bald.

Fünftes Kapitel

»Eine griechische Muse. Ich hatte nichts Geringeres erwartet.« Der große maskierte Gentleman verneigte sich tief vor ihr.

»Tatsächlich, Mylord?« Mit einer betont würdevollen Geste streckte sie ihm die Hand entgegen. Das Herz schlug ihr bis zum Hals, sie hätte Richards Stimme überall sofort erkannt, auch auf Lady Foresters überfülltem Maskenball. »Eine Muse?«

»Genau.« Er nahm ihre Hand und führte sie an seine Lippen.

»Aber weshalb nur eine Muse?«, wollte Gillian wissen. Der kokette Ton in ihrer Stimme überraschte sie selbst. »Weshalb denn keine Göttin?«

»Eine Göttin befiehlt nur«, sagte er, während er ihre Hand losließ. Die Augen hinter der Maske funkelten, er musterte Gillian eingehend. Sie trug ein einfaches Gewand im Stil der alten Griechen, das an den Schultern von vergoldeten Broschen zusammengehalten wurde. Um die Taille hatte sie eine goldene Kordel geschlungen; ihre Haare waren hoch gesteckt und wurden von einem goldenen Band in Zaum gehalten. Es war dasselbe Kostüm, das sie bereits in den letzten beiden Jahren getragen hatte, doch unter seinem forschenden Blick wurde es wieder zu etwas Neuem und Aufregendem. »Eine Muse hingegen inspiriert.«

»Inspiriere ich Euch denn?« Sie blickte ihn herausfordernd an.

Seine Stimme wurde mit einem Mal eindringlich. »Ja, sehr.«

Gillian stockte der Atem.

Dies war nun das zweite Mal am heutigen Tag, dass jemand sie zum Quell seiner Inspiration ernannte. Über das erste Mal hatte sie nicht weiter nachgedacht, doch Richards Bemerkung …

»Guten Abend, Lord Shelbrooke«, ließ sich Robin vernehmen, der in diesem Moment neben Gillian trat.

»Lord Shelbrooke«, sagte Kit mit einem angedeuteten Kopfnicken. Auch er stand nun neben ihr. Du lieber Himmel, die beiden hatte sie ganz vergessen. Sie hatten Gillian heute Abend hierher begleitet, wie sie es bei den meisten gesellschaftlichen Anlässen in den letzten Jahren getan hatten. Doch zum ersten Mal in ihrem Leben hätte sie es vorgezogen, allein auf dem Ball erschienen zu sein.

»Lord Weston, Lord Cummings«, erwiderte Richard höflich.

Die drei Männer verfielen daraufhin in brütendes Schweigen, als machte sich jeder auf einen bevorstehenden Angriff gefasst. Unter anderen Umständen wäre es ein amüsanter Anblick gewesen: Robin als römischer Soldat verkleidet, Kit als französischer Musketier und Richard in denselben Sachen, die er zu ihrem Salon getragen hatte. Alle drei trugen die Halbmasken, die Lady Forester den männlichen Gästen auf ihrem alljährlichen Maskenball vorschrieb.

Gillian seufzte. Bisher war der Abend genauso schwierig verlaufen, wie sie es sich vorgestellt hatte. Seitdem sie Robin und Kit von ihren Heiratsplänen mit Richard erzählt hatte, hatte sie versucht, den beiden aus dem Weg zu gehen. Dennoch hatten sie die Zeit gefunden, ihr jeweils einen Besuch abzustatten, um ihr die ganze Sache auszureden. An diesem Abend hatten sie Gillian noch nicht offen kritisiert, ihre Missbilligung stand ihnen jedoch ins Gesicht geschrieben.

»Interessante Kostümwahl, Mylord«, sagte Kit schließlich mit einem Blick auf Richard. »Was genau stellt Ihr da, wenn man fragen darf?«

»Was genau ich darstelle?«, wiederholte Richard und blickte mit weit gespreizten Armen an sich selbst hinab. »Ist das denn nicht offensichtlich? Ich bin ein verarmter Earl, der darauf aus ist, eine reiche Erbin zu heiraten.«

Gillian atmete hörbar ein.

Robins Augen verengten sich zu Schlitzen. Kit starrte Richard ungläubig an.

Richard lachte.

Vielleicht lag es an dem Schock, sein tiefes, ungehemmtes Lachen in der Öffentlichkeit zu hören. Oder an den Gesichtern, die ihre beiden besten Freunde zogen. Oder daran, dass Richard ihr zublinzelte. Die Absurdität der Situation traf Gillian wie ein Schlag, und sie stimmte in sein Lachen ein.

»Das ist nicht komisch«, gab Robin entrüstet von sich.

»Kein bisschen«, stimmte Kit ihm mit gerunzelter Stirn bei.

»Doch, das ist es. Ich habe noch nie einen so verdutzten Musketier gesehen oder auch einen Römer, dem es derart die Sprache verschlagen hat.« Gillian beugte sich zu ihren Freunden und sagte in leiserem Tonfall: »Und ich muss schon sagen, ihr habt es verdient. Seitdem ich euch in meine Pläne eingeweiht habe, behandelt ihr mich wie ein kleines Kind. Langsam glaube ich wirklich, dass ich einen großen Fehler begangen habe …«

»Gillian«, warf Robin ein, »wir wollten doch nicht …«

»Also wirklich …«, ereiferte sich Kit.

»… und zwar, als ich mich euch anvertraut habe!« Sie wandte sich Richard zu und schenkte ihm ihr strahlendstes Lächeln. »Mylord, es ist heiß und stickig hier. Ich würde zu gern an die frische Luft gehen.«

»Immer zu Diensten«, entgegnete Richard und nahm ihren Ellbogen. »Meine Herren.«

Gillian verabschiedete die beiden mit einem Kopfnicken und ließ sich von Richard durch die Menge führen. Zurück blieben ein völlig entgeisterter Römer und ein nicht minder überraschter Musketier.

»Verzeiht, Gillian.« Richard beugte sich näher zu ihr, um den Lärm der vielen Leute um sie herum zu übertönen. »Ich konnte einfach nicht widerstehen. Die beiden waren so verdammt beschützerisch und herablassend und … O mein Gott.« Er hielt inne und starrte sie ungläubig an. »Sie wissen über die Erbschaft Bescheid, nicht wahr?«

»Allerdings«, seufzte sie. »Und bisher sind sie nicht sehr hilfreich gewesen.«

»Nein?«, fragte er und warf ihr einen neugierigen Blick zu. »Es überrascht mich, dass sie nicht angeboten haben, Euch zu heiraten.«

»Das haben sie.«

»So, so.« Er nahm wieder ihren Arm, und sie steuerten gemeinsam auf die Türen am anderen Ende des Raumes zu.

Es wäre sinnlos gewesen, ihm hier irgendetwas erklären zu wollen. Inmitten des Trubels konnte sie sich selbst kaum denken hören, außerdem lag ihr wenig daran, ganz London von ihrer Abmachung mit Richard in Kenntnis zu setzen. In den letzten Minuten waren sie bereits von zahlreichen Augenpaaren neugierig gemustert worden. Man hatte Gillian seit Jahren nicht mehr in Begleitung eines anderen Mannes als Robin oder Kit gesehen, und Richard galt noch dazu als schweigsamer Außenseiter.

Sie durchquerten den Ballsaal, indem sie sich mühsam durch die Menge der ausgelassen Feiernden schoben. Einige der Gäste waren äußerst fantasiereich kostümiert, andere wirkten eher lächerlich. Nachdem Richard und Gillian endlich die Tanzfläche umrundet hatten, traten sie durch eine der weit geöffneten Türen auf die festlich geschmückte Terrasse.

Lady Foresters Haus war wie geschaffen für große Veranstaltungen, und sie hatte Sorge getragen, dass sich das theatralische Flair ihres Festes auch draußen entfalten konnte. Laternen tanzten im Wind und leuchteten den Weg in die Gärten, die jedoch genügend Schattenplätze für diejenigen Gäste boten, die Wert auf etwas Intimität legten. Blumengewinde und farbige Bänder schmückten die Balustraden. Überall waren Bedienstete in Dominokostümen zu sehen, die Erfrischungen reichten.

Von ihren männlichen Gästen erwartete Lady Forester ausnahmslos, dass sie maskiert erschienen. Bei den Damen war sie etwas weniger streng, bestand jedoch darauf, dass sie zumindest eine Maske bei sich trugen. Gillian hatte ihre Maske an ihrem Handgelenk befestigt. Ihre Gastgeberin hatte Verständnis für die verheerenden Auswirkungen, die das Tragen einer Maske auf kunstvoll aufgetürmte Frisuren haben konnte. Sie wusste aber auch, wie überaus nützlich eine Maske sein konnte, wollte ein Gast – aus welchen Gründen auch immer – unerkannt bleiben.

»Hier draußen ist es beinahe genauso voll«, murmelte Richard und sah sich um. »Hier entlang.« Er steuerte sie zu der Treppe, über die sie in den Garten gelangten. Ein steinerner Weg führte um einen großen Teich mit einer sanft plätschernden Wasserfontäne. In immer gleichen Abständen zweigten Pfade von dem Rondell ab und führten tiefer in den Garten. Richard und Gillian kamen zu einer Steinbank, die halb von einer der überlebensgroßen marmornen Statuen verdeckt war. Der Platz war abgelegen, ohne gleich den Verdacht eines heimlichen Stelldicheins aufkommen zu lassen. »Glaubt Ihr, hier werden die Leute auf uns aufmerksam?«

»Auf uns beide werden die Leute überall aufmerksam. Besonders, wenn wir in den Gärten verschwinden. Lady

Foresters Gärten haben einen ganz speziellen Ruf.« Gillian lächelte und lehnte sich mit dem Rücken an die Statue. »Es heißt, hier fänden alle möglichen amourösen Aktivitäten statt.«

»Muss ich mir um Euren Ruf Sorgen machen?«

»Im Grunde habe ich gar keinen Ruf. Jedenfalls nicht so wie eine Reihe anderer Frauen …«

»Warum nicht?«

»Warum?« Sie blickte ihn ungläubig an. »Ach du meine Güte, Richard, Ihr fragt wirklich die seltsamsten Dinge.«

Er zuckte mit den Schultern. »Ich versuche nur, so viel wie möglich über Euch herauszufinden. Ihr seid eine wunderschöne Frau. Einen Großteil Eurer Zeit verbringt Ihr mit Schriftstellern und Künstlern. Wie kommt es, dass Ihr noch niemals einer eleganten Formulierung oder einem verführerischen Pinselstrich erlegen seid?«

»Einem verführerischen Pinselstrich?«, fragte sie mit einem hellen Lachen. »Eines ist sicher, Ihr versteht es selbst, elegant zu formulieren.«

»Dabei gebe ich mir nicht einmal besonders große Mühe«, sagte er mit einem Grinsen. »Aber ich kann nicht glauben, dass noch nie ein Dichter über die Sterne in Euren Augen geschrieben hat …«

»Etwa eine ›Ode an Gillian‹?«

»Oder dass noch kein Künstler Euer Wesen auf Leinwand festgehalten hat.«

»Auf Leinwand?« Wie seltsam, dass er das erwähnte. Gerade an diesem Tag hatte sie ein Miniaturporträt von dem französischen Maler erhalten, dessen Landschaftsbild sie so bewundert hatte. Sie hatte vorgehabt, es heute Abend Richard zu zeigen. Seine Meinung wäre sicher interessant; außerdem könnten sie so über etwas anderes als immer nur über sich selbst reden. Doch im letzten Moment hatte sie sich dagegen entschieden. Irgendetwas an dem kleinen Bildnis kam ihr auf sonderbare Weise persönlich, ja geradezu intim vor. Es war nur ein vages Gefühl, aber sie war sich nicht sicher, wie Richard darauf reagieren würde. Ihm schien nichts zu entgehen. Es würde sich noch früh genug eine andere Gelegenheit finden lassen, ihm die Miniatur zu zeigen. »Seid doch nicht albern.«

»Es hat also keine Künstler gegeben«, sagte er leichthin, »keine Dichter …«

»Nein.«

»Keine Komponisten, keine Politiker …«

»Nein. Richard …«

»Keine Metzger, keine Bäcker …«

»Nein! Niemanden. Also wirklich, Richard.« Sie stieß einen Seufzer der Verzweiflung aus. »Ich habe keinen … was ich damit sagen will …«

»Ihr habt keinen Ruf.«

»Genau«, stieß sie hervor. »Seid Ihr jetzt zufrieden?«

»Vollkommen.« Er schüttelte den Kopf in gespielter Verzweiflung. »Obwohl wir uns hier draußen Sorgen um meinen Ruf machen sollten.«

»Um Euren Ruf?«

»Ich hatte einmal einen, müsst Ihr wissen«, sagte er treuherzig. »Und zwar einen verdammt eindrucksvollen. Aber seht mich jetzt an. Ich befinde mich mit einer Frau, die keinerlei Ruf zu verlieren hat, in einem Garten der Sünde – und keine Menschenseele nimmt Anstoß daran, weil ich als völlig bekehrt gelte. Ein Ehrenmann, an der Spitze Eurer Liste. Ich höre die Leute schon flüstern: Bei ihm wird ihr nichts passieren.« In seiner Stimme schwang Wehmut mit. »Welch ein trauriges Ende es mit mir genommen hat.«

»So schlimm ist es doch gar nicht. Heute Abend zum Beispiel habt Ihr lauthals gelacht und habt Euch aus dem hintersten Winkel des Ballsaals nach vorne gewagt. Ich könnte mir gut vorstellen, dass sich in diesem Augenblick alle Gedanken über uns beide machen.«

»Glaubt Ihr das wirklich?«, fragte er hoffnungsvoll.

Sie verbiss sich ein Lachen und nickte voller Ernst. »Allerdings.«

»Dann kann es ja nur noch aufwärts mit mir gehen.« Auf einmal verschwand der Schalk aus seiner Stimme. »Verdammt, ich halte das keine Minute länger aus.«

Ein unbehagliches Gefühl packte sie. »Richard, was ...«

Mit einer blitzschnellen Bewegung riss er sich die Maske vom Gesicht. Er strich sich ein paar Haarsträhnen aus der Stirn, warf den Kopf in den Nacken und atmete tief ein. »So ist es viel besser. Ich hasse Masken. Ich kann es nicht ausstehen, wenn etwas mein Gesicht einengt.« Richard erschauderte. »Denkt Ihr, Lady Forester wird mich hinauswerfen lassen, weil ich meine Maske abgenommen habe?«

Gillian sah ihn an und setzte eine betont nachdenkliche Miene auf. »Vielleicht. Es könnte durchaus ein unentschuldbares Vergehen sein. Ich habe Lady Forester sagen hören, dass es nichts Anziehenderes gebe als einen mysteriösen Mann.«

»Daher ihre Leidenschaft für unaussprechliche, dunkle Geheimnisse.«

»Und für eine Reihe anderer Dinge«, erwiderte sie lächelnd und schüttelte dann den Kopf. »Sie mag übrigens Recht haben. Was ist schon aufregender als ein Mann mit Geheimnissen? Oder ein Mann, dessen Gesicht hinter einer Maske verborgen ist? Er könnte alles sein: ein Bettler, ein Prinz, ein ...«

»Er könnte gefährlich sein.«

Sie zuckte unbeeindruckt die Schultern. »Ich könnte mir vorstellen, dass ihn das nur noch aufregender macht.«

Richard stützte sich mit einem Fuß auf der Bank ab und lehnte mit einem Arm auf seinem Oberschenkel. »Sehnt sich jede Frau nach dieser Art Aufregung?«

»Lady Forester ist nicht jede Frau.«

»Ihr auch nicht.« Er musterte sie eindringlich. »Sehnt *Ihr* Euch nach dieser Art Aufregung?«

»Ich? Darüber habe ich mir überhaupt noch keine Gedanken gemacht. Ich kann natürlich nachempfinden ...« Sehnte sie sich nach Aufregung? Nach einem geheimnisvollen Mann? Einem mysteriösen Fremden? Jemandem, der gefährlich und unwiderstehlich war? Die Gelegenheit hatte sich nie ergeben. Sie schüttelte den Kopf. »Nein, natürlich nicht.«

»Nein, Ihr zieht es vor, alles über einen Mann in Erfahrung zu bringen, bevor Ihr ihm einen Heiratsantrag macht.«

»Das schien mir vernünftig zu sein«, flüsterte sie peinlich berührt. So wie er es sagte, klang es kalt und berechnend.

»Und außerdem praktisch.« Er nickte gedankenverloren. »Warum nicht Weston oder Cummings? Die kennt Ihr schon Euer ganzes Leben lang.«

»Ach, das hätte ich keinem von beiden antun können«, erwiderte sie.

»Aber mir schon?«

»So habe ich das nicht gemeint. Vielleicht kenne ich sie einfach zu gut. Sie sind wie Brüder. Außerdem«, ergänzte sie lächelnd, »habe ich den Verdacht, dass Kit in diesem Augenblick mit einer bildhübschen Schäferin flirtet, die ihm vorhin aufgefallen ist, und Robin darüber brütet, ob er endlich nach einer Frau Ausschau halten soll oder ob er es vielleicht noch ein weiteres Jahr aufschieben kann.«

»Trotzdem mögen sie Euch sehr.«

»Und ich sie, aber ...«

»Ich denke auch, dass beide mit der Art Ehe einverstanden wären, die Ihr Euch vorstellt.«

»Die Art Ehe …«

»Nur dem Namen nach.«

»Ja, schon.« Sie vermied es, ihn anzusehen, und trat einen Schritt weg von der Statue. Nachdem sie tief durchgeatmet hatte, wandte sie sich ihm zu. »Dieser Punkt steht nicht zur Debatte, oder?«

»Es liegt einzig und allein an Euch.« Er nahm seinen Fuß von der Bank und kam auf sie zu. Ihr Herz schlug wie wild. Würde er sie küssen? Panik erfüllte sie, dennoch konnte sie ihren Blick nicht von ihm wenden.

»Tut es das?«, brachte sie mühsam hervor. Ihr Hals fühlte sich auf einmal wie ausgetrocknet an. Sie fuhr sich mit der Zunge über die Lippen. Für einen Moment glitt sein Blick zu ihrem Mund hinab, um dann wieder zu ihren Augen zu wandern.

»Etwa nicht?«

Sie spürte einen starken Impuls davonzulaufen. Sie wollte auf der Stelle umdrehen und in die Nacht fliehen, doch sie vermochte sich nicht zu rühren. Sie konnte kaum atmen.

»Meint Ihr?«, flüsterte sie kaum hörbar. Vielleicht war es am besten, wenn er sie jetzt tatsächlich küsste. Dann hätten sie es hinter sich gebracht, und sie wüsste bestimmt, ob sie ihm die Art Frau sein konnte, die er haben wollte.

»Ich glaube schon.«

»Ja?« Sie atmete tief durch.

»Ich fühle mich ganz ausgetrocknet. Wie wäre es mit einem Glas Champagner?«

»Champagner?«, fragte sie schrill. »Ihr bietet mir Champagner an?«

Sein Mund verzog sich zu einem Grinsen. »Es sei denn, Ihr würdet etwas anderes bevorzugen.«

»Nein«, erwiderte sie unerwartet scharf. War sie erleichtert? »Champagner wäre fabelhaft.«

»Also gut. Wartet Ihr hier auf mich?«

»Natürlich.«

»Ausgezeichnet.« Er wandte sich zum Gehen, hielt dann aber inne. »Gillian, ich …«

»Ja?«

»Ach, nicht so wichtig.« Er bedachte sie mit einem arroganten Lächeln und schlug den Weg in Richtung Terrasse ein. Sie sah ihm nach, bis er in der Menge auf der Treppe verschwunden war. Dieser verflixte Kerl. Warum nur hatte er sie nicht geküsst? Selbstverständlich war es besser so. Es wäre viel zu früh gewesen, sie kannte ihn ja kaum. Sie kannte sich selbst ja kaum. Dennoch vermischte sich ihre Erleichterung mit einem seltsamen Gefühl der Enttäuschung.

Seit seinem Besuch vorletzte Nacht hatte sie ihn nicht mehr gesehen, doch er war ständig in ihren Gedanken. Die Art, wie er sie mit seinen dunklen Augen angesehen hatte, die widersprüchlichen Gefühle, die seine Berührungen in ihr ausgelöst hatten … Sein Versprechen, sie zu küssen, ging ihr auch nicht aus dem Kopf.

Sie verschränkte die Arme hinter ihrem Rücken und lief vor der Bank auf und ab.

Seit ihrer letzten Begegnung hatte sie ununterbrochen über ihr Abkommen nachgedacht. Konnte es eine gemeinsame Zukunft für sie beide geben? Sie war zu dem Schluss gekommen, dass es logisch betrachtet kein wirklicher Verrat an Charles war, wenn sie Richard begehrte, ja selbst wenn sie ihn vielleicht eines Tages lieben würde. Da sie seit Jahren nichts anderes tat, als die Vergangenheit zu verdrängen, kam ihr die kurze Zeit, die sie zusammen mit Charles verbracht hatte, oftmals sowieso nur wie ein schöner Traum vor. Doch das sagte ihr Verstand.

Ihre Gefühle sagten etwas ganz anderes und ließen sich nicht so leicht zum Schweigen bringen. Sie konnte nichts gegen die Woge aus Schuld und Panik tun, die sie ergriff, sobald Richard ihr zu nahe kam. Derartige Gefühle hatte bisher noch kein Mann in ihr ausgelöst. Sie konnte selbstsicher und gelassen sein, solange sie einander nur neckten und ihre Bemerkungen nicht ernst gemeint waren. Doch sobald ihre Worte eine tiefere Bedeutung annahmen, sobald er sie mit seinen dunklen Augen ansah, wurde sie unsicher und nervös wie ein Schulmädchen. Anfangs hatte sie gedacht, dass dies mit ihrer außergewöhnlichen Situation zusammenhing – schließlich schwebte permanent die Frage über ihnen, ob sie heiraten sollten. Mittlerweile hatte sie jedoch der Verdacht beschlichen, dass mehr dahinter steckte.

Waren es tatsächlich Schuldgefühle? Oder war es vielleicht Angst?

Sie hielt inne und starrte ausdruckslos in das Dunkel der Nacht. Während ihres Gesprächs mit Richard hatte sie kein einziges Mal an Charles gedacht. Hatten ihre widerstreitenden Gefühle am Ende gar nichts mit ihrem Mann zu tun, sondern einzig und allein mit ihr selbst? War Charles nur eine bequeme Ausrede, um fliehen zu können? Doch vor was? Vor dem Leben? Vor Richard?

Etwas an diesem Mann zog sie unweigerlich an, wie ein einzelnes Blatt, das von der Gewalt eines Wasserfalls fortgerissen wurde. Was empfand sie dabei? War es aufregend?

Sehnte sie sich, trotz allem, was sie zu Richard gesagt hatte, nach etwas Aufregung? War tief in ihr das Verlangen nach einem geheimnisvollen Mann? Richard war sicherlich nicht geheimnisvoll. Dennoch war er überhaupt nicht so, wie sie ihn sich vorgestellt hatte. War das allein nicht schon aufregend genug?

Und beängstigend?

War Angst nicht genauso schwer zu überwinden wie Schuldgefühle? Sie erschauderte. Es war gewiss nicht einfach, mit der Wahrheit fertig zu werden.

Wie war sie nur in dieses Gefühlschaos geraten? Sie hatte doch bloß die Erbschaft gewollt – und damit ihre eigene Unabhängigkeit und die Möglichkeit, eine Ehrenschuld zu begleichen. Mittlerweile war sie sich nicht mehr sicher, welcher Preis der höhere war. Die Erbschaft oder der Mann.

Zum Teufel, er hätte sie einfach küssen sollen. Er hatte es doch gewollt, warum hatte er es also nicht getan?

Weil er in ihren Augen den Blick eines verängstigten, gefangenen Tieres gesehen hatte. Weil er seine Zärtlichkeiten noch nie einer Frau gegen ihren Willen aufgedrängt hatte. Aber vor allem, weil er wollte, dass sie ihn begehrte.

Auf der Treppe verlangsamte er seine Schritte und hielt nach den Kellnern in den Dominos Ausschau. Vor ein paar Minuten hatte er noch ein Dutzend der schwarzen Umhänge und weißen Masken auf der Terrasse herumschwirren sehen. Hatten sie sich in Luft aufgelöst?

Er seufzte tief und drückte sich an den Rand der Terrasse. Gillian hatte die Miniatur noch nicht einmal erwähnt. Dabei wusste er, dass sie sie erhalten hatte: Er hatte darauf bestanden, dass sich der Laufbursche, den er hierfür angeheuert hatte, eine Unterschrift von Gillians übellaunigem Butler geben ließ.

Er bemerkte einen Bediensteten, der ein Tablett mit Champagnergläsern trug, und winkte ihn zu sich. Der Mann setzte sich sogleich in Bewegung.

Und wenn es ihr nicht gefiel? Wenn sie der Meinung war, dass es ihr überhaupt nicht ähnele oder – viel schlimmer – dass es schlecht gemalt sei? Wie konnte er das nur herausfinden?

Der Kellner schob sich geschickt durch die Menge, wobei er ständig einem der Gäste ausweichen musste; eine seltsame Figur in diesem schwarzen Umhang und der weißen Maske, beinahe wie aus einem Traum.

Er konnte sie natürlich nicht offen danach fragen. Schließlich hatte Toussaint ihr das Porträt geschickt, nicht Shelbrooke. Zu schade, dass Toussaint sie nicht fragen konnte. Er könnte ihr höchstens ein paar Zeilen schreiben.

Der Kellner war zu ihm vorgedrungen und hielt ihm das Tablett hin. Richard streckte seine Hand nach den Gläsern aus, hielt jedoch mitten in der Bewegung inne.

»Stimmt etwas nicht, Mylord?«, wollte der Bedienstete wissen.

Hinter der Maske, unter dem Umhang und dem Dreispitz konnte sich jeder verbergen. Ein Bettler, ein Prinz … ein Maler? Schließlich war das hier ein Maskenball, und Kostüme waren vorgeschrieben. Man musste sich verkleiden. Natürlich würde das bedeuten, dass er wieder eine dieser verdammten Masken aufsetzen musste, und es bestand immer die Gefahr, dennoch erkannt zu werden. Aber ein Mann, der nicht öffentlich zu seinen Werken stehen konnte, musste zumindest wissen, ob eine Frau, die er bewunderte, auch ihn bewunderte – oder auch nur seine Gemälde.

Natürlich ging er ein Risiko ein. Sein Stolz und sein Geheimnis standen auf dem Spiel, aber das war es ihm wert.

»Ganz im Gegenteil.« Richard lächelte den Mann freundlich an. »Ganz im Gegenteil.«

Sechstes Kapitel

Es war blanker Wahnsinn.

Richard versuchte den Gedanken zu verdrängen, so wahr er auch sein mochte. Bisher hatte Toussaint nur dem Namen nach existiert, Richard war nicht das geringste Wagnis eingegangen. Doch heute Abend sollte sich das schlagartig ändern. Er rückte ein letztes Mal die unangenehme Maske zurecht, atmete tief durch und trat aus dem Schatten.

Gillian ging vor der Bank, an der er sie zurückgelassen hatte, auf und ab. Sie blickte auf, als er näher kam.

Was sollte er jetzt tun? Er hatte die ganze Sache nicht durchdacht. Zumindest hatte er so viel Geistesgegenwart besessen, sich nicht nur das Kostüm des Kellners, sondern auch dessen Tablett auszuleihen.

Ihr Blick wanderte zu dem einzelnen Glas, das er trug. »Hat Lord Shelbrooke Euch geschickt?«

Er nickte stumm.

»Eigentlich hatte ich erwartet, dass er es mir selbst bringt«, murmelte sie. »Ich nehme an, er ist aufgehalten worden.« Sie nahm den Champagner, lächelte freundlich, bedankte sich und wandte sich dann um.

Sie hatte ihm höflich, aber unmissverständlich zu verstehen gegeben, dass er nun gehen könne. Was, zum Teufel, sollte er tun? Beziehungsweise, was würde Toussaint tun?

Gillian schritt wieder gedankenverloren auf und ab. Richard und Thomas hatten Toussaint gemeinsam ausgeheckt, aber Richard hatte nicht damit gerechnet, dass er tatsächlich einmal als Toussaint auftreten würde. Wenn er Toussaint spielen wollte, musste er zumindest für den heutigen Abend Toussaint werden. Der arrogante Nachkomme einer französischen Adelsfamilie, ein Künstler, der völlig von seinem Genie überzeugt war.

Gillian drehte sich um. Er stand immer noch da. Sie runzelte die Stirn. »Ja?«

Er musste ein Mann sein, dem die Frauen zu Füßen lagen.

»Gibt es noch etwas?« Sie trat vorsichtig einen Schritt zurück. Auf einmal wurde ihm bewusst, dass das Dominokostüm auf der belebten Terrasse oder im hell erleuchteten Ballsaal fantasievoll und bezaubernd anzusehen war, dass jedoch hier, im Dunkel des Gartens, die weiße Maske leblos und der schwarze Umhang bedrohlich wirkten. Er stellte keine romantische Figur mehr dar, sondern musste auf sie einen beunruhigenden, wenn nicht gar beängstigenden Eindruck machen.

So verstellte er seine Stimme und beteuerte mit einem starken französischen Akzent: »Ihr müsst keine Angst vor mir haben, Madame.«

»Das habe ich nicht.« Ihr scheuer Blick strafte ihre Worte Lügen. Er fragte sich, wie lange es wohl dauern würde, bis jemand herbeieilte, sollte sie um Hilfe rufen. »Nun muss ich aber …«

»Erlaubt mir, dass ich mich vorstelle.« Achtlos warf er das Tablett auf die Bank.

»Ich glaube kaum …«

Er verneigte sich besonders tief, so wie er es bei Leuten vom Kontinent gesehen hatte. »Ich bin Etienne-Louis Toussaint.«

»Ich glaube wirklich nicht, dass …« Sie riss die Augen auf. »Der Maler?«

»Genau der.«

»Ihr seid ziemlich gut.« In ihrer Stimme schwang Bewunderung mit.

»Das bin ich in der Tat«, erwiderte er selbstgefällig.

»Und auch noch bescheiden«, sagte sie. Ein leises Lächeln spielte um ihre Lippen.

Er zuckte mit den Schultern. »Bescheidenheit kann ich mir nicht leisten. Ich muss mich von den Fesseln der Konventionen freimachen, wenn ich große Kunst schöpfen will.« *Fesseln der Konventionen?* Er stöhnte innerlich auf.

»So, so.« Sie musterte ihn einen Moment lang. »War denn die Miniatur, die Ihr mir gesandt habt, große Kunst?«

»Ihr seid Expertin in Kunstdingen, Madame. Was ist Eure Meinung?«, fragte er betont desinteressiert.

»Nett.«

»Nett?« Seine Entrüstung hatte ihn für einen kurzen Augenblick den französischen Akzent vergessen lassen. Er fing sich aber sofort wieder. »Nett! Das sagt man zu einem Kind, das zum ersten Mal ein Pony gezeichnet hat.«

»Oh, es war besser als eine Kinderzeichnung von einem Pony«, versicherte sie amüsiert.

»Ich bin froh, dass Ihr das sagt, Madame«, erwiderte er trocken.

»Die Ähnlichkeit ist beachtlich, und das, obwohl ich doch gar nicht Modell gesessen habe.«

»Ich bin ein ausgezeichneter Beobachter, und ich habe Euch schon oft gesehen. In einer Kutsche auf der Straße, auf einem Pferd im Park, am anderen Ende eines Ballsaals.« *Nett? Eine beachtliche Ähnlichkeit?* Er war sich nicht sicher, was er von ihr hatte hören wollen, aber das gewiss nicht.

Sie nippte gedankenverloren an ihrem Champagner. »Auf mich wirkte das Bild sehr persönlich.«

Er richtete sich zu seiner vollen Größe auf. »Ein gutes Porträt sollte immmer persönlich sein. Der Betrachter soll sagen: *Mais oui,* das ist sie. Ich wollte nicht nur Eure Schönheit einfangen, sondern auch Eure Seele.«

Sie lachte hell auf. »Aber Ihr kennt meine Seele doch gar nicht.«

»Doch, das tue ich. Die Welt der Künstler ist sehr

klein. All diejenigen, die Ihr so überaus großzügig mit möglichen Gönnern bekannt macht, schwärmen von Eurem bezaubernden Wesen. Eure Seele liegt in Euren Handlungen offen zu Tage. Und in Euren Augen.«

»Tatsächlich? Und Ihr wart in der Lage, meine Augen vom anderen Ende eines Ballsaals aus zu sehen? Ihr verfügt über eine außergewöhnliche Sehkraft.« Sie musterte ihn sorgfältig. »Oder sind wir einander begegnet?«

»Eine Begegnung mit mir würdet Ihr niemals vergessen.«

»Daran hege ich keinen Zweifel.« Ihr Lächeln milderte ihren ironischen Tonfall ab. Sie ließ ihren Blick über seine Gestalt schweifen. »Doch hinter diesem Kostüm könnte sich jeder verbergen.«

»Das ist richtig.« Doch im Moment war er Toussaint. »Ich könnte ein König oder ein Bauer sein, aber leider, leider bin ich nur Etienne-Louis Toussaint.«

»Nur?« Ihre Augen funkelten spöttisch.

Er ging nicht darauf ein, sondern verschränkte seine Arme hinter dem Rücken und ging um Gillian herum. »Sagt mir, Madame, drückt das Bild Euren Geist aus? Was meint Ihr?«

»Vielleicht«, sagte sie langsam. »Vielleicht ein bisschen zu viel.«

»Wie kann es zu viel sein?«

»Ich weiß auch nicht ...«

»Ist es zu viel, wenn man die Sterne vom Firmament in Euren Augen einfängt, wenn man sie wirklich dort sieht?«

»Ich meine nicht ...«

»Ist es zu viel, wenn man Lippen so malt, wie sie tatsächlich aussehen: wie reife Kirschen, von denen eben abgebissen worden ist?«

»Monsieur ...«

Er kam vor ihr zum Stehen. »Ist es zu viel, wenn man

Haut in den Tönen des Sommers malt, sodass sich das Bildnis selbst warm anzufühlen scheint – wenn man es sich so vorstellt?«

»Ja«, erwiderte sie bestimmt. »Das alles scheint mir zu viel zu sein. Ich habe nicht das Geringste gegen künstlerische Freiheit und sehe ein, dass ein Maler seine Kreativität ausleben können muss. Doch die meisten Miniaturen sind lediglich kleine Andenken, wohingegen die Art, wie Ihr malt, sehr intim ist.«

»Was genau meint Ihr mit intim?« Er blickte aufmerksam auf sie hinab.

»Ich weiß es auch nicht. Es ist nur, wenn ich das Bild ansehe …« Sie schüttelte ungeduldig den Kopf. »Es verrät mehr über mich, als mir lieb ist. Es ist ein Zeugnis Eures Talents, das ist mir klar, aber ich finde es fast ein wenig beunruhigend.« Sie blickte ihn verwirrt an. Er stand nur wenige Zentimeter von ihr entfernt, doch sie wich nicht zurück. »Seid Ihr sicher, dass wir uns nie zuvor begegnet sind?«

»Nur in meinen Träumen, *ma chérie*.«

Ihre Augen weiteten sich, dann musste sie lachen. »Monsieur, ich bin definitiv nicht Eure Liebste …«

»Dessen bin ich mir auf schmerzlichste Weise bewusst.«

»Und ich werde es auch nie sein.« Ihr Blick war gelöst, sie stand ihm ruhig gegenüber, als wäre ihre Unterhaltung nichts weiter als harmloses Geplänkel.

»Seid Ihr Euch da so sicher?« Seine Stimme klang unerwartet eindringlich.

Weshalb wich sie nicht vor ihm zurück? Sie hatte ihn noch nie so nahe an sich herangelassen, jedenfalls nicht, ohne ihn völlig verängstigt anzusehen. Besser gesagt, sie hatte den Earl noch nie so nahe an sich herankommen lassen.

»Ja, Monsieur, da bin ich mir ganz sicher.« Nein, sie zeigte keinerlei Anzeichen von Angst oder gar Panik. Vor ihm stand eine völlig ruhige, selbstbewusste junge Frau. »Ich kenne das unstete Wesen von Männern, deren einzige Leidenschaft ihr Werk ist. Ich werde doch nicht so dumm sein und mein Herz an solch einen Mann verlieren.«

»Ich war mir nicht bewusst, dass wir von Herzensangelegenheiten sprechen.« Wie weit konnte er dieses Spiel treiben?

»Das tun wir auch nicht.«

»Aber wir haben von Leidenschaft gesprochen.« Wie weit würde sie ihm folgen? »Und ich bin Etienne-Louis Toussaint. Besagt mein Ruf denn nicht, dass ich für mehr als nur mein Werk Leidenschaft hege?«

»Euer Ruf wird nur noch von Eurem Talent übertroffen.« Sie führte das Glas an die Lippen und blickte ihn über den Rand hinweg an. »Euer Talent finde ich interessant, Euren Ruf überhaupt nicht.«

»Ihr verletzt mich zutiefst«, sagte er leise.

»Also wirklich.« Sie leerte ihr Glas und lächelte ihn an. »Ich denke doch, dass es mehr bedarf, um einen Mann mit Eurem Selbstbewusstsein zu verletzen.«

Er legte eine Hand auf seine Brust, über dem Herzen. »Meine Lebenskräfte schwinden mit jeder Silbe, die von Euren Lippen fällt.«

»Unsinn. Das Einzige, was verletzt ist, ist Eure Arroganz, und das kann nicht so wehtun.«

Er schnaufte beleidigt. »Ihr seid eine harte Frau, Madame.«

»Überhaupt nicht. Ich bin einfach nur praktisch veranlagt.« Sie blickte ihm in die Augen. Hier im Schatten und mit der Maske konnte sie ihn doch sicherlich nicht erkennen. Sein Puls schlug schneller bei dem Gedanken, und er trat vorsichtshalber einen Schritt zurück. »Und auch ein wenig neugierig.«

Er nickte weise. »Wegen der Leidenschaft.«

»Wegen Eures Kostüms.« Sie ging zu der Bank und setzte ihr Glas ab, um dann wieder zu ihm zurückzukehren. Neugierig ließ sie den Blick über ihn schweifen. »Weshalb seid Ihr wie die Kellner angezogen?«

»Weshalb?« *Weshalb?* »Es ist kein besonders seltenes Kostüm.« Er schüttelte den Kopf in gespielter Verzweiflung. »Als ich heute Abend hier ankam, musste ich zu meinem Entsetzen feststellen, dass ich nicht wie jemand aus dem venezianischen Karneval, sondern wie ein Bediensteter kostümiert war. Doch was sollte ich tun? Ich würde niemals unsere Gastgeberin kränken und mein Kostüm oder meine Maske ablegen.«

»Und das Tablett gehört auch zu Eurem Kostüm?«

»Das war nur ein Vorwand, um mich Euch zu nähern.«

»Aha.« Sie hielt inne. »Ich wusste nicht, dass Ihr mit Lady Forester bekannt seid.«

»Bekannt ist vielleicht nicht der richtige Ausdruck«, murmelte er. Er hatte die Dame nie persönlich kennen gelernt, aber es war ein Leichtes gewesen, an eine Einladung zu ihrem Ball zu gelangen.

»Es ist seltsam, dass sie Euch nie erwähnt hat. Dabei macht sie sonst kein Geheimnis aus den Künstlern, die sie fördert.«

»Ich habe nie behauptet, dass sie meine Mäzenin ist.« Zum Teufel, er wollte auf keinen Fall, dass Gillian glaubte, er sei Lady Foresters jüngster Vorstoß in die Welt der Kunst. »Vielleicht ist die Dame auch diskreter, als gemeinhin angenommen wird.« Oder sollte sie ihm glauben?

»Vielleicht.« Sie lehnte sich an die Statue und hielt sich die Maske vors Gesicht. »Lady Forester besteht auf diesen Masken, damit Leute, die nicht zusammen gesehen werden sollten, heimlich doch zusammenkommen können. Das ist äußerst umsichtig von ihr und wird, soviel ich weiß, allseitig geschätzt. Trotzdem war sie in ihren eigenen Angelegenheiten bisher nie sonderlich diskret.«

»Ich hingegen bin absolut diskret.«

»Tatsächlich?« Sie betrachtete ihn eingehend. »Selbst ohne Maske?«

»Im Grunde genommen tragen wir alle Masken, Madame«, sagte er ausweichend.

»Aber diese hier werdet Ihr doch sicher abnehmen können, oder? Ich habe Euch vor meiner Neugier gewarnt. Ich möchte zu gern das Gesicht von Etienne-Louis Toussaint sehen.«

Er hätte nichts lieber getan, als sich die unangenehme Maske vom Gesicht zu reißen und in die Dunkelheit zu schleudern. Doch noch hielt er es eine Weile länger aus; der Genuss von Gillians Gegenwart war diese kleine Unannehmlichkeit wert. Vor ihm stand eine ganz andere Gillian als die, die Richard heiraten wollte. Außerdem bereitete ihm ihr Wortgefecht großes Vergnügen. »Für Euch – und nur für Euch – würde ich es tun, aber leider ist es mir unmöglich.«

»Warum?«

Warum? Er suchte fieberhaft nach einer Antwort. »Warum?«

»Ja, warum?« Ein schelmisches Lächeln umspielte ihre Lippen, als wüsste sie, dass er um eine Antwort verlegen war.

»Ich bin ein Künstler, Madame«, sagte er langsam und zermarterte sein Gehirn nach einem Grund, den sie überzeugend finden würde. »Illusionen sind mein Handwerk.«

»Illusionen?«

»Genau, zum Beispiel die Illusion, die ein Pinselstrich auf einer Leinwand erzeugt.« Das klang einleuchtend.

»Aus der Entfernung sieht ein Bild vollkommen aus. Perfekt. Betrachtet man es jedoch genauer, sieht man jeden einzelnen Pinselstrich und jeden Farbtupfer, den die Hand des Künstlers aufgetragen hat.« Er schüttelte wehmütig den Kopf. »Illusionen sind genauso zerbrechlich wie feinstes Kristall.«

»Welche Illusion schützt Ihr mit Eurer Maske?«

»Die Illusion von Etienne-Louis Toussaint natürlich.« Sie stieß ein glockenhelles Lachen aus.

Ihr weißes griechisches Gewand und die Marmorstatue, die über ihr thronte, fingen den Schein des Lichtes von der Terrasse auf, und in diesem Augenblick konnte man tatsächlich kaum zwischen Wirklichkeit und Illusion unterscheiden. Für Sekunden verschmolz Marmor mit Fleisch. Die Umrisse und Schatten der Frau und des toten Steins flossen ineinander über, als wären sie aus demselben Marmorblock gemeißelt, als wären sie eins. Es war nur das Licht, das dem Auge des Betrachters einen Streich spielte. Dennoch übte die Szenerie einen Zauber aus, für den der Künstler nicht unempfänglich war – und sein Herz erst recht nicht.

»Ich möchte Euch malen«, sagte er, ohne darüber nachzudenken.

Sie ließ ihre Maske sinken. »Aber das habt Ihr doch bereits. Sowohl mein Gesicht wie auch meine Seele, wenn ich mich recht entsinne.«

»Eine bloße Miniatur«, sagte er verächtlich. Er war wie elektrisiert. Die Vorfreude auf ein neues Projekt, dieses ganz besondere neue Projekt, übertönte die Stimme der Vernunft, die ihm davon abriet. »Eine Stilübung, weiter nichts. Ich möchte ein richtiges Porträt von Euch machen. Ich möchte, dass Ihr mir Modell steht.« Er würde sie in diesem Kleid vor einer Marmorstatue malen, dem idealen Hintergrund für eine derart schöne Frau.

»Ein wirklich zauberhafter Einfall, doch die Nachfrage nach Euren Werken ist groß, und ich kann mir Eure Preise nicht leisten.« Sie seufzte. »Zu schade, ich habe noch nie einem Künstler Modell gesessen.«

»Dann muss ich der Erste sein. Ich bin mir ganz sicher, dass sich ein Käufer finden lassen wird.« Seine Stimme nahm einen beiläufigen Tonfall an. »Vielleicht ein Liebhaber.«

»Ich habe keinen …« Sie zögerte. Dachte sie an ihn, an Richard? Oder an ihren Ehemann? Sie richtete sich auf und reckte ihr Kinn leicht in die Höhe. »Vielleicht eines Tages.«

»Ausgezeichnet. Ich werde sofort die nötigen Vorbereitungen treffen.« Er kam auf sie zu. Wenn er jetzt eine Hand ausstreckte, könnte er sie berühren.

Sie blickte zu ihm auf, ihre Stimme klang fragend. »Was für Vorbereitungen?«

»Farben.« In ihren Augen war keinerlei Angst zu sehen. »Pinsel.« Obwohl er ihr so nahe war, war sie nicht im Geringsten nervös. »Eine Leinwand.« Er könnte einfach seine Arme um sie schlingen.

Sie zog eine Augenbraue in die Höhe. »Besitzt Ihr denn keine Farben, Pinsel und Leinwände?«

»Doch, natürlich«, entgegnete er leise. Sein Blick glitt zu ihrem Mund. Was würde sie tun, wenn er sie jetzt küsste? Würde sie ihn ohrfeigen und dann in die Dunkelheit fliehen? Oder würde sie den Kuss zulassen, ihn vielleicht sogar erwidern?

»Dann verstehe ich nicht, was Ihr mit den nötigen Vorbereitungen meint.«

Oder würde sie seinen Kuss als bedeutungslos abtun? Ein kleiner Zwischenfall im Garten während eines Balls, nichts weiter.

»Monsieur?«

»Ich werde mich bald bei Euch melden, Madame.« Er nickte ihr kurz zu und wandte sich dann zum Gehen. Plötzlich verspürte er den schier überwältigenden Drang, ihr zu entkommen.

»Monsieur«, rief sie ihm nach, und er verlangsamte seine Schritte. »Werdet Ihr Eure Maske abnehmen, wenn ich Modell für Euch sitze?«

Er drehte sich zu ihr um. »Und damit die Illusion zerstören?« Er nahm den Dreispitz ab und vollführte eine theatralische Verbeugung. »Wir werden sehen, Madame.« Er wandte sich erneut um und verschwand in Richtung Terrasse.

»Ja, das werden wir.« Er konnte ihre Stimme und ihr helles Lachen noch aus der Ferne hören.

Sobald er sicher sein konnte, außer Sichtweite zu sein, kauerte er sich hinter eine Hecke an der Gartenmauer, entledigte sich des Huts und des Umhangs und riss sich die Maske vom Gesicht. Während er sich mit den Fingern durch die Haare fuhr, atmete er gierig die frische Nachtluft ein. Gott, wie er Masken hasste.

Werdet Ihr Eure Maske abnehmen, wenn ich Modell für Euch sitze?

Verdammt. Er sank gegen die Mauer. Daran hatte er nicht gedacht. Im Grunde genommen hatte er sich überhaupt keine Gedanken gemacht, als er ihr vorgeschlagen hatte, sie zu porträtieren. In jenem Moment hatte ihn das Verlangen übermannt, sie auf Leinwand zu bannen. Ein derart starkes und unbezähmbares Verlangen hatte er bisher noch nicht verspürt. Weder Verstand noch gesundes Urteilsvermögen konnten etwas dagegen ausrichten.

Er war davon ausgegangen, seine verdammte impulsive Art vor Jahren abgelegt zu haben, genau wie die Spielsucht, das Herumhuren und sein aufbrausendes Wesen. Fünf lange Jahre hatte er sich nun ausschließlich von seinem Verstand leiten lassen, war praktisch und rational gewesen, hatte sein Ziel nie aus den Augen verloren. Selbst beim Malen seiner Bilder hatte er immer an die potenziellen Käufer gedacht. Warum hatte er also heute Nacht derart impulsiv gehandelt – und zwar gleich zweimal, ohne auch nur im Geringsten an die Folgen zu denken?

Es lag natürlich an Gillian und an seinem eigenen, unangebrachten Stolz. Er wollte, dass sie seine Werke schätzte, und er wollte es aus ihrem Munde hören. Außerdem verlangte es ihn danach, dass sie ihn wollte – auch ohne die Erbschaft, die ihre Heirat einbringen würde. Mit jedem Augenblick, den er in ihrer Gegenwart verbrachte, wurde dieses Verlangen stärker. Doch sobald er ihr zu nahe trat, sei es körperlich oder mit Worten, wich sie vor ihm zurück. Vielleicht tat sie dies aus einem seltsamen Schuldgefühl heraus, das er jedoch nicht nachvollziehen konnte: Ihr Mann war schließlich tot und begraben. Vielleicht tat sie es aus Angst, zumindest hatte er Angst in ihren Augen gesehen.

Vor Toussaint hatte sie offensichtlich keine Angst.

Er stieß sich von der Mauer ab. Ihm war eine völlig absurde Idee gekommen.

Gillian war an den Umgang mit Künstlern wie Toussaint gewöhnt. Sie hatte entspannt und unbekümmert gewirkt und hatte die zwanglose Unterhaltung mit ihm genossen. Sie war kokett gewesen, aber wie eine Frau, die weiß, dass ihre Gefühle nicht in Gefahr sind. Selbst das Miniaturporträt und seine persönliche Note hatten sie zwar ein wenig verwirrt, aber nicht weiter beunruhigt.

Es war lächerlich, überhaupt nur darüber nachzudenken, aber wenn der Earl of Shelbooke ihr wie bisher den Hof machte, während jemand anders, etwa ein geheimnisvoller französischer Maler mit schillerndem Ruf, sie auf seine forschere Art zu gewinnen suchte, würde einer der beiden vielleicht zum Ziel gelangen. Bei Richard war sie jedes Mal auf der Hut, wohingegen sie Toussaint überhaupt nicht als Bedrohung zu sehen schien.

Gab es eine Frau auf dieser Welt, die gegen Eroberungsversuche auf zwei Fronten gewappnet war, besonders wenn es sich in ihren Augen um zwei völlig verschiedene Männer handelte? Richard stand an der Spitze ihre Heiratsliste. Toussaint tauchte auf der Liste überhaupt nicht auf. Der Maler glich mehr dem Mann, der er selbst einmal gewesen war. Er war ein Mann, den Frauen anziehend fanden, obwohl sie wussten, dass er ihnen nicht gut tat.

Und wenn sie ihn erst einmal begehrte, konnte er ihr immer noch die Wahrheit sagen. Schließlich waren der Earl und der Künstler ein und dieselbe Person, was konnte es also schaden? Wahrscheinlich würden sie eines Tages darüber lachen und die ganze Geschichte ihren Enkelkindern erzählen.

Sie hatte sich bereit erklärt, für ihn Modell zu sitzen, was bedeutete, dass sie viel Zeit miteinander verbringen würden. Er hatte keine Ahnung, wie er es anstellen sollte, sie zu malen und dennoch seine wahre Identität vor ihr geheim zu halten. Auf keinen Fall würde er noch einmal diese verdammte Maske aufsetzen. Es würde ihm schon noch etwas einfallen, das war bisher immer so gewesen.

Er runzelte die Stirn. Es war ein Plan, der einfach aufgehen musste; dennoch fragte er sich, ob er am Ende einen möglichen Fallstrick übersehen hatte. Ungeduldig verdrängte er diesen beunruhigenden Gedanken. Im Augenblick war dies der einzige Plan, den er hatte, und finanziell wie auch persönlich stand zu viel auf dem Spiel, um die Sache dem Zufall zu überlassen.

Er hängte sich den Umhang über den Arm und bückte

sich, um den Hut aufzuheben. Zuerst würde er das Kostüm zurückgeben und dann Gillian suchen gehen. Es wurde langsam Zeit, mit der Frau zu tanzen, die er zu heiraten gedachte. Ein Lächeln stahl sich auf seine Lippen. Wer wohl der Erste sein würde, der ihr gemeinsames Schicksal mit einem Kuss besiegeln würde? Richard oder Toussaint?

Gillian beobachtete, wie Toussaint in seinem Dominokostüm in Richtung Terrasse verschwand. Sie schüttelte belustigt den Kopf und ließ sich auf der kalten Bank nieder.

Welch eine faszinierende Begegnung. Toussaint war genauso arrogant und eingebildet wie alle anderen Künstler, die sie bisher kennen gelernt hatte. Und wie bei allen anderen war dies im Grunde genommen nur Pose; sein starkes Bedürfnis nach Lob bewies es. Ein bloßes *nett* würde niemals ausreichen, nicht bei einem Mann von seinem künstlerischen Naturell.

Wie er wohl ohne das Kostüm aussah? Er war auf jeden Fall groß. Seine Art sich zu bewegen ließ erahnen, dass er weder dick noch alt war. Aber sein Gesicht … Sein Gefasel über Illusionen war völliger Unsinn gewesen. Dass er sich strikt weigerte, die Maske abzunehmen, zeigte, dass er etwas zu verbergen hatte. War sein Gesicht durch schreckliche Narben entstellt? Warzen? Vielleicht sah er einfach nur ganz durchschnittlich aus. Sollte sie tatsächlich Modell für ihn sitzen, würde sie es ohne Zweifel herausfinden.

War seine Stimme nicht auch ein wenig merkwürdig? Sein Akzent war stark, ein bisschen zu stark, so als wollte er ihn betonen. Wahrscheinlich dachte er, das käme seinem Ruf zugute. Wenn man den Gerüchten Glauben schenken durfte, hatte er Frankreich immerhin vor fünfundzwanzig Jahren verlassen. Doch Toussaint wäre nicht der erste Künstler, der versuchte, sich mit einer übertrieben geheimnisvollen und romantischen Aura zu umgeben, um die allgemeine Neugier an seinem Werk zu forcieren. Mit Sicherheit konnten Gillian und der Rest der Welt über diesen Mann eigentlich nur sagen, dass er außergewöhnlich talentiert war. Und dass er Franzose war! Sie lächelte vor sich hin. Nur ein Franzose besaß die Dreistigkeit anzudeuten, dass ihr Porträt von einem Liebhaber gekauft werden könnte.

Richard.

Ungewollt trat er vor ihr inneres Auge. Würde er eines Tages ihr Liebhaber sein? Sie verschränkte die Hände im Schoß und starrte auf ihre Finger. Ihr Ehemann? Das bestimmt, wenn alles gut lief. Der Gedanke war zugleich beängstigend und … und was? Wunderbar?

»Verzeiht mein langes Fortbleiben.« Gillian blickte auf. Richard kam auf sie zugeschritten, in jeder Hand hielt er ein Champagnerglas. »Ich bin ärgerlicherweise aufgehalten worden.«

»Ach ja?« Sie lächelte und stand auf, ohne weiter auf den freudigen Schauder zu achten, der sie bei seinem Anblick durchlief. »Ich habe mir langsam Sorgen gemacht, dass Ihr mich im Stich gelassen haben könntet.«

»Niemals«, sagte er scherzhaft und reichte ihr eines der Gläser. Sein Blick fiel auf das leere Glas auf der Bank. »Aber wie ich sehe, wart Ihr gar nicht allein.«

»Ein Kellner hat mir Champagner gebracht«, erwiderte sie spontan und fragte sich, weshalb sie ihm nicht einfach von ihrer Begegnung mit Toussaint berichtete. Richard liebte Kunst und würde den Maler bestimmt gern kennen lernen. Dennoch warnte sie eine innere Stimme davor, Toussaint zu erwähnen.

»Ein Kellner?« Er zog eine Augenbraue hoch.

Sie nahm einen großen Schluck. »Mhm.«

»Seltsam. Hier unten im Garten sind doch gar keine Kellner.«

»Dieser eine eben schon«, antwortete sie fröhlich.

»So ein Glück aber auch.« Er nahm einen großen Schluck Champagner. »Es ist verblüffend. Da Lady Forester sie alle als Harlekins herumlaufen lässt, kann man sie überhaupt nicht voneinander unterscheiden.«

»Das ist mir noch gar nicht aufgefallen.«

»Es ist aber so. Hinter diesen Masken könnte sich weiß Gott wer verbergen.« Er warf ihr einen prüfenden Blick zu. »Ein Bettler, ein König.«

»Vielleicht.« Sie sah ihn scharf an. Er konnte unmöglich etwas ahnen. »Höchstwahrscheinlich aber einfach nur ein Bediensteter.«

»Höchstwahrscheinlich.« Er zuckte die Achseln. »Möchtet Ihr tanzen?«

Ihr Herz schlug schneller bei dem Gedanken, in seinen Armen gehalten zu werden. Sie zwang sich, ihm so unbekümmert wie möglich zu antworten. »Aber Mylord, nach unserem gemeinsamen Aufenthalt im Garten nun auch noch ein Tanz? Was werden die Leute sagen?«

»Sie werden sich die Mäuler zerreißen, besonders da ich nicht vorhabe, es bei dem einen Tanz bewenden zu lassen. Ich hege sogar die feste Absicht, Euch den ganzen restlichen Abend nicht mehr aus meiner Nähe zu lassen.«

Sie musterte ihn einen Moment lang. »Euch ist klar, dass Ihr damit aller Welt Eure Absichten verratet?«

»Ja.« Er sah ihr tief in die Augen und bot ihr seine Hand dar. Sie atmete tief durch und legte dann ihre Hand in die seine.

Kurz darauf betraten sie den Ballsaal und schritten auf die Tanzfläche zu. Sie spürte deutlich die neugierigen Blicke, die man ihnen zuwarf. Es wurde ein Walzer gespielt, und Richard nahm sie in seine Arme. Sie fühlten sich muskulös, stark und unnachgiebig an.

Er hielt sie genau so weit von sich weg, wie es die Etikette vorschrieb, dennoch spürte sie seine Gegenwart, die Wärme, die von ihm ausging, am ganzen Körper. Sie sahen einander tief in die Augen, und alles um sie herum verlor an Bedeutung. In vollendeter Harmonie schwebten sie gemeinsam über die Tanzfläche, als hätten sie schon immer zusammen getanzt, als wären sie eins.

Die Musik und ihre Bewegungen nahm sie wie in einem Traum wahr. In diesem Augenblick existierte sie nur in seinen Armen, nur in seinen dunklen Augen. Ihr Puls schlug immer schneller, es fiel ihr schwer zu atmen. Selbst wenn sie gewollt hätte, hätte sie ihren Blick nicht von ihm lösen können. In ihrem Universum gab es nur noch ihn und sie selbst, in einer ewigen Umarmung. Gillian gab sich ganz dem Gefühl hin, das tief in ihrem Innern loderte. Was war es? Begehren? Verlangen? Angst?

Was zwischen ihr und diesem bekehrten Schurken geschah, war ihr ebenso fremd wie einem sanft dahinplätschernden Bach ein alles mit sich reißender Strom. Es war so lange her, dass ein Mann etwas in ihr wachgerufen hatte, und dieser Mann erfüllte sie mit einer ganzen Reihe widerstreitender Gefühle, mit Furcht und mit … freudiger Erwartung? Es war beängstigend, aber gleichzeitig auch wundervoll.

Sie hatte Angst vor ihm, vor sich selbst und vor dem, was die Zukunft bringen mochte. So viel wusste sie mittlerweile, sie hatte sich ihre Ängste und Zweifel längst eingestanden. Doch hier, in seinen Armen, erkannte sie, dass es nicht ausreichte, sich die Wahrheit einzugestehen.

Sie musste sich ihr stellen.

Siebtes Kapitel

Richard galoppierte den Weg entlang, der zu seinem Anwesen führte und den man nicht anders als verwahrlost bezeichnen konnte. Auf beiden Seiten überwucherten Gräser den Wegrand, als wollten sie die gesamte Auffahrt unter sich begraben. Die angrenzenden Gärten, die früher von zahlreichen Gästen wegen ihrer unvergleichlichen Blütenpracht bewundert worden waren, hatten dem Betrachter heutzutage nur Unkraut und die ein oder andere unverwüstliche Wiesenblume zu bieten.

Vor vielen, vielen Jahren, unter einem wohlhabenderen Earl of Shelbrooke, hatte ein Gartenarchitekt die Anlagen so gestaltet, dass sie den Blick langsam hinauf zu Shelbrooke Manor lenkten, das majestätisch über allem thronte. Das Haupthaus hatte wie eine erhabene Steinkönigin über den umliegenden Ländereien residiert. Mittlerweile wirkte die vormals so eindrucksvolle Herrscherin ebenso verwahrlost wie ihre Umgebung. Man sah ihr schon von weitem an, dass sie in die Jahre gekommen war und im Grunde nur mehr von ihrem unbeugsamen Stolz aufrechterhalten wurde.

Wie jedes Mal, wenn er auf das Anwesen zuritt, spürte Richard Zorn in sich aufsteigen und durch seine Adern fließen. Ihm war noch gut in Erinnerung, wie Shelbrooke Manor in seiner Kindheit, bevor er zur Schule gegangen war, ausgesehen hatte. Das war vor dem Tod seiner Mutter gewesen – und bevor sein Vater im Suff beinahe sein gesamtes Vermögen am Spieltisch verloren hatte.

Wie immer mischte sich zu dem Zorn ein eigentümliches Gefühl der Dankbarkeit gegenüber seinem verantwortungslosen Vater. Damals war Richard auf dem besten Weg gewesen, ebenso zu enden wie sein Erzeuger. Wären nach dem Ableben seines Vaters nicht auf einmal sämtliche Verpflichtungen an ihn gefallen, wäre es dem jetzigen Earl nicht viel besser ergangen als dem vorigen.

Er war fest entschlossen, Shelbrooke Manor eines Tages wieder in seinen ehemaligen, glanzvollen Zustand zu versetzen.

Richard musste lächeln, als er aus der Ferne Gelächter und Hundegebell vernahm. Zumindest seine Schwestern hatten sich ihr sonniges Gemüt erhalten. Natürlich waren sie auch zu jung, um sich an das frühere, völlig andere Leben auf Shelbrooke Manor zu erinnern. Außerdem lebten sie auch nicht als Bettlerinnen in den Straßen von London, immer auf der Suche nach der nächsten Mahlzeit. Sie hatten ein Dach über dem Kopf, wenn auch kein völlig regendichtes, und ihr Familienname hatte dank Richards emsigen Bemühungen wieder an Achtung gewonnen. Selbst um ihre Finanzen war es längst nicht mehr so düster bestellt wie noch vor einigen Jahren.

Er erreichte die große, ausladende Steintreppe, die zum Haupteingang führte, und schwang sich aus dem Sattel. In seiner Kindheit wäre auf der Stelle ein Diener herbeigeeilt, um ihm das Pferd abzunehmen. Damals waren über einhundert Bedienstete im Haus, in den Ställen und auf dem restlichen Anwesen beschäftigt gewesen. Als er sein fragwürdiges Erbe angetreten hatte, waren es schon bedeutend weniger Leute gewesen, und seitdem hatte Richard sich von weiterem Personal trennen müssen. Geblieben waren letztendlich nur der alte Ned, der alles daran setzte, damit das Gebäude nicht über ihren Köpfen einstürzte, und seine Frau Molly. Die beiden waren auf Shelbrooke Manor ebenso zu Hause wie Richard.

Es gab auch immer noch Pächter, denen es jedoch nicht viel besser ging als ihm. Sie brachten zu Hause auf den Tisch, was sie ernteten, entrichteten die Pacht an ihn in Naturalien und verkauften das Wenige, das übrig blieb, auf dem Markt. Es bestand zwar durchaus die Möglichkeit, den Ernteertrag zu steigern, doch die Kultivierung des Bodens und die Einführung der neuesten landwirtschaftlichen Verfahrensweisen überstiegen bei weitem seine finanziellen Möglichkeiten. Die Schicksäle aller, die auf dem Anwesen lebten, waren von jeher aufs Engste miteinander verknüpft gewesen – und jeder von ihnen benötigte dringend Geld.

Richard warf die Zügel über den Sattel und stieg die Treppe empor. Das Pferd würde nicht weglaufen, es war hier zu Hause.

Er kam an die große, verwitterte Holztür, die seit unzähligen Jahren die Bewohner vor Kälte und Gefahren geschützt hatte. Er griff nach dem großen Messingknauf und öffnete die Tür, die mit einem mürrischen Knarzen nachgab.

»Richard!« Der Schrei vermischte sich mit lautem Hundegebell. Er atmete tief durch und drehte sich um.

Ein riesiges, nasses, braunweißes Pelzknäuel kam auf ihn zugeschossen, knapp gefolgt von seiner jüngsten Schwester Rebecca, die genauso übermütig war – und auch nicht viel trockener.

»Henry«, sagte Richard scharf.

Der Hund blieb mitten auf den Treppenstufen stehen und blickte treuherzig zu ihm auf. Sein Körper zitterte freudig, er wedelte ununterbrochen mit dem Schwanz.

»Er will dich doch nur zu Hause willkommen heißen. Er vermisst dich eben.« Becky hielt neben dem Tier inne und strahlte Richard an. »Ich übrigens auch.«

»Und ich dich auch, kleine Schwester.« Er lächelte. Mit ihren sechzehn Jahren war sie immer noch ein ziemlicher Wildfang, doch schon jetzt zeichnete sich ab, dass sie einmal eine außergewöhnliche Schönheit werden würde. Er war sich nicht sicher, ob er dies als Segen oder als Fluch betrachten sollte. »Ich würde dich ja umarmen, aber …«

Sie lachte und strich sich eine Strähne ihres dunkelroten Haars aus dem Gesicht. »Ich habe versucht, Henry zu baden.«

»Oder umgekehrt.« Der Geruch des nassen Hundes stieg ihm in die Nase. »Er hat es wirklich dringend nötig, ein Bad zu nehmen.«

Becky rümpfte die Nase. »Henry hat die schreckliche Angewohnheit, sich in den ekelhaftesten Sachen zu wälzen.«

Just in diesem Moment schüttelte Henry sich ausgiebig, als hätte er genug von ihren kritischen Bemerkungen. Wassertropfen stoben in alle Richtungen.

»Na, na, Henry.« Beckey griff nach seinem Halsband und zog ihn ein Stück von Richard fort. »Hör sofort auf damit.«

»Rebecca!«, ließ sich eine entrüstete Stimme vernehmen.

Richard blickte seine kleine Schwester fragend an.

Becky sah ihn aus großen, unschuldigen Augen an. »Sie wollte helfen.«

Jocelyn bog um die Hausecke und stapfte auf sie zu. »Verflixt noch mal, du solltest den blöden Köter doch halten …«

Auf einmal hielt sie inne und legte den Rest des Weges langsam und würdevoll zurück. Becky verdrehte ihre Augen. Jocelyn und Becky waren nur ein knappes Jahr auseinander und wiesen, wie all seine Schwestern, eine starke Familienähnlichkeit auf. Was ihr Wesen und ihr Temperament betraf, hätten die beiden jedoch kaum unterschiedlicher sein können. Richard war sich sicher, dass Jocelyn ihn aus dieser Entfernung nicht erkannte. Sie war schon seit geraumer Zeit kurzsichtig, weigerte sich aber standhaft, eine Brille zu tragen. Auch sie würde viel früher, als ihm lieb war, zu einer Schönheit heranwachsen. Doch im Gegensatz zu ihrer jüngeren Schwester war sie sich dessen durchaus bewusst.

Jocelyn kam näher, ihre Lippen zu einem Schmollmund verzogen. »Rebecca, du hast mir gar nicht gesagt, dass wir Besuch haben.«

Becky warf Richard einen schelmischen Blick zu. »Haben wir auch nicht.«

Jocelyn kniff die Augen zusammen und blinzelte in Richards Richtung. »Richard?«

»Hast du etwa einen anderen männlichen Besucher erwartet?«, fragte er trocken.

Becky schnaubte verächtlich. »Wohl kaum.«

»Nicht erwartet, sondern erhofft«, seufzte Jocelyn theatralisch. Sie machte einen weiten Bogen um Henry, der ihr keinerlei Beachtung schenkte, sondern eine Steinritze beschnüffelte. Jocelyn gab Richard einen schwesterlichen Kuss auf die Wange. »Hier im ländlichen Exil werde ich ... werden wir ... niemals einen respektablen oder zumindest interessanten Gentleman kennen lernen. Warum können wir nicht bei dir in London wohnen?«

»Ich will aber gar nicht in London wohnen«, entgegnete Becky auf der Stelle. »Ich bin hier sehr glücklich.«

Jocelyn warf ihr einen vernichtenden Blick zu. »Dann bleibst du eben hier.«

Richard unterdrückte ein Stöhnen. Diese Debatte führten sie nun schon seit einer Ewigkeit. Während Becky zufrieden gewesen wäre, ihr Leben auf dem Land zu verbringen, träumte Jocelyn ungeachtet ihrer schwierigen finanziellen Situation von einem Luxusleben in London.

»Richard.« Jocelyn hakte sich bei ihm ein und sah flehend zu ihm auf. »Bitte«, flüsterte sie beschwörend.

»Um Himmels willen, wo hast du denn das gelernt?« Er klang schockiert.

»Was denn?« Ihre honigfarbenen Augen, die nur eine Nuance dunkler als ihre Haare waren, wurden noch größer. Richard wusste selbst, dass er das nötige Geld für die Mitgiften auftreiben musste, doch an erster Stelle kamen seine ältesten Schwestern. Er hatte gehofft, sich mit den beiden jüngeren noch etwas länger Zeit lassen zu können. Offensichtlich hatte er sich getäuscht.

»Du bist seit Wochen nicht zu Hause gewesen«, klärte ihn Becky spitz auf, »und sie hat Tante Louella zugehört.«

»Das hätte ich mir denken können«, murmelte er. Seitdem Lady Louella Codling nach Shelbrooke Manor gekommen war, um sich um die Kinder ihrer verstorbenen Schwester zu kümmern, hatte sie den Mädchen von nichts anderem als dem aufregenden Leben in London, atemberaubenden Verehrern und glänzenden Bällen vorgeschwärmt. Glücklicherweise war sie damit nur bei Jocelyn auf Interesse gestoßen.

»Tante Louella möchte uns nur auf die uns angemessene gesellschaftliche Stellung vorbereiten«, erklärte Jocelyn hochmütig. »Nicht, dass das bei dir irgendetwas nützen würde.«

»Vielleicht brauche ich Tante Louellas Ratschläge eben nicht so dringend wie du«, versetzte Becky grinsend.

Jocelyn rümpfte die Nase. Becky streckte ihr die Zunge heraus.

»Es ist wie immer schön, daheim zu sein«, seufzte Richard. »Ich kann aber nur eine Nacht bleiben.«

»Richard!«, protestierten beide Schwestern gleichzeitig.

»Geschäfte, meine Lieben.« Die Mädchen tauschten untereinander Blicke aus. Gegen einen gemeinsamen

Feind vereint, schienen all ihre Querelen vergessen zu sein. Führten sie etwas im Schilde? Er verdrängte den Gedanken. Er hatte keine Zeit für ihre Dummheiten. »Also, Becky, kümmere dich um den Hund und komm dann zu uns ins Haus. Ich nehme an, dass die anderen auch da sind?«

»Emmma, Marianne und Tante Louella sind im Salon. Sie stopfen Kleidung.« Jocelyn schien den letzten Satz kaum über ihre Lippen zu bringen.

»Ausgezeichnet. Ich habe euch etwas zu sagen.«

Wieder sahen die Schwestern einander verstohlen an. Sie führten definitiv etwas im Schilde, aber was? Ihm schauderte bei dem bloßen Gedanken.

»Worum geht es denn?«, wollte Becky misstrauisch wissen.

»Nur Geduld, meine Liebe. Bring erst einmal den Hund weg.« Er betrat lächelnd das Haus, während hinter ihm auf der Stelle eifriges Getuschel einsetzte. Zumindest stritten sie ausnahmsweise einmal nicht, obwohl er ihre Zankereien meist recht amüsant fand.

Er ging durch die riesige Eingangshalle, vorbei an den seitlichen Treppen, die zur Galerie emporführten. Dabei versuchte er krampfhaft, nicht auf die hellen Stellen an den Wänden zu achten, an denen einst Gemälde gehangen hatten. Er bog in den Westgang ein und schritt auf den kleinen Salon zu.

Seine beiden ältesten Schwestern saßen mit ihrer Tante inmitten von Wäschekörben und nähten emsig.

»Guten Tag.«

»Richard.« Emma legte rasch ihr Nähzeug beiseite und erhob sich. Er durchquerte das Zimmer und umarmte sie. Mit ihren dunklen Haaren und Augen sah Emma ihm von all seinen Schwestern am ähnlichsten. Auch von ihrem Wesen her glich sie ihm am meisten. Sie war sehr vernünftig und machte sich keine falschen Vorstellungen über ihre schwierige finanzielle Lage. In seiner Abwesenheit führte sie das Haushaltsbuch. Jetzt machte sie sich aus seiner Umarmung frei und sah ihn aufmerksam an. »Wir haben kein Sterbenswörtchen von dir gehört und haben uns Sorgen um dich gemacht. Geht es dir auch gut?«

»Du bist seit einem Monat nicht mehr hier gewesen«, rügte Tante Louella ihn streng. »Du solltest eigentlich jede Woche kommen.«

»Wir haben schon gedacht, du seist von Seeräubern entführt worden«, warf Marianne lächelnd ein. Sie rückte ihre Brille zurecht, die ihr bis auf die Nasenspitze gerutscht war. Marianne war zwar ebenso hübsch wie Jocelyn, gab aber nicht das Geringste auf ihr Aussehen. Für gewöhnlich machten weder ihre zerzausten blonden Locken noch ihre Kleidung einen besonders ordentlichen Eindruck. Sie lebte nur in ihren Büchern, Gedichten und in ihren Träumen.

Er lachte und trat auf sie zu. »Nichts derart Abenteuerliches, fürchte ich.« Er beugte sich zu ihr hinunter und küsste sie leicht auf die Stirn. »Ich hatte einfach zu viel zu tun.«

»Er hat gesagt, dass er uns etwas zu erzählen hat«, verkündete Jocelyn, die in diesem Augenblick in den Salon trat.

»Etwas Ernstes?«, fragte Emma mit einem Stirnrunzeln. »Doch wohl hoffentlich keine schlechten Neuigkeiten.«

Becky tauchte im Türrahmen auf. »Du bist auf mehr von Vaters Schulden gestoßen, stimmt's?«

»Nein, keine Sorge. Es ist etwas sehr Erfreuliches, würde ich sagen.« Natürlich würde Jocelyn sich nicht darüber freuen, und Emma wahrscheinlich auch nicht.

Marianne interessierte sich nur für ihre Bücher, und um Becky musste er sich erst in ein paar Jahren kümmern.

»Haben wir wieder Geld?«, rief Jocelyn freudestrahlend.

»Können wir dann noch ein Pferd anschaffen?«, fragte Becky.

»Und eine bessere Kutsche«, fügte Tante Louella mit gerümpfter Nase hinzu.

»Zuerst muss das Dach gerichtet werden, Tante«, warf Emma lächelnd ein.

»Und Kleider, Richard. Etwas Modisches von einer richtigen Schneiderin. Vielleicht sogar aus Paris.« Jocelyn deutete verächtlich auf ihren Rock. »Nicht mehr diese alte Lumpen, die wir selbst genäht und schon tausendmal gestopft haben.«

»Hübsche Kleider, das wäre schön.« Becky nickte bekräftigend, und Richard stellte wehmütig fest, dass auch seine Kleinste bald erwachsen sein würde.

»In schönen Farben«, rief Marianne begeistert dazwischen.

»Weiß ist genau richtig für eine unverheiratete Frau, auch wenn sie langsam schon etwas älter wird«, erwiderter Tante Louella spitz. Emma und Marianne tauschten gequälte Blicke. »Helle Pastellfarben sind auch gestattet.«

»Und Seide und Satin«, sagte Emma. »Ich habe ein Schnittmuster im Dorf gesehen ...«

Richard starrte unglücklich vor sich hin. Gleich würde er ihre Vorfreude enttäuschen müssen, und was noch viel schlimmer war, er sah kaum eine Möglichkeit, sie aus eigener Kraft jemals mit den Dingen zu versorgen, die sie sich so innig wünschten. »Nein, nein, ihr habt mich falsch verstanden.«

Die Freude auf ihren Gesichtern erlosch wie eine Kerzenflamme im eisigen Wind. Sofort machte sich sein schlechtes Gewissen bemerkbar. Schließlich stand es in seiner Macht, sie mit dem nötigen Vermögen für einen Umzug nach London, stattlichen Mitgiften und schönen Kleidern auf Lebzeiten zu versorgen. Er musste nur Gillian zu ihren Bedingungen heiraten, dann hätten seine Schwestern alles zur Verfügung, was ihr Herz begehrte. Hatten sie es nicht verdient?

Hatte er es nicht verdient?

»Das wäre auch zu schön, um wahr zu sein«, sagte Emma und lächelte tapfer. Sie nickte Marianne zu, die sich wie auf ein verabredetes Stichwort hin neben ihre ältere Schwester stellte. »Aber wo wir schon einmal dabei sind, über unser Geld …«

»… beziehungsweise über unseren Geldmangel …«, warf Jocelyn düster ein und bezog ebenfalls neben Emma Stellung.

»… zu sprechen«, fuhr Emma fort und straffte die Schultern. Becky gesellte sich zu Marianne. »Wir möchten die Lage besprechen und hätten gern ein paar Antworten von dir.«

Richard starrte seine Schwestern ungläubig an. Ohne mit der Wimper zu zucken hielten sie seinem Blick stand. Sie stellten sich ihm wie ein feindliches Heer entgegen, das fest entschlossen war, zu erobern und keine Gefangenen zu nehmen. Richard wurde mit einem Mal klar, dass sie dieses Gespräch geplant hatten und dass sie ihm zahlenmäßig weit überlegen waren. Er blickte zu seiner Tante, die als Einzige sitzen geblieben war. Sie nähte emsig weiter, ein seltsames Lächeln auf den Lippen. Richard gefiel dieses Lächeln genauso wenig wie die entschlossenen Mienen seiner Schwestern.

»Also gut«, sagte er gedehnt. »Stellt mir eure Fragen.«

Sie tauschten Blicke untereinander aus. Emma ergriff

das Wort: »Wir können uns alle noch sehr gut daran erinnern, wie es hier vor Vaters Tod war, als er nur von London nach Hause kam, um das nächste Bild für den Verkauf abzuholen …«

»Oder ein Pferd«, fügte Becky hinzu.

»Oder sonst etwas, das seine Spielschulden decken würde«, erklärte Marianne.

»Wenn sich die Gelegenheit dazu ergeben hätte, hätte er ohne weiteres eine von uns verkauft.« Jocelyns Stimme klang bitter. Richard konnte es ihr nicht verübeln. »Er hat es selbst nie so genannt, aber wir wussten alle, dass er kurz davor stand, Emma zu verkaufen.«

»Jocelyn!«, fuhr Emma sie an. Gewöhnlich wurde darüber geschwiegen, dass ihr Vater tatsächlich mit einem wohlhabenden, älteren Lord wegen einer Heirat mit Emma verhandelt hatte. Im Gegenzug für das gerade einmal siebzehnjährige Mädchen hätte der Lord dem Earl einen Großteil seiner Spielschulden erlassen. »Das tut nichts zur Sache.«

»Aber Richard sollte davon erfahren«, gab Marianne zu bedenken. »Er war ja damals so gut wie nie hier.«

Erneut stiegen Schuldgefühle in ihm hoch. Damals war er viel zu sehr mit seinem dekadenten Lebenswandel beschäftigt gewesen, um mitzubekommen, was auf Shelbrooke Manor vor sich ging.

»Ich weiß«, flüsterte er.

Auf der Beerdigung seines Vaters war der abscheuliche Kerl, dem Emma versprochen gewesen war, auf ihn zugetreten und hatte von ihm verlangt, die Abmachung seines Vaters einzuhalten. Erst an diesem Tag war Richard aufgegangen, wie schlimm es wirklich um seine Familie bestellt war.

Der Lord besaß zwar tatsächlich ein großes Vermögen, war jedoch mehr als dreimal so alt wie Emma. Außerdem hatte Richard schon mehrfach beunruhigende Gerüchte über den Tod seiner ersten beiden Frauen gehört.

Damals waren seine Schwestern ihm zwar fremd gewesen, doch der Gedanke, eine von ihnen den perversen Gelüsten dieses verabscheuungswürdigen Geschöpfes zu überlassen, hatte ihm den Magen umgedreht. Etwas in ihm hatte sich an diesem Tag gewandelt, nachdem ihm bewusst geworden war, dass Emmas Zukunft, ja das Schicksal seiner ganzen Familie in seinen Händen lag. »Ich bedauere zutiefst, dass ich damals erst so spät …«

»Das ist doch jetzt völlig belanglos«, unterbrach ihn Emma. Vor Jahren hatten sie entschieden, das Thema nicht vor den anderen zu diskutieren. Nun musste sich Richard jedoch fragen, ob es nicht doch besser gewesen wäre, dem Rest der Familie zu sagen, dass er von der geplanten Zwangsheirat gewusst und dass er sie verhindert hatte. »Es tut wirklich nichts zur Sache.«

»Ach nein?« Jocelyn verschränkte trotzig die Arme. »Ist es im Grunde genommen nicht genau das, worum es uns geht?«

»Woher sollen wir wissen, dass du uns nicht an den Meistbietenden versteigerst?« Beckys Augen funkelten zornig.

»Becky«, fuhr Emma sie wütend an.

»Wie kannst du, wie könnt ihr nur so etwas von mir denken?«, verlangte er erschüttert zu wissen. »Ich habe die letzten fünf Jahre alles daran gesetzt …«

»Du kannst es uns nicht übel nehmen, dass wir uns Sorgen machen.«

»Wie der Vater, so der Sohn …«, murmelte Tante Louella vor sich hin.

»Habe ich nicht alles getan, um unsere Lage zu verbessern? Eure Lage?« Wütend strich er sich mit den Fingern durch die Haare. Die Bemerkung seiner Tante ärgerte ihn genauso wie die einfache Wahrheit, die dahinter steckte. Tief in ihm saß die Furcht, dass sie Recht haben könnte. »Zum Teufel, geht es darum, macht ihr euch deshalb Sorgen?«

»Nein.« Emma warf ihren Schwestern einen beschwörenden Blick zu. »Wir wissen, dass du das niemals tun würdest. Aber ...«

»Es geht um das Geld, Richard.« Marianne sah ihm fest in die Augen.

Emma holte tief Atem. »Wir wollen wissen, woher es kommt.«

»Auch wenn es nicht gerade viel ist«, murmelte Jocelyn.

Becky nickte. »Und es sind keine regelmäßigen Einnahmen ...«

»Du scheinst Vaters Schulden abzubezahlen«, sagte Emma.

»Außerdem unterstützt du uns.« Marianna zuckte mit den Schultern. »Zwar mehr schlecht als recht ...«

»Es fehlt uns an nichts«, fügte Emma hinzu. »Dennoch ...«

»Wir glauben ...«, sagte Becky.

»Das heißt, wir befürchten ...«, unterbrach Emma sie.

»Dass du etwas ...«, Marianne zögerte, dann sprudelte es aus ihr heraus: »Dass du etwas Illegales tust.«

»Etwas Unmoralisches«, meinte Emma.

»Etwas Verbotenes«, ließ sich nun auch wieder Becky vernehmen. »Und wir wollen nun wirklich nicht, dass du ins Gefängnis kommst.«

»Oder am Galgen endest«, prophezeite Jocelyn düster. »Was soll dann aus uns werden?«

Für einen Augenblick war Richard sprachlos. Er hatte seinen lasterhaften, aber doch angenehmen Lebenswandel aufgegeben, um stattdessen jeden Penny dreimal umzudrehen. Er lebte in Gemächern, in die ein Gentleman normalerweise keinen Fuß setzen würde. Er arbeitete bis spät nachts, bis seine Augen von den Terpentindämpfen brannten, um Gemälde anzufertigen, die er dann verkaufen konnte. In Gesellschaft trat er seit Jahren nur als distanzierter Beobachter auf, hatte das Glücksspiel, das Trinken und – mit wenigen Ausnahmen – auch die Frauen aufgegeben.

Die ganze übrige Welt hielt ihn für vollständig bekehrt. Er galt als Ehrenmann. Die einzigen Menschen, die ihm misstrauten, waren seine eigenen Schwestern. Verdammt noch mal, er hatte es sogar bis an die Spitze von Gillians verfluchter Heiratsliste gebracht!

Er zwang sich, nicht aufzubrausen. »Und was würdet ihr sagen, wenn ich tatsächlich etwas Illegales oder Unmoralisches oder Verbotenes täte?«

Alle vier sahen ihn entschlossen an.

»Wir würden selbstverständlich wollen, dass du sofort damit aufhörst«, erwiderte Emma ruhig.

»Tatsächlich?« Er zog eine Augenbraue in die Höhe. »Und was würde dann aus euch werden?«

Jocelyn blickte ihn beunruhigt an.

»Ich könnte bei jemandem in Stellung gehen.« Emmas Stimme klang resigniert, aber gelassen. »Ich könnte als Gouvernante arbeiten.«

»Ich auch«, erklärte Marianne mit Nachdruck.

Jocelyn sah die beiden Älteren flehend an. Als sie nickten, sagte sie trotzig: »Ich könnte höchstwahrscheinlich einen Mann finden, dem die Mitgift egal wäre.« Sie stieß einen leisen Seufzer aus. »Der Sohn eines hiesigen Metzgers sucht eine Frau und scheint eine gewisse Schwäche für mich zu haben.«

»Eine gewisse Schwäche?«, versetzte Becky verächtlich. »Ich an deiner Stelle würde mich niemals darauf einlassen.« Sie beugte sich vertraulich zu Richard. »Er hat Warzen.«

»Er ist ein ausgesprochen netter junger Mann«, wies Emma sie zurecht.

»Wenn man etwas für Warzen übrig hat«, flüsterte Jocelyn kaum hörbar.

Richard musterte seine Schwestern einen Moment lang. »Und was ist mit dir, Becky? Was würdest du tun, um mich vor dem Galgen zu bewahren?«

»Ich könnte auch heiraten, schätze ich, aber wahrscheinlich bin ich zu jung dafür.« Sie sah ihn an. »Aber wir könnten das Pferd verkaufen. Es ist alt und manchmal ein bisschen griesgrämig, aber irgendjemand würde es uns schon abkaufen«, sagte sie wehmütig.

Richards Ärger löste sich in Luft auf. Abgesehen von Tante Louella, die man kaum zählen konnte, war er alles an Familie, das ihnen noch geblieben war. Anscheinend waren sie ausnahmslos bereit, große Opfer zu bringen, um ihm zu helfen. Er war gerührt.

»Werte Damen, ich bin beeindruckt und danke für die Offerten, aber sie sind nicht nötig.« Langsam machte sich ein Grinsen auf seinem Gesicht breit. »Ich mache nichts Illegales, nichts Verbotenes, ja nicht einmal etwas Unmoralisches. Euer Bruderherz ist grundanständig geworden und hat seinen guten Ruf so weit wieder hergestellt, dass sich nur noch eines über ihn sagen lässt: Er ist ein furchtbarer Langweiler.«

Ihre Mienen hellten sich um keinen Deut auf.

»Zum Teufel, was gibt es denn noch?« Ärgerlich runzelte er die Stirn. »Sagt schon.«

»Wir möchten wissen ...« Emma hielt inne, als müsste sie all ihren Mut zusammennehmen. »Wir möchten wissen, ob du das Geld am Spieltisch gewinnst.«

Mit einem Schlag war auch der Rest seines Ärgers verschwunden. Es hätte ihm klar sein müssen, dass seine Verschwiegenheit, was seine Arbeit betraf, eines Tages zu Misstrauen führen musste. Zu Beginn hatten die Mädchen sich nicht weiter um seine Bemühungen gekümmert, mit den Gläubigern in London fertig zu werden. Damals war er auch noch regelmäßig bei ihnen auf dem Land gewesen. Erst seitdem er mit der Malerei begonnen hatte, war er immer seltener nach Hause gekommen.

Er konnte ihnen ihre Ängste nicht verübeln. Schließlich waren sie mit einem Vater aufgewachsen, der nur heim kam, um ein weiteres Erbstück aus dem Haus zu schleppen, damit er weiter seine Spielsucht finanzieren konnte. Gelegentlich hatte er auch Geld nach Hause gebracht, doch meist war das Gegenteil der Fall gewesen.

»Das Blut des Vaters fließt in den Adern des Sohnes«, murmelte Tante Louella.

Richard verbiss sich eine spitze Bemerkung. Tante Louella war eine Furie, aber auch ihr konnte er keinen Vorwurf wegen ihres Misstrauens machen.

»Ich versichere euch …« Er warf seiner Tante einen scharfen Blick zu. »Ich versichere jeder Einzelnen von euch, dass ich schon seit einer Ewigkeit meinen Fuß nicht mehr in eine Spielhölle gesetzt habe.« Er lächelte trocken und zuckte mit den Achseln. »Dafür habe ich nicht genug Geld.«

Der ganze Raum schien einen Seufzer der Erleichterung auszustoßen.

»An dem, was ich tue«, fuhr er fort und sah dabei Emma fest in die Augen, »ist nicht das Geringste auszusetzen.« Sein Blick wanderte weiter zu Marianne. »Die Bezahlung ist einfach ein wenig unregelmäßig.« Er sah Jocelyn an. »Es ist anständige Arbeit, allerdings«, fügte er in Beckys Richtung hinzu, »verbieten es die Umstände, darüber zu reden. Versteht ihr das?«

Louella rümpfte leicht die Nase.

Emma nickte. »Selbstverständlich.«

»Sicher«, sagte Marianne mit einem verwirrten Lächeln.

»Also, ich verstehe es nicht«, entgegnete Jocelyn.

»Ich auch nicht«, schloss Becky sich an.

Richard musste lachen. »Bedauerlicherweise müsst ihr mit eurem Unverständnis leben.« Sein scherzhafter Ton ließ nicht erahnen, wie ernst ihm die Angelegenheit war. »Ihr müsst mir vertrauen.«

Emma trat einen Schritt auf ihn zu. »Das tun wir, Richard. Es war nur …«

»Also, ich vertraue dir.« Marianne ließ sich zurück in ihren Sessel fallen, wobei ihr die Brille wieder bis zur Nasenspitze hinunterrutschte. Sie lächelte ihn verschmitzt an. »Und ich für meinen Teil würde gern wissen, was du uns sagen wolltest.«

»Ich auch«, schloss sich Becky an und machte es sich auf Mariannes Armlehne bequem.

»Ich ja auch.« Jocelyn ließ sich neben ihrer Tante auf dem Sofa nieder. »Auch wenn es sich anscheinend nicht um das Familienvermögen dreht.«

Richard unterdrückte ein Grinsen. Jocelyn hatte ein gutes Herz, auch wenn sie in erster Linie immer erst einmal an sich dachte. Die Schuld daran gab er Tante Louella und ihrem Geschwätz von den goldenen alten Zeiten, als Geld keine Rolle spielte, weil man es hatte.

»Ja, Richard, erzähl schon«, sagte Emma.

»Ich habe eine … Bekannte, eine gute Bekannte, die sich dazu bereit erklärt hat, eine von euch für die restliche Ballsaison in London unter ihre Fittiche zu nehmen.«

»Eine gute Bekannte?«, fragte Tante Louella erstaunt.

»Welche von uns?«, fragte Jocelyn mit aufgerissenen Augen.

»Eine Frau, die eine gute Bekannte von dir ist?«, bohrte Tante Louella nach, wobei sie ihn angestrengt musterte.

»Wer geht nach London?« Jocelyn sprang vom Sofa auf.

»Was für eine gute Bekannte?« Tante Louella runzelte die Stirn.

Richard sah sie herausfordernd an. »Sie stammt aus einer angesehenen Familie, die Tochter eines Dukes, ist verwitwet und hat einen makellosen Ruf.«

»Weshalb würde so jemand sich dazu bereit erklären, eine von uns bei sich aufzunehmen?«, wollte Emma leise wissen.

»Vielleicht ist sie ja eine *sehr* gute Bekannte«, sagte Marianne mit einem Funkeln in den Augen. »Vielleicht ist sie sogar viel mehr als das.«

»Ganz ohne Zweifel«, ließ sich Tante Louella entrüstet vernehmen.

Richard war erleichtert, dass die Mädchen schnell das Thema wechselten und sich über das in Aussicht gestellte Leben in London mit seinen Abendgesellschaften und Bällen austauschten. Als jedoch erneut Jocelyns Frage durch das Stimmengewirr drang, wen er denn mitzunehmen gedachte, sah er mit einem Schlag fünf Augenpaare auf sich gerichtet. Egal, was er jetzt sagen würde, es gäbe immer Enttäuschte. Er atmete tief durch. »Emma.«

»Mich?«, fragte Emma erstaunt.

Richard nickte. »Du bist die Älteste.«

»Aber man geht doch nur zur Ballsaison nach London, um eine gute Partie zu machen, und ich bin mir nicht so sicher, ob ich überhaupt einen Mann finden will.« Emma ließ ihre Schultern sinken. »Ich bin mittlerweile ein bisschen zu alt, um mein Debüt in der Londoner Gesellschaft zu geben.«

»Ja, sie ist viel zu alt«, rief Jocelyn. »Eine Ballsaison für sie wäre im Grunde reine Verschwendung.«

»Blödsinn«, erwiderte Richard streng. »Emma hat diese Möglichkeit mehr als verdient.«

Emma schüttelte den Kopf. »Aber ich …«

»Nein, meine Liebe, du hast es wirklich verdient.« Er nahm sie bei den Schultern und sah ihr tief in die Augen. »Du hast hier fast dein ganzes Leben lang die Mutterstelle eingenommen und den Haushalt in meiner Abwesenheit geführt, und zwar besser, als ich das jemals hätte tun können. Und nun bietet sich die Gelegenheit, dir wenigstens ein bisschen von dem zurückzugeben, was du bisher versäumt hast.«

»Aber ich kann Shelbrooke Manor nicht verlassen.« Emma klang unentschlossen. »Wer soll denn …«

»Ich«, unterbrach Marianne sie. »Ich bin durchaus in der Lage, dich hier zu ersetzen, und du wirst ja auch nicht für immer fort sein.«

»Außer sie findet einen Mann«, gab Becky grinsend zu bedenken. »Vorzugsweise einen steinreichen.«

»Wenn es darum geht, dass eine von uns eine gute Partie machen soll«, sagte Jocelyn mit einem unschuldigen Lächeln, »wäre es vielleicht geschickter, eine andere zu schicken.«

Emma lächelte belustigt, und Richard erwiderte nichts. Er kannte Jocelyns hohe Meinung von sich selbst und verstand nicht, weshalb seine übrigen Schwestern nicht einsahen, dass sie ebenso hinreißend waren. Er musterte Jocelyn eingehend.

»Da magst du vielleicht sogar Recht haben.« Er verschränkte die Arme über der Brust und runzelte nachdenklich die Stirn. »Was würdest du also vorschlagen?«

»Hm, lass mich einmal nachdenken.« Jocelyns Stimme überschlug sich fast vor unterdrückter Aufregung. Richard verzog keine Miene. »Es ist ja nicht so, dass Emma nicht ganz passabel aussehen würde, aber sie hat es selbst gesagt: Sie ist ziemlich alt. Einundzwanzig.«

»Doch schon so alt«, sagte Richard düster. »Dann sollte ich vielleicht lieber Marianne mitnehmen?«

»Ich würde sehr gern mit nach London kommen«, erklärte Marianne.

»Marianne ist auch nur ein Jahr jünger als Emmma«, erwiderte Jocelyn schnell. »Und sie ist so ein Bücherwurm, dass es ihr im Grunde ganz egal sein kann, ob sie in London ist oder hier.«

»So egal wäre es mir auch wieder nicht«, sagte Marianne trocken.

»Es ist gar nicht so einfach.« Richard schüttelte langsam den Kopf und stieß einen tiefen Seufzer aus. »Wie schade, nun habe ich endlich die Gelegenheit, eine von euch mit nach London zu nehmen, und bei jeder Kandidatin, die ich vorschlage, spricht etwas dagegen. Du hast wohl auch keine Idee, wie dieses Problem zu lösen wäre?«

»Ich?« Jocelyn setzte eine überraschte Miene auf. Becky kicherte, und Jocelyn funkelte sie zornig an. »Also ich weiß nicht … woher soll denn ich … na ja, also ich würde mich schon bereit erklären, selbst mitzukommen.«

»Du?« Richard starrte seine Schwester fassungslos an, als käme der Vorschlag völlig unerwartet.

»Ja, ich würde es machen«, erklärte Jocelyn und fügte schnell hinzu: »Um der Familie willen.«

»Natürlich«, murmelte Richard. »Wie selbstlos von dir.«

»Dann darf ich also mitkommen?«, fragte sie aufgeregt. Anscheinend war sie die Einzige im Raum, die die Situation nicht durchschaute.

Er lächelte freundlich. »Nein.«

Sie sah ihn enttäuscht an. »Aber warum denn nicht?«

»Mein Liebes«, sagte Tante Louella und stand vom Sofa auf. »Emma ist die Älteste und hätte schon vor Jahren eine Ballsaison in London mitmachen sollen. Und dieses seltsame Arrangement, das Richard mit seiner Bekannten eingefädelt hat, ist besser als nichts.«

»Aber das ist ungerecht«, erwiderte Jocelyn beleidigt. »Emma will doch gar nicht nach London.«

»Ganz im Gegenteil, ich muss sagen, ich freue mich darauf«, sagte Emma mit strahlenden Augen. Genau wie Jocelyn hatte Richard bisher angenommen, dass Emma eigentlich nicht nach London gehen wollte. Wieder einmal hatte er sich getäuscht. Anscheinend verstand er Frauen nicht, am wenigsten seine eigenen Schwestern.

»Jetzt will ich aber nichts mehr davon hören«, sagte Tante Louella und warf Jocelyn einen strengen Blick zu. »Euer Bruder hat völlig Recht.«

»Das ich das einmal aus deinem Mund hören würde ...«, flüsterte er kaum hörbar.

Louella würdigte ihn keines Blickes, sondern wandte sich Emma zu. »Liebes, wir müssen dich reisefertig machen. Ihr anderen könnt mitkommen und uns helfen.« Die Frauen gingen auf die Tür zu.

»Aber nur eine Tasche«, sagte Richard. »Ich habe nicht vor, die Kutsche zu nehmen, wir müssen uns also das Pferd teilen.«

Emma sah ihn herausfordernd an. »Ich werde meine Farben mitnehmen.«

Er stöhnte auf. Jedes Mal, wenn sie sich sahen, stritten sie über Emmas Malerei. Sie konnte ganz geschickt mit Wasserfarben umgehen, wollte aber unbedingt in Öl malen. Er hingegen war der Ansicht, dass Ölfarben nur für ernsthafte Maler in Frage kamen, Männer, die malten, um ihre Gemälde anschließend zu verkaufen. Wasserfarben waren völlig ausreichend für die Malversuche einer Dame. Am liebsten hätte er es jedoch gesehen, wenn sie die Malerei ganz aufgegeben hätte. Durch seinen Broterwerb kannte er die seltsame Welt der Kunst sehr genau – und für seine Schwester war dort einfach kein Platz.

»Ich weigere mich, sie hier zu lassen.«

»Also gut«, erwiderte er ärgerlich. »Dann nimm die verflixten Dinger eben mit.«

Emma folgte Tante Louella lächelnd aus dem Salon, gefolgt von Marianne, Becky und einer schmollenden Jocelyn.

»Jocelyn.« Er nahm sie bei der Hand und wartete, bis sie sich zu ihm umgedreht hatte. »Versteh mich doch bitte.«

»Das tue ich ja«, seufzte sie. »Aber hast du dir noch nie etwas so sehr gewünscht, dass es wehtut?«

»Vielleicht.« Er verstand sie nur zu gut. »Wenn alles so läuft, wie ich hoffe, dann hole ich dich schon nächstes Jahr nach London. Das verspreche ich dir.«

Sie sah ihn aus großen Augen an. »Meinst du das auch wirklich ernst?«

Er nickte. »Ja.«

»Und wenn nicht alles so läuft, wie du es dir erhoffst?«

»Wenn es nicht ...« Richard zuckte resigniert mit den Schultern. »Dann werde ich trotzdem alles daran setzen, dass du deine Ballsaison in London bekommst.«

Sie blickte misstrauisch zu ihm auf. »Und du gibst mir dein Wort?«

»Ja.« Er nickte feierlich.

»Also gut. Ich werde dich daran erinnern.« Sie lächelte zufrieden, wirbelte herum und verschwand aus dem Zimmer.

Er blickte ihr nach, das Lächeln auf seinem Gesicht erlosch. Verdammt, er brauchte wirklich nicht noch einen Grund, der dafür sprach, Gillian zu heiraten. Für Jocelyn gab es nichts Wichtigeres als eine Ballsaison in London, und nun hatte er ihr sein Ehrenwort gegeben. Damit bestand keinerlei Aussicht, dass seine kleine Schwester die Angelegenheit auf sich beruhen lassen würde.

Achtes Kapitel

»Dann sehe ich Euch also morgen Abend?« Richard hielt Gillians Hand und sah ihr tief in die Augen.

»Ja.« Obwohl sie es zu verhindern suchte, klang sie aufgeregt. »Wie ich schon sagte, gebe ich eine Dinnerparty. Ich dachte mir, eine kleine Zusammenkunft wäre genau das Richtige, bevor wir Emma vollends in den Strudel des Londoner Gesellschaftslebens werfen. Übermorgen Abend ist ein Ball und danach ...«

»Was ist mit heute Abend?«, fragte Richard beschwörend.

»Ich ... habe heute Abend schon eine Verabredung.« Ihre erste Sitzung bei Toussaint. Seine Nachricht mit den Einzelheiten war heute gekommen. Laut Wilkins hatte ein etwas schäbiger Junge den Brief abgegeben. Sie bereute bereits, dem Treffen zugestimmt zu haben.

»Eine Verabredung?«

»Ja.« Sie spürte wie die Wärme, die von seiner Hand ausging, ihre Arme hochkroch und sich allmählich über ihren ganzen Körper ergoss. Wie konnte jemand nur so warme Hände haben? War sein restlicher Körper genauso warm?

»Sollte ich eifersüchtig sein?«, fragte er scherzhaft.

»Ich weiß nicht. Seid Ihr es denn?« Sie versuchte, den gleichen leichtfertigen Ton anzuschlagen, doch ihre Worte schienen jedes Mal eine tiefere Bedeutung anzunehmen.

»Immer.« Er führte ihre Hand an seinen Mund und küsste ihre Handfläche. Ihr stockte der Atem. Er wandte seine Augen keine Sekunde lang von ihr. »Also dann bis morgen.«

»Bis morgen«, sagte sie leise.

Er ließ ihre Hand los und trat durch die offene Tür

nach draußen. Sie schloss sie sachte, drehte sich um und lehnte sich gegen das Holz. Ihre Beine drohten mit einem Mal unter ihr nachzugeben.

Am gestrigen Morgen war Richard aufgebrochen, um seine Schwester von seinem Landsitz nach London zu holen, und heute am späten Nachmittag war er wieder zurückgekehrt. Es war kaum zwei Tage her, seit sie ihn auf Lady Foresters Maskenball gesehen hatte. Kaum zwei Tage, seitdem sie fast den gesamten Ball miteinander verbracht hatten und sie mehr gelacht hatte, als sie je für möglich gehalten hätte. Dass sie die Gegenwart eines Mannes derart genießen konnte … Es war kaum zwei Tage her, seit er sie beim Tanzen in seinen Armen gehalten und Gefühle in ihr geweckt hatte, die sie für immer verloren geglaubt hatte.

Und in diesen knapp zwei Tagen hatte Gillian jede Stunde, jede Minute nur an ihn denken können.

Was war nur mit ihr los? War ihr Wunsch, eine einfache Zweckehe einzugehen, mittlerweile einem viel tieferen Verlangen gewichen? Waren ihr beschleunigter Puls und ihre zittrigen Knie, die sie bekam, wenn er nur den Raum betrat, Anzeichen für ihre eigenen Ängste? Oder fürchtete sie etwas, das sie bisher noch gar nicht in Betracht gezogen hatte?

War sie dabei, sich zu verlieben?

Sie verdrängte den Gedanken energisch; für so etwas hatte sie im Auegnblick einfach keine Zeit. Kopfschüttelnd ging sie in den Salon hinüber. Emma stand an der gegenüberliegenden Wand und betrachtete die vielen Bilder, die dort hingen.

Gillian musterte Richards Schwester. Emma war genauso groß wie sie selbst und hatte die dunklen Haare ihres Bruders. Wie hatte er sie beschrieben? *Ein ziemlich hübsches Ding*. Das war sie in der Tat. Gillian war sich sicher, dass Richards Schwester, passend gekleidet, trotz ihres Alters einiges Aufsehen bei den Londoner Junggesellen erregen würde.

»Habt Ihr etwas übrig für Kunst?«, fragte Gillian, während sie den Raum durchschritt.

»Ja, unbedingt. Auf Shelbrooke Manor hatten wir früher viele Gemälde, müsst Ihr wissen.« Sie zuckte resigniert mit den Schultern. »Vater hat sie alle verkauft.«

Gillian trat an ihre Seite. »Wie schade. Für mich gibt es nichts Wunderbareres auf der ganzen Welt, als mich in der Betrachtung eines schönen Gemäldes zu verlieren.«

»Es ist, als könnte man durch den Rahmen hindurch in eine völlig neue Welt treten«, flüsterte Emma.

»Genau.« Die überaus praktisch veranlagte Emma, die Richard ihr beschrieben hatte, war demnach nicht ganz so nüchtern, wie er anzunehmen schien. Was sonst wusste er nicht über seine Schwester?

»Die Bilder sind wundervoll.« Emma beugte sich ein Stück weiter vor, um ein Landschaftsgemälde besser studieren zu können. »Richard hat gesagt, Ihr kennt viele Künstler.«

»Außerdem Dichter, Schriftsteller und Musiker. Und mehr Politiker, als mir lieb ist.«

»Das ist sicher sehr interessant.«

»Meistens. Die Politiker können manchmal ein wenig anstrengend sein.«

Emma nickte geistesabwesend und trat zu dem Gemälde von Toussaint. »Richard hat früher auch gemalt.«

»Das wusste ich nicht.« Gillian war sehr überrascht. »Er hat nie etwas davon erwähnt.«

»Das sieht ihm ähnlich. Es ist auch schon lange her; ich glaube, er hat schon seit Jahren keinen Pinsel mehr in der Hand gehabt.« Emma warf ihr einen raschen Blick von der Seite zu. »Soviel ich weiß, fand Vater, dass ein zukünftiger Earl seine Zeit nicht mit der Malerei vergeuden sollte. Ich habe überhaupt nur davon erfahren, weil ich ein paar seiner Bilder nach Vaters Tod gefunden habe. Molly hat mir gesagt …«

»Molly?«

»Unser Dienstmädchen.« Emma lächelte verlegen. »Unsere einzige Hausangestellte. Sie ist schon seit Ewigkeiten bei uns. Jedenfalls hat sie mir gesagt, dass Mutter Richard dazu ermuntert habe zu malen. Doch nach ihrem Tod hat Vater es verboten. Es gab einen ziemlich heftigen Streit. Anscheinend hat Vater ein paar furchtbare Dinge zu ihm gesagt, auch wenn Molly sich nie genauer darüber ausgelassen hat. Ich vermute, dass wir Richard deshalb so selten nach Mutters Tod zu Gesicht bekommen haben.« Sie nickte in Richtung des Gemäldes. »Dieses Bild erinnert mich ein wenig an Richards Arbeiten. Er war natürlich bei weitem nicht so gut.«

Richard war also selbst einmal ein Künstler gewesen. Kein Wunder, dass sein Kunstverständnis derart ausgeprägt war.

Emma musterte das Bild mit großem Interesse, als analysierte sie die verwendete Technik. So sahen Künstler aus, die das Werk eines anderen studierten. »Malt Ihr selbst?«

»Aquarelle«, erwiderte Emma geistesabwesend. »Ich würde zu gern mit Ölfarben malen, aber Richard meint, das zieme sich nicht für eine Frau.«

»Ach ja?«

»Hm. Er sagt, Öl entspräche nicht dem weiblichen Naturell, genauso wenig wie große Kunst.«

»Sagt er das? Wie interessant.« Überaus interessant, und außerdem mehr als ärgerlich. »Richard hat keine Ahnung.«

Emma musste lachen. »Das habe ich mir auch immer gedacht, zumindest in diesem speziellen Fall.«

»Ja, aber ich kann es sogar beweisen.« Gillian hielt kurz inne. Warum sollte sie ihr Geheimnis eigentlich nicht mit Emma teilen? Sie hatte sie jetzt schon ins Herz geschlossen und bezweifelte nicht, dass Emma sie verstehen würde. »Folgt mir, ich möchte Euch etwas zeigen.«

Sie führte Emma die Treppen hinauf in ihr Zimmer. Gegenüber der Tür hingen vier nicht besonders große Gemälde an der Wand.

Der Anblick verschlug Emma den Atem.

Aus dieser Entfernung sah es so aus, als bestünden die Bilder nicht aus Farben, sondern aus purem Licht, als schiene die späte Nachmittagssonne durch sie hindurch.

»Sie sind einfach fantastisch«, brachte Emma mühsam hervor und trat näher auf sie zu.

Gillian lächelte zufrieden. »Das sind sie in der Tat.«

Von der Tür aus betrachtet, schienen sie ganz einfache Szenen darzustellen. Zwei ländliche Szenerien und je ein Bild vom Meer und von einer steinigen Küste. Nur das atemberaubende Spiel des Lichts machte sie zu etwas Einzigartigem und ließ erahnen, dass ein und dieselbe Hand sie geschaffen hatte. Doch Gillian wusste, dass die Bilder sich veränderten, sobald man sich ihnen näherte. Es waren zwar Landschaften, aber keine, die es auf dieser Erde gab. Stark idealisierend zeigten sie das Leben, wie es sein sollte, voll himmlischer Freude. Schon das erste Mal, als Gillian die Bilder gesehen hatte, hatten sie etwas tief in ihrer Seele berührt.

Ein paar Schritte von der Wand entfernt hielt Emma inne. »Sie sind großartig. Ich habe das Gefühl, dass ich meine Hände ausstrecken könnte und Licht darauf fallen würde«, sagte sie ehrfürchtig.

Gillian lachte leise. »Das klappt nicht, ich habe es schon versucht.«

Emma schwieg. Sie schien ganz in die Betrachtung der

Gemälde versunken. Gillian konnte die Gefühle gut nachvollziehen, die sie in diesem Augenblick bewegten. Nur zu gut erinnerte sie sich noch daran, wie sie die Bilder das erste Mal zu Gesicht bekommen hatte. Das war zu einer Zeit gewesen, als sie sich gefragt hatte, ob ihr eigenes Leben mit dem ihres verstorbenen Mannes erloschen sei. Damals hatte sie sich mehrfach gewünscht, dass ihr Leben tatsächlich enden werde.

»Sie sind von einer Frau gemalt worden, nicht wahr?«

Gillian nickte. »Ja.«

Emma starrte unverwandt die Gemälde an. »Wer war sie?«

»Ich weiß nicht viel über sie, nur, dass sie ursprünglich aus einem Adelsgeschlecht stammte, jedoch jeden Kontakt zu ihrer Familie abbrach, um sich der Kunst widmen zu können. Sie starb einsam und ohne einen Penny, Jahre bevor ich diese Bilder fand. Ich habe sie einem Händler abgekauft, der behauptete, er habe sie von einem Verwandten ersteigert. Das glaube ich aber nicht. Trotz ihrer überragenden Qualität war der Preis, den der Händler verlangte, geradezu lächerlich.« Gillian lachte bitter. »Sie sind von einer unbekannten Frau gemalt worden, deshalb hielt der Händler sie für wertlos und war froh, sie los zu werden. Er kannte noch nicht einmal den Namen der Künstlerin. Ich leider auch nicht. In einer Ecke sind Initialen, aber ich kann sie nicht entziffern.«

Emma warf ihr einen neugierigen Blick zu. »Die Bilder bedeuten Euch sehr viel, nicht wahr?«

»Ja, das tun sie.« Gillian zögerte. Sie hatte Robin und Kit die Gemälde gezeigt, ohne ihnen jedoch zu sagen, weshalb sie ihr so wichtig waren. Sie hatten auch nie danach gefragt. Wahrscheinlich ahnten sie nicht einmal, dass es Gillian bei den Bildern um viel mehr ging als bloße Ästhetik. Bisher hatte sie noch niemandem ihre wahren Gefühle offenbart, und sie wusste nicht, weshalb sie Emma derart vertraute, aber sie tat es. Vielleicht lag es daran, dass sie eine Frau war oder eine Künstlerin, wahrscheinlich war es beides.

Sie atmete tief durch. »Als Charles, mein Mann, starb, hatte ich das Gefühl, mit ihm gestorben zu sein. Um ehrlich zu sein, wollte ich sterben. Anfangs weinte ich nur, dann schlief ich die ganze Zeit und dann … tat ich einfach nichts mehr. Damals war ich wahnsinnig, glaube ich.«

Gillian schlang die Arme um sich. »Meine Familie und meine beiden engsten Freunde, die Ihr morgen kennen lernen werdet, waren wunderbar. Sie haben mich davon zu überzeugen versucht, dass ich mein Leben weiterleben müsse, doch ich wollte nicht. Ich habe zwar ihnen zuliebe so getan, aber es war alles nur gespielt. Ich besuchte Bälle und andere Veranstaltungen, sagte immer das Passende, aber ich fühlte mich wie ein Geist, nicht wie ein Mensch aus Fleisch und Blut. Ich war nie wirklich anwesend.« Sie runzelte die Stirn. »Verstehen Sie, was ich sagen will?«

»Ich denke, ja.« Emma nickte ernst. »Bitte fahrt fort.«

»Mit der Zeit zog es mich immer mehr zu Konzerten und in Galerien. Ich entdeckte, dass ich meinem verhassten Leben durch Musik und noch mehr durch Malerei für ein paar Stunden entkommen konnte. Als ich durch Zufall auf diese Bilder hier stieß, berührten sie mich tief.« Sie blickte auf das Meeresbild vor ihr. »Sie wirkten so dynamisch, so … lebendig. Viel lebendiger, als ich es war. Ich weiß noch immer nicht, was genau geschehen ist, aber wenn ich diese Bilder ansah, konnte ich den Duft des Frühlings auf dem Land riechen oder die Meeresgischt auf meinem Gesicht spüren. Ich erwachte aus meinem düsteren Traum zu neuem Leben. Die Welt um mich herum existierte wieder, und ich war das erste Mal seit Charles' Tod lebendig.«

Emma sah sie schweigend an.

Gillian lachte unsicher. »Es hört sich ziemlich verrückt an, vermute ich.«

»Nein, überhaupt nicht.« Ein wehmütiges Lächeln umspielte Emmas Lippen. »Wir alle gehen auf unsere Weise mit der eigenen Trauer um.«

Gillian warf ihr einen amüsierten Blick zu. »Ihr seid aber sehr weise für Eure jungen Jahre.«

»Laut einer meiner Schwestern bin ich praktisch schon eine Greisin«, erwiderte Emma achselzuckend. »Außerdem habe ich mit angesehen, was Trauer bewirken kann.«

Emma wusste, wovon sie sprach, immerhin hatte sie ihre beiden Eltern verloren.

»Habt Ihr also Eure Salons ins Leben gerufen, um Künstlern zu helfen?«

»Ja, ich hatte das Gefühl, ihr soviel schuldig zu sein. Am liebsten würde ich Künstlerinnen unterstützen, auch wenn es nur wenige gibt, die ihre Bilder öffentlich ausstellen. Ich weiß nur von einer Hand voll, aber selbst die sind alle nach Paris gegangen.« Sie deutete auf die Bilder an der Wand. »Im Grunde genommen starb diese Frau an der Armut und daran, dass sich niemand um sie kümmerte.«

»Es ist schade, dass derart talentierte Frauen keine Chance haben.« Emma schüttelte den Kopf. »Es muss schier unmöglich sein, solche Kunstwerke zu erschaffen, ohne zu wissen, woher man die nächste Mahlzeit nehmen oder von welchem Geld man die Miete bezahlen soll.«

»Ich habe nicht die leiseste Ahnung, wie sie überhaupt über die Runden gekommen ist«, sagte Gillian leise.

Emma verschränkte die Arme über der Brust. »Warum tut Ihr dann nichts für solche Frauen?«

Gillian stieß einen resignierten Seufzer aus. »Zum einen weiß ich nicht, was genau ich tun könnte. Außerdem fehlt mir das nötige Geld.«

Emma sah sie erstaunt an. »Aber ich dachte, Ihr seid sehr wohlhabend.«

»Mir steht ein beträchtliches Vermögen in Aussicht«, erwiderte Gillian vorsichtig. »Im Augenblick besitze ich aber nicht viel mehr als Ihr hier vor Euch seht.«

»O je.« Emma runzelte die Stirn.

Offensichtlich hatte Richard dieses Detail nicht erwähnt. Gillian durchquerte das Zimmer, setzte sich auf die Bettkante und wartete.

Emma sah ihr direkt ins Gesicht. »Wie genau steht Ihr zu meinem Bruder?«

Auf diese Frage war Gillian nicht vorbereitet, und sie wusste nicht, wie sie sie beantworten sollte. Die Wahrheit? »Ich habe vor, ihn zu heiraten.«

»Tatsächlich?«, fragte Emma überrascht. »Warum?«

»Warum?«, wiederholte Gillian lachend. »Nun, da gibt es einige Gründe. Er ist ein ehrenwerter Mann, intelligent und nicht gerade unattraktiv. Außerdem entstammt er einem alten Adelsgeschlecht, auch wenn sein Name schon einmal einen besseren Ruf genossen hat, aber er ist schließlich auf dem besten Weg, das zu ändern.«

»Das klingt alles wohl überlegt, Mylady«, sagte Emma kopfschüttelnd. »Aber nach diesen Kriterien sucht man sich doch wohl eher einen Anwalt aus als einen Ehemann.«

»Nun, ich …«

»Liebt er Euch?« Emma kam auf sie zu. »Liebt Ihr ihn?«

Liebe ich ihn? Sie sah Emma fest in die Augen. »Ich weiß es nicht.«

»Aha. Mit so etwas habe ich nun wirklich nicht gerechnet«, murmelte Emma vor sich hin. »Ich bin gespannt, was die anderen dazu sagen werden.«

»Lasst uns noch Stillschweigen darüber wahren«, erwiderte Gillian rasch. »Bis jetzt ist noch nichts sicher.«

»Wie Ihr wünscht.« Emma sah sie nachdenklich an, und Gillian fragte sich, was sie gerade dachte.

»Es wird Zeit, dass ich Euch Euer Zimmer zeige«, sagte Gillian und erhob sich. Sie wollte sich zum Gehen wenden, doch Emma hielt sie zurück.

»Da wir eines Tages vielleicht miteinander verwandt sein werden, könnte ich mir gut vorstellen, dass Ihr meine Bitte abschlagen werdet«, erklärte Emma unsicher.

»Welche Bitte?«

»Während ich hier bin, in Eurem Haus, meint Ihr … wäre es möglich … würdet Ihr mir erlauben zu malen?«

»Aquarelle?«, fragte Gillian und zwinkerte Emma zu. »Oder vielleicht doch etwas, das dem weiblichen Naturell nicht so ganz entspricht?«

Emma lachte und nickte eifrig.

»Ich habe eine Dachkammer, in der hervorragende Lichtverhältnisse herrschen. Man könnte sie als Atelier nutzen.« Gillian grinste. Der Gedanke, Richards Schwester bei einer Sache zu helfen, die er nicht billigte, gefiel ihr außerordentlich. Schließlich waren seine Ansichten in dieser Angelegenheit völliger Unsinn. Sie hätte niemals gedacht, dass er so engstirnig sein könnte. Es war das erste Mal, dass sie etwas über ihn erfuhr, das ihr missfiel. »Ein paar Farben und Leinwände werde ich mir schon noch leisten können …«

»Farben habe ich. Richard glaubt, es seien nur Wasserfarben, aber …« Emma errötete heftig bei dem Bekenntnis, ihren Bruder hintergangen zu haben.

»Dann brauchen wir nur noch Leinwand.« Gillian hakte sich bei Emma unter und ging mit ihr auf die Tür zu.

»Das wird ein großer Spaß. Ich hatte noch nie eine Künstlerin unter meinem Dach. Ich habe noch nie beim Entstehen eines Werkes zugesehen.«

Emma blickte auf die Bilder an Gillians Wand zurück. »Wie unendlich schade, dass sie niemanden hatte, der ihr ein Dach über dem Kopf zur Verfügung stellte.«

»In der Tat.« Gillian hielt jäh inne und starrte Emma entgeistert an. »Was habt Ihr da gerade gesagt?«

Emma sah sie verwirrt an. »Nichts, nur dass es schade ist, dass sie niemanden …«

»… hatte, der ihr ein Dach über dem Kopf zur Verfügung stellte«, sagte Gillian langsam. »Ihr oder anderen wie ihr.«

»Anderen?«

»Frauen, Künstlerinnen. Das ist die Lösung, Emma. Genau das werde ich tun, wenn die Erbschaft an mich fallen sollte.«

»Welche Erbschaft?«

»Die Einzelheiten sind derzeit nicht weiter von Belang. Lasst Euch nur so viel gesagt sein, dass mir diese Erbschaft die Möglichkeit an die Hand geben würde, meine Schuld zu begleichen.« Sie klang aufgeregt. »Mit dem Geld kann ich einen Ort für Künstlerinnen schaffen, an dem sie sorgenfrei arbeiten können. Ich kann ein Haus, oder besser noch eine Villa kaufen, hier oder vielleicht auf dem Land. Vielleicht ein Herrenhaus …«

»Oder gleich ein Schloss?«, schlug Emma augenzwinkernd vor.

»Vielleicht.« Gillian musste lachen. »Es ist wunderbar. Und Ihr sollt meine erste Nutznießerin sein.«

»Vielen Dank, Mylady«, erwiderte Emma lächelnd und machte einen tiefen Knicks. Offensichtlich hatte Gillian sie mit ihrer Aufregung angesteckt. »Es wird mir eine Ehre sein.«

Gillian knickste ebenfalls und lachte. »Die Ehre ist ganz auf meiner Seite.«

Emma stimmte in ihr Gelächter ein.

»Es ist eine wunderbare Idee. Ich sehe nur ein einziges Hindernis.«

Gillian breitete die Arme aus, ihre Stimme klang ausgelassen. »Es gibt keinerlei Probleme, die wir nicht meistern könnten. Was ist denn dieses schreckliche Hindernis?«

»Richard.«

Neuntes Kapitel

»Entrez.«

Mit einem leichten Zittern öffnete Gillian die Tür. Vielleicht war es ein Fehler, Toussaints Atelier um diese Stunde aufzusuchen. Doch sie war nicht so unvorsichtig gewesen, allein zu kommen. Wilkins wartete am Fuß der Treppe, und wahrscheinlich murmelte er immer noch vor sich hin, was Damen, die sich nachts in einer derartigen Gegend aufhielten, alles zustoßen konnte.

Eigentlich war es kein besonders verrufenes Viertel. Es war in erster Linie ein Geschäftsviertel und keine Wohngegend. Zudem konnte es nicht in Toussaints Interesse liegen, wenn ihr etwas zustieße.

Dennoch war es beruhigend zu wissen, dass Wilkins sofort zur Stelle wäre, falls sie ihn brauchte. Auch wenn es fraglich war, inwieweit er sich im Ernstfall tatsächlich als hilfreich erweisen würde.

Gillian schlang ihren Umhang fester um sich und betrat das Atelier. Der scharfe Geruch von Terpentin hing in der Luft. Drinnen war es fast noch dunkler als im Treppenhaus. Ein paar Kerzen in der hinteren rechten Ecke des riesigen Raums erleuchteten eine Chaiselongue. Durch die hohen Fenster, die eine ganze Seite des Ateliers einnahmen, konnte man den Sternenhimmel sehen. Der restliche Raum lag völlig im Dunkeln, doch sie konnte die ungeheuren Dimensionen erahnen und vermutete, dass das Atelier das gesamte Dachgeschoss des Geschäftsgebäudes einnahm.

»Toussaint?«, fragte sie zögerlich ins Dunkel, auch wenn sie sich selbst eingestehen musste, dass es mittlerweile etwas spät für Vorsicht war.

»Natürlich, Madame. Ich bin froh, dass Ihr tatsächlich gekommen seid. Ich hatte befürchtet, Ihr würdet doch nicht erscheinen.« Toussaints Stimme kam vom anderen Ende des Raums. Nachdem sich ihre Augen an die Dunkelheit gewöhnt hatten, konnte sie dort die Umrisse eines Mannes ausmachen. Seine Gesichtszüge waren jedoch nicht zu erkennen.

»Ihr müsst zugeben, dass es ein wenig seltsam ist ... so eine nächtliche Sitzung.« Sie stellte sicher, dass die Tür einen Spalt offen stand, und machte dann ein paar Schritte in Richtung der Zimmermitte. »So etwas habe ich noch nie gehört.«

»Aber das Tageslicht muss ich doch für meine Auftragsarbeiten nützen. Dieses Porträt ist, wie sagt man doch gleich, eine unsichere Investition, ich male es mehr aus Lust am Schaffen und wegen der Schönheit des Motivs als aus praktischen Überlegungen.« Vielleicht lag es an der geheimnisvollen Atmosphäre oder an ihrer eigenen Nervosität, aber sein französischer Akzent schien heute Abend noch stärker zu sein, als sie ihn in Erinnerung hatte.

»Vielleicht sollten wir lieber ... *Est-ce que vous préfériez parler français?«,* wollte sie wissen.

»Hä?«

Hä?

»Je m'excuse«, fügte er rasch hinzu. »Aber ich habe Eure Frage nicht ganz verstanden. Bitte vergebt mir, aber Euer Akzent ...«, meinte er herablassend.

»Meine Aussprache ist einwandfrei«, erwiderte sie kühl.

»Vielleicht für englische Ohren, aber für einen echten Franzosen ...«

»Dem entnehme ich, dass Ihr es nicht vorziehen würdet, Französisch zu sprechen?«

»Verzeiht, es ist zwar wunderbar, Worte aus Eurem bezaubernden Mund zu hören, aber nicht in meiner Muttersprache.«

»Nun gut«, sagte sie, wobei ihr Tonfall schärfer als beabsichtigt klang. Eigentlich war sie recht stolz auf ihre Sprachkenntnisse, und es schmerzte sie, ihn derart abfällig über ihr Französisch reden zu hören. »Ich möchte Euch nicht zu nahe treten.«

Er lachte in sich hinein. »Zu nahe treten dürft Ihr mir gern, aber ich fürchte, dass ich Euch verletzt habe. Das lag nicht in meiner Absicht. Ich kann mir nur vorstellen, dass Eure überwältigende Güte mir die Sinne raubt und ich mich deshalb wie ein undankbarer Narr aufführe.«

»Unsinn«, sagte sie besänftigt. »Es ist schießlich Eure Muttersprache, und Ihr könnt das ohne Zweifel besser beurteilen als ich.« Auch wenn sie jede Wette eingegangen wäre, dass ihr Französisch hervorragend war. Doch er war natürlich der Experte und sie höchstens eine talentierte Schülerin. »So, und was nun?«

»Habt Ihr das Kostüm angezogen?«

Sie nickte und legte ihren Umhang ab. Jemand anders hätte seine Bitte, das griechische Gewand zu tragen, vielleicht seltsam gefunden, aber ihr gefiel der Gedanke, in diesem speziellen Kleid gemalt zu werden.

»Ausgezeichnet. Wenn Ihr nun so freundlich wärt, Platz zu nehmen.«

»Auf der Chaiselongue, nehme ich an.«

Sie ging darauf zu und bemerkte nun erst, wie leer der Raum ansonsten war. Es gab ein paar wackelige Tische, die so mit Malutensilien beladen waren, dass sie jeden Augenblick zusammenzubrechen drohten. Außerdem konnte sie im Dunkeln Leinwände erahnen, die die Wände säumten, und ein ramponiertes Bett in der gegenüberliegenden Ecke des Zimmers. Die Chaiselongue war das einzige annehmbare Möbelstück im ganzen Raum, doch auch sie hatte schon bessere Zeiten gesehen.

Sie setzte sich kerzengerade auf die Kante des Sofas

und verschränkte die Hände im Schoß. Sie hatte nicht die geringste Ahnung, was er von ihr erwartete. Sie blinzelte in die Dunkelheit und konnte schemenhaft Toussaint hinter einer Staffelei ausmachen. Schräg vor ihr stand ein fünfarmiger Kandelaber, der offensichtlich dazu diente, Licht auf ihr Gesicht zu werfen, es ihr aber auch erschwerte, den Maler genauer zu erkennen.

»Entspannt Euch, Madame, es wird nicht wehtun.«

»Das hatte ich auch nicht erwartet«, sagte sie lachend. »Ich weiß einfach nicht, was ich jetzt tun soll. Wie ich meinen Kopf halten soll, wohin mit meinen Händen, soll ich lächeln oder ernst schauen …«

»Eure Augen könnten nicht schöner strahlen. Was den Rest angeht …«

Er erklärte ihr, wie sie sitzen sollte. Nach wenigen Minuten hatte sie die Haltung angenommen, die er verlangte. Sie saß leicht zurückgelehnt, sodass die Linien ihres Körpers symmetrisch zu denen der Chaiselongue verliefen. Mit einem Ellbogen lehnte sie auf der Armlehne, ihre nackten Füße lugten unter dem Gewand hervor. Er verhielt sich sehr sachlich und nüchtern, und Gillians anfängliche Beklommenheit verschwand allmählich. Er brachte ihr nicht mehr Interesse entgegen als etwa einer Schale Früchte. Selbst als er sie gebeten hatte, ihre Schuhe auszuziehen, war dies aus rein ästhetischen Gründen geschehen.

Unter anderen Umständen wäre sie seiner Aufforderung auf keinen Fall gefolgt, aber Toussaint war ein Künstler, und von daher musste mit einer gewissen Dreistigkeit gerechnet werden. Wobei Toussaint nicht einfach nur dreist war; in seinem Atelier wurde er zu einem regelrechten Tyrannen, der einen Befehl nach dem anderen von sich gab.

»Es hätte mich nicht überrascht, wenn Ihr von mir

auch noch verlangt hättet, meine übrige Kleidung auszuziehen«, murmelte sie vor sich hin.

»Habt Ihr etwas gesagt, Madame?«

Erschrocken stellte sie fest, dass sie laut gesprochen hatte. »Nein, gar nicht.« Sie sah seine dunkle Gestalt an. »Könnt Ihr überhaupt genug sehen, um mich zu malen?«

»Euch kann ich sehr gut sehen. Die Kerzen erleuchten Eure Gesichtszüge. Und ich habe hier hinten noch eine Kerze, um arbeiten zu können.«

»Ja, aber das Licht scheint mir direkt in die Augen. Ich kann so gut wie nichts von meiner Umgebung erkennen.« Bei ihren letzten Worten ließ er ein verräterisches Lachen hören. »Das hätte ich mir eigentlich denken können, als ich Eure Nachricht erhielt. Ihr habt nicht vor, dieses lächerliche Versteckspiel aufzugeben. Ich werde Euer Gesicht auch heute Abend nicht sehen, oder?«

»Ich fürchte nicht, Madame«, erwiderte er amüsiert.

»Aber warum denn bloß nicht?«, wollte sie erstaunt wissen. »Ich dachte wirklich, wenn ich erst einmal hier wäre ...«

»Vergesst nicht, dass ich ein Meister der Illusion bin, in meiner Kunst und in meinem Leben. Und ich muss sagen, ich genieße es sehr.« Er setzte sich auf einen Schemel hinter der Staffelei. »Habt Ihr es nicht selbst gesagt? Was ist mysteriöser und aufregender als ein Mann, dessen Gesicht verborgen ist? Oder ein Mann mit Geheimnissen.«

»Ja, das habe ich wohl.« Sie konnte sich vage daran erinnern, etwas in diesem Sinne auf Lady Foresters Maskenball gesagt zu haben. Allerdings schien es ihr, als hätte sie es Richard gegenüber erwähnt. Sie musste sich irren.

»Und welcher Mann möchte von einer Frau wie Euch nicht aufregend gefunden werden?«

»Ich habe damit nicht ...«

»Ihr solltet mir meine kleinen Geheimnisse gönnen.«

Es blieb ihr sowieso nichts anderes übrig, dafür hatte Toussaint gesorgt. Dank seiner Vorkehrungen konnte sie ihn lediglich als schwarze Silhouette wahrnehmen. Wenn sie ihn wirklich sehen wollte, blieb ihr nichts übrig, als ihn zu überraschen und das Zimmer zu durchqueren. Sie war nicht gewillt, diese Möglichkeit vollends auszuschließen.

»Wenn es denn sein muss.« Sie war sich nicht ganz sicher, ob sein kleines Spielchen sie amüsierte, vielleicht sogar reizte, oder ob es ihr schlichtweg auf die Nerven ging. Wahrscheinlich war es eine Mischung aus allen drei Empfindungen. Doch warum sollte sie ihm nicht den Gefallen tun und mitspielen – zumindest für eine Weile? Immerhin hatte er Recht: Ein Mann, dessen Gesicht im Verborgenen blieb, war auf eine gewisse Weise aufregend. »Habt Ihr denn abgesehen von Eurem Gesicht noch andere Geheimnisse?«

»Unzählige«, murmelte er. Sie konnte das leichte Kratzen eines Kohlestifts auf der Leinwand vernehmen. Anscheinend hatte er bereits zu arbeiten begonnen, und offenbar redete er bei der Arbeit nicht gern, denn sie wartete vergeblich darauf, dass er fortfuhr.

»Was für Geheimnisse?«, bohrte sie weiter.

»Das Übliche«, erwiderte er geistesabwesend.

Wieder wartete sie. Dieses Spiel würde nicht besonders viel Spaß machen, wenn sie die Einzige war, die spielte. »Und was genau ist das Übliche?«

»Jeder hat doch ein paar Dinge, die er lieber für sich behalten möchte. Meist geht es um die eigene Vergangenheit, Erbschafts- oder Familienangelegenheiten.«

»Familienangelegenheiten? Tatsächlich?«

»*Oui.* Wahnsinnige Tanten in der Dachkammer, uneheliche Kinder, in Verruf geratene Eltern, skandalöse Liebschaften.« Seinem Tonfall war leicht zu entnehmen, dass er nicht bei der Sache war. Anscheinend nahm die Leinwand vor ihm seine ganze Aufmerksamkeit in Anspruch.

Lautlos zählte sie bis zehn und versuchte es dann noch einmal. »Das sind also Eure Geheimnisse?«

»Ja, Madame, in der Tat. Jedes Einzelne davon.« Er ließ einen ungeduldigen Seufzer vernehmen. »Ich habe nicht nur eine, sondern drei dem Wahnsinn verfallene Tanten, außerdem drei uneheliche Halbbrüder, die um unser riesiges Erbe kämpfen, das mein Vater, der im Übrigen ein Pirat war, im Laufe der Jahre angehäuft hat. Das mir zustehende Erbe besteht unter anderem aus einem Schloss in den Schweizer Alpen und den russischen Kronjuwelen. Ich wäre Euch sehr verbunden, wenn Ihr jetzt, da Ihr alles über mich wisst, Euren entzückenden Mund halten könntet, *s'il vous plaît!*«

»Schon gut, schon gut.« Sie hielt inne und verbiss sich ein Lächeln. Es war zwar sein Spiel, das sie spielten, doch sie hatte keinerlei Skrupel, die Spielregeln zu ändern. »Ihr habt gar keine skandalösen Liebschaften erwähnt.«

Hinter der Leinwand war kein Laut zu vernehmen. Am liebsten hätte sie wie ein Schulmädchen gekichert.

»Mord habe ich auch nicht erwähnt«, sagte er tonlos. »Aber der Abend ist ja noch jung.«

Sie bemühte sich, nicht zu lachen, konnte jedoch kaum an sich halten. Schließlich stieß sie hervor: »Es tut mir Leid. Ich gebe wirklich mein Bestes, aber ich kann hier einfach nicht stundenlang stillsitzen, nichts von meiner Umgebung sehen und noch dazu kein Wort sagen dürfen.«

»Also gut, Madame«, räumte er resigniert ein. »Wenn es Euch gelingt, wenigstens die nächsten paar Minuten das Schwatzen einzustellen, werde ich mich im Anschluss gern mit Euch über alles, was Ihr wollt, unterhalten.«

»Wirklich alles?«

»Selbstverständlich nicht, aber fast alles. Einverstanden?«

»Nun gut.«

Die Minuten krochen langsam dahin, und Gillian versuchte, sich nicht zu rühren. Sie war es nicht gewöhnt, einfach nur still zu sitzen. Normalerweise hatte sie immer etwas zu tun. Auf der Stelle wanderten ihre Gedanken zu der einen Person, an die sie ohnehin fast ständig dachte.

Richard.

Jede Minute, die sie in seiner Gegenwart verbrachte, ließ die Gewissheit in ihr wachsen, dass sie ihm die Art Frau sein könnte, die er sich wünschte. Sie könnte das Bett mit ihm teilen, Kinder mit ihm haben. Es gab sogar ab und an Momente, in denen sie genau das wollte, in denen sie ihn wollte.

Weshalb also schreckte sie jedes Mal, wenn er ihr näher kam, wie ein scheues Reh zurück? Warum verschlug es ihr jedes Mal vor Angst den Atem? Sie hatte doch wohl keine Angst davor, etwas für ihn zu empfinden, ihn zu lieben? Sie hatte schon einmal geliebt und wusste, was für ein wunderbares Gefühl es war. Warum sollte es mit Richard nicht genauso wunderbar sein?

War sie dabei, sich in ihn zu verlieben?

Die Frage, die sie noch vor kurzem unwillig abgetan hatte, verlangte immer dringlicher nach einer Antwort. Eine Ehe mit ihm würde auf jeden Fall leichter sein, wenn sie ihn liebte. Doch würde eine einseitige Liebe allein ausreichen?

Liebe hatte bei ihrem Abkommen keine Rolle gespielt, und sie fragte sich, ob das so bleiben würde. Richard beharrte nicht aus Liebe, sondern aus Stolz auf seiner Bedingung, das war alles. Trotzdem war ihr klar, dass er sie begehrte. An seinen Blicken und der Art, wie er sie in seinen Armen hielt, konnte sie erkennen, dass sein Verlangen nach ihr nicht mehr länger mit der Erbschaft oder seinen Versuchen, sie zu verführen, zu tun hatte. Doch es war gewiss keine Liebe, und die Wahrscheinlichkeit, dass sich das ändern würde, war nicht sehr hoch.

Könnte sie einen Mann lieben, der sie nicht liebte? Eine reine Vernunftehe einzugehen war eine Sache, doch jemandem sein Herz zu schenken, der kein Interesse daran zeigte, war etwas völlig anderes. Hatte sie davor Angst?

Im Grunde war das jedoch nebensächlich. Sie war entschlossen, Richard zu heiraten, und ihre Grübelei über die Liebe lenkte sie nur ab. Gab es denn nicht auch schon von ihrer Seite aus Verlangen oder zumindest die ersten Anzeichen dafür? Reichte das denn nicht? Und dieser verflixte Kerl hatte sie noch nicht einmal geküsst. Was würde wohl geschehen, wenn er es täte?

Würden seine Lippen, die bisher nur ihre Hand berührt hatten, sich auf ihrem Mund genauso weich anfühlen? Würden seine Lippen ein Begehren in ihr entzünden, bis ihr Widerstand in seinen Armen dahinschmölze? Oder würde sein Mund stürmisch und fordernd sein, ein Angriff auf ihre Sinne und ihre Seele? Würden seine Arme sie so fest an ihn ziehen, dass die Hitze seines Körpers ihr Fleisch versengte? Würde er ihr in einem Anflug von wilder Leidenschaft sämtliche Kleider vom Leib reißen und seinen Anspruch auf ihren Körper geltend machen?

Würde sie in diesem Fall seine Lust erwidern? Würde sie ihn begehren und mit bisher nicht gekannter Gier ihre Hände über seinen festen Körper gleiten lassen? Würde sie sich selbst ganz dem erregenden Verlangen hingeben, ihn zu berühren und von ihm berührt zu werden? Würde sie, ohne einen Gedanken an die Zukunft oder die

Vergangenheit zu verschwenden, seinen Körper ganz in Besitz nehmen? Würde sie …

»Ihr habt mich angelogen, Madame.«

Gillian zuckte zusammen. Großer Gott, woran hatte sie nur gedacht? Sie errötete.

»Angelogen?« Mit zitternden Fingern glättete sie ihr Kleid und versuchte gleichzeitig, die Fassung wiederzugewinnen. »Wie kommt Ihr denn darauf?«

»Ihr habt behauptet, keinen Liebhaber zu haben.«

»Ich habe auch keinen«, erwiderte sie rasch.

»Nein?« Er klang skeptisch. »Eine Frau sieht nur so aus, wie Ihr es eben getan habt, wenn sie an ihren Liebhaber denkt.«

»Seid nicht albern.« Am liebsten hätte sie sich frische Luft zugefächert. »Daran habe ich nun wirklich nicht gedacht.«

»In diesem Fall müsst Ihr einen Hund haben.«

»Einen Hund?« Sie schüttelte verwirrt den Kopf. »Wie kommt Ihr denn auf diesen Gedanken?«

»Aus eigener Erfahrung kann ich sagen, dass Engländerinnen ihre Hunde genauso lieben wie ihre Männer.« Er lachte leise. »Manchmal sogar mehr.«

»Manchmal hat es der Hund auch eher verdient«, entgegnete sie spitz. »Ich habe jedoch weder einen Hund noch einen Liebhaber, und Ihr, Monsieur, seid unverschämt.«

»Selbstverständlich bin ich das. Es liegt mir im Blut. Deshalb finden Frauen mich charmant und unwiderstehlich.«

Sie musste lachen. »Ach, tun sie das?«

»Habt Ihr denn die Geschichten nicht gehört? Die Gerüchte, die man sich über Etienne-Louis Toussaint erzählt, den großen Künstler und außergewöhnlichen Liebhaber?« Er seufzte in gespielter Verzweiflung. »Ich bin zutiefst erschüttert.«

»Ihr müsst Euch eben mehr anstrengen. Es ist bestimmt nicht einfach, einen derartigen Ruf aufrechtzuerhalten.«

»Ich muss sagen, diesen Umstand bereue und genieße ich zugleich. Doch, Madame«, fügte er mit gedämpfter Stimme hinzu, »erzählt mir von diesem Mann, der nicht Euer Liebhaber ist.«

»Das werde ich ganz bestimmt nicht tun. Ich pflege private Angelegenheiten nicht mit Fremden zu besprechen. Außerdem wollt Ihr doch, dass ich schweige.«

»Nur zu Beginn der Arbeit. Ihr wart doch damit einverstanden, über alles zu reden.«

»Ich war damit einverstanden, dass *Ihr* über alles redet«, entgegnete sie.

»Und ich möchte über den Gentleman reden, der Euch im Kopf herumspukt.« Er hielt inne. »Befürchtet nicht, dass ich weitersagen werde, was Ihr mir hier anvertraut. Leute, die mir Modell sitzen, sprechen oft über Dinge, über die sie sonst niemals reden würden. Wenn ich nicht äußerst verschwiegen wäre, hätte ich bald keine Kundschaft mehr. Die Worte, die zwischen Künstler und Modell gesprochen werden, sind genauso heilig wie die zwischen Priester und Sünder.«

»Unsinn, das glaube ich nicht.« Sie lachte. »Und Euren eigenen Worten zufolge seid Ihr alles andere als ein Priester.«

»Das ist richtig, aber ich gebe Euch dennoch mein Wort, dass alles, was Ihr hier sagt, unter uns bleibt.«

»Trotzdem ...«

»Solltet Ihr befürchten, peinlich berührt zu sein, wenn wir uns das nächste Mal treffen, kann ich Euch ebenfalls beruhigen. Ihr wisst nicht, wie ich aussehe, Ihr würdet mich also gar nicht wiedererkennen. Ihr seht, gegen eine gewisse Anonymität ist nicht das Geringste einzuwenden.« Er schien ihre Unentschlossenheit zu spüren und hielt inne.

Konnte sie ihm vertrauen? Der Gedanke, ihm ihre intimsten Gedanken zu offenbaren, war absurd, obwohl sie sich danach sehnte, mit jemandem über ihre Gefühle zu sprechen. Dass sie sich tatsächlich versucht fühlte zu reden, lag ohne Zweifel an ihrer momentanen Umgebung, der undurchdringlichen Dunkelheit, dem gesichtslosen Fremden, ihrer entspannten Haltung auf der Chaiselongue, ja, selbst der Nacktheit ihrer Füße. Das alles vermittelte ihr das Gefühl, an einem sicheren Ort zu sein, an dem ihr nichts passieren konnte. Sicher und intim, dasselbe Gefühl wie bei der Beichte.

»Ich habe sowieso die Vermutung, dass Ihr sonst niemanden habt, dem Ihr Euch in dieser Angelegenheit anvertrauen könnt.«

Sie selbst hatte sich darüber noch keine Gedanken gemacht, doch er hatte Recht. Bisher hatte sie immer alles mit Robin und Kit besprochen, aber was Richard betraf, waren die beiden einfach unmöglich. Andere enge Freunde hatte sie keine, und in den letzten Jahren war sie immer unabhängiger von ihrer Familie geworden. Sie hing sehr an allen, doch von der Erbschaft wusste niemand, und das war auch gut so.

Ihre Cousine Pandora hätte bestimmt Verständnis für ihre Lage, doch soviel Gillian gehört hatte, war Pandora zur Zeit selbst mit ihren eigenen Liebesangelegenheiten beschäftigt. Und obwohl Gillian fest überzeugt war, dass sie und Emma gute Freundinnen werden würden, kannten sie sich für derartige Geständnisse noch nicht lange genug. Außerdem war Emma Richards Schwester und würde deshalb ohne Zweifel auf seiner Seite sein.

»Ihr seid sehr aufmerksam, Monsieur, das muss ich Euch lassen«, sagte sie leise.

»Und verschwiegen.«

»Das hoffe ich.«

Was sollte es schon schaden, ihm die Geschichte zu erzählen? Er würde sich hüten, ihr Geheimnis weiterzuerzählen, immerhin konnte sie seiner Karriere förderlich sein. Er wäre ein Dummkopf, und Toussaint war mit Sicherheit vieles, nur das nicht. Außerdem hatte er ihr sein Wort gegeben, und sie sah keinen Anlass, ihm zu misstrauen.

Sie holte tief Luft. »Es gibt da einen Mann.«

»Also doch. Es gibt immer einen Mann.« Er lachte leise.

»Ich habe vor, ihn zu heiraten.«

»So? Aber Ihr habt doch gesagt, dass er nicht Euer Liebhaber ist, und da Ihr nicht mehr in einem Alter seid, in dem Ehen arrangiert werden … Ich muss gestehen, dass ich Euch nicht ganz folgen kann.«

»Es handelt sich um … nun ja … etwas ungewöhnliche Umstände.« Sie besann sich kurz. »Ich verstehe es selbst nicht so ganz. Alles ist viel komplizierter geworden, als ich es mir vorgestellt hatte.«

»Kompliziert? Es gibt nichts Komplizierteres als die Beziehung zwischen Mann und Frau, aber auch nichts Einfacheres.«

»Es hat eigentlich ganz einfach angefangen.« Sie erzählte ihm in groben Zügen von der Erbschaft, ihrer Liste mit Heiratskandidaten, von Richard, jedoch ohne seinen Namen zu nennen, und von der Bedingung, die er an eine Heirat mit ihr geknüpft hatte. »Jetzt wisst Ihr Bescheid.«

»In der Tat eine ungewöhnliche Geschichte.« Eine Zeit lang sagte er nichts mehr, offensichtlich dachte er über ihre Worte nach. »Habt Ihr Euch also dazu entschieden, ihm die Art Frau zu sein, die er will?«

»Ja.« Sie schüttelte den Kopf. »Das heißt, nein. Ach,

ich weiß es selbst nicht. Manchmal will ich es tun, dann erscheint es mir wieder völlig unmöglich. Es ist schrecklich verwirrend.«

»Verwirrend?«

Sie suchte nach den richtigen Worten. »Wie schon gesagt, war die Sache anfangs ganz einfach. Die Ehe sollte nur dem Namen nach bestehen, damit ich mein Erbe antreten kann. Aber dann war er mit meinen Bedingungen nicht einverstanden, und ehrlich gesagt verstehe ich seine Beweggründe. Doch nun, da er schon seit geraumer Zeit dabei ist, mich zu verführen …«

»Ich dachte, er mache Euch lediglich den Hof. Hattet Ihr es nicht selbst so ausgedrückt?«

»Ja, natürlich, das habe ich ja gemeint. Ich habe mich nur versprochen.« Sie musste an Richards dunkle Augen denken und wusste, dass sie sich keineswegs versprochen hatte. »Jedenfalls spielen meine Gefühle jedes Mal verrückt, wenn er nur in meine Nähe kommt.«

»Aha. Kann es demnach sein, dass Ihr Eure Entscheidung bereits getroffen habt?«

»Nein, nicht diese Art Gefühle, jedenfalls nicht ausschließlich.« Sie richtete sich auf der Chaiselongue auf und sah in seine Richtung. »Was ich in seiner Gegenwart am stärksten spüre, ist … Angst.«

»Ich kann nicht arbeiten, wenn Ihr nicht still sitzt«, ermahnte er sie.

»Verzeiht.« Sie nahm wieder ihre usprüngliche Haltung ein. »Bitte versteht mich nicht falsch. Ich habe keine Angst vor ihm, zumindest glaube ich das. Ich meine, er ist nicht die Art Mann, der Kinder schlägt oder Hunde quält …«

»Ha! Ich wusste doch, dass Hunde mit im Spiel sind.«

Sie achtete nicht auf seinen Einwurf. »Er ist ein Ehrenmann, ein guter Mensch.«

»Ein guter Mensch?«, fragte Tousaint spöttisch. »Wie unglaublich langweilig.«

»Überhaupt nicht«, wies sie ihn zurecht.

»Wenn er so *gut* ist«, Toussaint sprach das Wort aus, als wäre es etwas Unanständiges, »wovor fürchtet Ihr Euch dann?«

»Ich wünschte, ich wüsste es.«

Es blieb still, und sie wusste nicht, ob er nachdachte oder arbeitete.

»Toussaint?«

»Ihr seid verwitwet, nicht wahr?«

»Ja«, antwortete sie zögernd.

»Dann kann es nicht der Liebesakt sein, vor dem Ihr Angst habt.«

»Selbstverständlich nicht«, sagte sie verärgert. »Ich bin schließlich erwachsen. Ich bin verheiratet gewesen und weiß sehr wohl, was sich zwischen einem Mann und einer Frau abspielt.«

»Aber wenn es stimmt, was man sagt, habt Ihr seit dem Tod Eures Mannes niemandem mehr Eure Gunst erwiesen.«

Sie wusste nicht, worüber sie sich mehr ärgern sollte, über die Richtigkeit der Gerüchte, die über sie im Umlauf waren, oder über Toussaints Taktlosigkeit, sie in ihrer Gegenwart zu erwähnen. Sie versuchte, ihrer Stimme einen distanzierten, belustigten Tonfall zu geben. »Eure Unverschämtheit ist bei weitem nicht so charmant, wie Ihr denkt.«

»Aber nun lügt Ihr schon zum zweiten Mal, Madame.« Er lachte leise vor sich hin. »Wenn Ihr meine unverschämte Art tatsächlich so unerträglich fändet, wärt Ihr schon längst gegangen.«

»Ich könnte jetzt gehen.« Vermutlich sollte sie dies wirklich tun.

»Ihr könntet, aber Ihr werdet nicht gehen.«

»Was macht Euch da so sicher?« Natürlich könnte sie gehen.

»Ihr habt es selbst zugegeben: Ich bin der einzige Mensch, dem Ihr Euch anvertrauen könnt. Außerdem haben wir weder Euer Problem gelöst noch das Porträt beendet. Im Grunde haben wir mit beidem gerade erst angefangen.«

»Ich bezweifle, dass Ihr mein Dilemma lösen könnt. Ich kann ja selbst kaum benennen, was es ist.«

»Dann fürchtet Ihr Euch vielleicht tatsächlich vor dem Liebesakt.« Er hielt inne. »Oder vor der Liebe.«

Sie spürte Ärger in sich aufwallen. »Unsinn. Beides.« Sie richtete sich auf, fand ihre Schuhe neben der Chaiselongue und schlüpfte hinein. »Aber ich denke, ich habe für heute Nacht genug gehabt, und möchte mich deshalb nun verabschieden.«

»Weil Ihr Euch nicht der Wahrheit stellen wollt.«

Sie war aufgestanden. »Und was ist die Wahrheit?«

»Ihr habt vor, einen Mann zu heiraten, der Euch nie umarmt hat, nie liebkost, ja, der Euch noch nicht einmal geküsst hat, wie man Euch küssen sollte.«

»Ich habe nie behauptet, er hätte mich nicht geküsst«, gab sie scharf zurück.

»Hat er denn?«

»Das geht Euch überhaupt nichts an. Diese Unterhaltung geht wirklich zu weit.« Sie steuerte auf die Tür zu.

»Vielleicht habt Ihr Angst davor, dass Ihr nichts empfinden werdet, wenn er es tut?«

Sie zuckte zusammen. Hatte er Recht? War es das, wovor sie sich fürchtete? Nein, allein schon der Gedanke war lächerlich. Sie war ganz im Gegenteil überzeugt, dass sie sehr viel empfinden würde, wenn Richard sie endlich küsste. »Das reicht jetzt. Dieses Gespräch ist beendet.«

Sie durchquerte das Zimmer, nahm ihren Umhang und riss die Tür auf. In diesem Augenblick hörte sie seine Schritte hinter sich. Seine Hand griff über ihre Schulter nach der Tür und warf sie ins Schloss. Gillian erstarrte, Toussaint hielt sie an den Schultern fest.

»Dreht Euch nicht um, *ma chérie* …«, flüsterte er ihr zu.

»Ich bin nicht …«

»Hört mir zu.« Seine Stimme klang jetzt tief und beschwörend.

Erfolglos versuchte sie, sich seinem Griff zu entwinden. »Lasst mich los.«

»Ihr seid eine bezaubernde Frau, die schon viel zu lange ohne Mann gewesen ist.«

»Ich schreie, wenn Ihr mich nicht auf der Stelle loslasst.«

»Ich würde Euch zu gern schreien hören.« Er drückte sie fest an sich. »Ihr braucht einen Mann, der Euch vor Ekstase zum Schreien bringt, der nicht nur Euren Körper, sondern auch Eure Seele erobert.«

»Nein!«

»Und das ist es, Madame, was Euch so Angst macht.«

»Das stimmt nicht!« Oder doch?

»Nein? Warum habt Ihr dann keine Angst vor mir? Wir sind zusammen, ganz allein, und es ist Nacht.«

»Ich weiß es nicht.« Obwohl er sie in diesem Moment noch fester an sich presste, hatte sie tatsächlich keine Angst vor ihm.

»Ihr wisst es nicht? Ich könnte Euch jetzt nehmen, hier auf dem Boden, und Ihr würdet keinerlei Widerstand leisten.« Seine Lippen berührten leicht ihr Ohr.

»Würde ich wohl!« Würde sie?

»Ihr habt keine Angst vor meiner Berührung. Ich weiß es. Ich merke es an der Art, wie sich Euer Körper an meinen schmiegt.« Er bewegte sich hinter ihr, und sie konnte seinen festen, muskulösen Körper spüren. »Und Ihr wisst es auch.«

»Ich weiß nichts dergleichen.« Aber er hatte Recht: Sie empfand keine Angst.

»Warum fürchtet Ihr Euch nicht?«

»Ich weiß es nicht!«

»Warum?«

»Weil ...« Ihr Puls schlug immer rascher. »Weil Ihr für mein Herz keinerlei Gefahr darstellt!«, platzte sie heraus, selbst überrascht von dieser Erkenntnis.

»Seid Ihr Euch da so sicher?« Er berührte ihren Hals mit seinen Lippen, und sie erstarrte. Sie konnte sich nicht dazu überwinden, ihn abzuschütteln.

»Ja.« Sein Körper fühlte sich heiß an und auf seltsame Weise angenehm und vertraut.

»Warum? Weil ich kein guter Mensch bin? Weil ich nicht auf Eurer blödsinnigen Liste stehe? Weil Ihr nicht Gefahr lauft, etwas für mich zu empfinden?« Seine Stimme wurde immer leiser, sie konnte seinen Atem auf ihrer Haut spüren. Sie bekam eine Gänsehaut. »Weil ich nicht die Art Mann bin, die sich die Zeit nimmt, Euch zu verführen?«

»Seid Ihr das denn nicht?«, flüsterte sie. Was geschah nur mit ihr?

»Ich würde keinen einzigen Augenblick mit solchem Unsinn verschwenden.« Er streichelte sanft ihren Nacken, und sie biss sich auf die Lippe, um nicht aufzuschreien.

»Ich muss jetzt gehen«, sagte sie leise. Das Gefühl, das sie durchströmte, war ohne Zweifel Lust, reines körperliches Verlangen. Um Himmels willen, Toussaint hatte tatsächlich Recht: Sie war schon zu lange nicht mehr mit einem Mann zusammen gewesen. »Hört sofort damit auf.«

»Warum? Ihr seid noch nicht verheiratet, noch nicht

einmal verlobt.« Er schob den dünnen Stoff ihres Kleides zur Seite und küsste ihre nun frei liegende Schulter, bis Gillian kaum mehr stehen konnte.

Einerseits wollte sie gegen die Freiheiten, die er sich nahm, protestieren, andererseits sehnte sich ihr verräterischer Körper so sehr danach. Noch einen Moment länger, und ihr Widerstand wäre vollends gebrochen.

Er lockerte seinen Griff und streichelte ihre nackten Arme. Sie erschauerte, und ihr wurde schlagartig bewusst, dass sie zum ersten Mal seit Charles' Tod wieder einen Mann in ihrem Bett haben wollte. Und im Moment wollte sie genau diesen Mann, diesen gesichtslosen Fremden, der Empfindungen in ihr auslöste, von deren Existenz sie bisher nichts gewusst hatte. Brennendes Verlangen umnebelte ihre Gedanken.

»Nein!« Mit dem letzten Rest an Widerstandskraft riss sie sich aus seiner Umarmung, öffnete die Tür und lief die Treppe hinab.

»Ihr werdet wiederkommen, Madame!«, ertönte seine selbstsichere Stimme von oben.

»Nein«, rief sie über ihre Schulter zurück.

Warum eigentlich nicht?

Sie hielt im Laufen inne. Im Grunde hatte sie nichts zu fürchten außer ihrem eigenen leidenschaftlichen Begehren, und das würde sie ja wohl in Zaum halten können. *Warum also nicht?* »Vielleicht. Aber einzig und allein wegen des Porträts.«

Gillian setzte ihren Weg die Treppe hinunter fort und zog dabei ihren Umhang fester um die Schultern. Unten starrte Wilkins sie an, als hätte sie den Verstand verloren, und vielleicht hatte sie das auch.

Toussaints Gelächter schallte durch das Treppenhaus. »Das wird sich zeigen, Madame.«

Richard schloss die Tür mit einem Grinsen. Das hatte unerwartet gut geklappt. Er schritt auf Gillians Porträt zu. Ausgesprochen gut. Seine Schritte verlangsamten sich, und das Grinsen verschwand aus seinem Gesicht. Vielleicht zu gut?

Er ließ sich auf den Schemel vor der Staffelei fallen und starrte auf die große Kohlezeichnung vor ihm. Was, zum Teufel, war heute Abend tatsächlich geschehen? Er fuhr sich ungeduldig mit den Fingern durch die Haare und ließ die Ereignisse noch einmal Revue passieren.

Es hatte ganz gut angefangen, auch wenn er zuerst befürchtet hatte, aufgeflogen zu sein, als sie ihn auf Französisch angeredet hatte. Verdammt, warum hatte er in der Schule nicht besser aufgepasst und diese verfluchte Sprache gelernt? Er hatte seine mangelnden Kenntnisse jedoch erfolgreich überspielt. Noch im Nachhinein musste er bei dem Gedanken an ihren entrüsteten Gesichtsausdruck grinsen, als er ihre Aussprache kritisiert hatte.

Nachdem Gillian eingewilligt hatte, still zu sein, hatte er ausreichend Gelegenheit gehabt, sie zu zeichnen. Mit jedem Strich war seine Aufregung gewachsen. Er war sich sicher, dass dies sein bisher bestes Bild werden würde, und er war sehr gut vorangekommen, solange er ganz in seine Arbeit versunken gewesen war – solange er in ihr nichts als sein Modell gesehen hatte.

Doch in dem Augenblick, als er daran gegangen war, ihr Gesicht zu zeichnen, war er verloren gewesen. Eine Zeit lang hatte er sie gemustert, hatte sie nur angesehen, ohne dass ihr aufgefallen wäre, dass das Geräusch des Kohlestifts auf der Leinwand verstummt war. Natürlich hatte er alles so eingerichtet, dass sie ihn nur schemenhaft hatte wahrnehmen können. Doch ab einem gewissen Zeitpunkt hatte er das Gefühl gehabt, dass sie alles um sich herum ohnehin vollständig vergessen hatte. Ihr

Gesichtsausdruck hatte ihm gezeigt, wie abwesend sie war.

Er hatte sich im Stillen gefragt, ob sie in diesem Moment wohl an ihn gedacht hatte, ob er es gewesen war, der diesen träumerischen Ausdruck in ihre Augen und die leichte Röte in ihre Wangen gezaubert hatte. Ob sie an ihn gedacht hatte, als sie langsam mit der Zunge ihre Lippen benetzt hatte … Er hatte sich kaum zurückhalten können; am liebsten wäre er auf sie zugestürzt und hätte sie in die Arme genommen.

Er schluckte und starrte auf das Gesicht, das ihm von der Leinwand entgegenblickte. Schnelle, grobe Striche, die nur andeuteten, was noch kommen würde.

Mit Mühe und Not hatte er es geschafft, nicht die Kontrolle zu verlieren, er hatte sogar diesen blödsinnigen Akzent durchgehalten. Wer hätte auch gedacht, dass es so schwierig wäre, einen Akzent, den man während eines kurzen Treffens in einem Garten angenommen hatte, eine ganze Stunde lang in einem Atelier durchzuhalten? Zum Schluss an der Tür hatte er ihn beinahe völlig vergessen.

Richard ergriff die Kohle und begann zu arbeiten und die begonnenen Formen zu verfeinern. Er brauchte sie nicht hier vor sich haben, um weiterzumachen, denn ihr Gesicht hatte sich tief in sein Gedächtnis eingebrannt.

Zum Schluss an der Tür.

Was war nur in ihn gefahren, ihr einfach zu folgen, sie so fest an sich zu pressen, dass er jeden Zentimeter ihres Körpers durch dieses skandalöse, hauchdünne Kleid spüren konnte? Er hatte ihre warme Haut gespürt, jeden ihrer Atemzüge und das Schlagen ihres Herzens.

Was wäre passiert, wenn sie sich nicht losgerissen hätte? Er hatte sie mit einer Leidenschaft gewollt, die ihn jetzt noch erschreckte, und ihm war klar gewesen, dass auch sie ihn gewollt hatte. Und auch das erschreckte ihn. *Sie* hatte *ihn* gewollt? Oder hatte sie Toussaint gewollt?

Vor Toussaints Umarmung war sie jedenfalls nicht zurückgeschreckt. Nein, als Toussaint sie umarmt hatte, hatte sie keineswegs ängstlich reagiert, ihr Widerstand war im Grunde alles andere als heftig gewesen. Er spürte, wie Ärger in ihm aufwallte und die Striche auf der Leinwand immer fester und gröber ausfielen.

Stand tatsächlich dieser Unsinn zwischen ihnen: ihr Herz, die Liebe? Sie suchte doch wohl nicht die große Liebe bei Richard? Bei ihm? Verflucht, sie hatte Recht, es war alles sehr verwirrend. Ihr Verhalten, seine Reaktionen. Es war nicht einmal sicher, wer genau auf wen reagierte.

Bei Toussaint ging es ihr ganz sicher nicht um Liebe. War das der Grund, weshalb sie in der Gegenwart des Malers keine Angst hatte, weshalb sie nicht vor ihm zurückschreckte?

Ein wenig Angst wäre allerdings gar nicht so unangebracht gewesen, ein gewisser Widerstand. Zum Teufel, Gillian war Wachs in seinen Händen gewesen, das hieß, in Toussaints Händen!

Er atmete tief aus. Nun, er hatte es schließlich so gewollt, oder? Er hatte diesen Angriff auf zwei Fronten selbst geplant. Welche Frau konnte schon den Annäherungsversuchen eines englischen Earls und eines französischen Künstlers widerstehen? Sein Plan war nicht weniger ausgeklügelt gewesen als die militärische Strategie eines Wellington oder Napoleon.

Nein, sein Plan konnte immmer noch aufgehen. Sollte sie sich Toussaint hingeben, würde ihr das nur zeigen, dass sie sich vor ihm, vor Richard, nicht zu fürchten brauchte, dass sie sein Bett teilen konnte, ohne dabei ihr Herz zu verlieren.

Er runzelte ärgerlich die Stirn. War es das, was er wollte? Natürlich. Die Liebe ging ihn nichts an, er hatte nicht das geringste Interesse daran. Sicher, er empfand mittlerweile etwas für Gillian und konnte eigentlich an nichts anderes mehr denken. Die Erbschaft war vollständig in den Hintergrund gerückt – aber Liebe? Wohl kaum.

Wieder einmal kämpften die Engländer gegen die Franzosen, und sie würden mit Sicherheit ein weiteres Mal den Sieg davontragen. Er verdrängte den beunruhigenden Gedanken, dass es ein langer, blutiger Krieg werden könnte.

Zehntes Kapitel

Gillian fragte sich im Stillen, wie unhöflich es wäre, ihre Gäste nach Hause und Emma auf ihr Zimmer zu schicken, um endlich mit Richard allein sein zu können.

Sie ließ den Blick über die kleine Gruppe schweifen, die in ihrem Salon versammelt war. Richard und Robin diskutierten im Stehen über die jüngsten Beschlüsse des Parlaments. Emma saß auf dem Sofa und lauschte abwechselnd der politischen Diskussion und Kit, der neben ihr saß. Bisher war der Abend überraschend problemlos verlaufen.

Robin hatte zwar den ganzen Abend über sämtliche Bemerkungen Richards höflich, aber bestimmt in Frage gestellt. Egal, ob es um den derzeitigen Stand der Regierungsgeschäfte oder das laue Frühlingswetter ging – Robin fand immer etwas am Standpunkt seines Gegenübers auszusetzen. Doch Kit war glücklicherweise derart von Emma fasziniert, dass er völlig vergessen hatte, Robins Beispiel zu folgen.

Von dem Augenblick an, in dem er den Salon betreten hatte, hatte er die junge Frau keine Sekunde aus den Augen gelassen. Mit der neuen Frisur und in dem Kleid, das Gillian ihr geliehen hatte, sah sie wahrlich bezaubernd aus. Emmas eigene Kleider waren hoffnungslos altmodisch, sie hatte sie noch von ihrer Mutter. Sollte Emma in London vor allem darauf aus sein, einen Mann zu finden, hatte sie ihr Ziel vielleicht schon erreicht. Die sehnsüchtigen Blicke, die Kit ihr fast pausenlos zuwarf, sprachen Bände. Gillian freute sich zwar über diese Entwicklung, andererseits spürte sie gleichzeitig einen leichten Unwillen in sich aufsteigen, den sie sich beim besten Willen nicht erklären konnte.

Emma nahm Kits Aufmerksamkeiten und Schmeicheleien völlig gelassen zur Kenntnis, fast schien sie belustigt zu sein. Gillian konnte sie nur bewundern. Emma mochte ihr ganzes Leben auf dem Land verbracht haben, aber sie strahlte die Selbstsicherheit und den Charme einer jungen Dame aus, die schon lange in Londons Kreisen zu Hause war. Sie schien in Herzensangelegenheiten und der Kunst des Kokettierens ein ebenso großes Naturtalent wie beim Malen zu sein.

Im Laufe des Tages hatten sie eine Art Atelier eingerichtet, und Emma hatte sich sofort an die Arbeit gemacht.

Gillian überlegte, ob sie Emma zu ihrem nächsten Termin bei Toussaint mitnehmen sollte, damit sie Einblick in dessen Arbeit gewinnen könnte. Emmas Gegenwart könnte auch in anderer Hinsicht von Vorteil sein.

Richard schien nicht zu bemerken, was sich zwischen Kit und seiner Schwester anbahnte. Ganz im Gegenteil, das erste Mal, seitdem sie ihn kennen gelernt hatte, wurde er seinem öffentlichen Ruf nur zu gerecht: Er war kurz angebunden, unterhielt sich nur widerwillig und warf ihr immer wieder beunruhigende Blicke zu, als wollte er in sie hineinsehen. Heute Abend wirkte er geradezu düster und grüblerisch. Es war ärgerlich.

Gillian hatte den ganzen Tag über ihren gestrigen Besuch bei Toussaint nachgedacht. Sie war zu dem Schluss gekommen, dass das Gefühlschaos, das sie dort erlebt hatte, lediglich eine physische Reaktion auf die Umarmung eines geübten Verführers gewesen war. Dennoch war das Erlebnis höchst verwirrend gewesen. Wie hatte sie nur derart unkontrolliert und leidenschaftlich auf einen Menschen reagieren können, von dem sie noch nicht einmal das Gesicht gesehen hatte?

Doch was sie noch viel mehr beschäftigte, waren ihre eigenen Eingeständnisse. Lief sie tatsächlich Gefahr, ihr

Herz an Richard zu verlieren? Hatte sie Angst davor, was sie in seinen Armen fühlen könnte? Er hatte ihre Gefühlswelt sowieso schon mehr als genug durcheinander gebracht.

Doch was, wenn es sich einfach nur um dasselbe körperliche Verlangen handelte, das sie bei Toussaint gespürt hatte? Hatte sie am Ende gar nicht davor Angst, ihr Herz zu verlieren, sondern vielmehr davor, es gerade nicht zu verlieren? Fürchtete sie sich davor, nichts außer Begehren für Richard zu empfinden? Wenn sie diesen Mann tatsächlich heiraten wollte, war es höchste Zeit, sich Klarheit zu verschaffen. Was auch immer davon abhing – würde sie den Rest ihres Lebens mit einem Mann verbringen können, den sie nicht liebte?

»Robin«, sagte sie kurz entschlossen. »Ich beende diesen bezaubernden Abend nur ungern, aber es wird langsam ein wenig spät.«

Richards Mund verzog sich zu einem zynischen Grinsen. Es war keineswegs spät, und eigentlich war der Abend auch nicht bezaubernd gewesen.

Robin warf Gillian einen prüfenden Blick zu. »Nun, gut. Kit?«

»Es ist doch noch gar nicht so spät«, protestierte dieser verdrießlich, ohne Emma auch nur für einen Moment aus den Augen zu lassen.

Als Emma aufstand, erhob sich Kit ebenfalls. »Lady Gillian hat Recht. Es war ein sehr langer Tag für uns.« Sie hielt ihm ihre Hand entgegen.

Kit nahm sie und küsste sie innig. Gillian versuchte, ein Lächeln zu unterdrücken. »Ich hoffe sehr, Eure reizende Gesellschaft bald wieder genießen zu dürfen.«

Emma errötete.

Robin verdrehte die Augen, während er auf die Tür zusteuerte. »Komm schon, Kit.« Kit folgte ihm zögernden

Schrittes. Robin hielt inne und sah Richard auffordernd an. »Was ist mit Euch, Shelbrooke?«

»Einen Augenblick«, warf Gillian hastig ein. »Wir haben noch etwas zu besprechen.«

Richard zog eine Augenbraue in die Höhe. »Ich bleibe anscheinend noch, Weston.«

Robin musterte Gillian nachdenklich und nickte dann. »Ach so. In diesem Fall wünsche ich allerseits einen guten Abend.« Er wandte sich um und verließ das Zimmer.

»Guten Abend.« Kit warf Emma einen letzten verzehrenden Blick zu und folgte Robin. Man konnte die Stimme von Wilkins in der Eingangshalle vernehmen, dann das Geräusch der Tür.

Emmas Wangen waren immer noch leicht gerötet. Ihre Augen glänzten, als sie Gillian ansah. »Er ist wirklich ein ausgesprochen charmanter Gentleman, nicht wahr?«

»Charmant?« Richard schnaubte verächtlich. »Dieser leichtfertige Halunke hat den ganzen Abend über mit dir geflirtet. Nimm dich in Acht vor ihm.«

»Richard!« Emma sah ihn mit großen Augen an.

»Unsinn«, warf Gillian entrüstet ein. »Durch seine herzliche Art mag er manchmal leichtfertig wirken, aber er ist ehrenhaft, sehr charmant und einer meiner besten Freunde. Außerdem verfügt er über ein beträchtliches Vermögen sowie einen Titel und wäre somit eine ausgezeichnete Partie für Emma.«

»Eine ausgezeichnete Partie?«, fragte Richard mit gerunzelter Stirn.

»Meint Ihr wirklich?«, ließ sich Emma leise vernehmen.

»Ganz bestimmt.« Gillian nickte lächelnd. »Und meines Wissens nach hat er bisher noch keine Frau so angesehen wie Euch heute Abend. Ich glaube, das ist ein viel versprechender Anfang.«

»Es ist überhaupt kein Anfang.« Richards Stimme wurde lauter. »Ganz im Gegenteil. Es ist das Ende. Ich habe nicht vor, meiner Schwester den Umgang mit diesem Menschen zu erlauben.«

»O je«, flüsterte Emma.

»Was Ihr vorhabt oder auch nicht, tut nichts zur Sache.« Gillian stemmte die Hände in die Hüften. »Emma ist einundzwanzig, und deshalb habt Ihr in dieser Angelegenheit keinerlei Mitspracherecht.«

Richard warf ihr einen vernichtenden Blick zu. »Das werden wir sehen. Solange ich für sie sorge …«

»Vielleicht, aber im Augenblick könnte man durchaus argumentieren, dass Ihr gar nicht für sie sorgt, da sie unter meinem Dach lebt«, entgegnete Gillian mit einem süffisanten Lächeln.

»Es ist wirklich schon recht spät«, warf Emma ein und zog sich langsam in Richtung Tür zurück.

»Und da sie unter meinem Dach lebt, muss sie sich nur um meine Erlaubnis Sorgen machen. Ich sehe im Augenblick nicht den geringsten Grund, ihr auch nur das Geringste zu verbieten. Von mir aus kann sie sehen, wen sie will, und machen, wonach auch immer ihr der Sinn steht.«

»Eure Erlaubnis?«, stieß Richard ungläubig hervor. »Ich bezweifle, dass Ihr eine besonders gute Menschenkennerin seid, wenn es um Schurken wie Weston geht.«

»Ich besitze eine ausgezeichnete Menschenkenntnis.« Die Empörung verschlug ihr fast die Stimme.

»Dass ich nicht lache!«

»Ich sollte wohl besser gehen«, sagte Emma unsicher.

Gillian verschränkte die Arme über der Brust und trat einen Schritt auf Richard zu. »›Dass ich nicht lache?‹ Was soll das denn bitte schön heißen?«

»Das soll heißen, dass ich nicht viel von Eurer so genannten Menschenkenntnis halte«, erwiderte er herablassend.

»Tatsächlich?«

»Ja.« Seine Stimme klang fest, als wäre die Diskussion damit für ihn beendet. Vor Wut hätte Gillian am liebsten laut aufgeschrien. Noch lieber hätte sie ihn geohrfeigt.

»Ich habe Euch gewählt, oder? War das etwa ein Fehler?«, fragte sie ihn herausfordernd.

»Das wird sich erst noch zeigen«, antwortete er nicht ohne eine gewisse Selbstgefälligkeit.

»In der Tat.« Sie sah ihm direkt in die Augen.

»Dass Ihr mich an die Spitze Eurer Liste gesetzt habt, würde ich nicht unbedingt als Beweis Eurer Menschenkenntnis deuten.« Er blickte zornig auf sie hinab.

»Welche Liste?«, wollte Emma neugierig wissen.

»Bisher habt Ihr Euch mir gegenüber immer verflixt anständig verhalten.« Sie starrte ihn an. »Demzufolge lag ich mit meiner Einschätzung also richtig.«

»Verflixt anständig? Ist das denn nicht, was Ihr wolltet? Ein Mann, der sich anständig und völlig ehrenhaft verhält?« Er sah sie unverwandt an. »Ein Mann, der nichts will außer Eure verdammte Erbschaft?«

»Ja, aber das habe ich nicht bekommen, oder?« Sie war dabei, die Kontrolle zu verlieren, aber im Moment war ihr das egal. Dieser Mann machte sie einfach rasend. »Ich habe jemanden bekommen, der mehr als mein Geld will – ein Tier, das mich unbedingt in seinem Bett haben will. Jemand, der ...«

»Was?«, brüllte Richard. »Was, glaubt Ihr, will ich von Euch?«

»Ich sollte jetzt wirklich gehen.« Emma floh aus dem Zimmer und schloss die Tür hinter sich.

Gillian ließ Richard nicht aus den Augen. »Seht nur, was Ihr angerichtet habt. Ihr habt sie verängstigt.«

»Genau so, wie ich Euch verängstige?«

»Ich habe keine Angst vor Euch«, erwiderte sie scharf. Es stimmte, sie war viel zu verärgert, um verängstigt zu sein.

»Ihr habt aber vor etwas Angst.«

Ihr Ärger ließ sie alle Vorsicht vergessen, und sie sprach weiter, ohne nachzudenken: »Warum habt Ihr mich nicht geküsst?«

»Was?« Er sah sie entgeistert an. »Was hat denn das damit zu tun?«

»Das ist keine Antwort auf meine Frage.« Sie blickte unverwandt zu ihm auf. »Ihr habt noch nicht einmal versucht, mich zu küssen. Für einen Mann, der darauf aus ist, mich zu verführen ...«

»Den Hof zu machen«, sagte er leise.

»Verführen! Auch wenn man nicht unbedingt von Verführung sprechen kann, nur weil Ihr ab und an schüchtern meine Hand streift. Ihr habt Euch bisher wirklich noch nicht viel Mühe gegeben, mich zu verführen.«

»Natürlich habe ich das«, sagte er in einem Tonfall, als hätte sie seine Männlichkeit in Frage gestellt.

Sie schnaubte verächtlich.

»Ich dachte nicht, dass Ihr von mir geküsst werden wollt. Jedes Mal, wenn ich nur Eure Hand halte ...« Er schüttelte den Kopf. Sie hatte das Gefühl, noch nie einen derart verwirrten Mann vor sich gehabt zu haben. »Ich dachte, nun ja, also ...«

»Küsst mich, Richard.« Sie hatte in diesem Augenblick keine Angst vor ihm, und sie musste herausfinden, was sie empfinden würde, wenn er es tat. Angst? Leidenschaft? Liebe? Oder gar nichts? Dies war der richtige Augenblick, um es herauszufinden. »Jetzt.«

Seine Augen blitzten. War er zu wütend, um sie zu küssen? »Seid Ihr sicher, dass Ihr das auch wirklich wollt?«

»Ja, ja.« Sie machte eine ungeduldige Handbewegung. »Macht schon.«

Ein Lächeln umspielte seine Lippen. Machte er sich über sie lustig? »Wenn Ihr darauf besteht.«

Er beugte sich langsam zu ihr herunter, und sie schloss die Augen. Seine Lippen berührten die ihren, warm und weich. Die Berührung entzündete ein Feuer in ihr. Ein viel versprechender Anfang. Sie bog sich ihm entgegen, doch auf einmal war er fort.

Gillian schlug die Augen auf. Er sah sie fragend an. »Und?«

»Und was?«, erwiderte sie ungläubig. War das alles, was sie von ihm zu erwarten hatte? Enttäuschung stieg in ihr auf.

»Und, wie war es?«

»Es war …« *Kurz, viel zu schnell, kaum der Rede wert.* Selbstverständlich konnte sie ihm das nicht sagen. Sie zwang sich zu einem Lächeln. »Nett.«

»Anständig.« Er nickte ernst.

»Ja, das war es wohl.« Und wenn dies nun alles war, was sie von ihm zu erwarten hatte?

»Ihr seid enttäuscht?«

»Nein, gar nicht«, erwiderte sie schnell. »Ich kenne mich in solchen Dingen sowieso zu wenig aus, um ein Urteil abgeben zu können. Ich kann mich gar nicht mehr an das letzte Mal erinnern, als ich einen Mann gebeten habe, mich zu küssen.« Dennoch hatte sie ein ausgezeichnetes Gedächtnis und wusste sehr genau, was sie erwarten konnte. Sie war zutiefst enttäuscht. Dieser flüchtige Kuss verdiente ja kaum seinen Namen. »Ich hatte mit einem Kuss gerechnet, der etwas weniger … nun …«

»Etwas weniger zurückhaltend ist?«

»Vielleicht. Immerhin habt Ihr einen gewissen Ruf.«

»Ich hatte einen Ruf«, erwiderte er spitz. »Ihr dürft

nicht vergessen, dass ich mittlerweile bekehrt bin. Aus diesem Grund stehe ich auch an der Spitze Eurer Liste.«

»Zu schade«, flüsterte sie kaum hörbar. Was, wenn er allzu sehr bekehrt war? Was sollte sie jetzt machen? Dieser sogenannte Kuss hatte rein gar nichts bewiesen. Er war viel zu zurückhaltend gewesen, viel zu anständig und vor allem viel zu kurz.

»Also dann, wenn es sonst nichts gibt, möchte ich mich hiermit verabschieden.« Er nickte ihr zu, drehte sich um und schritt auf die Tür zu. Sehr förmlich, absolut korrekt, und doch ...

Zum Teufel, sie hatte es in seinen Augen gesehen: Er machte sich über sie lustig!

»Richard!« Er blieb wie angewurzelt stehen. Seine Schultern zuckten verräterisch. »Lacht Ihr etwa?«

»Überhaupt nicht.« Seine Stimme klang seltsam gepresst, wie die eines Mannes, der am Ersticken ist – oder der mit seiner Selbstbeherrschung zu kämpfen hat.

»Es gibt überhaupt nichts zu lachen.«

Er wandte sich zu ihr um. Sie konnte sehen, dass er sich auf die Unterlippe biss. »Nein?«

»Nein.«

»Vielleicht habt Ihr Recht.« Er nickte langsam, während er die Arme vor der Brust verschränkte. »Die Situation, in der wir uns befinden, ist also nicht im Geringsten komisch?«

»Ich sehe nichts, worüber man auch nur lächeln könnte.«

»Findet Ihr es denn nicht im Geringsten komisch, dass eine überall hoch angesehene Dame wie Ihr jemandem einen Heiratsantrag macht, den sie zuvor nicht einmal beachtet hat? Und das alles nur, um an eine Erbschaft zu gelangen?«

»Nein«, entgegnete Gillian gekränkt. »Mir blieb keine

andere Wahl. Außerdem verbitte ich mir den Vorwurf, dass ich Euch niemals beachtet hätte.«

»War es denn nicht so?«

»Vielleicht, aber nur einmal, und das war vor vielen Jahren.«

»Verzeiht mir. Die Zeit und die Umstände haben uns beide verändert.« Er trat näher, sein neckender Unterton war verschwunden. »Doch lasst uns fortfahren: Haltet Ihr meine Weigerung, Eurer Art von Ehe zuzustimmen, und Euren Vorschlag, uns deshalb in der Zeit vor Eurem Geburtstag gut genug kennen zu lernen, damit Ihr das Bett mit mir teilen könnt, auch nicht für komisch?«

»Nein, absolut nicht.«

»Und es kommt Euch nicht wie eine Farce vor, dass ich Euer Spiel bisher ganz anständig gespielt habe, ohne gegen die Regeln zu verstoßen? Dass ich alles getan habe, damit Ihr Euch in meiner Gegenwart weniger befangen fühlt?« Seine Stimme wurde härter. »Dass ich mir das Hirn darüber zermartert habe, weshalb Ihr mich wie ein verängstigtes Reh anblickt, sobald ich mich Euch nähere?«

»Nein«, antwortete sie zögernd. Er war ihr jetzt sehr nahe, nahe genug, um die Hand auszustrecken und sie zu berühren. Nahe genug, um sie in seine starken Armen zu nehmen. Sie hatte keine Angst, auch wenn sie spürte, wie sie sich innerlich verkrampfte.

»Warum wollt Ihr, dass ich Euch küsse?«, wollte er plötzlich wissen. In seinen Augen sah sie eine Unzahl nicht gestellter Fragen.

Sie blickte gebannt zu ihm auf. Durch ihren Kopf schwirrten hundert mögliche Antworten, doch nicht eine fand den Weg zu ihren Lippen.

»Wenn ich Euch küsse, Gillian, und ich meine *wirklich* küsse, dann bestimme ich den Zeitpunkt.« Seine Augen funkelten zornig. »Und ich küsse Euch aus meinen eigenen Beweggründen, und nicht, weil Ihr Euch oder mir oder sonstwem etwas beweisen müsst.«

Ihr stockte der Atem. »Ich muss mir nichts …«

»Doch, das müsst Ihr«, antwortete er gereizt. »Ich sehe es in Euren Augen. Vielleicht wollt Ihr beweisen, dass Ihr meine Ehefrau sein könnt, auch ohne die Zuneigung, die Ihr Eurem Mann entgegengebracht …«

»Das kann ich«, erwiderte sie unwirsch. »Ich kann die Ehefrau sein, die Ihr wollt, in jeder Hinsicht, und ich habe mich entschieden, es zu werden. Wir heiraten auf der Stelle.«

»Tun wir das?« Seine Worte waren voller Sarkasmus. »Und sichern dadurch Eure Erbschaft von sechshunderttausend Pfund, acht Schiffen und Ländereien in Amerika. Mylady, seid Ihr Euch darüber im Klaren, wie man gewöhnlich eine Frau nennt, die sich für Geld hingibt? Selbst dann, wenn es sich um ein derart großes Vermögen handelt?«

Sie sah ihn fassungslos an. Ihr Kopf fuhr zurück, als wäre sie geohrfeigt worden. Ohne nachzudenken, holte sie mit der Hand aus.

Richard fing sie nur wenige Zentimeter von seinem Gesicht entfernt ab. Er bog Gillians Arm mit eisernem Griff hinter ihren Rücken und zog sie dabei näher an sich heran.

»Lasst mich sofort los!« Ihre Brust bebte, während sie nach Atem rang.

»Nein!« Er hielt sie noch fester und sah ihr in die Augen. In seinem Blick lag eine Spur von Reue. »Es tut mir Leid, Gillian. Ich wollt Euch keine …«

»Hört auf!«, schluchzte sie. Sie hasste sich dafür, dass ihre Stimme derart erbärmlich zitterte. Vergeblich versuchte sie, sich aus seinem Griff zu befreien. Gillian atmete tief durch und zwang sich, möglichst gelassen und kühl zu klingen. »Verschwendet Eure Entschuldigung nicht. Ich will sie nicht und werde sie auch nicht annehmen. Ihr habt mich eine Hu…«

»Nein, sagt es nicht! Ich war wütend und …«

»Und jetzt bin ich wütend.« Sie reckte ihr Kinn in die Höhe und blickte ihn zornig an.

»… und auch frustriert, und vielleicht war ich es auch leid, nicht zu wissen, was Ihr von mir wollt.« Er sah sie fragend an. »Und ich denke, ich war sogar verletzt.« Er ließ ihre Hand los, hielt sie aber weiter in seinen Armen. »Verzeiht mir, Gillian.«

Der Ton in seiner Stimme rührte etwas tief in ihrem Innern an, und sie wurde ruhiger.

»Bitte.« Er zog sie näher an sich heran und berührte sanft ihre Stirn mit den Lippen. Sie standen eine kleine Ewigkeit so da, ohne etwas zu sagen.

Sie wusste, dass sie sich ihm entziehen sollte, nach allem, was er gesagt und getan hatte. Doch sie hatte das Gefühl, sich nicht bewegen zu können, in seiner Umarmung verharren zu müssen. »Verletzt? Was meint Ihr damit?«

»Es ist nicht leicht, zu wissen, dass eine Frau einen nur wegen des Namens will. Wahrscheinlich ist es nur mein eigener verdammter Stolz, und am Anfang schien es nicht weiter von Bedeutung zu sein, aber ich will nicht nur Euer Mittel zu dem Zweck sein, um an das Vermögen zu gelangen«, flüsterte er, während seine Lippen beinahe ihre Wange berührten.

»Das wollt Ihr nicht?« Von ihm berührt zu werden fühlte sich zugleich beruhigend und sinnlich an. Sie spürte, wie ihr Zorn einem ganz anderen Gefühl wich.

»Ich will mehr von Euch als das.« Seine Lippen wanderten ihren Hals hinab.

Gillians Vernunft hatte sich verabschiedet, und sie sehnte sich nach mehr. Sie bog den Hals nach hinten und genoss das prickelnde Gefühl, das sein Mund auf ihrer Haut hinterließ. Seine Liebkosungen waren selbstsicher, gleichzeitig aber auch spielerisch, und Gillian genoss den wohligen Schauer, den sie in ihr hervorriefen. Sie schloss die Augen und nahm nichts mehr außer seiner Berührung wahr.

»Wollt Ihr das?« Gillians Hände glitten seine Arme hinauf, und sie umklammerte den Stoff seines Mantels.

»Ja.« Seine Zunge glitt kitzelnd über ihre Halsgrube, und tiefer, in den Spalt zwischen ihren Brüsten. Eine Hand presste er stark und Besitz ergreifend gegen ihren Rücken. Die andere wanderte ihre Taille hinauf, ganz langsam und unaufhaltsam, bis seine Fingerspitzen durch den Stoff ihres Kleides ihre Brust berührten.

»Was wollt Ihr von mir, Richard?«, flüsterte sie.

Sein Daumen streichelte in kreisenden Bewegungen über ihre Brustwarze, und Gillian stockte für einen Moment der Atem. Sie spürte, wie das Oberteil ihres Gewands auf einmal nach unten glitt und kühle Luft über ihren nackten Busen strich. Richard umfasste eine Brust mit der Hand, doch schon im nächsten Moment ergriffen seine Zähne und seine Zunge Besitz von ihr und umspielten sie zärtlich. Ein süßes, schmerzliches Verlangen durchfuhr Gillian, und sie grub ihre Fingernägel tief in seinen Arm – allein schon, um weiter aufrecht stehen zu können, denn ihre Knie drohten jeden Moment nachzugeben. Nun wandte er sich ihrer anderen Brust zu und sog daran, bis ihr vor Begehren fast die Sinne schwanden.

»Ich will, dass du mich willst.«

Richard streifte ihr Kleid weiter nach unten, bis Überrock und Petticoat in einem unordentlichen Haufen am

Boden lagen. Dann sank er vor ihr auf die Knie. Seine Lippen ließen keine Sekunde von ihrer Haut ab, und überall, wo sein Mund sie berührte, hinterließ er kleine Flammen, bis ihr Blut, das wie wild durch ihre Adern pulsierte, zu glühen schien. Sie sehnte sich nach mehr. Seine Hände wanderten ihre Beine hinab, über ihre Strümpfe. Gillian jagte der Gedanke durch den Kopf, wie seltsam sie aussehen musste – nur mit Strümpfen und Hausschuhen bekleidet. Da arbeiteten sich seine Hände wieder nach oben vor. In langsamen, kreisförmigen Bewegungen streichelte er die Innenseite ihrer Beine. Gillian hielt den Atem an und wartete darauf, dass er endlich den glühenden, geheimen Ort zwischen ihren Schenkeln erreichen würde. Sie fragte sich, ob sie vorher vor Verlangen vergehen würde – oder später, vor Genuss.

Er verlagerte sein Gewicht und umschlang sie mit einem Arm. Seine Finger streichelten ihr Gesäß, während er mit der Zunge ununterbrochen die empfindliche Haut um ihren Bauchnabel erforschte. Seine andere Hand glitt nach oben. Gillian wagte nicht, sich zu bewegen. Sie hatte Angst davor, dass er aufhören könnte, aber auch davor, dass er weitermachen würde.

Richard streifte das dichte Gewirr der Löckchen zwischen ihren Beinen, doch seine Finger glitten weiter. Jetzt berührte er sie dort, wo es feucht und heiß war. Sie stöhnte lustvoll auf. Er bewegte seine Hand vor und zurück, streichelte sie unablässig und übte dabei einen sanften Druck aus, bis sie vor Ekstase beinahe die Besinnung verlor. Ihr Körper versteifte sich unwillkürlich, als seine Finger in sie eindrangen, von ihr Besitz ergriffen und ihr einen wohligen Schauer nach dem anderen über den Rücken jagten.

Gillian blickte auf ihn hinab und strich mit den Fingern durch sein dunkles Haar.

»Ich will dich.« Sie konnte die Worte nur hauchen und war sich nicht sicher, ob er sie gehört hatte. Sie war sich nicht einmal sicher, ob sie das überhaupt wollte. Im Grunde war ihr alles egal.

Er beugte sich zurück und sah sie an. »Bist du dir ganz sicher?«

»Ja.« Sie nickte und ließ sich vor ihm auf die Knie sinken. Sie sah ihm fest in die Augen. Als sie begann, seine Jacke über seine Schultern zu schieben, schüttelte er das Kleidungsstück mit einer Bewegung ab. »Ich bin mir sicher.« Ungeduldig zerrte sie an seiner Krawatte. Seine Hände umfassten die Wölbung ihres Gesäßes, und er zog sie näher an sich heran. Sie versuchte, sein Hemd zu öffnen, bis er sie für einen Moment losließ und es sich selbst über den Kopf zog. »Ganz sicher.« Seine breite, muskulöse Brust wurde von dunklen Haaren betont, die von dort nach unten führten und in seiner Hose verschwanden.

Sie berührte seine Brust mit den Händen, genoss seinen Anblick und das Gefühl ihrer Finger auf seiner nackten Haut. Er sog scharf die Luft ein, führte ihre Hand an seinen Mund und küsste sie. Ihre Blicke trafen sich.

Vielleicht war es ein Augenblick der absoluten Klarheit – oder des völligen Wahnsinns. Oder es lag an seiner einfachen, rührenden Geste. Doch auf einmal spürte Gillian, wie etwas in ihrem Innern, das sie lange Zeit in Zaum gehalten und unterdrückt hatte, aufbrach. Sie umschlang Richard mit beiden Armen und bedeckte seinen Hals und seine Schultern mit heißen Küssen. Er schmeckte nach würziger Wärme und quälerischem Verlangen. Als er sie näher an sich heranzog, sanken sie eng umschlungen auf den Teppich. Gillian ließ ihre Finger über seinen geschmeidigen, muskulösen Rücken wandern, immer tiefer, bis ihre Finger unter dem Stoff seiner Hose verschwanden. Sie musste ihn überall berühren, musste jede Stelle seines Körpers schmecken. Und sie wollte im Gegenzug seine Berührungen auf ihrem ganzen Körper spüren.

Er rollte zur Seite, um seine Hose auszuziehen. In diesem kurzen Moment überkam sie ein völlig irrationales Gefühl der Trennung und des Verlusts, und sie setzte sich verstört auf. Doch dann war er schon wieder bei ihr, nahm sie in den Arm, und ihr wurde in diesem Augenblick bewusst, dass sie sich nichts sehnlicher wünschte, als mit seinem Körper zu verschmelzen, das Feuer, das in ihr loderte, mit seinem zu vereinen und Richard in sich aufzunehmen. Sie spürte den heißen Druck seines erregten Gliedes an ihrem Bauch. Gillian umschlang Richard mit ihren Beinen, und sie rollten über den Boden, bis sie schließlich auf ihm lag.

Er schob sie ein Stück nach unten, bis ihre Beine über seinen lagen und sie die ganze Länge seiner Männlichkeit heiß und hart zwischen ihren Schenkeln spürte.

Diese Berührung durchbrach den Taumel der Lust, in dem sie sich befand. Sie zögerte.

»Gillian?«

Sie richtete sich ein Stück auf und sah ihm in die Augen, in denen sich Leidenschaft und Sorge miteinander vermischten. »Richard, ich … also, ich weiß nicht, wie ich es sagen soll, aber ich … ich habe es nicht mehr …«

»Seit deinem Ehemann«, sagte er leise.

Sie nickte.

»Willst du lieber aufhören?«

Gillian spürte eine Wärme in sich aufsteigen, die nichts mit ihrem Körper zu tun hatte, sondern einzig und allein mit ihrem Herzen. Sie lächelte zaghaft. »Ich möchte auf keinen Fall aufhören. Ich wollte nur, dass du es weißt. Es ist schon ziemlich lange her, und ich bin nicht sehr erfahren und …«

Er lachte auf. »Ergebensten Dank für die Warnung.«

»Ich möchte nur nicht, dass du enttäuscht bist.«

Er zog sie an sich und rollte sich so weit mit ihr herum, bis sie ihre Positionen vertauscht hatten und er auf sie hinabblicken konnte. Seine Augen glühten vor Verlangen, und er sah sie durchdringend an, als suchte er in ihrem Blick nach etwas kaum Fassbarem – einer unausgesprochenen Frage oder einer unbekannten Antwort. »Du könntest mich niemals enttäuschen.«

Er führte sein Glied mit einer Behutsamkeit in sie ein, für die sie ihn am liebsten geküsst hätte. Sie war eng, doch auch feucht und erregt. Während er langsam, aber fest in sie eindrang, sah er ihr unverwandt in die Augen. Ihre Körper fügten sich ineinander, als wären sie allein zu diesem Zweck geschaffen worden, als wären sie beide Hälften desselben Ganzen. Er füllte sie auf eine Weise aus, als wäre sie ohne ihn leer und hätte nur auf ihn gewartet.

Und noch immer blickte er sie an.

Dann begann er, sich in einem sanften, lockeren Rhythmus zu bewegen. Sie umschloss ihn fester, umschlang seine Hüften mit ihren langen Beinen und bewegte sich im Einklang mit ihm. Er drang immer tiefer in sie ein, und sie erwiderte seine Stöße mit ihrem Körper, bis sie sich völlig synchron bewegten. Gillian spürte ein Feuer, eine lustvolle Spannung in sich aufsteigen, die es ihr unmöglich gemacht hätten, einfach aufzuhören. Sie spürte, wie seine Rückenmuskulatur sich unter ihren Händen bewegte, und sie hielt sich an ihm fest, als hinge ihr Leben, ja ihre Seele davon ab.

Sie bewegten sich immer schneller und heftiger. Gillian nahm die Welt um sich nicht mehr wahr, sie spürte nur noch ihn im Innern ihres Körpers und das stetig wachsende Verlangen, das ihr ganzes Dasein zu umschließen schien. Sie konnte sich nicht erklären, wie sie eine derartige Leidenschaft erleben und aushalten und wie sie nach immer noch mehr verlangen konnte. Wie sie immer noch mehr brauchen konnte. Und in dem Moment, als sie vor Ekstase schier zu vergehen schien, explodierte in ihrem Innern ein Feuerwerk der Freude und der Lust. Sie stieß einen Schrei aus, ihr Körper zuckte unter seinem und wurde schließlich von einer Woge unendlich süßer Erlösung durchströmt. Richard barg seinen Kopf in ihrer Halsbeuge und stöhnte; sein Körper erschauerte gleichzeitig mit ihrem.

Minuten vergingen, vielleicht auch Stunden, in denen sie eng umschlungen dalagen und schweigend genossen, was sich zwischen ihnen ereignet hatte. Gillian wollte sich nicht bewegen, seine schützende Umarmung nicht aufgeben. Sie konnte spüren, wie das Herz in seiner Brust im harmonischen Einklang mit ihrem schlug.

Schließlich hob er den Kopf und lächelte auf sie hinab. »Ich bin nicht enttäuscht.«

»Ich auch nicht.« Sie grinste verschmitzt. »Auch wenn mir aufgefallen ist, dass der Teppich etwas abgewetzt ist und so bald wie möglich ersetzt werden sollte.«

Er lachte. Dann glitt er langsam, widerwillig, aus ihr heraus und erhob sich. Sie setzte sich auf und musterte ihn. Es machte ihr nichts aus, nur mit ihren Strümpfen bekleidet auf dem Boden zu sitzen. Sie fragte sich nur, wann und wie sie ihre Schuhe verloren hatte. Es beschämte sie nicht, einen nackten Mann mitten in ihrem Salon anzustarren. Schließlich war sie daran gewöhnt, kunstvoll in Marmor gemeißelte Akte aus Gründen der Ästhetik zu bewundern. Und Richard sah ohne seine Kleidung atemberaubend aus, sein Körper glich in der Tat einem Kunstwerk. Er reichte ihr die Hand und zog sie zu sich hinauf, in seine Arme. Er fühlte sich definitiv wärmer an als ein Marmorakt.

Er presste seinen Körper gegen ihren. Sie lehnte ihren Kopf an seine Brust und dankte insgeheim dem lieben Herrgott für diesen Mann an der Spitze ihrer Liste.

Da wurde an der Salontür geklopft.

»Wenn Mylady meine Dienste nicht mehr benötigen, würde ich mich gern für den Abend zurückziehen«, erklang die griesgrämige Stimme des Butlers durch die Tür.

Gillian errötete. »Um Himmels willen, was muss Wilkins nur von uns denken!«

Richard zog eine Augenbraue in die Höhe. »Er denkt wahrscheinlich, dass wir hier die skandalösesten Dinge treiben.«

Er küsste sie sanft auf die Stirn. »Womit er nicht ganz Unrecht hat.«

»Madame?«, fragte Wilkins ungeduldig.

»Ihr könnt Euch ruhig zurückziehen, Wilkins«, rief Richard. »Lady Gillian benötigt Eure Dienste heute Abend nicht mehr.«

Gillian verstand die gemurmelte Antwort ihres Butlers nicht, vermutete jedoch, dass es wahrscheinlich besser so war.

»Ich sollte mich auch verabschieden.« Richard trat einen Schritt zur Seite, blickte sich nach seinen Kleidungsstücken um und zog sich an.

Gillian dachte darüber nach, was für eine unerwartete Wendung der heutige Abend genommen hatte, während sie ihr Kleid aufhob und es über den Kopf zog. Sie bereute nicht, was geschehen war. Nicht im Geringsten.

Er trat von hinten an sie heran und umschlang sie mit seinen Armen; sie lehnte sich an ihn. Seine Stimme erklang sanft an ihrem Ohr. »Ich sollte jetzt gehen.«

»Solltest du das?«

Seine Lippen glitten über die Haut an ihrem Hals. »Wenn ich jetzt nicht gehe, gehe ich nie mehr.«

Seine Berührung ließ sie wohlig erschauern. »Dann geh nicht.«

»Eines Tages.« Er hielt inne. »Vielleicht.«

Sie stieß einen zufriedenen Seufzer aus. »Eines Tages.«

Er ließ sie los, und sie wandte sich um, um sich von ihm zu verabschieden, doch er war bereits an der Tür.

»Gillian.« Er nickte, schenkte ihr ein seltsames, abwesendes Lächeln und verschwand. Sie hörte, wie die Haustür geöffnet wurde und dann ins Schloss fiel. Sie war wieder allein.

Gillian starrte auf die Stelle, wo er eben noch gestanden hatte, und ihr Lächeln erlosch.

Eines Tages. Vielleicht.

Was, um Himmels willen, hatte er damit nur gemeint? Als ihr Ehemann würde er nicht mehr gehen müssen, und die Hochzeit war bald. Schließlich hatte sie – sehr überzeugend – bewiesen, dass sie ganz und in jeder Hinsicht seine Frau sein konnte. Dass sie ohne Vorbehalte das Bett beziehungsweise den Teppich mit ihm teilen würde. Es hinderte sie nichts mehr daran, endlich zu heiraten.

Oder doch? Richard hatte ihre Abmachung mit keiner Silbe erwähnt. Und geküsst hatte er sie streng genommen auch nicht, zumindest nicht auf den Mund. Vielleicht hatte er für sich entschieden, dass es noch immer nicht der richtige Zeitpunkt war. Sie lachte in sich hinein. Aufgefallen war es ihr jedenfalls nicht. Aber selbst wenn man von einem richtigen Kuss absah, blieb der Umstand, dass er ihre Heirat nicht erwähnt hatte. Warum bloß nicht?

Und warum hatte sie es nicht getan?

Sie sank auf das Sofa. Die Gedanken in ihrem Kopf überschlugen sich. Sie konnte Richard jetzt heiraten und ihr Erbe antreten und würde dann finanziell unabhängig sein. Sie würde genug Geld besitzen, um Künstlerinnen wie Emma und die unbekannte Frau, die mit ihren Bildern einst ihre Seele gerettet hatte, zu unterstützen. Alles verlief genau nach Plan – oder?

Wieder uund wieder hatte sie sich gefragt, ob sie dabei war, sich in Richard zu verlieben, und ob das der Grund für ihre Angst war. Aber in Richards Armen heute Abend hatte sie keinerlei Angst verspürt – nur Leidenschaft. Doch hatte sie nicht genau dieselbe Leidenschaft gegenüber Toussaint empfunden? Hatte der Künstler Recht gehabt, als er behauptet hatte, sie würde sich nicht davor fürchten, zu viel zu empfinden, sondern zu wenig Gefühle zu entwickeln?

War Leidenschaft eine ausreichende Basis für eine Ehe? Sie hatte Leidenschaft nicht im Sinn gehabt und schon gar nicht erwartet, als sie auf den Gedanken gekommen war, Richard zu heiraten. Was sich zwischen ihnen entwickelt hatte, konnte man im Grunde genommen als angenehme Zugabe betrachten.

Liebte sie Richard? Oder begehrte sie ihn nur? Und konnte sie wirklich einen Mann heiraten, den sie nicht liebte? Sie hätte es noch tun können, als dies alles seinen Anfang genommen und ihre Heiratspläne nichts weiter als eine absurde Lösung eines kniffligen Problems gewesen waren. Doch jetzt …

Es war alles sehr verwirrend und auf eine gewisse Weise auch ironisch. Gillian hatte immer fest daran geglaubt, dass man einzig und allein aus Liebe heiraten sollte. Ihre Erbschaft hatte sie umdenken lassen. Doch nun war sie wieder zu ihrer alten Überzeugung zurückgekehrt. Sie war nicht viel weiter als am Anfang.

Sie erhob sich und durchquerte langsam das Zimmer, um ihren Petticoat und einen ihrer Schuhe aufzuheben. Fragen, auf die sie keine Antworten wusste, schwirrten ihr durch den Kopf. Hatte sie Angst vor der Liebe? Oder hatte sie Angst davor, Richard zu lieben?

Und was war mit Richard? War er genauso verwirrt wie sie? Oder gab es einen anderen Grund dafür, weshalb er heute Abend so plötzlich verschwunden war?

Und welche Rolle spielte Toussaint? Warum empfand sie seine Berührungen als ebenso erregend wie Richards? Seit dem Tod von Charles hatte kein Mann mehr eine derartige Wirkung auf sie gehabt wie diese beiden. Sie hätte schwören können, dass sie dabei war, sich in Richard zu verlieben. Aber wenn es bei Toussaint nichts weiter als Lust war, galt das dann auch für ihre Gefühle Richard gegenüber?

Und was konnte sie tun, um sich endlich Klarheit zu verschaffen?

In der Zwischenzeit musste sie unbedingt mit Emma reden. Eines Tages würde Richard erfahren, dass sie malte, doch noch war es dafür zu früh. Und wenn Emmas Tätigkeit vorerst ein Geheimnis bleiben sollte, musste das Mädchen in Zukunft vorsichtiger sein. Zu Beginn des Abends hatte Gillian nichts bemerkt, und vielleicht war auch sonst niemandem etwas aufgefallen, da es wirklich sehr unaufdringlich war. Doch später, als Gillian mit Richard allein gewesen war – jedenfalls in den kurzen Augenblicken, in denen sie die Welt um sich herum wahrgenommen hatte, hatte sie es wahrgenommen.

Den leichten, aber dennoch unverkennbaren Geruch von Terpentin.

Elftes Kapitel

Das Gefäß zerbarst an der Wand.

»Zum Teufel!«

Richard strich sich mit einer unwirschen Bewegung die Haare aus dem Gesicht und starrte wütend auf die kobaltblauen Farbstriemen, die auf den Boden rannen. Im Licht der Morgendämmerung sah der Fleck aus wie eine riesige blaue Spinne, die von einer überdimensionalen Hand an der Wand zerschmettert worden war. Auch wenn Kobaltblau nicht besonders teuer war, konnte er es sich nicht leisten, zu Farbe verrührte Pigmente auf diese Art und Weise zu vergeuden. Zumal es ihn in keinster Weise befriedigte.

Zum erstan Mal in seinem Leben gelang es ihm nicht, ganz in seiner Arbeit zu versinken. Sonst waren stets all seine Gedanken, ja seine ganze Seele von der Malerei erfüllt. Heute war dem überhaupt nicht so, und ohne Zweifel lag es daran, dass das, wovon seine Gedanken nicht loskamen, ausgerechnet auch noch das Motiv seiner Arbeit sein musste.

Gillian.

Er trat gegen den Schemel, der ihm im Weg stand, und ging im Zimmer auf und ab, ohne einen weiteren Blick auf das Gemälde zu werfen. Er hatte genug von den Augen, die ihn ständig anzusehen schienen, manchmal vorwurfsvoll, dann wieder einladend. Im Grunde wusste er, dass eine derart perfekte Illusion von seinem eigenen Talent zeugte, doch in diesem Augenblick wäre es ihm lieber gewesen, ein unbegabter Stümper zu sein. Das würde es um einiges einfacher machen.

Wie hatte er nur so ein Feigling sein können? Er hatte sich zwar für das, was er gesagt hatte, entschuldigt, aber er hatte nicht den Mut besessen, die Wahrheit zu bekennen. Zumindest nicht laut. Wenn jemand in ihrer Beziehung als Hure bezeichnet werden konnte, dann sicher nicht Gillian. Sie wollte nur das bekommen, was ihr ohnehin zustand, und zwar, ohne dass irgendwelche lächerlichen Bedingungen daran geknüpft waren. Nein, er war derjenige, der sich bereit erklärt hatte, sich für Geld zu verkaufen, der Gillian heiraten würde, wenn sie ihm die Hälfte ihres Vermögens gab – und noch viel mehr als das.

Und was hatte er ihr im Gegenzug zu bieten? Seinen Namen? Er schnaubte verächtlich, trat an einen der Tische und durchwühlte das Chaos, das sich darauf im Laufe der Zeit angesammelt hatte. Hatte hier nicht eine Flasche Brandy herumgelegen? Sein Name war nicht die Mühe wert, ihn auf ein Stück Papier zu kritzeln. Natürlich war er eifrig darum bemüht, das Ansehen des altehrwürdigen Namens Shelton wieder herzustellen. Der Name sollte den Leuten Respekt einflößen, so wie er es einst getan hatte, bevor der letzte Earl of Shelbrooke ihn in den Schmutz gezogen hatte.

War aber nicht schon das Vermögen, das sein Vater verprasst hatte, in Wahrheit durch seine Mutter in den Besitz der Familie gelangt? Waren es nicht die Mitgift und das Erbe seiner Mutter gewesen, die die erbärmlichen finanziellen Verhältnisse der Sheltons saniert hatten? Hatte sein Vater seine Mutter nicht nur aus einem einzigen Grund geheiratet?

Richard fand die Flasche und trank gierig daraus. Selbst das Brennen, das der minderwertige Alkohol hinterließ, konnte den bitteren Nachgeschmack nicht überdecken, den er im Mund hatte.

Das Blut des Vaters …

Er wischte sich mit dem Rücken seiner freien Hand über den Mund und starrte geistesabwesend auf den

Farbfleck an der Wand. Sein Vater hatte nur geheiratet, um seine finanzielle Lage zu verbessern.

... fließt in den Adern des Sohnes.

Er hielt die Flasche so fest umklammert, dass seine Fingerknöchel weiß hervortraten. Gab es irgendeinen Unterschied zwischen dem, was sein Vater getan hatte, und seiner eigenen Handlungsweise?

Die blaue Spinne sah ihn vorwurfsvoll an.

Er hob die Flasche an und holte zum Wurf aus. War er nicht in die Fußstapfen seines Vaters getreten, bis ...

Bis er keine andere Wahl mehr gehabt hatte.

Bis der Tod seines Vaters sein Leben für immer verändert hatte. Er ließ die Flasche langsam sinken.

Bis die Umstände ihn gezwungen hatten, etwas ganz anderes zu werden – ein Mann, der an der Spitze von Gillians Liste stand.

Richard spürte eine seltsame Ruhe in sich aufsteigen. Vorsichtig stellte er die Flasche zurück auf den Tisch, als wäre sie aus feinstem Kristall geschliffen – als wäre sie so kostbar und zerbrechlich wie die Erkenntnis, die ihn in diesem Moment ereilte.

Er hatte Unrecht.

Nach dem Tod seines Vaters waren ihm zahlreiche Möglichkeiten offen gestanden. Er hätte Emma zwingen können zu heiraten, hätte seine Schwestern einfach im Stich lassen und sich nicht weiter um sie oder die anderen Menschen kümmern können, deren Existenz von Shelbrooke Manor abhing. Er hätte an seinem zweifelhaften Lebenswandel festhalten, weiter Schulden machen und sein Geld beim Glücksspiel verlieren können.

Das Blut seines Vaters floss in seinen Adern, und wahrscheinlich hatte er tatsächlich einige Charakterzüge von ihm geerbt, aber er, Richard, war nicht sein Vater. Sein Vater hatte seinen Schwächen nachgegeben und zugelassen, dass sie sein Leben und beinahe auch das seiner Kinder zerstörten.

Richard hatte einen anderen Weg gewählt. Und genau das war der Unterschied zwischen dem alten Earl und seinem Nachfolger.

Er verschränkte die Hände hinter dem Kopf und blickte durch die hohen Fenster in das dämmernde Licht des anbrechenden Tages.

Allem Anschein nach war er ein viel besserer Mensch, als er immer gedacht hatte. Anderenfalls hätte er Gillian vergangene Nacht auf eine Heirat festgelegt, noch bevor er seine Hosen wieder angehabt hatte. Wenn er aus Stolz darauf bestand, dass sie sein Bett mit ihm teilen musste, wenn sie ihn heiraten wollte – was ließ ihn dann jetzt noch zögern, seinen Preis einzufordern? Sie hatte offensichtlich ihre Angst überwunden, und es stand außer Zweifel, dass sie ihn begehrt hatte. Dass sie ihn mit derselben überraschenden Leidenschaft gewollte hatte, die er selbst empfand. Er wollte sie immer noch. Wollte er sie … für immer?

Es bedurfte nur einiger bedeutungsloser Schwüre, und sie und ihre Erbschaft würden ihm gehören. Hatte er es darauf nicht die ganze Zeit abgesehen?

Zum Teufel, wenn es um Gillian ging, schien er keinen klaren Gedanken fassen zu können. Was war zum Beispiel mit ihrer Reaktion auf Toussaint? Damit kam er überhaupt nicht zurecht. Jedes Mal, wenn er an ihren minimalen Widerstand gegen seine Annäherungsversuche dachte, stieg kalte Wut in ihm hoch. Diese Frau hätte sich ihm um ein Haar ohne den geringsten Protest hingegeben. Ursprünglich war das zwar sein Plan gewesen, dennoch erschien ihm der Gedanke im Nachhinein alles andere als beruhigend.

Wahrscheinlich war es an der Zeit, die Sitzungen zu

beenden. Toussaints Verführungsversuche waren nicht mehr notwendig, da Richard mittlerweile erfolgreich gewesen war. Doch Gillian hatte in dem Künstler eine Art Vertrauten gefunden, und es konnte nicht schaden herauszufinden, was im Kopf dieses Frauenzimmers vor sich ging.

Nicht, dass er auch nur im Geringsten zu sagen vermochte, was in seinem eigenen Kopf vor sich ging. Weder wusste er, was er wirklich wollte, noch, wie er es bekommen sollte.

Er musste unbedingt seine Gedanken und Gefühle ordnen, bevor sie völlig verrückt spielten. Dazu benötigte er einen Ort, an dem diese verhexten blauen Augen nicht jede seiner Bewegungen verfolgten. So sehr ihm die Malerei bisher immer dabei geholfen hatte, einen klaren Kopf zu bewahren, half es nichts, ausgerechnet die Frau zu malen, die seine Gedanken überhaupt erst derart durcheinander gebracht hatte.

Es gab andere Formen der Beschäftigung, die ihm helfen würden – und auf Shelbrooke Manor wartete reichlich Arbeit auf ihn. In den letzten Wochen hatte er das Gut vernachlässigt, da er viel zu sehr mit Toussaints Karriere beschäftigt gewesen war. Und dann war auch noch die Angelegenheit mit Gillian dazwischengekommen.

Die Gesellschaft würde einen Earl, der körperliche Arbeit leistete, genauso wenig tolerieren wie einen Adeligen, der seinen Lebensunterhalt mit der Malerei verdiente. Und sie hätte keinerlei Verständnis dafür, weshalb ein Mann in seiner Lage auch nur für einen Augenblick zögerte, eine Frau zu heiraten, deren Vermögen ihm sowohl die Arbeit als auch das Malen ersparen könnte.

Richard seufzte resigniert. Verdammt, nicht einmal er selbst hatte Verständnis für sein Zögern.

»Richard ist fort.« Emma blickte von dem Blatt Papier in ihrer Hand auf.

»Was meint Ihr damit – Richard ist fort?« Gillian sah ihr Gegenüber ungläubig an.

»Dieser verwahrloste Laufbursche hat wieder einmal eine Nachricht überbracht, Mylady«, erklärte Wilkins missbilligend.

Gillian warf ihrem Butler einen unwilligen Blick zu. Wilkins zuckte mit Schultern, als wollte er sagen, dass es nicht seine Schuld sei, wenn die Nachrichtenübermittlung in London in derart fragwürdige Hände gefallen sei. Ohne ein weiteres Wort verließ er das Zimmer. »Was schreibt er, Emma? Wohin ist er gegangen?«

»Nach Hause.«

»Warum?« Emma musste sich irren. Gillian spürte, wie sich ein harter Knoten in ihrer Magengegend formte.

Emma überflog das Schreiben. »So genau sagt er das nicht, nur, dass er sich um einige Angelegenheiten zu kümmern habe und bis Ende der Woche wieder zurück sein müsste.«

»Ende der Woche.« Das waren noch gute drei Tage. Ihr Herz zog sich vor Enttäuschung zusammen. Wie konnte er abreisen, ohne sie davon zu unterrichten? Wie konnte er sie jetzt allein lassen? Wie konnte er sie überhaupt allein lassen? Sie zwang sich, ruhig zu klingen. »Gestern Abend hat er davon überhaupt nichts erwähnt.«

»Vielleicht ist etwas Unerwartetes eingetreten«, gab Emma zu bedenken.

»Vielleicht.« Es war in der Tat etwas Unerwartetes eingetreten, aber nicht auf Shelbrooke Manor, sondern genau hier, in diesem Zimmer. Es war etwas geschehen, das für sie beide aufregend und voller Bedeutung war. Zumindest glaubte das Gillian. Sie war sich immer noch nicht über ihre wahren Gefühle – oder über seine – im

Klaren, aber wie sollte sie sich auch Gewissheit verschaffen, wenn er einfach fortging? Sie wollte ihn sehen, das war das Einzige, das sie ohne Zweifel wusste.

Abgesehen von allem, was zwischen ihnen geschehen war und noch geschehen konnte, war die alljährliche Feier ihrer Großmutter für Ende der Woche angesetzt, und Gillian hatte vorgehabt, Richard als ihren Begleiter mitzunehmen.

Sie waren auf Lady Foresters Ball zusammen in der Öffentlichkeit gesehen worden. Diese ungewöhnliche Kombination war sicherlich niemandem entgangen. Die Aufmerksamkeit, die der kontaktscheue Earl of Shelbrooke der als unnahbar bekannten Lady Gillian geschenkt hatte, hatte die Gerüchteküche sicher zum Brodeln gebracht. Mittlerweile hatten ihre Eltern, Tanten, Onkel, Cousins, Cousinen und alle übrigen Mitglieder des Effington-Clans sicherlich genug Gerüchte vernommen, um sich fragen zu müssen, wie es um sie und Richard stand.

Wenn Gillian bei dem jährlichen Treffen der Effingtons nicht erscheinen würde, wäre es möglich, ja sogar wahrscheinlich, dass eine ganze Delegation bei ihr anrücken würde, um herauszufinden, was eigentlich los sei. Vielleicht würden am Ende gar ihre bevorstehende Erbschaft und die damit verknüpften Bedingungen ans Tageslicht kommen.

Auf lange Sicht würde das natürlich nichts ändern. Ihre Eltern würden sicher darauf bestehen, dass sie ihren Plan aufgab, nur um des Geldes willen zu heiraten. Im Großen und Ganzen waren sie eine sonderbare Familie mit sehr strikten Ansichten, was diese Dinge betraf.

Nein, der Herzog und die Herzogin würden ihre Pläne auf gar keinen Fall gutheißen, sondern sie dazu nötigen, noch mehr finanzielle Unterstützung von ihnen anzunehmen. Sie waren ausgesprochen hartnäckige Personen, aber Gillian war mindestens ebenso stur und würde sich nicht von ihrem Vorhaben abbringen lassen.

Es würde ihr das Leben jedoch sehr viel leichter machen, wenn ihre Familie im Moment noch so wenig wie möglich von der ganzen Angelegenheit wüsste. Außerdem war sie sich gar nicht mehr so sicher, inwieweit beziehungsweise ob überhaupt das Geld eine Rolle bei ihren Heiratsplänen spielte.

Und solange Richard verschwunden war, konnte sie sich darüber auch keine Klarheit verschaffen.

»Euer Bruder ist im Grunde ein Feigling, habe ich nicht Recht?«, meinte Gillian nachdenklich.

»Richard? Nein, natürlich nicht«, entgegnete Emma. »Er ist ausgesprochen mutig.«

»Tatsächlich?«

»Ich denke schon. Meiner Meinung nach muss man sehr mutig sein, um das eigene Leben so radikal zu ändern, wie er es getan hat.« Emma funkelte sie zornig an. »Er hätte das nicht tun müssen, wisst Ihr. Er hätte uns alle draußen auf dem Lande uns selbst überlassen können. Vater hatte bereits einem ekelhaften Mann die Erlaubnis erteilt, mich zu heiraten, aber Richard setzte dem Ganzen ein Ende. Er hat uns auch nicht gestattet, Gouvernanten zu werden, obwohl das Geld natürlich mehr als willkommen wäre. Außerdem macht er selbst etwas, das recht erfolgreich zu sein scheint. Ich habe nicht die geringste Ahnung, was es ist, aber er hat uns versichert, dass es nicht gegen das Gesetz verstößt. Ich nehme an, dass es sich um irgendein geschäftliches Unternehmen handelt, aber Richard spricht nicht darüber; vermutlich, weil unsere Gesellschaft niemals einen Earl akzeptieren würde, der seinen eigenen Lebensunterhalt verdient. Aber auf diese Weise hat er schon seine sämtlichen Schulden getilgt und ist nun dabei, Vaters …«

»Was macht er bloß, womit kann er Geld verdienen?«, sagte Gillian mehr zu sich selbst als zu Emma. Bisher hatte sie sich keine Gedanken darüber gemacht, aber Emma hatte Recht. Wenn Richard die Schulden seines Vaters abbezahlte, musste er auf irgendeine Weise etwas einnehmen.

»Und er gibt so gut wie kein Geld für eigene Belange aus. Er weigert sich sogar, mir seine Bleibe hier in London zu zeigen, weil seine Zimmer kein angemessener Ort für eine Lady seien, wie er selbst sagt.«

»So, so.« Erst jetzt wurde Gillian bewusst, das sie keine Ahnung hatte, wo Richard wohnte oder was er tagsüber machte. Während sie immer davon ausgegangen war, ziemlich viel über ihn zu wissen, musste sie sich plötzlich eingestehen, dass es anscheinend einiges gab, wovon sie keine Ahnung hatte.

»Er hat keine Kutsche, nur ein Pferd. Und seine Kleidung ...«

»Seine Kleidung ist geradezu schäbig«, murmelte Gillian, die seine ausgefransten Manschetten jedoch mittlerweile fast schon ins Herz geschlossen hatte.

»Genau.« Emma nickte bekräftigend. »Außerdem hilft er immer unseren Pächtern beim Anpflanzen oder bei der Ernte, wenn er zu Hause ist. Er repariert Zäune, arbeitet in den Ställen und macht alle möglichen Dinge, für die sich andere in seiner Position viel zu fein wären.«

»Tatsächlich?« Das erklärte zumindest, weshalb seine Hände so angenehm rau waren.

Emma hob ihr Kinn und blickte Gillian herausfordernd an. »Ich halte das für ziemlich mutig.«

»Bitte verzeiht, Emma. Ihr habt natürlich Recht, ich wusste das alles nicht.« Gillian schüttelte den Kopf. Sie war gerührt von der Art und Weise, wie glühend Emma ihren Bruder verteidigte, aber auch von dieser neuen Seite an Richard, von deren Existenz sie bisher nichts geahnt hatte. »Vielleicht verlässt ihn einfach sein Mut, sobald es um …« Um was ging?

»Sobald es um Herzensangelegenheiten geht?« Emma lächelte verschmitzt. »Eine reizende Idee.«

»Nicht wahr?«, entgegnete Gillian gedankenverloren. War es möglich, dass nicht nur ihre eigenen Ängste zwischen ihr und Richard standen? »Es wird höchste Zeit, das herauszufinden.«

»Das dürfte nicht allzu leicht werden. Richard lebt sehr zurückgezogen.«

»Das werden wir ihm eben abgewöhnen müssen. Es ist tatsächlich an der Zeit herauszufinden, wie mutig Euer Bruder wirklich ist.« Sie erwiderte das Grinsen der Jüngeren. »Und ich finde, es ist längst an der Zeit, dass ich Shelbrooke Manor einen Besuch abstatte.«

Vielleicht war es doch keine gute Idee gewesen.

Gillians Kutsche bog in die Auffahrt ein, die zu Shelbrooke Manor führte. Gillian atmete tief durch. Ungeladene Gäste waren nicht immer willkommen, besonders wenn der Gastgeber sich absichtlich von der Welt zurückgezogen hatte.

Ursprünglich hatte Gillian Richard an dem Morgen folgen wollen, an dem Emma ihr von seiner Abreise erzählt hatte. Da sie sich jedoch eine Kutsche von Thomas hatte leihen müssen, hatten ihre Reisevorbereitungen einen ganzen Tag in Anspruch genommen. Sie hatte Wilkins beauftragt, Thomas ihre Bitte zu überbringen. Ihr Bruder war einverstanden gewesen, hatte ihr jedoch geschrieben, dass ihm äußerst interessante Gerüchte zu Ohren gekommen seien, die er so bald wie möglich mit ihr zu besprechen wünschte. Sie war alles andere als begeistert davon, dass Thomas auf einmal den besorgten älteren Bruder mimte. Zumindest war er jedoch nicht persönlich bei ihr erschienen, und außerdem hatte er die gewünschte Kutsche geschickt.

Das Gefährt ratterte die steinige Auffahrt hinauf, die zu beiden Seiten von ungepflegtem Rasen gesäumt wurde, der sich nicht immer an seine Grenzen hielt, sondern stellenweise mitten auf dem Weg wuchs.

Hier und da standen vereinzelt Blumen in den umliegenden Gärten, die schon seit langer Zeit nicht mehr die fürsorgliche Hand eines Gärnters zu spüren bekommen hatten. Auf einer leichten Anhöhe ragte Shelbrooke Manor empor und überblickte das umliegende Land wie eine alte Matrone, die zwar schon bessere Tage gesehen hatte, aber dennoch nicht über ihr Schicksal klagen konnte.

Gillian wusste nicht, was genau sie erwartet hatte, bei der Familiengeschichte wahrscheinlich etwas Uraltes und Furcht Einflößendes. Stattdessen fiel ihr Blick auf ein zwar etwas vernachlässigtes, aber ansonsten wunderschönes Anwesen, in dem man sich ohne weiteres zu Hause fühlen konnte – in dem sie sich ohne weiteres zu Hause fühlen könnte.

Für einen kurzen Augenblick sah sie Shelbrooke Manor so vor sich, wie es einst gewesen sein musste und wie es wieder aussehen könnte: nobel und stolz, mit gepflegten Rasenflächen und Gärten voll üppiger Blütenpracht. Und mit Kindern, die lachend über die Wiese rannten. Richards Kindern. Ihren Kindern.

Da tauchte ein großer, zottiger Hund aus dem Nichts auf und sprang um die Kutsche. Ja, und ein Hund. Natürlich würden sie einen Hund haben.

Vor dem Eingang kam die Kutsche zum Stehen, und Gillian stieg halb erwartungsvoll, halb ängstlich aus. Was würde Richard sagen, wenn er sie zu Gesicht bekäme?

Zumindest das Tier, das in diesem Augenblick wild um sie herumsprang, war von ihrer Anwesenheit begeistert.

»Henry«, ertönte eine weibliche Stimme.

Henry machte sofort Platz, ohne aufzuhören, wie verrückt mit dem Schwanz zu wedeln. Gillian beugte sich nach vorn und kraulte ihn unter dem Kinn.

»Dafür wird er Euch bis in alle Ewigkeit lieben.«

»So, so.« Henry blickte sie treuherzig an. Gillian musste lachen und richtete sich wieder auf. »Es gibt Schlimmeres, als bis in alle Ewigkeit geliebt zu werden.«

»Das ist sicher richtig.« Ein Paar intelligenter brauner Augen musterte sie durch Brillengläser. Die üppigen blonden Locken ihrer Betrachterin glänzten in der Sonne wie ein Heiligenschein. Laut Emmas Beschreibung musste es sich um Marianne handeln, die man selten ohne Buch in der Hand antraf.

»Ihr seid Lady Gillian, nicht wahr?« Das Mädchen stand in der mittlerweile offenen Eingangstür und musterte sie neugierig.

Gillian warf ihr einen überraschten Blick zu. »Woher wisst Ihr das?«

Die junge Frau zuckte mit den Schultern. »Wer solltet Ihr sonst sein? Wir haben schon alles über Euch erfahren.«

»Tatsächlich?« Von Richard?

»Na ja, wahrscheinlich nicht alles. Richard erzählt uns immer nur so viel, wie er für richtig hält. Es ist wirklich zu ärgerlich. Aber er hat Euren Namen erwähnt, und ich weiß, dass Emma bei Euch wohnt.« Sie reckte ihren Hals, um an Gillian vorbei einen Blick auf die Kutsche zu erhaschen. »Ist sie nicht mit Euch gekommen?«

»Sie hat es vorgezogen, in der Stadt zu bleiben.« Emma hatte ihr erklärt, dass sie lieber arbeiten wolle. Sie war erwachsen, und Wilkins und seine Frau konnten für sie sorgen, doch Gillian fragte sich, ob nicht doch mehr als nur die Malerei hinter Emmas Wunsch steckte, in London zu bleiben.

»Allein?« Marianne musterte sie eindringlich. »Ihr habt ihr erlaubt zu malen, nicht wahr?«

»Malen?«, entgegnete Gillian vorsichtig. Sie wusste nicht, ob die übrigen Familienmitglieder Richards Ansichten über Emmas heimliche Leidenschaft teilten. »Wie kommt Ihr darauf?«

»Es ist doch nahe liegend. Ich habe mir schon immer gedacht, dass Emma machen wird, was ihr gefällt, sobald sie außer Richards Reichweite ist. Und die Malerei ist der einzige Grund, weswegen Emma Euch nicht hierher begleiten würde.«

»Ihr wisst also von ihrer Malerei?«

»Natürlich. Emma und ich stehen uns sehr nahe. Becky weiß auch davon, bei Jocelyn bin ich mir nicht ganz sicher. Aber bei Jocelyn weiß man sowieso nie, ob sie für etwas Interesse hat, das nichts mit ihrer Person zu tun hat. Sogar Tante Louella weiß davon. Sie hält nicht viel davon, aber sie lässt Emma gewähren, weil sie weiß, dass Richard dagegen ist.« Marianne hielt inne. »Ich bin übrigens Marianne.«

»Das habe ich mir schon gedacht.« Gillian stieg lächelnd die breiten Eingangsstufen hinauf.

»Wegen der Brille, oder?« Marianne seufzte resigniert und schob das goldene Gestell ihre bezaubernde Nase hinauf. »Ich kann auf keinen Fall Jocelyn sein, denn die würde lieber sterben, als eine Brille zu tragen. Ich hingegen ziehe es vor, sehen zu können. Und um Becky zu sein, bin ich zu alt.«

Sie hakte sich bei Gillian ein und führte sie zum Eingang. »Ich kann es kaum erwarten, die Gesichter der anderen zu sehen. Richard hat mit keiner Silbe erwähnt, dass Ihr zu Besuch kommt.«

»Ich habe das sehr spontan entschieden.« Gillian schluckte. »Richard weiß nichts davon.«

Marianne hielt inne und riss die Augen auf. »Er weiß nichts?«

Gillian schüttelte den Kopf. »Meint Ihr, es wird ihm etwas ausmachen?«

»Keine Ahnung. Ich habe schon lange aufgegeben, erraten zu wollen, was im Kopf meines Bruders vor sich geht. Überraschungen hat er aber eigentlich noch nie leiden können.« Marianne legte die Stirn in Falten. »Seit seiner Ankunft ist er ungewöhnlich schweigsam gewesen, als müsste er die ganze Zeit über etwas nachgrübeln. Er hat sich auch sofort in die Arbeit gestürzt, und Arbeit gibt es hier immer genug.« Sie setzte den Weg zur Eingangstür fort. »Im Augenblick versucht er gerade, eines der vielen Löcher im Dach zu reparieren.«

Gillian starrte sie ungläubig an. »Um Himmels willen, er ist aber nicht auf dem Dach, oder?«

»Natürlich, wie sollte er denn sonst das Loch reparieren?«

Gillian blickte zum Dachfirst hinauf. Das Anwesen war drei, nein vier Stockwerke hoch. Ihr wurde mulmig. »Es ist aber doch sehr hoch, oder?«

»Ja, sicher.« Marianne grinste. »Wir können ihn herunterholen, oder Ihr könnt nach oben …«

»Wie reizend«, flüsterte Gillian vor sich hin.

»An der Rückseite steht eine Leiter, aber ich glaube, Richard hat die Falltür im Dachboden genommen. Ich weiß, es ist komisch, dass wir so etwas haben. Wahrscheinlich ist es wegen der Spione oder der Seeräuber …«

»Seeräuber?« Von was redete das Mädchen nur?

»Vor vielen Jahren. Aber vielleicht bilde ich mir das auch nur ein. Ich lese ziemlich viel. Lest Ihr?«

»Gelegentlich, aber …«

»Wunderbar. Jetzt müsst Ihr aber die restliche Familie kennen lernen. Tante Louella und Jocelyn werden darauf brennen, Neuigkeiten aus London zu hören. Und Becky wird zuerst Euch, gleich danach aber Eure Pferde begrüßen …«

»Nun, sie sind nicht wirklich meine …«

»… und selbstverständlich wollen wir alle wissen, wie es Emma geht. Glaubt Ihr, sie hat Aussichten, eine gute Partie zu machen?« Marianne sah sie mit unverhohlener Neugier an. »Werdet Ihr Richard heiraten?«

»Ob ich …?«

»Verzeiht, das war sehr unhöflich von mir. Wir haben eben viel darüber gesprochen, und die einzige Erklärung, warum jemand Richards Schwester bei sich aufnehmen würde, ist, dass diese Person sehr viel für ihn empfindet.« Marianne strahlte. »Und jetzt seid Ihr hier, um ihn zu überraschen, ja, und das ist alles einfach wunderbar.«

»Wunderbar«, wiederholte Gillian. Offensichtlich war Henry nicht das einzige Haushaltsmitglied, das sich über ihre Anwesenheit freute.

»Folgt mir.« Marianne zog sie zur Eingangstür. Henry trabte vor ihnen ins Haus. »Habe ich schon erwähnt, wie außerordentlich gut mir Euer Hut gefällt? Er ist einfach reizend, und so eine wunderbare …«

»Ich dachte, Ihr wärt die zurückhaltende Schwester«, platzte es aus Gillian heraus.

»Ach, im Grunde ist Emma viel zurückhaltender als wir anderen, aber mal ganz ehrlich«, Marianne sah sie schalkhaft von der Seite an, »hier auf Shelbrooke Manor gibt es niemanden, der wirklich zurückhaltend ist.«

Zwölftes Kapitel

Gillian holte tief Luft, raffte ihren Rock mit einer Hand und stieg die Stufen der Leiter hinauf, die auf das Dach führte. Richards Schwestern hatten ihr versichert, dass sie oben auf eine ebene Fläche stoßen würde, die um das ganze Dach lief. Sie stieg vorsichtig ins Freie und blickte sich um. Sie befand sich tatsächlich auf einer ebenen Fläche, die jedoch entschieden zu schmal war für jeden Menschen, der eine gesunde Portion Höhenangst besaß.

Zaghaft machte Gillian einen Schritt von der Dachluke weg. Sie hatte im Grunde keine Höhenangst, zog es jedoch vor, dem Boden ein Stück näher zu sein und nicht dauernd an Wörter wie *Sturz* oder *Fall* denken zu müssen. Dennoch wollte sie Richard lieber hier oben begrüßen, wo sie ohne Zweifel ihr Leben riskierte, aber zumindest nicht vor den Augen von vier neugierigen Frauen handeln musste, von denen keine Einzige wirklich zurückhaltend war.

Sie blickte sich vorsichtig um, wobei sie es vermied, über den Rand des Daches hinauszusehen. Im Moment hatte sie nicht den Mut, die – sicherlich atemberaubende – Aussicht über die umliegenden Felder, Wälder und Wiesen zu genießen. Sie war einfach noch nicht so weit, die Schönheit der Landschaft von ihrem erhöhten Standort aus zu würdigen.

Die ebene Fläche machte etwa ein Drittel des Daches aus. Ringsum fiel es nach allen Seiten bis an den Dachvorsprung ab. Eine Reihe gleich großer Schornsteine ragten aus der ebenen Fläche; diejenigen an der Dachschräge waren höher und breiter und wiesen Verzierungen auf.

Vom hinteren Teil des Gebäudes, offensichtlich von der Schräge, erklang lautes Hämmern, das plötzlich aufhörte und von einer Reihe sehr kreativer Flüche abgelöst wurde. Sie musste grinsen.

»Richard?«

Die Schimpfworte verstummten schlagartig.

Sie verkniff sich ein Lachen und versuchte es noch einmal. »Bist du das?«

»Gillian?« Er klang völlig verblüfft.

Sie atmete tief durch und ging seiner Stimme nach. Dann trat sie so nah an den Rand der Schräge, dass sie ihn sehen konnte. »Richard, wie reizend, dich wieder zu sehen.«

Er saß auf dem Dach; mit einem Fuß stützte er sich an einem Schornstein ab. Nun stand er auf und starrte zu ihr herüber. Ihr schauderte bei dem Gedanken, wie leicht er abstürzen konnte. »Was, zum Teufel, machst du hier?«

»Hier auf dem Dach oder hier auf dem Land?«

»Beides.«

Was machte sie hier? Sie wusste selbst nicht, was sie sich davon versprochen hatte, ihm zu folgen. »Ach, Richard, ohne dich war London einfach unerträglich.«

»Tatsächlich?« Ein Lächeln umspielte seine Lippen.

»Unerträglich und sehr, sehr langweilig.« Sie ließ sich am Rand der ebenen Fläche nieder und setzte ihre Füße auf der Schräge auf. In dieser Haltung fühlte sie sich sofort etwas sicherer. »Ich hätte es keinen Augenblick länger ausgehalten. Ich hatte schließlich nichts zu tun, außer darüber nachzudenken, wie abgewetzt mein Teppich ist.«

»Ich hatte ja keine Ahnung, dass es so schlimm um ihn steht.« Er kniff die Lippen zusammen, als müsste er ein Grinsen unterdrücken.

»Ach Gott, ja. Er ist sehr abgewetzt. Es ist ziemlich gefährlich.«

»Gefährlich?«

»Jemand könnte stürzen oder …« Sie errötete.

»Oder?« Er zog eine Augenbraue hoch.

Sie verlagerte vorsichtig das Gewicht auf der harten Oberfläche und fühlte sich sofort wieder daran erinnert, wie sie sich an dem verflixten Teppich ihre Haut aufgeschürft hatte.

»Oder?«, wiederholte er. Er sah sie belustigt an, und sie ignorierte die Hitze, die nicht nur in ihre Wangen gestiegen war.

»Oder«, sie sah ihm in die Augen, »man könnte sich auf andere Weise verletzen. Ich zeige dir gern einmal, wie so etwas passieren kann.«

Für einen Augenblick starrte er sie verblüfft an, dann brach er in Gelächter aus.

Sie lächelte zurück und ließ genüsslich ihren Blick über ihn schweifen. Richard stand völlig gelassen auf dem Dach, wie ein Steinbock an einem Abhang. Der leichte Wind spielte mit einzelnen Strähnen seines dunklen, etwas zu langen Haares. Seine ausgewaschene Kniehose saß so eng, dass es an ein Wunder grenzte, wenn sie nicht bei der nächsten Bewegung riss. Ein Lederbeutel mit Nägeln hing an seinem Gürtel. Sein Hemd, das schon bessere Tage gesehen hatte, stand ihm am Hals offen; die Ärmel hatte er bis zu den Ellbogen hochgerollt, sodass Gillian seine muskulösen Unterarme sehen konnte. Sie waren leicht von der Sonne gebräunt. Man sah Richard tatsächlich an, dass er regelmäßig im Freien arbeitete. Warum war ihr das nur bisher noch nie aufgefallen?

Er warf ihr einen neugierigen Blick zu. »Starrst du mich etwa an?«

Egal ob auf einem Ball oder auf dem Dach eines Landguts, Richard war ein teuflisch gut aussehender Kerl. »Ja, das tue ich.« Sie deutete auf seine Kleidung. »Ich habe dich noch nie in einem solchen Aufzug gesehen. Es steht dir.«

»Ja?« Er lachte leise in sich hinein. »Vielleicht sollte ich dann endlich dieses ganze Earl-Getue hinter mir lassen und mich als Handwerker verdingen.«

»Würdest du das denn lieber machen, als ein Earl zu sein?«

»Ich muss gestehen, dass ich mir darüber noch keine Gedanken gemacht habe. Obwohl sicher einiges für ehrliche Arbeit spricht. Ich arbeite gern mit meinen Händen, besonders im Freien.« Er ließ den Hammer gedankenversunken abwechselnd von einer Hand in die andere gleiten, dann grinste er zu ihr auf. »Jedenfalls gelegentlich. Ich bezweifle jedoch, dass ich großen Gefallen daran finden würde, wenn ich keine andere Wahl hätte.«

Sie zog ihre Beine an und schlang die Arme um die Knie. »Dann bist du also mit deiner Stellung im Leben zufrieden?«

»Wieder eine faszinierende Frage, und wiederum eine, über die ich bisher nicht viel nachgedacht habe. Warum fragst du?«

»Reine Neugier.« Sie zuckte mit den Schultern. »Mir ist aufgefallen, dass ich nicht annähernd so viel über dich weiß, wie ich dachte. Wir haben uns nie über dergleichen unterhalten.«

»Nein, das haben wir wohl nicht. Also gut.« Er hielt inne und dachte über die Frage nach. »Im Großen und Ganzen bin ich mit meiner Stellung im Leben nicht unzufrieden. Ich bin sogar ziemlich stolz auf meinen Titel und mit wenigen Ausnahmen auch auf meine Abstammung. Ich bin der vierzehnte Earl of Shelbrooke, musst du wissen.«

»Und heute stopft der vierzehnte Earl of Shelbrooke Löcher im Dach«, fügte sie sanft hinzu.

Er lachte. »Es wirkt reichlich absurd, und ich bin mir sicher, dass sich meine Vorfahren allesamt im Grabe umdrehen. Die konnten sicherlich mit dem Schwert weitaus besser umgehen als mit dem Hammer. Es ist wirklich zu ärgerlich, dass ich nicht gegen feindliche Heere ins Feld ziehen kann, sondern lediglich Rost und Verwitterung zu bekämpfen habe.« Er wurde ernster. »Ich bin nicht mit meiner Stellung im Leben unzufrieden, nur mit den Umständen.«

»Du musst dich sehr darüber ärgern.«

»Mich darüber ärgern? Natürlich tue ich das«, sagte er mit gerunzelter Stirn. »Trotzdem … Ich habe eingesehen, dass der Verlust des Familienvermögens und unseres guten Namens vielleicht das Beste gewesen ist, was mir in meinem ganzen Leben passiert ist.«

»Wirklich?« Sie stützte ihr Kinn auf den Knien auf und musterte ihn. »Was meinst du damit? Für mich klingt das alles eher furchtbar.«

»Es war nicht unbedingt besonders angenehm.« Geistesabwesend betrachtete er den Hammer. »Erinnerst du dich daran, wie wir uns vor Jahren begegnet sind?«

»Sehr vage.«

»Dann wirst du vielleicht nicht mehr wissen, was für eine Sorte Mann ich damals war.«

»Nicht so genau. Aber ich kann mich noch an deinen Ruf erinnern. Den Gerüchten nach zu urteilen warst du ein ziemlicher Schurke und Draufgänger.«

»Das kann man wohl sagen. Es gab kein Spiel, das ich nicht gespielt, keinen Einsatz, den ich nicht gewagt hätte. Ich habe keine Flasche unberührt gelassen und auch keine Frau.« Er stieß einen tiefen Seufzer aus. »Ich habe viel Spaß gehabt.«

»Das kann ich mir vorstellen«, murmelte sie.

»Es gibt Augenblicke, in denen ich die damaligen Zeiten vermisse.« Er grinste ihr zu. »Diese Zeiten sind jedoch vorbei, und ich bin hier, auf dem Dach des Hauses meiner Vorfahren, und versuche, die Köpfe meiner Schwestern vor Wind und Regen zu bewahren, weil es sonst niemand tut.« Er ließ den Blick über die Landschaft schweifen. »Dieses Stückchen englische Erde gehört meiner Familie nun schon seit vielen Generationen. Ich habe das nie zu schätzen gewusst, bis ich kurz davor stand, es für immer zu verlieren. Heute bin ich der Einzige, der dafür Sorge tragen kann, dass es auch noch für die nachfolgenden Generationen da sein wird.«

Er verstummte, und sie musterte sein markantes Profil, das energische Kinn und begegnete dem entschlossenen Blick. Sie hatte eine gute Wahl getroffen.

»Sieh es dir von hier oben an, Gillian. Wie hätte ich mir das alles jemals nehmen lassen können?«

»Es ist sehr … nett.« Selbst in ihren eigenen Ohren klangen die Worte nicht gerade überzeugend.

Er warf ihr einen erstaunten Blick zu, dann schien ihm etwas zu dämmern. »Du hast dich noch gar nicht umgesehen, stimmt's?«

»Nun, ich habe das meiste auf der Fahrt hierher begutachtet«, erwiderte sie kraftlos.

»Aber von diesem Aussichtspunkt hier kann man einfach alles sehen.«

»Das ist zweifellos richtig.« Sie verzog das Gesicht, während sie sprach. »Ich ziehe es jedoch vor, hier oben auf dem Dach meine Füße und den Untergrund im Auge zu behalten, auf den ich sie setze. Ich bin nicht sonderlich erpicht darauf, in den Tod zu stürzen.«

»Du magst Höhen nicht?«

»Anscheinend nicht.«

Er lachte und streckte ihr den Hammer hin. »Hier, halt dich daran fest.« Sie nahm all ihren Mut zusammen und griff nach dem Hammer, wobei sie es vermied, nach unten zu schauen. Richard erklomm die Dachschräge, bis er neben ihr stand, und streckte dann seine Hand nach ihr aus.

Sie zögerte.

Er lächelte sie an. »Ich werde nicht zulassen, dass dir etwas zustößt.«

Sie sah ihm in die Augen. Ihr Herz machte einen Satz. In diesem Augenblick wusste sie, dass sie nichts zu befürchten hatte. Sie gab ihm die Hand, und er zog sie aus der sitzenden Stellung in seine Arme. Für einen Moment starrte sie ihm wie gebannt in die dunklen Augen. Sagten sie mehr als alle Worte, oder wünschte sie sich das nur?

»Du hast mich noch immer nicht richtig geküsst.«

»Nein?« Belustigt verzog er den Mund zu einem Grinsen. »Und ich habe mir eingebildet, dass ich dich sogar ziemlich gründlich geküsst habe.«

»Nun, das hast du. Aber nicht ... also, ich meine ...« Dieser verflixte Kerl wusste ganz genau, was sie meinte.

»Bist du dir da auch ganz sicher? Dass mir so ein Versäumnis unterlaufen sein soll ... Vielleicht hast du es einfach nicht bemerkt?«

»Das bezweifle ich.« Sie hob ihr Kinn; ihr Mund befand sich nun wenige Zentimeter von seinem entfernt.

»Du versuchst mir also einzureden, mein Mund hätte sich niemals deinen Lippen genähert«, sagte er, während er sich zu ihr hinabbeugte, »und ich hätte niemals so etwas getan?« Seine Lippen strichen kurz über ihre.

»Zum Teufel, Richard, natürlich hast du das.« Offensichtlich lag die Sache nun an ihr. Sie warf den Hammer beiseite, ohne auf das dumpfe Krachen zu achten, das sein Aufprall auf dem Dach verursachte.

»Vorsicht, das Dach hat wirklich schon genug Löcher ...«

»Das hier hast du noch nicht getan.« Sie schlang ihre Arme um ihn und küsste ihn fest auf den Mund.

Sofort zog er sie fester an sich, sodass ihre Brust gegen seinen Oberkörper gedrückt wurde. Seine Lippen empfingen sie mit einer Leidenschaft, die ihrer eigenen in nichts nachstand. Ein Gefühl der Lust durchfuhr sie, und sie grub ihre Finger in die warme Haut seines Genicks. Sie öffnete ihren Mund, und ihre Zungen trafen sich zu einer leidenschaftlichen Erkundung, einer gierigen Plünderung des anderen. Gillians Herz schlug immer schneller, und sie spürte, wie ihre Knie schwach wurden. Dennoch verlangte es sie nach mehr.

Richard betörte ihre Sinne und nahm ihr ganzes Wesen in Besitz, bis sie in einen Abgrund zu stürzen schien, dem sie nicht entkommen konnte, ja, dem sie gar nicht entkommen wollte.

Richard löste sich von ihr und sah verwirrt auf sie herab, als hätte auch er für einen Augenblick oder eine Ewigkeit die Sinne verloren. Der seltsame, beunruhigte Ton seiner Stimme strafte seine leichtfertigen Worte Lügen. »War es das, woran du gedacht hattest?«

Sie rang nach Atem und nickte. »Ja, so ungefähr.«

Er lachte und gab ihr schnell einen Kuss, bevor er sie herumdrehte, damit sie die Landschaft um sich herum sehen konnte. Sie spürte seine Arme, die er beschützend um sie geschlungen hatte, und seinen starken Körper, und sie fühlte sich in seiner Umarmung unendlich sicher. »So, Gillian, nun sieh dir alles gut an.«

Grüne Hügel und Wiesen erstreckten sich um das Gut, so weit das Auge reichte. Gillian konnte mehrere Wäldchen sehen und in der Ferne einen Fluss, der im Sonnenlicht glitzerte.

»Ich verstehe, warum du es so liebst«, sagte sie leise. Die atemberaubende Schönheit der Gegend berührte sie genauso wie die Liebe dieses Mannes für das Land seiner Vorfahren.

Lange Minuten verstrichen, ohne dass ein Wort die Stille unterbrach. Gillian spürte Ruhe und Zufriedenheit in sich aufsteigen. Sie hätte nichts dagegen gehabt, den Rest ihres Lebens hier an der Spitze seiner Welt in der warmen Geborgenheit seiner Arme zu verbringen.

»Wenn ich hier stehe und mir alles ansehe«, sagte er schließlich, »kann ich die Vergangenheit, die Gegenwart und die Zukunft sehen: in diesem Land und in den Menschen, die hier leben, die hier gestorben sind und die hier eines Tages geboren werden. Und ich fühle mich ihnen allen gegenüber verantwortlich.«

»Tust du das?«

»Ja. Ich glaube, die Liebe zu diesem Fleckchen englischer Erde liegt mir im Blut. Meine Schwestern lieben es auch, nur ahnen sie es selbst noch nicht.« Er klang wehmütig. »Emma sieht die Schönheit: die Farben und die Muster, die Linien und Flächen und die Kontraste. In Beckys Augen steckt die Gegend voller Abenteuer, obwohl dieser Wildfang längst jeden Winkel erkundet hat und die Gegend weit besser kennt als ich selbst. Marianne ist der festen Überzeugung, dass nicht nur wir hier leben, sondern auch unzählige Feen und Elfen und sonstige Fabelwesen. Und Jocelyn«, er stieß ein trockenes Lachen aus, »Jocelyn sieht es genau so, wie es ist: heruntergekommen und reparaturbedürftig. Sie ist zu jung, um sich an die Zeiten zu erinnern, als alles anders war, aber ich denke, sie stellt sich vor, wie es einmal gewesen ist und wie es eines Tages wieder werden könnte.«

»Und alles, was du dazu brauchst, ist Geld«, flüsterte Gillian.

Sie spürte, wie sein Körper sich versteifte. »Tatsächlich?«

»Nun, eine Ehefrau bekommst du ja noch dazu.« Sie hielt inne und versuchte das unangenehme Gefühl zu ignorieren, das mit einem Mal Besitz von ihr ergriffen hatte. »Du hast doch nicht etwa deine Meinung geändert?«

»Ich wäre ein Narr, wenn ich es täte, oder?« Er umarmte sie noch fester und lehnte seine Wange an ihre. »Was willst du von mir, Gillian?«

»Ich ...« Was wollte sie? Aufregung? Leidenschaft? Liebe? »Ich weiß es selbst nicht so genau.« Sie hielt den Atem an. »Und du, Richard? Was willst du von mir?«

»Nun, wir passen anscheinend ganz fabelhaft zusammen.« Er richtete sich auf und lachte leise. Gillian hatte das Gefühl, als lachte er über sich selbst. »Ich weiß es nämlich auch nicht.«

»Man könnte also sagen, dass jeder von uns beiden nichts weiter will als die Erbschaft«, sagte sie betont leichtfertig, hoffte jedoch, dass er es bestreiten würde.

»Ja, das könnte man wohl sagen.« Seine Stimme klang ebenso ungerührt wie ihre.

Enttäuschung stieg in ihr auf, die jedoch sogleich von Wut über sich selbst verdrängt wurde. Was hatte sie denn von ihm erwartet? Eine romantische Liebeserklärung? Einen Schwur ewiger Liebe? Wenn sie selbst sich nicht überwinden konnte, etwas in der Art laut auszusprechen, ja, auch nur anzudeuten, wie konnte sie es dann von ihm erwarten?

»Aber vielleicht ist es an der Zeit, eine Frage zu stellen, zu der es tatsächlich einmal eine Antwort gibt«, sagte er nüchtern, als hätten sie nichts Wichtigeres als das Wetter besprochen.

»Eine Frage, auf die es eine Antwort gibt?« Sie zwang sich, ironisch zu klingen. »Überfordert uns das nicht?«

»Wahrscheinlich schon.« Er lachte, und sie musste auch lächeln. »Also, Gillian, hast du dir weiter Gedanken gemacht über deine vage, vielleicht auch einfach dumme Idee?«

»Meine was?«

»Hast du nicht gesagt, dass du dein Erbe nicht nur wegen der finanziellen Unabhängigkeit antreten möchtest, die es dir gewähren würde, sondern auch wegen einer vagen, unmöglichen und …«

»Und vielleicht ganz dummen Idee.« Sie nickte langsam. »So etwas habe ich wohl gesagt.«

»Also, um was geht es dabei?«

Sie dachte fieberhaft nach, ihr fiel jedoch nichts als die Wahrheit ein. Hatte sie nicht von Anfang an beschlossen, ehrlich zu ihm zu sein? Natürlich war sie, was Toussaint betraf, nicht völlig ehrlich gewesen – wobei Richard auch nie nachgefragt hatte und sowieso nichts über ihre Sitzungen wissen konnte. Sie hatte ihn also nie wirklich belogen.

»Gillian?«

»Nun, was ich mir ausgedacht habe … also, zu was ich mich entschieden habe …« Laut Emma würde Richard von ihrer Idee nicht besonders angetan sein. Früher oder später musste er davon erfahren, wobei ihr später lieber wäre. Vielleicht war es am besten, ihm nicht alles auf einmal zu erzählen, sondern ihn langsam an den Gedanken zu gewöhnen. Sie nahm all ihren Mut zusammen. »Ich möchte viel versprechenden Künstlern einen Platz zur Verfügung stellen; sie sollen dort umsonst wohnen und essen, damit sie sich ganz auf ihr Werk konzentrieren können, anstatt sich permanent Sorgen ums nackte Überleben machen zu müssen.«

Sie wartete gespannt auf seine Reaktion. Einen Moment lang sagte er gar nichts. Am liebsten hätte sie sich umgedreht, um seinen Gesichtsausdruck zu sehen, aber sie zwang sich dazu, sich nicht zu bewegen.

»Umsonst wohnen und essen«, wiederholte er langsam. »Eine Art Waisenhaus für Erwachsene. Eine faszinierende Idee.«

Sie drehte sich blitzschnell in seinen Armen um und blickte zu ihm auf. »Meinst du das ernst?«

»Ja.« Er nickte nachdenklich. »Das wäre die Lösung für viele, die die Kunst trotz ihres Talents an den Nagel hängen, weil sie irgendwie ihren Lebensunterhalt verdienen müssen.«

»Genau das meine ich auch«, erklärte sie freudig. »Ich habe vor, ein Haus zu kaufen, ein großes Haus, vielleicht ein Herrenhaus oder eine alte Abtei auf dem Land …«

»Nein, nein, nein. Es darf nicht auf dem Land sein, das ist ausgeschlossen.« Er schüttelte den Kopf. »Der Markt ist schließlich in London: die Akademie, die Galerien, die Händler und nicht zuletzt die Kritiker.«

»Nun gut, dann eben in der Stadt. Es dürfte nicht allzu schwierig sein, die Art Haus zu finden, die ich suche.« Sie war erleichtert. »Ich kann dir gar nicht sagen, wie es mich freut, dass dir die Idee gefällt.«

Er lachte vor sich hin. »Ich bezweifle jedoch, dass sie Lady Forester gefallen wird. Wenn du deine Idee wirklich in die Tat umsetzen solltest, hätte sie viel weniger junge Künstler zur Auswahl für ihre ganz besondere Art des Mäzenatentums.«

»Ach, Lady Forester wird nichts dagegen haben. Soweit ich weiß, war sie noch nie sonderlich daran interessiert, Frauen zu fördern.« Gillian schloss die Augen. Sie hatte sich eindeutig verplappert.

»Frauen?« Er sah sie mit gerunzelter Stirn an. »Was meinst du mit *Frauen*?«

»Habe ich das denn nicht erwähnt?«, fragte sie freudestrahlend.

»Nicht dass ich wüsste.«

»Oh. Nun ja …« So viel dazu, ihn langsam an den Gedanken zu gewöhnen. »Ich möchte, dass diese Institution ausschließlich Künstler*innen* offen steht.«

»Welchen Künstlerinnen?«, fragte er lauernd. Er ließ Gillian los.

Sie trat einen Schritt von ihm und der Dachkante weg. Zu diesem Zeitpunkt mit Richard über das Thema diskutieren zu müssen war Katastrophe genug. Sie wollte nicht auch noch in die Tiefe stürzen. »Ernsthafte Künstlerinnen.«

»Es gibt keine ernsthaften Künstlerinnen.«

»In den letzten Jahren habe ich die eine oder andere kennen gelernt. Zugegebenermaßen waren es nicht viele, aber …«

»Und hast du dir jemals Gedanken darüber gemacht, weshalb es nicht viele waren?«

»Ja, natürlich. Ich habe sehr viel darüber nachgedacht.«

Sie spürte Ärger in sich aufsteigen. »Frauen werden, egal wie talentiert sie auch sein mögen, einfach nicht ernst genommen.«

»Dafür gibt es auch einen guten Grund, meine liebe Gillian.« Er klang nachsichtig, als würde er einem kleinen Kind – oder einem großen Dummkopf – etwas Grundlegendes erklären.

»Tatsächlich?« Sie bemühte sich darum, ruhig zu bleiben. »Ach bitte, Richard, erkläre ihn mir.« Anscheinend bemerkte er den Sarkasmus in ihrer Stimme nicht. Sonst hätte er doch wohl seine selbstgefällige Art etwas gemäßigt.

»Frauen können mit Aquarellfarben pinseln oder nette Kohlezeichnungen anfertigen. Ich möchte auch gar nicht verschweigen, dass ich ein oder zwei kenne, die ganz passable Miniaturporträts zu Stande bringen, aber das war es dann auch schon.«

Gillian starrte ihn ungläubig an. Emma hatte sie bezüglich seiner Einstellung gewarnt, aber sie hatte nicht damit gerechnet, dass er derart arrogant und aufgeblasen reagieren würde.

»Selbst Emma sieht das ein. Ich weiß nicht, ob du mitbekommen hast, dass sie malt – natürlich mit Aquarellfarben. Anfangs war sie an ernsthafteren Dingen interessiert, aber mittlerweile hat sie die Richtigkeit von dem, was ich sage, eingesehen.«

Gillian ballte die Hände zu Fäusten. »Hat sie das?«

»Selbstverständlich.« Er lächelte herablassend. »Die Natur der Frau ist einfach nicht geschaffen für den Umgang mit Ölfarben oder wahrer Kunst.«

»Ach, Richard, ich hatte ja keine Ahnung«, erwiderte sie liebenswürdig. »Ich hätte nie gedacht, dass du so engstirnig, konservativ und, nun ja, dumm bist.«

Richard sah sie verblüfft an. »Dumm?«

»Vergiss bitte engstirnig und konservativ nicht.«

»Ich bin mir sicher, dass ich weder konservativ noch engstirnig jemals vergessen werde.« Er richtete sich zu seiner vollen Größe auf und blickte auf sie herab. »In meinem Leben bin ich schon vieles genannt worden, nicht zuletzt auch von mir selbst, aber bisher hat mich noch niemand als konservativ und engstirnig bezeichnet.«

»Dann sollte ich dir wohl an dieser Stelle dazu gratulieren, dass du eine neue Stufe männlicher Überheblichkeit erreicht hast.«

»Männer sind eben …« Er hielt auf einmal inne. Anscheinend hatte sein überlegener männlicher Verstand langsam begriffen, mit wem er es zu tun hatte.

Sie verschränkte die Arme vor der Brust. »Männer sind was?«

»Männer sind …« Er sah sie unentschlossen an. Schließlich verdrehte er die Augen und seufzte resigniert. »Männer sind konservativ und engstirnig.«

Sie verbiss sich ein Lächeln. »Und?«

»Zutiefst reumütig.« Er verbeugte sich theatralisch vor ihr. »Bitte verzeiht mir, Madame.«

»Und?«

»Und ...« Er sah sie forschend an. »Und was?«

»Und sie haben Unrecht.«

»Sie haben Unrecht?«

»Bezüglich Frauen und *wahrer* Kunst.«

»Meine überhebliche Art tut mir wirklich Leid, Gillian«, sagte er kopfschüttelnd, »aber was Frauen und wahre Kunst betrifft«, er bückte sich und hob den Hammer auf, »habe ich keineswegs Unrecht.« Er ging auf die Dachluke zu.

Sie eilte ihm nach. »Du bist dir absolut sicher?«

»Ja.«

»Warum denn bloß?«

Richard hielt inne, atmete tief aus und wandte sich dann zu Gillian um. Er lehnte gelassen an einem Schornstein und spielte geistesabwesend mit dem Hammer. Auf Gillian machte er den Eindruck, als wäre er derart von der Richtigkeit seiner Meinung überzeugt, dass er es gar nicht für nötig befand, sich ihre Argumente anzuhören.

»Marianne glaubt ganz fest daran, dass auf dem Anwesen Feen hausen. Becky hält das für ausgemachten Unsinn, aber sie ist heimlich davon überzeugt, dass Henry versteht, was sie sagt, und dass er eines Tages vielleicht selbst einmal sprechen kann, wenn sie sich nur genug mit ihm beschäftigt.«

»Was hat denn das mit ...«

»Ich versuche, dir etwas zu erklären. Also: Jocelyn bezweifelt nicht im Geringsten, dass sie eines Tages einen Herzog, wenn nicht sogar einen König heiraten wird.«

»Und was glaubt Emma?«, wollte Gillian wissen, die gegen ihren Willen neugierig geworden war.

»Emma ist viel zu praktisch veranlagt, um an irgendetwas zu glauben, das sie nicht sehen oder hören kann. Genau wie ich.« Er schüttelte den Kopf. »Ich gebe ja zu, dass es bei Jocelyns hartnäckiger Art durchaus passieren könnte, dass sie einen König heiratet, aber ich bin bisher weder Feen noch sprechenden Hunden begegnet. Und ich habe noch nie ein Kunstwerk von Frauenhand gesehen, das dem eines Mannes ebenbürtig gewesen wäre. Ich bezweifle auch stark, dass ich jemals so etwas zu Gesicht bekommen werde.«

»Vielleicht hast du nur noch nicht genau genug geschaut.«

»Vielleicht. Ich denke jedoch, dass ich die Werke der meisten zeitgenössischen Künstler kenne.«

»Hast du nicht gesagt, dass du dich nicht besonders gut mit Kunst auskennst?«

Er zuckte die Achseln. »Falsche Bescheidenheit.«

»Es muss dir sehr schwer gefallen sein, deine ganze männliche Überlegenheit hinter einer Maske falscher Bescheidenheit zu verbergen.«

»Aber genau diese Fähigkeit macht uns Männer doch so überlegen, Gillian«, entgegnete er hochmütig, grinste dann jedoch herausfordernd.

Sie hätte schon bei ihrem ersten Treffen bemerken müssen, dass er nicht nur ein guter Beobachter war, wenn es um Kunstdinge ging. Seine Kommentare waren zu scharfsinnig und fundiert gewesen, um aus dem Munde eines Laien zu stammen. Da sie mittlerweile wusste, dass er selbst einmal gemalt hatte, musste sie ihm zugestehen, dass er zumindest aus eigener Erfahrung sprach, auch wenn seine Erfahrung ihn täuschte.

»Du glaubst also an nichts, was du nicht mit eigenen Augen gesehen hast?« Gillian wählte ihre Worte mit großer Sorgfalt. »Was würdest du sagen, wenn ich das Gegenteil beweisen könnte?«

»Es kann durchaus sein, dass du irgendwo ein oder zwei Malerinnen auftreibst, deren Arbeiten ganz passabel sind, vielleicht sogar annehmbar. Dann gebe ich dir gern in diesen Fällen Recht, aber das ändert nichts. Der Platz einer Frau ist einfach nicht hinter einer Staffelei. Das Leben eines Künstlers, besonders eines Malers, der keinen Erfolg hat, ist sehr hart.«

»Genau deshalb möchte ich ja auch …«

»Und genau deshalb solltest du deine finanziellen Mittel nicht an Frauen verschwenden, die ohnehin nicht wirklich davon profitieren können.«

»Einen Augenblick, Richard.« Sie stemmte die Hände in die Hüften. »Erst erzählst du mir, dass Frauen nicht für ernsthafte Kunst geschaffen sind, dann behauptest du, dass es selbst für diejenigen, die es doch sind, keinen Platz gibt.«

Er nickte. »Genau.«

»Genau was?«

»Genau richtig.« Er lächelte beschwichtigend. »Selbst wenn ich bezüglich der Fähigkeiten von Frauen Unrecht hätte, was ich nicht habe, selbst dann wäre einfach kein Platz für Malerinnen in der Welt der Kunst. Ihr mögliches Talent spielt im Grunde keine Rolle, denn es ist doch so – und du hast das selbst eben zugegeben –, dass sie niemals ernst genommen werden würden, einfach weil es sich eben um Frauen handelt.«

Sie runzelte die Stirn und warf ihm einen zornigen Blick zu. »Nun, das ist einfach ungerecht.«

Er zuckte mit den Schultern. »Das Leben ist ungerecht.«

»Fähigkeiten, Talent und Intelligenz spielen keine Rolle, nur weil jemand unglücklicherweise als weibliches Wesen zur Welt gekommen ist. Das macht doch keinen Sinn.« Sie ging vor ihm auf und ab.

»Möglicherweise, aber …«

»Es ist absolut ungerecht. Talent gehört gefördert, anerkannt und belohnt, egal ob es sich um Männlein oder Weiblein handelt.«

»Idealerweise schon, aber …«

»Und die Möglichkeiten und Talente der Hälfte der Menschheit einfach in den Wind zu schreiben ist schlichtweg dumm.«

»Tatsächlich?« Ein Lächeln umspielte seine Lippen.

»Das ist überhaupt nicht lustig, Richard.« Sie hielt inne und sah ihn aufgebracht an.

»Selbstverständlich nicht«, sagte er in ernstem Tonfall, doch in seinen Augen war ein belustigtes Funkeln.

»Du machst mich noch wahnsinnig.« Sie trat einen Schritt auf ihn zu und drohte ihm mit dem Finger. »Du würdest es auch nicht im Geringsten lustig finden, wenn die Situation umgekehrt wäre. Wenn wir darüber diskutieren würden … ach, ich weiß auch nicht …« Was hatte Emma doch gleich darüber gesagt, dass sein Vater ihm das Malen verboten hatte? *Er fand, dass ein zukünftiger Earl seine Zeit nicht mit der Malerei vergeuden sollte?* »Was wäre, wenn wir nicht über die Talente und Möglichkeiten von Frauen sprächen, sondern über diejenigen von Adeligen, die einen Titel tragen?«

Seine Augen verengten sich.

»Was wäre, wenn wir über die Talente von Earls sprächen, die nur deshalb nicht anerkannt werden, weil es sich eben um Earls handelt?« Sie tippte ihm mit dem Zeigefinger gegen die Brust. »Was wäre, wenn wir über dich redeten?«

Dreizehntes Kapitel

»Über mich?«, erwiderte Richard spöttisch. »Das ist ein wenig weit hergeholt, oder?«

»Natürlich ist es das.« Anscheinend hatte Emma Recht: Richard sprach nicht gern über seine eigenen künstlerischen Ambitionen, auch wenn sie schon lange zurücklagen. Weshalb sonst würde er sie jetzt so seltsam ansehen? »Es ist nur ein Beispiel, damit du siehst, dass du es in dem Fall auch nicht besonders amüsant fändest.«

»Doch, das würde ich.« Richard ergriff ihre Hand. »Meine Hochachtung, Gillian, du hast es verstanden. Die Gesellschaft stellt bestimmte Erwartungen an uns, egal ob wir Frauen sind oder bloß Earls. In dieser Beziehung spielt das keine Rolle. Ein Kunstwerk, das von einer Frau oder einem Earl oder gar einem Prinzen stammt, wird zwangsläufig nicht ernst genommen.« Er führte ihren Zeigefinger, mit dem sie ihm eben noch gegen die Brust getippt hatte, an seine Lippen und küsste ihn. »Wie ich schon sagte, das Leben ist ungerecht.«

»Ich finde das einfach schrecklich.«

»Das verstehe ich gut.« Er küsste einen anderen Finger, drehte dann ihre Hand um und küsste die Innenfläche.

Ein angenehmer Schauer durchrieselte sie. »Was machst du da?«

»Ich diskutiere mit dir, beziehungsweise ich versuche, deine Argumente zu entkräften.« Er sah ihr in die Augen, während er ihr Handgelenk mit sanften Küssen bedeckte. Im Nachhinein war sie froh, dic langärmelige Überjacke ihres Kleides abgelegt zu haben, bevor sie zu Richard auf das Dach gestiegen war. »Funktioniert es?«

»Überhaupt nicht«, log sie. Seine Lippen wanderten ihren Unterarm entlang bis zur Innenseite des Ellbogens.

Sie atmete wohlig ein. »Bist du dir sicher, dass du ein vollständig bekehrter Schurke bist? Du scheinst mir nicht gerade aus der Übung zu sein.«

»Das verlernt man nicht«, murmelte er. »Genau wie das Reiten, auch wenn man eine Zeit lang aussetzt.«

»Ich bin mir sicher, dass du ein ausgezeichneter Reiter gewesen bist.« Sie schlang ihren freien Arm um seinen Hals, reckte sich und küsste die Stelle unter seinem linken Ohr.

»Das ist richtig.«

»Ich lasse mich nicht von meinem Vorhaben abbringen, Richard.«

Er legte den Arm um ihre Taille und zog sie näher an sich heran. Seine Lippen liebkosten ihren Hals. »Nein?«

»Nein, ganz bestimmt nicht.« Sie stöhnte leise auf und küsste sein Kinn. »Es ist mir genauso wichtig, wie es dir ist, deine Schulden abzubezahlen.«

»Es ist ein lächerlicher Einfall.« Der Hammer fiel ihm aus der Hand und schlug dumpf auf dem Dach auf. »Ich werde ihn niemals gutheißen.«

»Wirst du weiterhin versuchen, mich davon abzubringen?«, flüsterte sie und knabberte zärtlich an seinem Hals.

»Sooft sich mir die Gelegenheit dazu bietet.« Sein Mund traf auf ihren, und sie vergaßen alles um sich herum.

Heißes Begehren und unersättliche Leidenschaft löschten ihre Vernunft aus. Sie wollte ihn hier, auf dem Dach. Jetzt. Und er wollte sie ebenso. Gillian fragte sich, ob sie auf der Stelle niedersinken und hoch über den Ländereien seiner Vorfahren Arm in Arm liegen würden, mit ein paar stolz in den Lüften kreisenden Falken und dem blauen Himmel als einzigem Zeugen. Welch eine wunderbare Vorstellung!

Freudige Erwartung durchströmte ihren Körper. Da hörte sie ein Geräusch in ihrem Kopf, das wie glockenhelles Lachen klang. Richard hielt inne. Er sprach, ohne seine Lippen von ihrem Mund zu nehmen. »Jemand lacht uns aus.«

»Sei doch nicht albern«, seufzte sie. Wie konnte er etwas hören, das nur in ihren Gedanken vorhanden war? »Es ist nichts.«

Aus der Richtung der Dachluke erklang unterdrücktes Gekicher.

Richard lächelte resigniert.

»Wir sind nicht mehr allein.«

»Ist es vielleicht Mariannes Feenvolk?«

»Schlimmer.«

»Schlimmer als Feen?«

»Viel schlimmer: Schwestern. Ich gehe jede Wette ein, dass es mindestens zwei sind, wenn nicht gar alle drei.«

»Was? Ganz ohne Tante Louella?« Ihr neckender Tonfall überspielte die Enttäuschung, die sie darüber empfand, dass der Himmel und die Falken noch eine Weile auf das Schauspiel würden warten müssen, das sich ihnen um ein Haar geboten hätte.

»Tante Louella muss sich nicht eigens herbemühen, sie wird sicher im Nachhinein genauestens unterrichtet werden.« Er löste sich aus ihrer Umarmung und sprach mit lauter Stimme in Richtung der Luke: »Ihr könnt ruhig herauskommen.«

Doch er erntete nur Schweigen.

»Verstellen hilft nichts. Wir wissen, dass ihr da seid, also kommt schon.«

»Du bist uns doch nicht böse, oder?«, fragte eine zaghafte Stimme.

»Wahrscheinlich nicht.« Er ließ seine Stimme unnachgiebig klingen, obwohl er lächelte.

Becky kletterte auf das Dach. »Zeigst du ihr Shelbrooke Park von hier oben?«

Jocelyns Kopf kam zum Vorschein, aber sie kletterte nicht bis nach oben. »Oder macht ihr ganz etwas anderes?« Richards Augen verengten sich, doch Jocelyn blickte ihn unschuldig an. »Repariert ihr etwa das Dach?«

Richard warf Gillian einen kurzen Blick zu und nickte dann. »Vielleicht.«

»Von hier oben kann man alles sehen.« Becky trat unbekümmert an den Rand des Daches. »Es ist einfach wunderbar. Findet Ihr nicht auch?«

»Es ist wunderschön.« Gillian lächelte und wandte ihre Aufmerksamkeit Jocelyn zu. »Wollt Ihr nicht zu uns kommen?«

Jocelyn seufzte theatralisch. »Ich darf leider nicht aufs Dach.«

»Genauer gesagt darf niemand ohne mich aufs Dach«, fügte Richard hinzu.

»Aber Jocelyn kommt selbst dann nicht nach oben, wenn du da bist«, ließ sich Becky selbstgefällig vernehmen. »Die Aussicht wäre in ihrem Fall ohnehin verschwendet, da sie nur Augen für sich selbst hat.«

»Das stimmt gar nicht«, erwiderte Jocelyn scharf.

Becky schnaubte verächtlich. »Stimmt wohl. Außerdem würdest du sowieso hinunterfallen.«

»Herzlichen Dank für deine Besorgnis«, entgegnete Jocelyn. »Es tut doch immer wieder gut zu wissen, dass man den eigenen Schwestern so sehr am Herzen liegt.«

»Ja, in der Tat.« Becky mimte die Besorgte. »Ich fände es einfach schrecklich, wenn du in die Tiefe stürzen würdest. Denk doch nur, was für eine Schweinerei das gäbe, die wir anderen dann wegzuräumen hätten.«

»Ich würde den ganzen Weg nach unten darum beten,

eine möglichst große Schweinerei zu hinterlassen«, entgegnete Jocelyn in süßlichem Tonfall.

»Jetzt reicht es«, sagte Richard streng.

Gillian verbiss sich ein Lachen.

»Du hast vollkommen Recht, Richard.« Jocelyn warf ihrer Schwester einen verschwörerischen Blick zu. Trotz ihrer gegenseitigen Neckereien schien es Gillian ganz offensichtlich, dass sie zwei Verbündete vor sich hatten. Sie fragte sich, ob Richard sich darüber im Klaren war. »Lady Gillian, wir möchten uns hiermit für unser schlechtes Benehmen entschuldigen, nicht wahr, Becky?«

»O ja, natürlich«, stimmte Becky zu. »Und wir haben auch nicht versucht, Euch hinterherzuspionieren.«

»Das hätten wir auch niemals angenommen«, erklärte Richard in feierlichem Tonfall.

»Nein, niemals.« Gillian nickte bekräftigend.

»Es würde mich dennoch interessieren, was euch hierher geführt hat.« Richard blickte von einer Schwester zur anderen.

»Wir haben uns nur gefragt«, Becky schien ihre Worte mit Bedacht zu wählen, »also, wir waren neugierig ...«

»Sag es nur, Becky.« Jocelyn klang ungeduldig. »Lady Gillian, aus welchem Grund seid Ihr hier?«

Gillian sah sie überrascht an. »Ich dachte, das hätte ich vorhin schon ...«

»Ja, Ihr habt etwas von einer Einladung gesagt«, winkte Jocelyn ab.

»Aber wir glauben, dass es schon etwas Wichtiges sein muss, wenn Ihr so einen langen Weg auf Euch nehmt«, erklärte Becky. »Auch wenn es von London nur ein knapper halber Tagesritt ist.«

»Trotzdem wohnen wir nicht gerade um die Ecke«, fügte Jocelyn mit Nachdruck hinzu.

»Also haben wir uns gefragt, um was für eine Art von

Einladung es sich wohl handeln mag.« Neugier schwang in Beckys Stimme mit.

»Nun, nicht so sehr, was für eine Art von Einladung, sondern eine Einladung wozu.«

Becky nickte. »Und wen genau Ihr einladet.«

»Eben.« Jocelyn beugte sich gespannt nach vorn.

»Die Einladung«, sagte Gillian mit leichtem Bedauern, »gilt Lord Shelbrooke.«

»Richard?«, wiederholte Becky.

»Nur Richard?« Jocelyn sah mit einem Mal enttäuscht aus.

»Eine Einladung zu was?«, wollte Richard sanft wissen.

Gillian zögerte kurz. »Meine Großmutter veranstaltet jedes Jahr ein Fest in Effington Hall. Es ist ein ziemlich aufwändiges Ereignis mit einem Ball und natürlich dem Roxborough-Ritt.«

»Ah ja, ich habe schon davon gehört«, sagte Richard kopfnickend.

»Was ist der Roxborough-Ritt?«, wollte Becky wissen.

»Es ist eine etwas ungewöhnliche Reitveranstaltung, die von Lady Gillians Familie ausgetragen wird. Soviel ich gehört habe, lässt es sich am besten als Fuchsjagd ohne Fuchs beschreiben.«

»Also nur Pferde und Reiter?« Beckys Augen wurden immer größer. Gillian nickte. »Wie wunderbar.«

Gillian schenkte dem Mädchen ein Lächeln. »Vielleicht können wir es einrichten, dass Ihr nächstes Jahr mit dabei seid.« Sie wandte sich Richard zu. »Jedes Familienmitglied hat dort zu erscheinen. Es würde mich sehr freuen, wenn du mich begleiten würdest.«

»Du willst, dass ich dich auf diese Familienfeier begleite?« Er sah sie erstaunt an. »Bist du dir auch sicher, dass du dazu bereit bist?«

Sie schluckte. »Überhaupt nicht, aber mir bleibt keine andere Wahl. Mein Geburtstag rückt immer näher, und wenn wir tatsächlich …«

»Tatsächlich was?« Jocelyn blickte abwechselnd von Gillian zu Richard.

»Das geht dich gar nichts an«, erwiderte Richard kühl. Gillian sah ihm in die Augen, und wieder einmal stand eine Reihe unbeantworteter Fragen zwischen ihnen.

»Uns sagt nie jemand etwas«, beschwerte Jocelyn sich leise.

»Ich sollte mich langsam auf den Weg machen«, warf Gillian ein. »Ich hatte vor, noch nach London zurückzufahren.«

»Oh, aber Ihr müsst über Nacht bleiben«, rief Jocelyn. »Wir hatten noch kaum Gelegenheit, miteinander zu reden.«

»Bitte bleibt doch.« Becky hakte sich bei Gillian unter. »Ich kann mich schon gar nicht mehr an das letzte Mal erinnern, als wir Besuch hatten. Wir haben noch so viele Fragen an Euch.«

»Nun, ich wollte eigentlich …«

»Bleib, Gillian«, bat Richard. »Selbst wenn du auf der Stelle aufbrichst, wird es dunkel sein, bevor du zu Hause ankommst, und du weißt selbst, wie gefährlich die Straßen des Nachts für eine schutzlose Frau sein können. Die Unterbringung hier ist zwar nicht so glänzend, wie sie einmal war …«

»Aber wir haben unzählige freie Schlafzimmer«, erklärte Jocelyn.

Becky nickte. »Und wir können im Nu eines für Euch herrichten.«

»Außerdem müsste ich mich mit den enttäuschten Gesichtern meiner Schwestern herumärgern, wenn du uns verließest.« Richard lachte in sich hinein. »Einem derart grausamen Schicksal kannst du mich einfach nicht aussetzen.«

Sie lachte. »Also gut, dann bleibe ich eben.«

»Wundervoll.« Becky führte sie zu der Dachluke. »Dann könnt Ihr uns alles aus der Stadt berichten.«

»Und von den Bällen«, fügte Jocelyn hinzu und stieg die Leiter hinunter. »Und von den schönen Kleidern, die die Damen dort tragen.«

»Und London.« Becky ließ Gillians Arm los und kletterte hinab. »Ich will alles über die Ausritte im Park hören und über Astleys Amphitheater und Vauxhall …«

Gillian wandte sich um, um selbst die Leiter hinabzusteigen.

»Danke, dass du bleibst.« Richard lächelte. »Ich will gar nicht an die Tränen denken, die unweigerlich geflossen wären, wenn ich dich gehen ließe.«

Gillian lachte. »Ich finde deine Schwestern reizend, Richard, und zwar alle. Und da ich es unter den derzeitigen Umständen nicht für ratsam halte, sie auf Großmutters Fest einzuladen, kann ich ja wohl eine Nacht hier verbringen, um ihre Enttäuschung wenigstens ein bisschen zu mildern.«

»*Ihre* Enttäuschung?« Seine Stimme klang scherzhaft, aber seine Augen schienen zu glühen. »Aber ich habe doch von mir gesprochen.«

Wo steckte dieser verflixte Kerl nur?

Gillian lief ungeduldig in dem Zimmer, das man ihr zugewiesen hatte, auf und ab. Ihr Weg wurde nur vom Mondlicht erhellt, das durch die hohen Fenster einfiel. Ihre Kerze hatte sie bereits gelöscht, da sie davon ausging, dass Kerzen in diesem Haushalt Luxus waren. Außerdem benötigte sie deren Licht nicht. Es gab in dem Raum nicht viel, woran sie sich hätte stoßen können.

Das Mobiliar auf Shelbrooke Manor war schön, aber nicht gerade üppig. Ohne Zweifel hatte Richards Vater über die Jahre zahlreiche Stücke verkauft. Der Gedanke quälte sie. Obwohl Richard erklärt hatte, durch die Schwierigkeiten seiner Familie ein besserer Mensch geworden zu sein, tat es ihr Leid, dass er einen derart schweren Weg hatte gehen müssen.

Selbstverständlich würden sich seine Probleme in Luft auflösen, falls sie heirateten. *Sobald* sie heirateten, denn sie würde ihn heiraten. Wie sollte sie ohne ihn leben?

Aber war dieses Bedürfnis, soviel Zeit wie möglich mit ihm zu verbringen, jeden Tag, jeden Augenblick, wirklich Liebe?

Mit Charles war es jedenfalls ganz anders gewesen, eine leise Sehnsucht, die Verbindung zweier Seelenverwandter, die von Kindesbeinen an füreinander bestimmt gewesen waren. Sie waren von Anfang an Hälften eines Ganzen gewesen, mit denselben Sehnsüchten und Bedürfnissen. Sie hatten derart vollendet zusammengepasst, als hätte die Natur es so gewollt. Es hatte nie auch nur die Spur eines Zweifels, ein Zögern oder einen Anflug von Angst gegeben.

Mit Richard erlebte sie fast ausschließlich Augenblicke voller Fragen, Beklommenheit und Angst – doch auch voller Aufregung, Abenteuer und Leidenschaft. Wenn dieses Gefühl tatsächlich Liebe war, dann war es ganz anders als alles, was sie bisher empfunden oder auch nur erwartet hatte. Wie, um Himmels willen, sollte sie es also erkennen?

Sie blickte zur Tür. Sie hatte sie einen Spalt offen stehen gelassen, um unnötige Geräusche zu vermeiden, wenn Richard zu ihr käme. Falls er zu ihr käme. Sie hatte ihn natürlich nicht ausdrücklich dazu aufgefordert, aber er hatte sie doch sicher trotzdem verstanden, und sie hatte das Versprechen, das in seinem glühenden Blick lag, wohl kaum fehlgedeutet.

Gillian holte tief Luft. Es war gut möglich, dass es sich überhaupt nicht um Liebe handelte. Am Ende war es vielleicht nichts weiter als pure Lust, irrsinnige, unkontrollierbare Lust. Ein Verlangen, das ihre Sinne betäubte und alle Vorstellungen von Sittsamkeit und Anstand über Bord warf. Man musste sie doch nur ansehen: Sie wartete hier im Dunkeln darauf, dass er in ihr Zimmer kam und sie nahm, immer und immer wieder.

Sie stöhnte. Wie konnte sie nur an derartige Dinge denken? Das sah ihr doch überhaupt nicht ähnlich. Am Ende war sie wollüstig. War ihr das bisher nur noch nie aufgefallen?

Natürlich hatte es Männer gegeben, die versucht hatten, sie zu erobern, aber für Gillian hatte noch nie so viel auf dem Spiel gestanden wie jetzt mit Richard. Vielleicht lag es an ihrer gemeinsamen Abmachung und an den langen Jahren, die sie enthaltsam gelebt hatte, dass sie sich so stark nach seiner Berührung sehnte.

Aber hatte Toussaints Berührung nicht dieselben Gefühle in ihr ausgelöst? Hatte er ihr nicht ebenso Schauer über den Rücken gejagt, waren ihre Knie nicht auch bei ihm weich geworden? Doch hatte sie auch bei ihm das Gefühl, nur zu leben, wenn er da war, und zählte sie jede Stunde und jede Minute, bis sie ihn wiedersah?

Natürlich nicht. Welch ein absurder Gedanke.

Gillian hielt inne.

Das musste der Unterschied sein. Von Richard wollte sie nicht nur umarmt werden, sie wollte auch mit ihm zusammen sein, mit ihm wollte sie nicht nur das Bett, sondern ihr ganzes Leben teilen. Sie wollte seine Gesichtszüge sehen, wenn er von seinem Zuhause sprach, wollte beobachten, wie er sich ein Lächeln verbiss, während er seine Schwestern ausscholt, und sie wollte ihn lachen hören. Sie wollte mit ihm diskutieren und streiten und anschließend großmütig seine Entschuldigung annehmen. Allein bei dem Gedanken musste sie lächeln.

Ein leises Klopfen erklang an der Tür, die nun langsam geöffnet wurde. Richards Silhouette zeichnete sich im Türrahmen ab. »Gillian?«

Sie zog ihn in das Zimmer. Er zögerte nur für einen Moment, um die Tür zu schließen, dann nahm er Gillian in seine Arme.

»Du kommst spät«, murmelte sie zwischen ihren leidenschaftlichen Küssen.

»Tatsächlich?«, flüsterte er ihr ins Ohr. »Ich bitte um Verzeihung.«

»Gewährt«, stieß sie atemlos hervor, während sie ihre Hände über seine Brust und den dünnen Stoff seines Hemdes gleiten ließ.

»Gibt es einen Grund dafür, dass wir im Dunkeln sind?« Er streifte ihr Nachthemd über ihre Schultern und küsste ihre Arme.

»Nein.« Sie bog ihren Kopf in den Nacken. Es fiel ihr schwer, einen zusammenhängenden Satz zu formulieren. »Obwohl … es doch etwas … Aufregendes hat … hier im Dunkeln zu sein.«

»Was ist mysteriöser und aufregender als ein Mann, dessen Gesicht verborgen ist?« Er raffte den Stoff ihres Nachthemds mit einer Hand zusammen, bis seine Finger die nackte Haut ihrer Schenkel berührten. »Oder ein Mann mit Geheimnissen?«

»Warum sagt das zur Zeit jeder zu mir?«, fragte sie mehr sich selbst als Richard.

»Ich weiß es nicht«, stieß er hervor. »Warum?«

Seine Frage machte genauso wenig Sinn wie die Bemerkung, die er eben gemacht hatte. Sie ging nicht weiter darauf ein, sondern gab sich ganz dem Gefühl hin, das seine Lippen auf ihrer Haut hinterließen.

»Richard?« Ihre Finger glitten über seinen Bauch, weiter nach unten, bis sie die Wölbung in seiner Hose spüren konnte.

Er sog scharf die Luft ein und antwortete keuchend: »Ja?«

»Bin ich wollüstig?« Sie knabberte an seinem Ohrläppchen.

»Na, das hoffe ich doch sehr«, murmelte Richard, zog ihr das Nachthemd mit einer raschen Bewegung über den Kopf und warf es auf den Boden. Dann hob er sie hoch und trug sie durch das Zimmer.

»Ich meine es ernst, Richard.«

Er ließ sie aufs Bett fallen. »Ich auch.«

»Richard.«

»Nein.« Er klang ungeduldig. Im Dunkeln konnte sie hören, wie er sich seiner Kleidung entledigte. »Du bist nicht wollüstig.«

Sie stützte sich mit den Ellbogen auf und betrachtete seine dunkle Gestalt. »Bist du sicher?«

»Ich denke, ich weiß noch immer ganz gut, was Wollust ist.«

»Natürlich.« Trotzdem ... »Nicht einmal ein bisschen?«

»Vielleicht ein bisschen.« Er kam ins Bett und zog Gillian an sich. Seine nackte Haut fühlte sich auf der ihren warm und unwiderstehlich an. »Aber wir können gern eine Übungsstunde abhalten. Auch Wollust will gelernt sein.«

»Selbst Wollust?«

»Besonders Wollust.«

Seine Lippen fanden ihren Mund, und sie küssten sich leidenschaftlich. Gillian empfand dabei denselben Hunger und dieselbe unstillbare Gier wie Richard. Ohne ein Wort darüber zu verlieren, kamen sie jedoch bald überein, dass sie mehr brauchten als diese schnelle Erfüllung ihrer Sehnsüchte. Richards küsste sie nun langsam und innig. Seine Handlungen waren ein Versprechen noch zu erwartender Leidenschaft. Er nahm sich Zeit, Gillians Gesicht mit seinen Lippen zu liebkosen, obwohl sie seine Erregung spüren konnte und sein Glied sich hart und heiß gegen ihren Körper presste.

Seine Hände streichelten langsam und spielerisch ihre Brüste, ihren Bauch und ihre Hüften, bis sie sich ganz dem unbeschreiblichen Gefühl hingab, das seine Finger und seine Zunge tief in ihr auslösten. Die Sinnlichkeit seiner Berührungern bereitete ihr süße Qualen.

Im Gegenzug erforschte Gillian mit den Händen seinen Körper, die breite Brust, die Muskeln, die sich unter ihrer Berührung anspannten. Sie ließ ihre Finger Richards Rücken hinunterwandern und betastete die feste Wölbung seines Gesäßes. Sie küsste seinen Mund, seinen Hals, seine Schultern und genoss seinen angenehm würzigen Geschmack auf ihrer Zunge, bis sie seinen Körper besser und intimer kannte, als sie es jemals für möglich gehalten hätte.

Mit jedem verstreichenden Augenblick, jeder Berührung, jeder Liebkosung wuchs Gillians Erregung, bis sie es nicht mehr aushielt. Ein heißer Sog des Verlangens riss sie mit sich fort und machte jede Zurückhaltung hinfällig. Nichts war mehr von Bedeutung, nichts existierte mehr außer seinen aufpeitschenden Berührungen. Sie verlor sich ganz in ihrer gemeinsamen Übungsstunde der Wollust. Er war ein unnachgiebiger, strenger Lehrer und sie seine wissbegierige Novizin. Oder war sie die Meisterin und er der demütige Schüler? Sie spürte seinen Herzschlag. Ihr Blut pulsierte im selben heißen Rhythmus wie das seine. Alle Unterschiede und Grenzen verschwammen, und ihre Körper verschmolzen zu einer Einheit, bis die Flamme ihrer Leidenschaft wild aufloderte und die Welt um sie herum restlos verschlang.

Viel später, als Gillian sicher in seinen Armen lag, fragte sie sich, ob sie jemals alle Geheimnisse dieses Mannes kennen würde. Zumindest hatte sie mittlerweile ihr eigenes Geheimnis. Und mit einem Lächeln auf den Lippen stellte sie fest, dass sie nicht das Geringste gegen Übungsstunden dieser ganz besonderen Art einzuwenden hatte.

Vierzehntes Kapitel

Wenige Tage später wimmelte es auf den Anlagen um Effington Hall von Pferden und Reitern. Viele der Gäste wetteiferten im sogenannten Roxborough-Ritt miteinander. Andere zogen es vor, vom Rand des Geschehens aus zuzusehen. Richard hatte nur Augen für eine Reiterin.

Gillian bewältigte den immer schwieriger werdenden Parcours mit Bravour; ihr Pferd nahm die Hindernisse, ohne auch nur ein einziges Mal zu scheuen. Gillians Haltung verriet mehr als alles andere ihre Abstammung. Die Tochter des Herzogs von Roxborough zeigte im Sattel eine natürliche Grazie, die sie beim Reiten ebenso wie bei jeder anderen Gelegenheit bewies.

Richard war froh, dass er den anspruchsvollen Ritt ebenfalls ohne Fehler gemeistert hatte. Seine Fähigkeiten als Reiter waren zwar etwas eingerostet, aber er hatte jede Etappe des Ritts ohne größere Schwierigkeiten bewältigt.

Etwa hundert Leute nahmen an dem Wettkampf teil, jeweils zwanzig Reiter bildeten eine Mannschaft. Erst wenn eine Mannschaft eine Etappe ganz beendet hatte, rückte der nächste Trupp nach. Auf diese Weise sollte der reibungslose Ablauf und die Sicherheit der Reiter gewährleistet werden. Gillian war zwei Mannschaften nach ihm gestartet, und er hatte nun ausgiebig Gelegenheit, ihr beim Reiten zuzusehen.

Er und Gillian waren am gestrigen Abend getrennt voneinander eingetroffen, wie er es vorgeschlagen hatte. Sie hatte zugestimmt, dass eine gewisse Diskretion nicht schaden könnte. Nicht dass es noch einen Unterschied machte: Bestimmt war sich der gesamte Effington-Clan darüber im Klaren, dass Gillian einen Neuling eingeladen hatte und dass sie das nicht getan hätte, wenn es sich lediglich um einen flüchtigen Bekannten handeln würde.

Es war zermübend zu wissen, dass die hochherrschaftliche Familie jede seiner Handlungen beobachten und beurteilen würde. Die nächsten beiden Tage stand er gewissermaßen auf dem Prüfstand. Gillian war sich dessen genauso bewusst wie er selbst.

»Ich muss schon sagen, Richard«, rief Thomas ihm zu, während er sein Pferd neben Richard zum Stehen brachte. »Du hast mich tief verletzt.«

»Habe ich das?« Richard runzelte die Stirn. »Womit denn?«

»Ich lade dich nun schon seit Jahren zum Roxborough-Ritt ein, doch du hast meine Gastfreundschaft nie in Anspruch genommen.« Thomas nickte mit dem Kopf in die Richtung, wo Gillian über den Rasen ritt. »Anscheinend habe ich nur nicht richtig zu fragen gewusst.«

Richard folgte dem Blick seines Freundes. »Sie ist um einiges hübscher als du, Thomas.«

»Gott sei Dank.« Thomas lachte, wurde dann jedoch ernster. »Sie ist außerdem meine Schwester.«

»Dessen bin ich mir durchaus bewusst«, erwiderte Richard ruhig.

»Und du bist wohl oder übel mein bester Freund.«

»Auch dessen bin ich mir bewusst.«

Thomas beugte sich zu ihm und sprach mit gedämpfter Stimme: »Dann erklär mir doch bitte, warum, um Himmels willen, du mich in letzter Zeit gemieden hast.«

»Das habe ich doch gar ...«

Thomas stieß ein verächtliches Schnauben aus. »Mach mir doch nichts vor. Als ich das letzte Mal bei dir vorbeikam, warst du einfach nicht da, obwohl du wusstest, dass ich kommen würde. Immerhin hatte ich mich ja vorher schriftlich angekündigt. Ich bin einfach zur Tür hineinspaziert. Du solltest dir wirklich angewöhnen abzusperren.«

Richard zuckte mit den Schultern. »In meinen Räumen gibt es nichts zu stehlen.«

»Nun, aber zumindest könntest du ein besserer Gastgeber sein.« Thomas warf ihm einen beleidigten Blick zu. »Während ich auf dich gewartet habe, war ich gezwungen, zwei ganze Gläser dieses widerlichen Gesöffs zu trinken, das du Brandy nennst. Und du bist noch nicht einmal aufgetaucht.«

»Ich bitte ergebenst um Verzeihung«, erwiderte Richard lachend.

»Wenn ich ein wenig misstrauischer veranlagt wäre, würde ich meinen, dass deine offensichtliche Abneigung gegen meine Anwesenheit in den letzten Tagen mit den Gerüchten zu tun hat, die man jetzt überall hört.«

»Gerüchte? Was für Gerüchte?«

»Ach, die üblichen Spekulationen, weißt du. Die Leute zerreißen sich eben die Mäuler, wenn eine Dame, die höchstens einmal in Begleitung eines ihrer ältesten Freunde in Erscheinung tritt, auf einmal von einem Gentleman hofiert wird, der ansonsten eher für seine zurückhaltende und gleichgültige Art bekannt ist. Noch dazu einem Gentleman, der zwar einmal einen gewissen Ruf genossen hat, der jedoch schon seit Jahren in der Öffentlichkeit kein Interesse mehr an irgendeinem weiblichen Wesen gezeigt hat – ja, der mittlerweile derart geläutert und bekehrt ist, dass er zum Einsiedler und Langweiler geworden ist.«

»Langweiler?«, wiederholte Richard empört. »Hältst du mich für langweilig? Jetzt bin aber ich verletzt.«

»Der Rest der Welt hält dich für langweilig, ich nicht. Ich weiß schließlich, wie du deine Tage verbringst. Und ich allein kenne die wahre Identität von Etienne-Louis Toussaint.« Thomas musterte ihn prüfend. »Oder irre ich mich da? Ist Gillian ebenfalls eingeweiht?«

»Nein«, sagte Richard, wobei sein Tonfall schärfer war als beabsichtigt.

»In welchem Verhältnis stehst du zu meiner Schwester?«, fragte Thomas vorsichtig.

»Fragst du mich nach meinen Absichten?«

»Vater konnte nicht kommen; das heißt, zurzeit bin ich so etwas wie das Familienoberhaupt, auch wenn ich meiner Großmutter besser nichts davon sage.« Thomas nickte bedächtig. »Ich frage dich in der Tat nach deinen Absichten, was Gillian betrifft.«

Richard atmete tief durch. Er wusste, dass dieses Gespräch unvermeidbar war, und er hatte auch geahnt, dass es während seines Aufenthalts in Effington Hall zu Stande kommen würde. Trotzdem …

»Also gut, Thomas. Du hast Recht. Ich habe dich gemieden, und wir haben tatsächlich einiges zu besprechen, aber dies hier ist weder der rechte Ort noch der richtige Zeitpunkt.«

»Vollkommen richtig«, grinste Thomas. »Aber wenn ich mich recht entsinne, hast du einmal verdächtig gut Billard gespielt.«

»Das ist aber schon lange her.«

»Ach, so etwas verlernt man nicht. Effington Hall hat ein ausgezeichnetes Billardzimmer, und ich kann mir keine bessere Örtlichkeit für ein derartiges Gespräch vorstellen. Wie wäre es mit morgen Abend, vor dem Ball?«

Richard nickte.

»Perfekt. Ich kann es kaum erwarten, dich vernichtend zu schlagen.«

Richard zog eine Augenbraue in die Höhe. »Selbst zu meinen schlechtesten Zeiten war ich immer noch besser als du.«

»Abwarten«, lachte Thomas.

Sie neckten einander noch eine Weile, wobei Richard

das Thema Gillian tunlichst vermied. Schließlich wurde Thomas von einer Reiterin herangewunken und gesellte sich zu ihr.

Richards Blick wanderte wieder zu Gillian. Was waren seine Absichten? Und weswegen war er sich nicht ein wenig klarer darüber?

Einer Heirat und der anschließenden Erbschaft stand wirklich nichts mehr im Weg. Sie hatte ohne Zweifel bewiesen, dass sie seine Frau sein konnte. Bei dem Gedanken, wie unwiderlegbar sie dies bewiesen hatte, musste er grinsen. Seine einzige Bedingung bezüglich der Heirat war gewesen, dass sie das Bett mit ihm teilte. Warum zögerte er nun, da sie es getan hatte? Warum heiratete er sie nicht auf der Stelle?

Er hatte eine Frau gewollt, die ihn begehrte, und genau das konnte er jetzt haben. War das auf einmal nicht mehr genug? Wollte er nicht nur ihren Körper, sondern auch ihre Seele? Nicht nur ihre Hand, sondern auch ihr Herz? Ihre Zuneigung, ihre Liebe?

Wollte er, dass sie ihn liebte? Und wenn ja, warum? Ohne Zweifel war wieder einmal sein Stolz schuld an allem. Sein verfluchter Stolz.

Liebe – welch ein lächerlicher, absurder Gedanke. Er hatte sich nie weiter damit auseinander gesetzt, hatte nie danach gesucht oder sich danach gesehnt. Er wusste gar nicht, ob er die Liebe erkennen würde, wenn er auf sie stieße. Außerdem war Liebe nicht Teil ihrer Abmachung. Sollte sie es sein? Und weshalb kümmerte ihn das überhaupt?

Gillians Pferd setzte zum Sprung über eine besonders schwierige Hürde an, und Richard schlug das Herz bis in den Hals.

Sie hatte ja keine Ahnung, wie gefährlich die Hindernisse auf dem Platz waren. Zwar war sie eine ausgezeichnete Reiterin, aber selbst der erfahrenste Reiter konnte ernsthaft stürzen. Wenn ihr etwas zustieße …

Der Gedanke ließ ihn aufhorchen.

Er war doch wohl nicht dabei, sich zu verlieben? Von morgens bis abends dachte er an sie, und nachts träumte er von ihr. Selbst wenn er arbeitete, konnte er Gillian nicht ganz aus seinen Gedanken vertreiben; ihm kam es so vor, als existierte er nur in ihrer Anwesenheit wirklich. Und hatte er überhaupt schon einmal mit einer Frau geschlafen, die nicht nur seinen Körper in Ekstase versetzte, sondern auch seine Seele berührte?

Richard holte tief Atem. War dies also Liebe?

Gillians helles Lachen wehte zu ihm herüber und ließ ihn erzittern.

Widerstebte es ihm deshalb so sehr, ihre Abmachung einzuhalten? Wenn er sie tatsächlich liebte, konnte er sie dann heiraten, obgleich sie seine Liebe nicht erwiderte?

Gillian hatte vollkommen Recht gehabt, als sie ihm, oder besser gesagt Toussaint, erklärt hatte, dass die ganze Angelegeheit kompliziert und verwirrend geworden war. Am Anfang hatte er ganz genau gewusst, was er wollte, aber jetzt …

Ein Reiter rief nach ihm, und er schloss sich erneut seiner Mannschaft an, die nun wieder an der Reihe war. Die nächste Runde des Wettkampfes war die bisher schwierigste, und er freute sich schon darauf. Er würde sich konzentrieren müssen, um die Strecke fehlerfrei zu bewältigen.

Zumindest während der nächsten paar Minuten würde er keine Zeit haben, über das Gefühlschaos in seinem Innern nachzugrübeln, oder über die Frau, die er – vielleicht – liebte.

Gillian hatte in der Aufregung des Wettkampfs an diesem Tag keine zwei Worte mit Richard wechseln können. Sie war viel zu sehr damit beschäftigt, Freunde und Verwandte zu begrüßen, die sie kaum mehr als einmal im Jahr sah. Wenn sie einen seiner Blicke auffing, lächelte er ihr jedes Mal ironisch zu, schien sich aber im Allgemeinen gut zu amüsieren.

Nun standen sie und ihre Cousine Pandora bei dem See am Ende des Parcours. Hier türmten sich auf langen Tafeln Fleischgerichte, Brot und Süßspeisen, die den Appetit von Reitern wie auch Zuschauern stillen sollten.

Pandora beobachtete den Earl of Trent, der soeben völlig durchnässt, aber strahlend aus dem Wasser gestiegen war. Sein kleines Abenteuer im See war Teil einer Art Wette, die Pandora mit ihm eingegangen war. Es ging um keinen geringeren Einsatz als eine Heirat.

»Liebst du ihn?«, wollte Gillian wissen.

Pandora zuckte mit den Achseln. »Ist das immer so ein schrecklich unangenehmes Gefühl?«

Gillian lachte. »Es wird mit der Zeit besser. Und wie steht es um den Earl?«

Die Stimme ihrer Cousine verdunkelte sich. »Ich wünschte, ich wüsste es.«

»Glaubst du denn nicht, dass das eben ein Beweis für seine Liebe war? Immerhin hat der Mann für dich in aller Öffentlichkeit eine ziemlich lächerliche, wenn auch amüsante Einlage gegeben.«

»Er ist sehr ehrgeizig und will gewinnen.«

»Er will dich gewinnen.« *Nicht dein Erbe, nicht deine Anwesenheit in seinem Bett, sondern dich.* Gillian verwarf den ärgerlichen Gedanken sogleich wieder.

»Das weiß ich auch«, erwiderte Pandora gereizt. »Ich weiß nur nicht, aus welchem Grund. Bin ich eine Trophäe am Ende des Wettkampfs, oder empfindet er wirklich etwas für mich?«

»Du könntest ihn doch einfach fragen«, sagte Gillian

mit einem Lächeln. Weshalb war es so viel einfacher, Ratschläge zu geben, als sie selbst zu befolgen?

»Das habe ich versucht.«

»Tatsächlich?«

»Nun, ich habe ihn niemals ausdrücklich ›Liebt Ihr mich?‹ gefragt. Aber ich habe ihm immer wieder Gelegenheit gegeben, seine Gefühle zu offenbaren, ganz gleich, wie sie aussehen.«

»Pandora, Männer sind zwar ganz reizende Wesen, die gelegentlich sogar Anzeichen von Intelligenz aufweisen und selbstständig in der Lage sind, ein gutes Pferd oder einen erstklassigen Brandy auszusuchen, aber sobald es um die Liebe geht, scheinen sie kaum die Sprache ihres eigenen Herzens zu verstehen.« Was sagte Richards Herz? Sie wünschte, sie wüsste es.

Entschlossen legte sie eine Hand auf Pandoras Arm. »Frag ihn. Trent wird dir eine ehrliche Antwort geben, und Ehrlichkeit zwischen Mann und Frau ist genauso wichtig wie gegenseitiges Vertrauen oder Liebe.«

Vertrauen? Konnte sie einem Mann mit Geheimnissen vertrauen? Je mehr sie über Richard herausfand, desto deutlicher erkannte sie, wie wenig sie eigentlich über ihn wusste.

»Das kann ich nicht«, erwiderte Pandora kopfschüttelnd.

»Weil du Angst vor der Anwort hast?«

»Vielleicht. Außerdem möchte ich ihn nicht zu einem halbherzigen Liebesgeständnis zwingen. Ich möchte, dass er mir von sich aus sagt, was er fühlt.«

»Armer Trent. Die Sturheit einer echten Effington sollte eben niemals unterschätzt werden.«

Pandora zog eine Augenbraue hoch. »Wer im Glashaus sitzt …«

Gillian lachte. »Da hast du natürlich Recht.«

»Was soll ich also tun? Wie kann ich herausfinden, was er für mich empfindet?«

Gillian dachte angestrengt nach. Was war zu tun? Wie fand man die wahren Gefühle eines Mannes heraus? Schließlich gehörten Männer einer seltsamen, nicht sonderlich gesprächigen Gattung an. Sie wählte ihre Worte mit Bedacht. »Meiner Meinung nach ähnelt die Beziehung zwischen Männern und Frauen sehr derjenigen zwischen Hunden und Füchsen.«

Pandora seufzte. »Das habe ich auch schon gehört.«

»Ein sehr guter Hund wird den Fuchs jagen, bis er selbst vor Erschöpfung zusammenbricht. Ein fauler Hund, ein Hund, der nicht mit dem Herzen bei der Sache ist, wird das Interesse an der Jagd verlieren. Doch ein Hund, der den Fuchs wirklich fangen will, wird sich durch nichts aufhalten lassen. Er wird dem Fuchs überallhin folgen, bis in alle Ewigkeit.« Gillian betrachtete Trent. »Das da scheint mir ein äußerst entschlossener Hund zu sein.«

»Es sieht wirklich so aus, als hätte er Aussichten, unser kleines Spielchen zu gewinnen. Ich werde ihn aber dennoch nur heiraten, wenn er mich liebt«, sagte Pandora mit fester Stimme.

Gillian sah sie scharf an. »Wie willst du das anstellen?«

»Ich weiß es nicht. Aber anscheinend bin ich zum Fuchs geworden, und der Hund ist mir direkt auf den Fersen. Ich muss einen Weg finden, um ihm einerseits zu entkommen, aber gleichzeitig herauszufinden, ob er mit dem Herzen bei der Sache ist.«

»Ob er mit dem Herzen bei der Sache ist …«, murmelte Gillian. Wie stand es um Richards Herz?

»Nun sag du aber einmal, Gillian«, forderte Pandora sie auf, indem sie mit dem Kopf in eine bestimmte Richtung deutete. Gillian folgte ihrem Blick und sah Richard, der sich mit zwei ihrer Tanten unterhielt. »Bist du der Fuchs oder der Hund?«

»Weder noch. Oder vielleicht beides.« Gillian stieß einen tiefen Seufzer aus. »Im Grunde nehme ich gar nicht an einer echten Jagd teil, Pandora.«

»Nein?« Pandora sah sie erstaunt an. »Dann erklär mir bitte, woran du dann teilnimmst.«

»Nun, ich ...« Woran nahm sie eigentlich teil? Ihre Mutter schloss sich der Gruppe um Richard an, und Gillian stöhnte innerlich auf. »Ich weiß es beim besten Willen nicht.«

»Du solltest dir möglichst schnell darüber klar werden. Es grenzt an Grausamkeit, einen Gentleman den prüfenden Blicken der weiblichen Effingtons auszusetzen, wenn man es nicht ernst mit ihm meint. Aber allem Anschein nach meinst du es ernst mit ihm.«

»Pandora!«

»Komm schon, Gillian.« Ihre Cousine strahlte sie an. »Soweit ich mich erinnern kann, hast du noch nie einen Gast zu einem von Großmutters Festen mitgebracht.«

»Das habe ich wohl«, entgegnete Gillian unwillig.

Pandora hob abwehrend die Hand. »Ja, Weston und Cummings vielleicht, aber das sind deine ältesten Freunde, die zählen nicht. Jemanden wie ihn hast du jedenfalls noch nie mitgebracht.« Sie musterte Richard neugierig. »Ist er genauso interessant wie er aussieht?«

Gillian seufzte resigniert. »Interessanter.«

»So, so.« Pandora betrachtete sie einen Moment lang. »Gillian, was sind deine Absichten bezüglich dieses Mannes?«

Gillian holte tief Luft. Sie wandte ihren Blick nicht von Richard. »Ich vermute, dass ich ihn wohl heiraten werde.«

»Dann gestatte mir die Frage, die du mir auch gestellt hast: Liebst du ihn?«

Liebe ich ihn? »Vielleicht.«

»Vielleicht? Und er? Liebt er dich?«

Liebt er mich? Kann das sein? »Ich weiß es nicht.«

»Tja, dann solltest du wohl deinen eigenen Ratschlag befolgen.«

»Tatsächlich?« Gillian sah Pandora an. »Und welche meiner unzähligen Weisheiten meinst du in diesem Fall?«

»Die einfachste, die aber wohl gleichzeitig auch die schwerste ist.« Pandora schenkte ihr ein süffisantes Lächeln. »Frag ihn.«

»Da ist er.« Gillian lenkte ihr Pferd elegant um ein paar Bäume auf eine Lichtung.

»Was ist da?«, erklang Richards Stimme belustigt hinter ihr.

»Der griechische Tempel natürlich.« Sie ließ sich von ihrem Pferd gleiten und schlang die Zügel um einen tief hängenden Ast. Das kleine, weiße Bauwerk leuchtete in der späten Nachmittagssonne.

Der runde Tempel hatte ein gewölbtes Dach, das auf ebenmäßigen Säulen ruhte. Zwei Stufen führten ins Innere. Insgesamt erinnerte der Tempel an eine überdimensionale, mit weißem Zuckerguss verzierte Torte auf einem Porzellanteller.

»Natürlich.« Richard hatte sie eingeholt. »Dumm von mir, nicht gleich daran zu denken. Man findet schließlich pausenlos griechische Tempel auf englischen Anwesen. Man stolpert geradezu über diese hinterhältigen Dinger.«

»Genau. Man darf sie keine Sekunde aus den Augen lassen.« Sie warf dem Bauwerk einen liebevollen Blick zu. »Dieser hier ist etwas ganz Besonderes.«

»Ja?«

»In der Tat.« Sie zog gedankenverloren ihre Handschuhe aus und nahm den Hut ab. »Ich habe einen großen Teil meiner Kindheit damit verbracht, hier zu spielen, mit Kit und Robin und ...«

»Charles?«

Sie nickte; ihre Gedanken kreisten um längst vergangene Zeiten.

»Es tut mir Leid, ich wollte nicht ...«

Sie sah ihm in die Augen. In seinem Blick lag aufrichtiges Mitgefühl.

»Es ist schon in Ordnung«, sagte sie lächelnd. »Ich erinnere mich gern daran. Es waren schöne Zeiten.« Sie stieg die flachen Stufen hinauf, die zu dem Tempel führten.

Er folgte ihr. »Es ist aber doch wohl ein wenig seltsam, nicht wahr? Ein Mädchen, das mit Jungen spielt, meine ich.«

»Wahrscheinlich, aber im Grunde ist meine Familie schon immer ein bisschen ungewöhnlich gewesen.« Sie ließ Hut und Handschuhe auf eine der geschwungenen Bänke fallen, die sich in jedem zweiten Zwischenraum zwischen den Säulen befanden. »Die benachbarten Anwesen gehören den Familien von Charles, Kit und Robin. Ich weiß gar nicht mehr, was uns vier so eng zusammengeschweißt hat und weshalb Thomas nie mit dabei war – vermutlich, weil er etwas älter ist und außerdem der Erbe.«

Langsam schlenderte sie um die kreisförmige Grundfläche des Tempels und strich dabei mit ihren Fingern über den kühlen Marmor der Säulen. »Wir vier sind im Grunde hier aufgewachsen.« Sie warf ihm einen Blick über die Schulter zu. »Habe ich erwähnt, dass der Tempel auch die Herzogliche Torheit genannt wurde?«

»Nein.« Er schüttelte den Kopf. »Warum?«

Sie schritt zur anderen Seite des Tempels und deutete auf die Landschaft. »Man kann von hier aus den See sehen, aber vom See aus kann man den Tempel nicht sehen.

Es wirkt doch sehr töricht, etwas wie dies hier an einen Ort zu bauen, an dem man es nicht sehen kann. Mein Großvater ließ diesen Tempel kurz nach der Hochzeit für meine Großmutter errichten. Wenn jemand es wagt zu fragen, warum er diesen Ort dafür ausgewählt hat, lächelt sie nur still in sich hinein.«

»Und erklärt es nicht?«

»Niemals.« Gillian verschränkte die Arme und lehnte sich an eine Säule. »Es ist auf jeden Fall ein wunderschönes Fleckchen Erde: friedlich, ruhig und abgelegen.«

»Und etwas Besonderes«, fügte er sanft hinzu.

Sie warf ihm einen kurzen Blick zu. Er lehnte eine Säule weiter und sah sie unverwandt an. »Etwas ganz Besonderes.« Sie wandte sich wieder dem See zu, aber in Gedanken blickte sie in die Vergangenheit. »Diese Torheit hat nun schon zwei Generationen an Effintons heranwachsen sehen. Sie war Zeugin zahlreicher Liebesgeständnisse und Heiratsanträge. Doch an diesem Ort sind genauso Herzen gebrochen worden. Für einfallsreiche Kinder war das hier ein Schiff, das immer neuen Abenteuern entgegensegelte, ein belagertes Fort im Wilden Westen von Amerika, eine Burg mitten in den Wolken, die von einem Feuer speienden Drachen bewacht wurde …«

»Mit einer Prinzessin darin oder einfach nur der Tochter eines Herzogs?«

Sie lächelte. »Einer Prinzessin natürlich. Das klingt doch so viel besser als Tochter eines Herzogs.«

»Und wartete die Prinzessin darauf, von einem strahlenden Ritter gerettet zu werden?«

Sie warf den Kopf stolz in den Nacken. »Selbstverständlich. Tun das denn nicht alle Prinzessinnen, die von einem Feuer speienden Drachen in einem Schloss gefangen gehalten werden?«

»War Charles der strahlende Ritter?«, fragte er betont nebensächlich.

»Oder Kit oder Robin«, erwiderte sie schnell, wobei sie ihren Blick wieder auf den See richtete. Richard hatte natürlich Recht: In ihren dummen Kinderspielen war meistens Charles ihr Ritter gewesen, bis er Jahre später ihr Geliebter geworden war. »Ich habe sie alle sehr geliebt.«

»Aber es war Charles, der das Herz der schönen Prinzessin Gillian gewann.«

»Ja, das war Charles.« Eine leichte Wehmut überkam sie, wenn sie an Charles dachte. Wahrscheinlich würde das immer so sein, doch mittlerweile konnte sie ohne Schmerz oder Trauer über ihren verstorbenen Mann reden. Es war schon seltsam, wie die Zeit schließlich auch diese Wunde geheilt hatte.

»Es muss sehr schwer gewesen sein«, er zögerte, »als er …«

»Getötet wurde.« Sie hielt inne, selbst erstaunt darüber, wie leicht ihr die Worte mittlerweile fielen. »Ich war am Boden zerstört. Ich dachte, dass ich ohne ihn nicht weiterleben könnte, und eine lange Zeit habe ich auch nicht wirklich weitergelebt.« Sie sah ihm in die Augen. »Aber diese Zeit ist vorbei.«

»Darüber bin ich sehr froh«, sagte er und sah sie mit seinen unergründlichen dunklen Augen an. Ihr stockte der Atem.

»Ich auch.«

Sie starrten einander lange an. Ungesagtes schien die Luft um sie herum zum Vibrieren zu bringen. Unausgesprochene Versprechen lagen förmlich in der Luft. Sie könnte, sie sollte ihrem eigenen Ratschlag folgen und ihn einfach fragen. Woran dachte er gerade? Was fühlte er? Liebte er sie? Könnte er sie lieben? Doch die Angst, die sie längst besiegt zu haben glaubte, stieg wieder in ihr hoch, und Gillian brachte kein Wort heraus, hatte nicht den Mut, sich seiner Antwort zu stellen.

»Also«, sagte Richard, wobei seine Stimme seltsam gepresst klang, als ränge er ebenfalls um seine Fassung. »Gab es denn damals noch andere Spiele außer Prinzessin und Ritter?«

»Alles mögliche«, erwiderte sie erleichtert. Der abrupte Themenwechsel kam ihr sehr gelegen. »Lass mich einmal nachdenken.« Sie zählte sie an ihren Fingern ab. »Pferd und Reiter, Blinde Kuh, Verstecken ...« Sie lächelte. »Ich zeige dir eines, das wir besonders gern gespielt haben.« Sie griff nach ihrem Hut und den Handschuhen und trat zurück auf die Wiese. Sie entfernte sich so weit von dem Tempel, bis sie die Spitze des Daches sehen konnte.

Richard folgte ihr mit einem neugierigen Lächeln. »Was für ein Spiel soll denn das sein?«

»Siehst du die Spitze auf dem Dach?« Eine kunstvolle Messingspitze schmückte das gewölbte Dach. Er nickte. »Wir haben immer einen Hut genommen – genauer gesagt haben sie immer einen von meinen Hüten genommen – und versucht, ihn dort hinaufzuwerfen.«

»Ist das jemals einem von euch gelungen?«, wollte er skeptisch wissen.

Sie lachte. »Ein paar Mal.«

Er kniff die Augen zusammen und betrachtete die Messingspitze, die in der Sonne glänzte. »Wie habt ihr ihn danach wieder herunterbekommen?«

Gillian deutete auf eine Eiche in der Nähe des Tempels. »Einer von uns ist dort hinaufgeklettert, bis auf den dicken Ast, der über dem Tempel hängt, und hat den Hut mit einem langen Stock hinuntergestoßen.«

»Das sieht mir aber recht schwierig aus.«

»Ich glaube, der Baum ist mittlerweile viel höher als

damals.« Sie schüttelte den Kopf. »Ein dummes Spiel, ich weiß, aber wir haben es stundenlang probiert. Es war eine ziemliche Herausforderung.«

»Hast du es jemals geschafft?«, fragte er nachdenklich.

»Kit hat es als Einziger geschafft, zweimal, wenn ich mich recht erinnere.«

»Charles nicht?«

»Nein.« Sie zog das Wort in die Länge und schüttelte dabei den Kopf. »Was soll das …«

»Gib mir deinen Hut.« Er streckte seine Hand danach aus.

»Auf gar keinen Fall!« Sie hielt den Hut außer Reichweite hinter ihrem Rücken. »Richard, das ist mein einziger Hut, der zu diesem Reitkostüm passt, und ich verbiete dir, ihn irgendwohin zu werfen – schon gar nicht auf das Dach eines Tempels.«

Er zuckte die Achseln und kam auf Gillian zu. »Ich glaube ohnehin nicht, dass ich es schaffen werde. Ich habe schon seit Jahren nicht mehr mit Hüten geworfen. Es ist nicht gerade eine meiner Stärken.«

Sie wich vor ihm zurück. »Ich werde dir jedenfalls keine Gelegenheit geben, deine Fähigkeiten aufzufrischen – ganz besonders nicht mit diesem Hut.«

»Ach komm schon, Gillian.« Er grinste sie an. »Wenn du nicht wollen würdest, dass ich es zumindest versuche, hättest du ihn auf der Bank gelassen, wo er sicher war. Du kannst mich nicht täuschen: Du möchtest, dass ich es versuche.«

»Das ist absolut lächerlich. Ich will nichts dergleichen.« Sie tat einen Schritt weiter zurück und versuchte, nicht zu lachen. »Ich kann mir nun ganz gut vorstellen, wie du als Junge gewesen bist. Du musst schrecklich gewesen sein. Bestimmt hast du immer versucht, ahnungslosen kleinen Mädchen die Mützen zu stehlen.«

»Ich war ein furchtbar ungezogenes Kind, aber ich habe niemals einem Mädchen einen Hut gestohlen.« Er sah sie spitzbübisch an und ging weiter auf sie zu. »Vielleicht ab und an einen Kuss – wobei nicht alle kleinen Mädchen so völlig unschuldig waren.«

»Einen Kuss? Dann warst du nicht nur furchtbar ungezogen, sondern für einen kleinen Jungen ziemlich frühreif, meinst du nicht?«

»Manche Kinder werden eben schneller erwachsen als andere. Jetzt komm schon.« Er trat näher. »Gib mir deinen Hut.«

»Auf gar keinen Fall.« Sie lachte, holte den Hut hinter ihrem Rücken hervor und presste ihn schützend an ihre Brust. »Niemals.«

»Du läufst genau gegen den Baum hinter dir, und dann habe ich dich endlich da, wo ich dich haben will.«

»Baum? Ha! Darauf falle ich bestimmt nicht herein. Ich kenne jeden …« Sie stieß gegen etwas Raues, Hartes und wusste sofort, um was es sich dabei handelte. »Das habe ich natürlich absichtlich getan«, sagte sie so ungerührt wie möglich.

»Tatsächlich?« Er stützte sich mit der Hand an der Rinde direkt über ihrem Kopf ab und sah auf sie hinab. »Warum denn?«

»Warum?« Sein Körper war kaum eine Handbreit von ihrem entfernt. Tief in ihrem Innern spürte sie sofort den Stachel des Begehrens. »Nun, vielleicht, um einen Handel zu erzwingen.«

»Was schlägst du also vor?«, fragte er lauernd. Seine Stimme hatte einen verlockenden Unterton. Sein Blick wanderte zu ihrem Mund, und ohne darüber nachzudenken, fuhr sie sich mit der Zunge über die Lippen. Er sah ihr wieder direkt in die Augen.

»Nun …« Sie hob ihr Kinn herausfordernd. »Was sagtest du, hast du als kleiner, ungezogener Junge immer gestohlen?«

Er lachte und näherte seine Lippen den ihren. Sie schloss die Augen und fragte sich, ob sie das köstliche, freudige Gefühl, das sie empfand, sobald sich ihre Lippen berührten, auch in Zukunft spüren würde, jedes Mal, wenn sie sich küssten.

Ohne die geringste Vorwarnung richtete er sich auf und entriss ihr den Hut. Sie schlug die Augen auf. »Richard, das ist ungerecht.«

»Muss ich es denn immer wieder betonen? So ist das Leben leider.« Er warf ihr ein unverschämtes Grinsen zu, während er auf den Tempel zuschritt.

»Du bist wirklich furchtbar ungezogen, das muss ich schon sagen.« Sie lief ihm hinterher.

»Das liegt mir einfach im Blut. Deswegen finden mich Frauen auch so charmant und unwiderstehlich.«

»Ich finde dich überhaupt nicht unwiderstehlich.«

Er hielt inne und drehte sich so abrupt um, dass sie beinahe mit ihm zusammengestoßen wäre. »Nein?«

»Nein!«

»Nicht einmal ein bisschen?«, wollte er zerknirscht wissen.

»Vielleicht ein bisschen.«

»Nur ein bisschen?« Er grinste sie an.

Sie gab lachend nach. »Na gut, mehr als ein bisschen. Jetzt gib mir aber meinen Hut zurück.« Sie schielte sehnsüchtig danach. Es war ein reizender kleiner Hut, dessen weinrote Farbe ausgezeichnet zu ihrem Reitkostüm passte. Die Feder, die daran befestigt war, war dunkelgrün.

Er wog den Hut abschätzend in einer Hand. »Es wird nicht leicht sein. Er wiegt ja kaum etwas.«

»Dann gib ihn mir zurück!« Sie wollte danach greifen, doch er hielt ihn außer Reichweite, wandte sich um und ging weiter auf den Tempel zu. Gillian stieß einen Seufzer aus und folgte ihm.

Er hielt inne, schätzte mit einem Blick die verbleibende Entfernung zu dem Bauwerk ab und nickte befriedigt. »Ich versuche es von hier aus.«

»Richard, das ist doch absurd.«

»Ganz ohne Zweifel«, sagte er geistesabwesend.

»Du kannst es gar nicht schaffen. Das ist unmöglich.«

»Wahrscheinlich hast du Recht.«

»Du musst nichts beweisen. Ich habe dir doch gesagt, dass Charles es nie ...«

»Charles hat nichts damit zu tun«, erwiderte er sanft.

»Weshalb ...«

Auf einmal wandte er sich um, zog sie mit dem freien Arm an sich und gab ihr einen leidenschaftlichen Kuss. Dann lächelte er sie an. »Ich hatte einfach nie das Vergnügen, Prinzessin Gillian vor einem Feuer speienden Drachen zu retten.«

»Oh«, hauchte sie kaum hörbar. Warum konnte der verflixte Kerl sie nur immer wieder derart durcheinander bringen?

Sein Lächeln wurde breiter. »Das Mindeste, was du tun kannst, ist mir zu erlauben, den Hut für dich zu werfen.« Er küsste sie. »Nur einmal.«

»Also gut«, lenkte sie ein. Er ließ sie los. »Aber du hast nur einen Versuch.«

»Mehr brauche ich nicht.«

Sie schnaubte verächtlich. »Ich hoffe nur, dass dein Können so groß ist wie dein Selbstvertrauen.«

Er ging nicht weiter auf ihre Bemerkung ein, sondern zielte sorgfältig und warf. Der Hut segelte in einem eleganten Bogen durch die Luft, und für einen Moment dachte Gillian tatsächlich, dass es ihm gelingen würde. Dann wurde der Hut jedoch von einem Windstoß gepackt und weiter nach oben in die Äste des Baumes über dem Tempel getragen.

Sie warf Richard einen scharfen Blick zu.

Er blickte an der Eiche hinauf. »Ich war verdammt nahe dran. Zu schade. Na ja, was soll's. Lass uns gehen.«

»Gehen? Und was ist mit meinem Hut?«

»Er ist auf dem Baum.«

»Ich weiß, dass er auf dem Baum ist.« Sie verschränkte die Arme vor der Brust. »Was beabsichtigst du zu tun, um ihn da wieder herunterzuholen?«

»Nichts.« Er bewegte sich auf sein Pferd zu.

»Dann muss ich das wohl in die Hand nehmen.«

Er drehte sich um und musterte sie. »Du willst auf den Baum klettern?«

»Es ist zwar schon ein Weilchen her, dass ich das getan habe ...«

»Aber du bist schon einmal hinaufgeklettert?«

»Vielleicht nicht ausgerechnet auf diesen Baum hier ...«

Er hob eine Augenbraue.

»Also gut«, fügte sie trotzig hinzu. »Auf diesen Baum bin ich noch nie geklettert.«

Er verdrehte die Augen und zog sein Jackett aus. »Such mir einen Stein.«

»Was hast du vor?«

»Ich werde versuchen, den Hut aus dem Baum zu katapultieren.«

Er warf sein Jackett über einen Busch.

»Hoffentlich bist du mit Steinen zielsicherer als mit Hüten«, murmelte sie, während sie den Boden absuchte. Es war kein besonders steiniger Boden, aber innerhalb kurzer Zeit hatte sie drei Geschosse von passender Größe gefunden.

Er wählte einen Stein aus, zielte und schleuderte ihn

von sich. Der Stein flog ein gutes Stück an dem Hut vorbei. Gillian verbiss sich ein Lachen.

Richard sah sie von der Seite an. »Ich nehme an, du kannst das viel besser.«

»Vielleicht.« Sie zuckte mit den Schultern, gab ihm einen weiteren Stein und behielt den letzten.

»Nach Euch, Mylady.« Er machte eine theatralische Verbeugung.

Sie zielte sorgfältig und warf den Stein so fest sie konnte. Er landete auf dem Dach des Tempels und rollte zu Boden.

Richard grinste. »Netter Versuch.«

Sie grinste zurück. »Du brauchst wahrscheinlich noch ein paar mehr Steine.«

Er lachte und warf den letzten Stein. Diesmal traf er den Hut, der nun vom Baum fiel, die Spitze des Tempeldaches nur um Haaresbreite verfehlte und schließlich auf der Wiese vor dem Tempel zum Liegen kam. Richard ging darauf zu und hob ihn auf. Er wandte sich um und reichte ihn Gillian mit einer schwungvollen Bewegung. »Eure Krone, Prinzessin Gillian.«

Sie nahm den Hut entgegen und machte einen Knicks. »Ich stehe bis in alle Ewigkeit in Eurer Schuld, edler Ritter.«

»Bis in alle Ewigkeit?«, sagte er scherzend, doch der Blick in seinen Augen war ernst. »Das ist eine lange Zeit.«

Das Herz schlug ihr bis zum Hals, und sie nickte. »Sehr lange, nicht wahr?«

Ein paar Minuten sprach keiner von ihnen ein Wort. Gillian wusste nicht, was sie sagen sollte. Sie wollte ihm gestehen, dass sie glaubte – sich sogar ziemlich sicher war –, ihn zu lieben. Und sie wollte ihn dasselbe sagen hören, doch sie brachte keinen Ton heraus. Nach einer Weile lächelte Richard ihr zu und griff nach seinem Jackett. Sie stieß die Luft aus, die sie unbewusst angehalten hatte.

»Wir sollten besser umkehren.« Er reichte ihr seine Hand, die sie ohne zu zögern nahm. Gillian spürte, wie seine Wärme sie durchströmte. Vielleicht war es einfach nicht der richtige Zeitpunkt – noch nicht.

Sie gingen in einvernehmlichem Schweigen zu den Pferden. Er half ihr in den Sattel und schwang sich dann selbst auf sein Pferd. Schließlich wandte er sich um und starrte für einen langen Augenblick den Tempel an.

»Er ist wirklich etwas ganz Besonderes, nicht wahr?«, fragte sie leise.

»Ja, das ist er.« Seine Stimme klang abwesend, als wäre er mit seinen Gedanken gerade ganz woanders. »Es fehlt nur eines.«

»Was denn?«

Er grinste. »Ein Hut.«

Fünfzehntes Kapitel

Richard zielte mit seinem Queue und setzte mit einem schwungvollen Stoß die rote Kugel in Bewegung. Sie rollte quer über den Billardtisch, prallte gegen die rechte Bande und stieß gegen eine weiße Kugel, die daraufhin im nächsten Loch versank.

»Wie ich sehe, hast du nichts verlernt«, sagte Thomas trocken.

»Das ist alles eine Frage des Fingerspitzengefühls, alter Freund.« Richard richtete sich grinsend auf. »Noch ein Spiel?«

»Warum nicht?« Thomas suchte die Kugeln zusammen, ordnete sie den Regeln gemäß auf der grünen Oberfläche an und nahm dann seine Position am Ende des Tisches ein. »Großmutters Feier fängst erst in einer Stunde an.« Er traf eine der Kugeln heftig mit dem Queue und beobachtete, wie sie von der gegenüberliegenden Bande abprallte.

Es gab Schlimmeres, um sich die Zeit zu vertreiben, und das Billardzimmer in Effington Hall war genauso opulent eingerichtet wie der Rest des herrschaftlichen Hauses. Erst hier war Richard klar geworden, wie wohlhabend Gillians Familie im Vergleich zu seiner war. Shelbrooke Manor und Effington Hall waren zwar vergleichbar, was die Bauweise betraf, doch damit hörten die Ähnlichkeiten auch schon auf. Effington Hall war doppelt so groß wie sein eigener Familiensitz, mit den exquisitesten Möbelstücken eingerichtet und makellos in Stand gehalten. Außerdem gab es ausreichend Personal, das für jegliche Bedürfnisse der Bewohner zuständig war. Im Vergleich dazu war Shelbrooke Manor geradezu ein Armenhaus.

Richard fand den Gedanken zermürbend, dass er

Gillian diese Art Luxus nur mit Hilfe der Erbschaft gewährleisten konnte, die von Rechts wegen ihr allein zustand. Dass sie ohne ihn nicht in den Besitz des Geldes gelangen würde, milderte seinen Ärger zwar ein wenig, dennoch nagten die Umstände an ihm.

»Nun denn, Richard.« Thomas räusperte sich. Richard hatte das Gefühl, dass sein Freund trotz seiner gestrigen Bemerkungen nicht so recht wusste, wie er ein Gespräch über seine Absichten gegenüber Gillian beginnen sollte.

»Raus damit, Thomas.«

»Also gut. Was genau läuft da zwischen dir und Gillian?«

Richard wanderte um den Billardtisch herum auf die Seite von Thomas und betrachtete dabei eingehend die Lage der gegnerischen Kugel. Er entschied sich für einen Stoß. »Genau?«

»Ja«, wiederholte Thomas gereizt. »Genau.«

»Nun.« Richard beugte sich über die Tischkante und legte seinen Queue an. »Ich gehe davon aus, dass wir heiraten werden.«

Er traf die Kugel. Sie prallte von der gegenüberliegenden Bande ab und rollte zurück, wobei sie Thomas' letzten Versuch um mehrere Zentimeter schlug. »Ist dir das genau genug?«

»Ja, guter Stoß.« Thomas starrte vor sich auf den Tisch.

Richard hob eine Augenbraue.

»Ach so, wegen Gillian meinst du.« Thomas zuckte mit den Achseln. »Ja, ich denke, das beantwortet meine Frage, obwohl ich zugeben muss, dass ich ziemlich verwirrt bin. Ich habe geglaubt, dass ihr nur Bekannte seid, auch wenn sie dich einmal zu ihrem Salon eingeladen hat.«

»Damals waren wir das auch. Mittlerweile haben wir uns jedoch ein wenig besser kennen gelernt.« Viel besser.

Er verbiss sich ein Lächeln. »Du scheinst gar nicht überrascht oder bestürzt zu sein.«

»Das bin ich auch nicht. Es will schon etwas heißen, dass Gillian dich hierher eingeladen hat, auch wenn niemand erwartet hätte, dass sie noch einmal heiratet.«

»Vor allem niemanden wie mich.«

»Ehrlich gesagt haben wir alle keine Ahnung, welche Art von Männern Gillian gefällt. Die Familie weiß nur von einem einzigen Mann in ihrem Leben, und das war Charles. Seit seinem Tod ist sie mit niemandem gesehen worden. Du weißt so gut wie ich, dass man in der Londoner Gesellschaft kein Geheimnis für sich behalten kann. Aber über sie hat es bis vor kurzem nicht einmal die Spur von einem Gerücht gegeben, was die Männerwelt betrifft.«

»Bis ich aufgetaucht bin.« Richard dachte über seinen nächsten Stoß nach.

»Und was irgendwelche Bedenken meinerseits angeht«, erklärte Thomas mit einem Grinsen, »kann ich dir verraten, dass ich niemanden lieber zum Schwager hätte als dich.« Er musterte Richard aufmerksam. »Eine Sache bereitet mir jedoch Kopfzerbrechen.«

»Und die wäre?«, sagte Richard geistesabwesend, während er mit seinem Queue zielte.

»Ich kann verstehen, warum Gillian dich heiraten möchte, aber, nun ja, ich verstehe nicht so ganz, weswegen du sie heiraten willst.«

Richards Queue glitt ab, und seine Kugel rollte ins Leere. »Ach ja?«

Thomas lehnte grinsend seinen Queue an den Tisch und trat an die Anrichte, auf der eine Karaffe mit Brandy und eine Reihe Gläser standen. Er füllte zwei Gläser und bot eines Richard an. »Hier, den wirst du sicher genießbarer finden als das Abwaschwasser, das du sonst immer trinkst.«

Richard ergriff das hauchdünne Kristallglas und nahm einen großen Schluck. »Nektar der Götter.«

»Es gibt nichts Besseres als guten Brandy«, stimmte Thomas anerkennend zu. »Trotz deines Unwillens in Heiratsangelegenheiten bin ich immer davon ausgegangen, dass du eines Tages heiraten würdest. Ich hätte allerdings gedacht, dass es dir dabei auch um eine Verbesserung deiner finanziellen Lage gehen würde. Schließlich weiß ich, wie frustriert du darüber bist, dass du die Schulden deines Vaters nicht schneller abbezahlen kannst. Mit deinem Titel und deinem mittlerweile wiederhergestellten Ruf wäre es für dich doch ein Leichtes, dir eine reiche Braut zu suchen, die eine große Mitgift mit in die Ehe bringt. Warum also hast du dich ausgerechnet für Gillian entschieden?«

Richard lachte. »Hast du so wenig Vertrauen in die Reize deiner Schwester?«

»Selbstverständlich nicht.« Thomas sah ein wenig beschämt aus. »Es ist nur, dass ich diese Verbindung niemals vorhergesehen hätte.« Er ließ den Brandy in seinem Glas kreisen. »Jetzt sag schon, warum Gillian?«

»Es ist wirklich ganz einfach, Thomas«, sagte Richard so beiläufig wie möglich. »Sie hat mir einen Antrag gemacht.«

»Was?« Thomas runzelte verwirrt die Stirn. »Sie hat dir einen Antrag gemacht? Warum, um Himmels willen, sollte sie so etwas tun?«

»Wie ich sehe, setzt du auch kein Vertrauen in meine Reize.«

»Das hat überhaupt nichts mit Vertrauen zu tun.« Thomas Stimme wurde misstrauisch. »Was ist hier los, Richard?«

»Willst du es genau wissen?«, fragte er lächelnd.

»Ganz genau.« Thomas Augen verengten sich zu Schlitzen.

Richard betrachtete den Brandy in seinem Glas und erwog die verschiedenen Möglichkeiten. Früher oder später würde Gillians gesamte Familie von der Erbschaft erfahren. Seine eigene finanzielle Lage war hinreichend bekannt; niemand würde glauben, dass ihr plötzlicher Reichtum nach der Eheschließung von ihm stammte. Die Wahrheit würde zwangsläufig ans Licht kommen. Thomas kannte bereits seine übrigen Geheimnisse und hatte sie immer für sich behalten. Gillians Bruder war wahrscheinlich der einzige Mensch auf der Welt, dem er wirklich vertrauen konnte.

»Gibst du mir dein Wort darauf, dass das hier unter uns bleibt?«

Thomas legte die Stirn in Falten. Zögernd sagte er: »Sicher.«

Richard holte tief Luft. »Weißt du über deine Verwandtschaft in Amerika Bescheid?«

»Die Brüder meines Großvaters?«

Richard nickte.

»Ich weiß von ihrer Existenz, das ist aber auch schon alles.«

»Nun, Thomas, ich überbringe nicht gerne schlechte Nachrichten, aber einer von ihnen ist letztens verstorben. Er hat jedoch ein beträchtliches Vermögen hinterlassen und es deiner Schwester vermacht.« In knappen Umrissen berichtete er Thomas Genaueres über Gillians Erbschaft und die Bedingungen, die daran geknüpft waren.

Thomas stieß einen leisen Pfiff aus. »Sechshunderttausend Pfund, acht Schiffe und Ländereien.« Thomas sah ihn bestürzt an.

»In Amerika«, ergänzte Richard und musterte Thomas prüfend. Unter anderen Umständen hätte er den schockierten Gesichtsausdruck seines Freundes amüsant gefunden.

»Das ist verdammt viel.« Thomas trank den Rest seines Brandys. »Und du sagst, Gillian hat einer Ehe zwischen euch zugestimmt, die nicht nur auf dem Papier besteht?«

Richard nickte. Er hatte Thomas ihre Abmachung nicht in allen Einzelheiten erläutert. Ebenso hatte er verschwiegen, wie überzeugend Gillian sie bereits erfüllt hatte. Thomas war schließlich ihr Bruder.

»Dann bleibt mir nur noch eines zu fragen.« Das Gesicht seines Freundes verzog sich langsam zu einem breiten Grinsen. »Wann findet die Hochzeit statt?«

»Die Hochzeit?« Richard hatte mit einer anderen Reaktion gerechnet. »Heißt das, dass du damit einverstanden bist?«

»Einverstanden?« Thomas klopfte ihm mit der Hand auf die Schulter. »Natürlich bin ich damit einverstanden. Ich kann Gillian keinen Vorwurf daraus machen, dass sie sich so ein Vermögen nicht entgehen lassen möchte. Ich bin nur froh, dass sie dich ausgewählt hat. Sie hatte eine Liste, sagst du?«

Richard nickte.

»Eine Liste mit dir an der Spitze.« Thomas lachte leise vor sich hin. »Tja, Gillian ist für eine Frau schon immer viel zu unabhängig gewesen. Diese Sache löst ihre Probleme und deine gleich mit. Es ist ideal für euch beide.« Ungläubig schüttelte er den Kopf. »Sechshunderttausend Pfund.«

Richard lächelte ironisch. »Von den Schiffen und den Ländereien einmal ganz abgesehen.«

Thomas ging zur Anrichte und füllte sich Brandy nach. Dann bot er Richard die Karaffe an.

Richard hielt ihm sein Glas entgegen, und Thomas schenkte ihm nach, bevor er die Karaffe wieder zurückstellte.

»Ich muss zugeben, dass mich deine Reaktion erleichtert«, sagte Richard. »Was meinst du, wie der Rest der Familie die Angelegenheit aufnehmen wird?«

»Auf meine Mutter und meine Tanten hast du bereits einen guten Eindruck gemacht.«

»Habe ich das?«

Thomas lachte. »Du bist dir doch wohl im Klaren darüber, dass du seit deiner Ankunft Gesprächsthema Nummer eins gewesen bist? Meine Mutter meinte …« Richard hob eine Augenbraue. »Aber ja, ich bin gründlich über dich ausgehorcht worden. Also, sie meinte, du seist sehr charmant, ohne anmaßend oder aufdringlich zu wirken. Das gefällt ihnen.«

»Und was ist mit meiner Vergangenheit?«, fragte Richard zögernd. »Mit meinem Vater?«

Thomas zuckte die Schultern. »Was dein Vater getan hat, spielt für meine Familie keine Rolle. Wir Effingtons beurteilen einen Mann danach, wer er ist, und nicht, von wem er abstammt. Eine seltsame Einstellung, aber so sind wir nun einmal. Schließlich haben wir unter unseren eigenen Vorfahren genügend Schurken aufzuweisen. Und was deine Vergangenheit betrifft«, Thomas nahm einen Schluck Brandy, »so bist du ja ein bekehrter Schurke, und sämtliche Effington-Frauen sind der Ansicht, dass bekehrte Schurken bei weitem die besten Ehemänner abgeben.«

»Es dürfte also keine Einwände geben«, murmelte Richard nachdenklich.

»Warum zögerst du also?«, wollte Thomas wissen.

»Tue ich nicht …«

»Doch, das tust du.« Thomas sah ihn an. »Vergiss nicht, Richard, dass ich dich fast so gut kenne wie du dich selbst. In diesem Fall vielleicht sogar besser. Außerdem hast du vorhin gesagt, du gingest davon aus, Gillian zu heiraten. Das klingt nicht gerade überzeugt.« Sein Tonfall wurde wärmer. »Das ist doch die Antwort auf alle deine Gebete, und du bist vielleicht das Beste, was meiner Schwester seit langem zugestoßen ist – warum zögerst du also, die Sache durchzuziehen?«

»Nein, ich …« Richard schüttelte den Kopf. »Ich weiß nicht.«

Thomas sah ihn nachdenklich an. Dann weiteten sich seine Augen, und er lachte.

»Ich wüsste nicht, was an all dem so komisch ist«, entgegnete Richard empört. »Schließlich geht es hier um meine Zukunft und um die Zukunft deiner Schwester. Was findest du also so überaus amüsant?«

»Dich.« Thomas deutete mit seinem Glas auf Richard. »Du liebst sie.«

»Unsinn.« Selbst in seinen eigenen Ohren hörte es sich nicht überzeugend an.

»Du magst es nicht zugeben wollen …«

»Weil es nicht stimmt.« Weshalb klang er nur so unsicher?

»Ach nein?«, fragte Thomas kopfschüttelnd. »Ich kenne dich schon zu lange, um das zu glauben, Richard. Wenn du sie nicht lieben würdest, hättest du dir auf der Stelle eine außerordentliche Heiratsgenehmigung besorgt, und ihr wärt schon längst getraut.«

»Ich habe eine außerordentliche Heiratsgenehmigung«, sagte er leise. »Ich habe sie eingeholt, als die ganze Sache anfing.«

»Aber du hast sie nicht verwendet. Warum nicht?«

Warum nicht?

Hatte er sich diese Frage nicht auch schon gestellt? »Es gab bisher keine Gelegenheit …«

»Komm schon, das ist doch ausgemachter Unsinn. Ich glaube dir kein Wort. Du liebst sie, und deshalb …«

»Das weiß ich nicht.«

»… findest du es jetzt so schwierig, eure Abmachung einzuhalten, weil dir das große Vermögen allein als Heiratsgrund nicht mehr ausreicht.«

»Ach nein?« Richard trank seinen Brandy aus, stellte das leere Glas auf die Anrichte und wandte sich wieder dem Billardtisch zu. Er griff nach der roten Kugel und ließ sie von einer Hand in die andere gleiten. »Nun denn, Thomas, da du das alles viel besser zu verstehen scheinst als ich, sag mir doch bitte: Wenn sechshunderttausend Pfund, acht Schiffe und Ländereien in Amerika nicht ausreichen, was dann?«

»Liebe.« Thomas grinste.

»Liebe?«, wiederholte Richard spöttisch. »Ich habe dir doch gesagt, ich …«

»Aber du liebst sie. Nur ein verliebter Mann bringt ein derart dämliches Grinsen zu Stande. Du siehst aus wie ein verknallter Schuljunge. Und worauf du jetzt noch wartest, ist, dass sie dich auch liebt.«

»Das bezweifle ich aber sehr.« Richards Stimme klang fest, obwohl sich in seinem Magen ein äußerst unangenehmes Gefühl breit machte. Thomas hatte vollkommen Recht.

»Mach dir darüber mal keine Sorgen, altes Haus. Ich habe den bestimmten Verdacht, dass Gillian dich liebt.«

»Wie kommst du darauf?«, wollte Richard zögernd wissen.

»Zum einen, weil sie dich hierher gebracht hat. Sie hätte dich auch einfach heiraten können, ohne dich von unserer ganzen Familie unter die Lupe nehmen zu lassen. Außerdem glaube ich nicht, dass meine Schwester wirklich jemanden heiraten würde, den sie nicht liebt.«

»Meinst du?«, fragte Richard so beiläufig wie möglich, konnte jedoch ein Lächeln nicht unterdrücken.

»Ja, das meine ich.« Thomas sah ihn grinsend an.

Ein seltsames Gefühl der Freude überkam Richard. Hatte Thomas Recht? Liebte Gillian ihn tatsächlich?

»Richard liebt Gillian«, sang Thomas vor sich hin.

»Wer von uns benimmt sich denn nun wie ein Schuljunge?«

»Ich kann nicht anders. Ich finde das alles höchst amüsant und kann kaum erwarten zu sehen, wie es weitergeht. Du bekommst meine Schwester, ihr beide erhaltet ein beträchtliches Vermögen«, sein Grinsen wurde breiter, »und Gillian bekommt Etienne-Louis Toussaint noch mit dazu.«

»Ach ja.« Richards Lächeln erlosch. »Etienne-Louis. Wie konnte ich den vergessen?«

Thomas runzelte die Stirn. »Was ist denn nun los, Richard? Gillian wird sich doch sicher über dein bisheriges Doppelleben freuen.«

»Das wage ich zu bezweifeln«, murmelte Richard.

»Wieso denn? Ich bin mir sicher ...«

Die Tür zum Billardzimmer wurde aufgestoßen, und eine kleine ältere Dame betrat majestätisch den Raum. »Guten Abend, Thomas.«

»Großmutter.« Thomas stellte sein Glas auf dem Billardtisch ab und eilte ihr entgegen. Sie hielt ihm ihre Wange hin, und er gab ihr einen herzlichen Kuss.

Dies war nun also die Herzoginwitwe, die Matriarchin der Effingtons. Sie hatte einen Furcht einflößenden Ruf, doch Gillian hatte Richard versichert, dass ihre Großmutter nicht so streng sei, wie sie wirkte. Richard verfügte jedoch über keinerlei Erfahrung im Umgang mit Herzoginwitwen, und schon gar nicht mit solchen, die einer angesehenen, reichen Familie vorstanden.

»Großmutter«, sagte Thomas, indem er sich zu Richard umwandte. »Ich glaube, du hast den Earl of Shelbrooke bisher noch nicht kennen gelernt.«

»Nein, aber ich habe schon viel von ihm gehört.« Sie hielt Richard ihre Hand hin.

Richard ließ die Billardkugel auf den Tisch fallen, trat ein paar Schritte auf die Herzoginwitwe zu und ergriff ihre Hand. Er beugte sich darüber und berührte sie mit seinen Lippen. »Euer Gnaden.«

Als er sich wieder aufrichtete, trafen sich ihre Blicke. Die Augen der Herzoginwitwe waren blau und klar und hatten beinahe dieselbe Farbe wie Gillians. Sie sah ihn amüsiert an.

»Thomas«, sagte sie, ohne ihren Enkel anzusehen, »ist die Partie beendet?«

»Nicht ganz.«

»Du darfst dich trotzdem zurückziehen«, erwiderte sie freundlich, aber bestimmt.

»Großmutter, meinst du wirklich ...«

»Ja, Thomas.«

Thomas schien unangenehm berührt zu sein. Er warf Richard einen entschuldigenden Blick zu. »Also dann, Richard.« Er nickte und verließ das Zimmer, wobei er die Tür hinter sich schloss.

Die Herzoginwitwe lächelte. »Er scheint sich große Sorgen um Euch zu machen, Mylord, aber ich kann Euch versichern, dass ich gar kein so schlimmer Drache bin, wie Ihr denkt.«

»Das denke ich gar nicht.«

Sie lachte. »Lügner.«

Er grinste. »Ihr habt einen etwas entmutigenden Ruf.«

»Es hat mich viel Mühe gekostet, ihn zu erlangen.« Sie trat auf den Billardtisch zu und ließ ihre Hand über den Rand gleiten. »Ein unterhaltsames Spiel.«

»Ihr spielt Billard?«

»Gelegentlich. Ich schätze es sehr.« Sie warf ihm einen scharfen Blick zu. »Seht mich nicht so überrascht an. Ich mag zwar schon seit nunmehr fast achtzig Jahren auf dieser Erde wandeln, aber noch bin ich nicht tot.«

»Möchtet Ihr eine Partie spielen?«

»Im Augenblick nicht. Ihr würdet mich ohne Zweifel aus Höflichkeit gewinnen lassen.« Sie ging langsam um den Tisch herum. »Ich gewinne zwar gern, aber lieber aus eigener Kraft.«

Richard lachte leise vor sich hin. »Das überrascht mich keineswegs.«

»Genau so habe ich Euch eingeschätzt.« Sie sah ihm in die Augen. »Und ich bin nicht enttäuscht.«

»Enttäuscht?«

Sie ging nicht auf seine Frage ein, sondern fuhr fort, den Tisch zu umrunden. »Ich bin nun ein Drittel meines Lebens Witwe gewesen. Ich weiß, was es bedeutet, einen Ehemann – die erste große Liebe – zu verlieren. Für manche, und ich gehöre zu ihnen, gibt es nur eine einzige Liebe im Leben. Ich bin dankbar und froh, dass Gillian anders ist, und ich billige ihre Wahl.«

»Ihre Wahl?«, fragte er lauernd.

»Ich bitte Euch, Mylord, Ihr wisst genau, wovon ich spreche, auch wenn ich es Euch hoch anrechne, dass Ihr Euch weigert, ein Geheimnis zu verraten, das nicht allein das Eurige ist.«

»Ihr wisst es also«, sagte er gedehnt.

»Mein lieber Junge«, erwiderte sie herablassend. »Ich weiß alles, was ich wissen möchte.«

»Weiß Gillians Vater, der Herzog, davon?«

»Das bezweifle ich. Er würde ihr niemals gestatten, sich den Bedingungen zu beugen, die an die Erbschaft geknüpft sind.«

Er wählte seine Worte mit Bedacht. »Aber Ihr schon?«

»Niemals. Wenn Gillians Beziehung zu Euch einzig und allein auf der Erbschaft basierte, so geböte ich der ganzen Angelegenheit auf der Stelle Einhalt. Ich hatte mich jedoch von Anfang an dazu entschlossen abzuwarten, wie Euer Spiel verlaufen würde. Ich kenne meine Enkelin gut und weiß, dass sie, so verlockend das Vermögen auch sein mag, niemals jemanden wählen würde, für den sie nicht tiefe Gefühle empfindet. Ich muss sagen, ich bin außerordentlich zufrieden.«

»Tatsächlich?« Gegen seinen Willen siegte die Neugier in ihm. »Weshalb?«

Sie lachte. »Ihr seid ein bemerkenswertes Wesen, Lord Shelbrooke. Es bedurfte großen Muts und Anstands, um Euren Lebensstil derart radikal zu ändern und die Verantwortung zu übernehmen, die plötzlich auf Euch lastete.« Sie ergriff den Queue, der am Tisch lehnte, und betrachtete die Spitze. »Und ich bewundere Euer Talent, mit dem Ihr die finanziellen Verluste Eurer Familie wieder wettmacht.«

Überrascht riss er die Augen auf. »Mein Talent?«

Sie sah ihn belustigt an. »Ich habe Euch doch gesagt, dass ich alles weiß.«

»Thomas«, flüsterte er.

»Macht ihm keinen Vorwurf daraus. Er ist wahrhaft Euer Freund, und ich bin mir sicher, dass er Euer Geheimnis niemandem sonst erzählt hat.« Sie lächelte süffisant. »Der Junge konnte noch nie Geheimnisse vor mir bewahren.«

»Das kann ich gut verstehen«, erwiderte er trocken.

»Wisst Ihr eigentlich, dass Euch dieses Talent im Blut liegt?«

»Was meint Ihr damit?«

Sie musterte ihn eine Zeit lang, dann nickte sie, als hätte sie eine Entscheidung getroffen. »Alles zu seiner Zeit. Es spielt jetzt keine Rolle.«

»Soll das etwa heißen, dass Ihr im Gegensatz zu mir

Eure Geheimnisse für Euch behalten dürft?«, fragte er verschmitzt.

»Ihr seid ein schlaues Kerlchen, das gebe ich gern zu. Ihr werdet eine Bereicherung für meine Familie sein. Ich freue mich schon auf Eure Kinder.« Sie lachte glucksend vor sich hin. »Also gut, Mylord, nun bin ich doch zu einer Partie bereit. Werdet Ihr mich gewinnen lassen?«

»Auf gar keinen Fall.« Er grinste.

»Ausgezeichnet.« Richard legte die Kugeln auf dem Tisch zurecht. Die Herzoginwitwe beugte sich nach vorn und zielt mit ihrem Queue, dann blickte sie zu ihm auf. »Habt Ihr gewusst, dass Marie Antoinette und der König von Frankreich am Abend ihrer Gefangennahme Billard gespielt haben sollen?«

Er schüttelte den Kopf. »Nein.«

»Zu schade. Dann wisst Ihr auch nicht, wie die Partie ausgegangen ist.« Die Herzoginwitwe schenkte ihm ein gelassenes Lächeln. »Sie hat gewonnen.«

Vielleicht war doch etwas dran an der Liebe. Etwas, das die Lichter im Ballsaal heller leuchten ließ, das die Ballkleider der Damen bunter wirken ließ und seine Sinne schärfte. Etwas, das es ihm unmöglich machte, seine Blicke von Gillian zu wenden.

Im Augenblick tanzte sie mit einem Gentleman, den Richard nicht kannte und den er auch nicht mochte. Verärgert nippte er an seinem Champagnerglas. Hielt ihr Tanzpartner sie nicht viel zu eng umschlungen? Und ihr Lachen – war das nicht eine Idee zu fröhlich? War er am Ende eifersüchtig? Er wusste, dass er völlig irrational reagierte, konnte aber beim besten Willen nichts daran ändern.

Er vermutete, dass Thomas Recht hatte. Richard, der niemals auch nur einen Gedanken an die Liebe verschwendet hatte, war diesem seltsamen, beunruhigenden Gefühl nun anscheinend hilflos ausgeliefert. Er war ein praktisch denkender Mann, doch seine Gefühle waren auf einmal alles andere als praktisch oder rational. Vielmehr stand er kurz davor, seinen Verstand zu verlieren.

Vernunft hin oder her, dieser Kerl hielt sie zu eng an sich gedrückt.

Hatte Thomas auch in Bezug auf seine Schwester Recht? Thomas und seine Großmutter glaubten beide, dass Gillian Richards Gefühle erwiderte. Richard wünschte sich, dass er sich genauso sicher sein könnte.

Wie konnte er es nur herausfinden? Liebte sie ihn, oder wurde sie lediglich von einer Leidenschaft mitgerissen, die sie seit Jahren nicht mehr erlebt hatte? Er zweifelte nicht daran, dass sie es genoss, das Bett mit ihm zu teilen, doch selbst er war sich darüber im Klaren, dass man den Liebesakt nicht mit der Liebe verwechseln durfte. Er könnte sie natürlich einfach fragen. Doch war er bereit, ihre Antwort zu hören?

Wenn ihr Partner nicht auf der Stelle aufhörte, sie derart an sich zu pressen, würde er einschreiten müssen.

Anfangs hatte sie wegen der Erbschaft heiraten wollen, und er hatte für seine Zukunft eine Frau an seiner Seite gewollt.

Mittlerweile wollte er so viel mehr. Doch was war mit ihr? Und würde er es ertragen, wenn sie anders empfände? Er hatte sich nie für einen Feigling gehalten, doch in diesem Moment musste er sich eingestehen, dass ihm der Mut fehlte, sich ihrer Antwort zu stellen. Es ging schon lange nicht mehr um seinen Stolz, es ging um sein Herz. Sein verdammtes Herz.

Der Tanz endete, und Gillian sah zu ihm herüber. Lag in diesem Blick Liebe oder nur Verlangen? Liebe hatte nichts mit ihrer Abmachung zu tun. Sie wurde nicht vorausgesetzt, niemand hatte sie zur Bedingung gemacht. Doch jetzt …

Thomas hatte Recht. Richard konnte Gillian nicht mehr nur um ihrer Erbschaft willen heiraten, so sehr er das Geld gebrauchen konnte, so sehr er sie brauchte. Er musste auch ihr Herz besitzen.

Sie bahnte sich einen Weg in seine Richtung, und Richard sah in dem überfüllten Ballsaal nur noch Gillian. Sie füllte seinen Blick, seine Gedanken und seine Seele aus. Er wollte sie malen, nur noch sie, bis in alle Ewigkeit.

Doch was wollte sie?

Für einen praktisch denkenden Mann verhielt er sich wirklich wie ein Narr. Doch er musste es einfach wissen. Er musste in Erfahrung bringen, welcher Natur die Gefühle waren, die sie für ihn hegte. Aber wie?

Sie trat auf ihn zu. Ein fragendes Lächeln umspielte ihre Lippen.

»Woran denkst du gerade?« Sie nahm ihm das Glas aus der Hand, trank den letzten Rest Champagner, und gab es ihm zurück. »Du siehst aus, als grübeltest du über äußerst ernsthafte Dinge nach, die so gar nicht zu den Walzerklängen hier im Saal passen wollen.«

»Tatsächlich?« Er gab seiner Stimme einen beiläufigen Klang.

»Worüber denkst du nach, Richard?« Sie blickte zu ihm auf. Strahlte ihm Liebe aus ihren Augen entgegen oder etwas viel Banaleres?

»Über den nächsten Tanz.« Er winkte einen Kellner herbei und stellte sein Glas auf dessen Tablett ab. »Erweist du mir die Ehre?«

»Jederzeit.«

Er führte sie auf die Tanzfläche und nahm sie in seine Arme. Wieder einmal stellte er erstaunt fest, wie perfekt sich ihr Körper an seinen schmiegte. Sie waren füreinander bestimmt. Es war schon seltsam, dass ausgerechnet er solche Gedanken hegte.

Weil Ihr für mein Herz keinerlei Gefahr darstellt!

Die Worte, die sie in seinem Atelier gesagt hatte, trafen ihn wie ein Schlag. Toussaint hatte sie mehr von ihren Gefühlen offenbart als Richard. Vielleicht könnte er ihre Zurückhaltung ein weiteres Mal durchbrechen, und zwar nicht als der Earl, sondern als der Maler.

Je länger er sein Täuschungsmanöer aufrechterhielt, umso größer würde ihre Wut sein, wenn sie die Wahrheit erfuhr. Außerdem stand mittlerweile für alle Beteiligten viel mehr auf dem Spiel. Dennoch musste er es riskieren.

Wenn der Earl of Shelbrooke nicht den Mut aufbrachte herauszufinden, ob die Dame seines Herzens seine Gefühle erwiderte, musste eben Etienne-Louis Toussaint diese Aufgabe übernehmen.

Sechzehntes Kapitel

Was hatte sie nur dazu bewogen, erneut hierher zu kommen?

Gillian lehnte sich auf dem Sofa zurück, das in dem dunklen Atelier stand. Welch eine ausgesprochene Dummheit!

Toussaints Brief, in dem er um eine weitere Sitzung gebeten hatte, hatte sie zwei Tage nach ihrer Rückkehr nach London erreicht. Anfangs hatte sie überhaupt nicht die Absicht gehabt, den Maler aufzusuchen, doch je mehr sie darüber nachgedacht hatte, desto fester war sie davon überzeugt gewesen, dass sie nichts zu befürchten hatte.

Bisher war der Franzose an diesem Abend äußerst distanziert gewesen. Obwohl sie schon seit fast einer Stunde Modell für ihn saß, hatten sie lediglich ein paar höfliche Bemerkungen gewechselt. Er hatte sich ihr gegenüber kühl und zurückhaltend verhalten, genau, wie sie es sich wünschte.

Sie liebte Richard, oder zumindest war sie sich ziemlich sicher, dass es so war. Ohne Zweifel beruhten ihre Gefühle ihm gegenüber auf mehr als nur den wohligen Schauern, die er in ihr auslöste, wenn er ihr tief in die Augen sah, wenn seine Hand sie zufällig streifte oder er sie küsste. Und wenn sie tatsächlich einen Mann liebte, konnten ihr die Schmeicheleien eines anderen nicht das Geringste ausmachen. Sie war aus reiner Neugier in Toussaints Atelier gekommen, nichts weiter. Sobald sie sich sicher sein konnte, dass er keinerlei Wirkung auf sie ausübte, konnte sie den winzigen Keim des Zweifels, der immer noch auf ihrer Seele lastete, endlich vergessen.

Außerdem wollte sie, dass er das Porträt fertigstellte. Sie würde es ohne Schwierigkeiten bezahlen können, sobald – falls – sie ihre Erbschaft erhielt. Richard schien sich damit Zeit zu lassen, ihrer Abmachung nachzukommen, obwohl sie seine Bedingung bezüglich ihrer Ehe erfüllt hatte. Sie lächelte vor sich hin. Sie hatte sie im Grunde sogar übererfüllt.

»Ihr habt den Blick einer Frau, die feurig geliebt worden ist, Madame«, erklang die Stimme mit dem französischen Akzent vom anderen Ende des dunklen Zimmers. Dieser dumme Mensch spielte noch immer sein lächerliches Spielchen mit ihr und weigerte sich, ihr sein Gesicht zu zeigen. Wahrscheinlich war er sehr hässlich.

»Ach ja?«, erwiderte sie kühl.

»Ich gehe davon aus, dass Ihr mittlerweile geküsst worden seid.«

»Das geht Euch gar nichts an.«

»Oh, aber das tut es. Ich kann nur das malen, was ich sehe.« Er hielt kurz inne. »Und ich sehe eine Frau, deren Sinnlichkeit nach einem langen Schlaf wiedererweckt worden ist. Stimmt das etwa nicht?«

»Selbstverständlich stimmt das nicht«, entgegnete sie scharf.

Er lachte leise vor sich hin. »Ihr protestiert nicht sehr glaubwürdig. Wen wollt Ihr damit überzeugen: mich oder Euch selbst?«

»Euch.« Oder?

»Seid Ihr Euch da so sicher?«

»Ja.« War sie das? Hatte er nicht im Grunde Recht? War sie etwa nicht unsicher und verwirrt? Hatte sie Angst davor, ihre Liebe zu Richard einzugestehen, weil sie befürchtete, dass es sich in Wirklichkeit nicht um echte Liebe, sondern lediglich um Leidenschaft handelte? Hatte sie Angst davor, dass ihre Gefühle ihm gegenüber nicht tief aus ihrem Herzen kamen, sondern bloß durch seine Berührungen verursacht wurden? Oder war am Ende selbst dieser gedankliche Widerstreit nur eine Maske für etwas anderes, das sie bisher noch gar nicht in Erwägung gezogen hatte?

»Vielleicht solltet Ihr mir etwas über diesen Mann erzählen, der einen solchen Blick in Eure schönen Augen gezaubert hat.«

»Ich glaube wirklich nicht …«

»Ach, wie schnell Ihr vergesst.« Er stieß einen theatralischen Seufzer aus. »Ich bin Euer Vertrauter, oder etwa nicht?«

»Das seid Ihr nicht«, sagte sie bestimmt.

»Wem sonst könntet Ihr Euch anvertrauen, Madame?«

Wem? Weder ihren Freunden noch ihrer Familie. Diesem Menschen ihre Geheimnisse anzuvertrauen war eine ebenso große Dummheit, wie überhaupt erst hierher gekommen zu sein. Doch sie war hier, und es lag eine gewisse Leichtigkeit und Freiheit darin, mit einem im Dunkeln verborgenen, gesichtslosen Fremden zu sprechen. Das hatte sie bereits während ihrer letzten Sitzung festgestellt, und seitdem hatte sich im Grunde nichts geändert. Sie seufzte. »Ich glaube, ich bin sehr verwirrt.«

»Das ist kein gutes Zeichen.«

»Nein, gewiss nicht.« Sie schüttelte den Kopf. »Meine Gefühle scheinen völlig durcheinander zu sein. Ich glaube, dass ich ihn liebe …«

»Tatsächlich?« Toussaints Akzent war kurzzeitig schwächer geworden, und seine Stimme kam ihr seltsam vertraut vor.

»Ja, also, das ist eben das Verwirrende. Liebe ich ihn wirklich, oder ist es das, was Ihr vorhin angesprochen habt: Sinnlichkeit? Er entfacht eine starke Leidenschaft in mir.« Sie dachte nach, um ein wenig Ordnung in ihre Gedanken zu bringen. »Wenn er mich in seinen Armen hält, kann ich an nichts anderes als ihn denken.«

»Und wenn er Euch nicht in seinen Armen hält?«

»Dann kann ich auch an nichts anderes als ihn denken.« Sie stieß ein ironisches Lachen aus. »Was aber noch nicht die Frage beantwortet, ob ich ihn wirklich liebe oder nur begehre.«

»Und was empfindet er?«

»Ich weiß es nicht. In der einen Minute bin ich mir ganz sicher, dass er etwas für mich empfindet, wenigstens ein bisschen, doch dann …« Sie zuckte mit den Schultern.

»Ihr Engländer verhaltet Euch so töricht in Herzensangelegenheiten.« Toussaint klang wütend. »Warum spielt Ihr solche Spielchen? Warum fragt Ihr ihn nicht einfach, was er empfindet?«

»Weil ich nicht weiß, ob ich die Antwort wirklich hören möchte.«

»Vielleicht ist er ja auch verwirrt«, gab Toussaint zu bedenken.

»Vielleicht.« War es möglich, dass Richard in einem ebenso großen Gefühlschaos steckte wie sie? »Er scheint ein Mann mit vielen Geheimnissen zu sein.«

»Und was ist schon aufregender als ein Mann mit Geheimnissen, nicht wahr, Madame?«

»Oder ein Mann, dessen Gesicht hinter einer Maske verborgen ist?«, murmelte sie. Weshalb tauchte dieser Gedanke derzeit pausenlos in ihrem Leben auf?

»Jetzt bin aber ich verwirrt. Welchen Unterschied macht es denn, ob Ihr nun Liebe für diesen Mann empfindet oder Lust?«

»Einen großen, fürchte ich.« Sie suchte nach den richtigen Worten. »Wenn ich das, was ich bei ihm fühle, auch bei jedem anderen Mann fühlen würde, wie kann ich ihn dann heiraten?«

»Auch diesen Gedanken verstehe ich nicht. Ich dachte, Eure Heirat diene nur dem Zweck, an ein großes Vermögen zu gelangen.«

»Das dachte ich auch.« Die Ironie des Ganzen traf sie wie ein Schlag ins Gesicht. Sie hatte vorgehabt zu heiraten, ohne dabei auch nur einen Gedanken an die Liebe zu verschwenden. Nun war die Liebe das Einzige, woran sie denken konnte. Liebte er sie? Liebte sie ihn? Sie war ihre erste Ehe aus Liebe eingegangen; wie sollte sie nun ohne Liebe heiraten? Nichts war derart wichtig, weder die Erbschaft noch die bedürftigen Künstlerinnen, noch ihr eigenes Verlangen nach Unabhängigkeit.

Auf einmal fühlte sie sich sehr müde. Sie war es leid, ständig ihre Gefühle zu erforschen und ihr Leben von seltsamen Umständen bestimmen zu lassen. Sie setzte sich auf und zog sich die Schuhe an. »Ich muss Euch dennoch danken. Zumindest verstehe ich meine eigenen Gefühle nun ein bisschen besser.« Sie stand auf. »Ihr seid sehr talentiert, Monsieur, und ich möchte dieses Porträt haben. Ich bin mir sicher, dass ich das nötige Geld für Euer Honorar auftreiben kann, ob ich nun heirate oder nicht.« Sie griff nach ihrem Mantel und ging auf die Tür zu.

»Wollt Ihr es sehen?«

Sie hielt inne. »Das Bild?«

»Es ist noch nicht fertig, aber vielleicht möchtet Ihr wissen, was ich sehe, wenn ich Euch betrachte.«

»Aber wenn ich zur Staffelei trete, könnte ich doch sicherlich Euer Gesicht sehen und würde Euch Euren ganzen Spaß verderben«, sagte sie.

»Das dürfen wir natürlich nicht zulassen«, erwiderte er mit einem Lachen. »Löscht die Kerzen um Euch herum, und ich werde ein paar Schritte zurücktreten.«

»Nun gut.« Sie blies die Kerzen aus, durchquerte das Zimmer und trat hinter die Staffelei.

Der Schein einer einzelnen Kerze, die in einer Halterung über der Staffelei angebracht war, erleuchtete das

Bild. Gillian blickte ihr eigenes Antlitz von der Leinwand entgegen. Die Ähnlichkeit war verblüffend, und dennoch fragte sie sich, ob dieses Wesen aus Ölfarbe wirklich sie war. War ihr Lächeln derart rätselhaft? Wirkte ihre entspannte Haltung auf dem Sofa derart selbstbewusst? Waren ihre Augen tatsächlich so leuchtend und groß? Hatte er in seinem Gemälde vielleicht gar nicht die Frau eingefangen, die sie war, sondern die, die sie gern sein würde?

»Ihr seid sehr gut, Monsieur«, sagte sie sanft. »Ist dies hier also wieder ein Abbild davon, wie Ihr meine Seele seht?«

Aus dem Augenwinkel nahm sie eine Bewegung wahr, und die Kerze erlosch. Der Raum wurde in tiefe Dunkelheit getaucht.

Gillian vernahm Toussaints Stimme hinter sich. Sie klang beschwörend. »Ja, so sehe ich Euch.«

»Was macht Ihr?«, fragte sie seufzend.

Er legte seine Hände leicht auf ihre Schultern. »Nichts anderes als das, was Ihr wollt.«

»Was ich will?« Sie schüttelte den Kopf. »Das bezweifle ich.«

»Ihr wollt wissen, ob Ihr diesem Mann gegenüber Lust oder Liebe empfindet.« Er zog sie an sich, und sie fühlte sich zu schwach, um Protest zu erheben. »Was empfindet Ihr für mich?«

»Nichts.«

»Nichts?« Er lachte leise. »Das ist eine Lüge. Wenn ich Euren Hals küsse«, er glitt mit seinen Lippen an ihrem Hals entlang, und ein wohliger Schauer überkam sie, »empfindet Ihr sehr wohl etwas.«

Tat sie das? »Nein.«

»Schon wieder eine Lüge.«

»Nein.« Oder?

»Doch. Stellt Euch selbst … wie sagt Ihr Engländer

gleich? Stellt Euch selbst auf die Probe, *ma chérie.* Wenn ich Euch so küssen würde, wie Ihr geküsst werden solltet, wie Euch noch nie ein Mann zuvor geküsst hat, dann wüsstet Ihr Bescheid«, flüsterte er.

Auf einmal wurde sie wütend. Sie drehte sich um und sah zornig seine dunkle Gestalt an. »Also gut, Monsieur, stellt mich auf die Probe! Küsst mich!«

Ohne zu zögern nahm er sie in die Arme und presste seinen Mund auf ihre Lippen. Seine Berührung war siedend heiß, und für einen Moment überkam sie ein starkes, unersättliches Verlangen. Die Erkenntnis traf sie wie ein Schlag, ihr stockte der Atem.

Das Gefühl, das sie in Toussaints Armen ergriffen hatte, unterschied sich in keinster Weise von dem, was sie bei Richard empfand. Das Feuer seiner Umarmung, sein Körper, seine Lippen – das alles fühlte sich völlig gleich an. Wie konnten zwei so unterschiedliche Männer genau die gleiche Reaktion in ihr auslösen?

Sie befreite sich aus seinem Griff. »O Gott!« Irrationale Wut stieg in ihr auf. Ohne nachzudenken, hob sie ihre Hand und gab ihm eine Ohrfeige. »So viel zu Eurer Probe!«

»Madame, ich …«

Sie wandte sich von ihm ab und ertastete den Weg zur Tür. »Allem Anschein nach habe ich versagt, Toussaint!«

Und wie sie versagt hatte. Sie fand die Tür, riss sie auf und stieg die Treppe hinab. Sie würdigte Wilkins, der unten auf sie wartete, keines Blickes, sondern kletterte wortlos in die bereitstehende Kutsche, die sich augenblicklich in Bewegung setzte.

Gillian war wütend. Sie war wütend auf Toussaint, aber noch mehr auf sich selbst. Wenn dieser Fremde so etwas mit ihr machen konnte, was sagte das dann über ihre Beziehung zu Richard aus? Was sagte es über sie aus?

Sie war in der Tat wollüstig, um keinen Deut besser als eine dahergelaufene Dirne.

Richard war ein guter, ehrenhafter Mann, der keine Frau verdiente, die bei jedem Mann dahinschmolz, der sie nur küsste. Auch wenn sie zugeben musste, dass es ein außergewöhnlicher Kuss gewesen war.

Was sollte sie jetzt nur tun? Sie verbarg ihr Gesicht in den Händen und versuchte vergeblich, einen klaren Gedanken zu fassen.

Trotzdem …

Sie hob den Kopf und blickte konzentriert geradeaus. Sie spürte dieses Verlangen dem Maler gegenüber nur, wenn er sie in ihren Armen hielt. Sie sehnte sich nicht nach seiner Berührung oder auch nur nach seiner Nähe. Folglich war dies nichts als pure Lust. Doch gingen ihre Gefühle für Richard nicht weit darüber hinaus?

Sie richtete sich in ihrem Sitz auf. Toussaint war in der Kunst des Verführens ebenso bewandert wie in der Kunst des Malens. Richard war selbst einmal ein stadtbekannter Verführer gewesen. Natürlich mussten die Küsse solcher Männer verheerende Auswirkungen auf ihre Sinne haben. Schließlich war sie in diesen Dingen alles andere als erfahren.

Hatte sie die Probe am Ende doch bestanden? Vielleicht ging es nicht nur darum, was sie fühlte, wenn sie mit Richard zusammen war. Vielleicht war das, was sie für ihn empfand, wenn er nicht da war, genauso wichtig – nein, wichtiger. Sie wollte ihn auch dann, wenn sie nicht in seinen Armen lag, und sehnte sich bei ihm nach so viel mehr als nur seiner Berührung. Hatte sie das nicht schon längst festgestellt? Und wenn das keine Liebe war, was dann? Nun musste sie es ihm nur noch sagen.

Toussaints Kuss konnte sie getrost vergessen, er hatte keinerlei Bedeutung. Eine Frage spukte ihr jedoch immer noch im Kopf herum: Wie konnten die Küsse von zwei verschiedenen Männern sich derart ähneln?

Hatte es jemals einen größeren Idioten als ihn gegeben?

Richard lag im Dunkeln auf dem Sofa in seinem Atelier. Er hielt die Hände hinter dem Nacken verschränkt und betrachtete den Nachthimmel. Im Augenblick war er bestimmt der niedergeschlagenste Mensch auf Erden. Wie hatte er ihr das nur antun können? Er war ein Schurke, ein Schuft der übelsten Sorte. Für seine eigenen Zwecke hatte er sie in eine kompromittierende Situation gebracht. Er hatte sie belogen und betrogen. Einst aus Stolz und wegen des Geldes, dieses Mal aus Liebe. Doch Richard bezweifelte, dass Gillian den Unterschied nachvollziehen könnte. Und die ganze Angelegenheit hatte ihm noch nicht einmal weitergeholfen.

Die Sterne sahen anklagend auf ihn herab.

Er wusste in diesem Augenblick genauso wenig über ihre Gefühle Bescheid wie in Effington Hall. Zwar hatte er herausgefunden, dass sie genauso davor zurückschreckte, eine Aussprache herbeizuführen, wie er. Das war zumindest etwas, aber es war nicht viel.

Er starrte weiter zum Firmament hinauf. Vielleicht würden die Sterne ihn erleuchten und ihm eine neue Vorgehensweise eingeben – am besten eine brillante.

Zu Beginn war ihm sein eigener Plan so genial erschienen, und er wusste immer noch nicht, ab welchem Zeitpunkt auf einmal alles schiefgegangen war. Wahrscheinlich hätte er ihr die Wahrheit sagen sollen, als es nicht mehr nötig gewesen war, sie von zwei Fronten aus erobern zu wollen. Doch da war das Gefühlschaos schon perfekt gewesen. Er hatte keinen klaren Gedanken mehr fassen können.

Mittlerweile gab es jedoch keine andere Möglichkeit

mehr, er musste Gillian wohl oder übel alles gestehen und auf ihre Gnade hoffen. Er musste ihr alles erzählen, von dem Augenblick an, als er sein eigenes Gemälde in ihrem Haus erblickt hatte, bis zu seiner spontanen Maskerade auf Lady Foresters Fest und seinem lächerlichen Verhalten heute Abend.

Er würde ihr alles erklären, und am Ende würde sie seine Beweggründe verstehen. Schließlich war sie auf ihre Weise genauso pragmatisch veranlagt wie er selbst. Natürlich würde sie anfangs empört sein, vielleicht sogar wütend, aber das würde sich mit der Zeit geben. Da sie beide dieselben Ängste und Zweifel hegten, konnte man doch wohl davon ausgehen, dass sie auch dasselbe füreinander empfanden. Musste sie ihn folglich nicht genau so lieben wie er sie?

Die Herzoginwitwe hatte gesagt, dass es Mut gekostet haben musste, sein Leben zu verändern. Doch Gillian seine Liebe – und seine dummen Fehler – zu gestehen, würde zu einem weitaus radikaleren Wandel in seinem Leben führen. Außerdem erforderte es viel mehr Mut, als er jemals für möglich gehalten hätte.

Auf der anderen Seite war Gillian selbst auch nicht ganz unschuldig. Sie hatte ihm gegenüber nie etwas von ihren Sitzungen bei Toussaint oder den Annäherungsversuchen des Künstlers erwähnt, auch wenn sie ihn nicht direkt angelogen hatte.

Doch was machte er sich vor? Sie hatte sich nie verkleidet, um ihm in einem Garten nachzustellen, und sie hatte sich auch keinen ausländischen Akzent zugelegt, um ihn zu verführen. Nein, er sollte Gillians Verhalten besser unerwähnt lassen. Gillians gelegentliche Halbwahrheiten waren überhaupt nicht mit seinem eigenen, bewussten Doppelspiel zu vergleichen.

Wenn er ganz ehrlich war, hatte er es im Grunde genossen, den verwegenen Franzosen zu spielen. Toussaints Art ähnelte seiner eigenen vor vielen Jahren, und es war überraschend einfach gewesen, den Maler zu mimen und noch einmal ein Schurke zu sein, der nur an seine eigenen Interessen und Wünsche dachte.

Doch nun würde er teuer dafür bezahlen müssen. Er würde alles tun, um die Sache zwischen ihnen aus der Welt zu schaffen: bitten, flehen, ja sogar zu Kreuze kriechen.

Es war doch sicher nur eine Frage der Zeit. Früher oder später würde sie die ganze Angelegenheit humorvoll betrachten. Dass sie so gern lachte, war eine Seite an ihr, die er besonders liebte. Sie würden gemeinsam über seinen Fehler lachen, und sie würde ihm verzeihen, weil sie ihn liebte. Er hoffte nur, dass sie ihn tatsächlich genug liebte.

Er lächelte zu den Sternen hinauf. Natürlich liebte sie ihn. Ihre Bemerkungen und ihre Verwirrung deuteten klar darauf hin. Wie konnte sie ihn nicht lieben?

Gillian blickte erneut auf die Uhr, die auf dem Kaminsims stand. Die Zeiger hatten sich seit dem letzten Mal, als sie nachgesehen hatte, kaum bewegt. So ging das nun schon eine Ewigkeit, egal, wie oft sie nachsah, die Zeiger schienen stillzustehen. Am liebsten hätte sie überprüft, ob das verflixte Ding überhaupt noch funktionierte, ließ es aber sein. Ihre letzte Untersuchung vor ein paar Minuten hatte ergeben, dass die Uhr tadellos funktionierte.

Wo steckte Richard bloß? Sie ging im Zimmer auf und ab. War sie für den Rest ihres Lebens dazu verurteilt, darauf zu warten, dass er auf der Bildfläche erschien? Laut seiner eigenen Nachricht hätte er bereits hier sein sollen. Wo war er überhaupt, und – fast noch wichtiger – was trieb er?

Diese Fragen konnte sie getrost zu der endlos langen Liste an Dingen hinzufügen, die sie beide zu klären hatten. Nicht dass sie glaubte, er täte etwas Unehrenhaftes. In dieser Hinsicht teilte sie ganz Emmas Meinung. Dennoch wäre es schön zu wissen, was er machte.

Sie war kurz davor gestanden, ihm eine Nachricht zu schicken, als seine ankam. Sie war wieder von dem schmuddeligen Laufburschen überbracht worden, der in Wilkins' Augen den Untergang der englischen Zivilisation darstellte.

Auf ihrem Heimweg letzte Nacht hatte Gillian entschieden, dass es an der Zeit war, einander reinen Wein einzuschenken. Sie war sich relativ sicher, ihre eigenen Gefühle zu kennen. Nun blieb ihr nichts übrig, als seine zu erkunden, auch wenn das einigen Mut erforderte.

Mut? Der Gedanke ließ sie stocken. Darüber hatte sie bisher noch gar nicht nachgedacht. Natürlich hatte es einen gewissen Mut erfordert, Richard ihren Heiratsvorschlag zu unterbreiten. Und hatte es nicht auch Mut erfordert, ihr Leben nach dem Tod von Charles weiterzuleben? Sicherlich.

Aber war das denn wirklich Mut? Sie legte nachdenklich die Stirn in Falten. Musste man, um mutig zu sein, nicht etwas riskieren? Hatte sie in ihrem Leben jemals etwas riskiert?

Es war das Sicherste der Welt gewesen, Charles zu heiraten. Sie hatten sich von Kindesbeinen an gekannt, und sie war davon ausgegangen, dass sie für immer zusammenbleiben würden. Nach seinem Tod hatte sie ihr Leben weitergelebt, doch wenn sie jetzt zurückblickte, musste sie sich fragen, ob sie überhaupt eine andere Wahl gehabt hatte.

Hatte sie ihr Leben überhaupt wirklich weitergelebt?

Hatte sie die ganzen Jahre über nicht vielmehr sich

und ihr Herz permanent geschützt? Waren Robin und Kit für sie nicht bequeme Begleiter und Weggefährten gewesen, die im Gegenzug niemals etwas von ihr verlangt hatten? Selbst in ihren Salons, wo Mäzene und bedürftige Künstler einander begegnen sollten, war sie immer nur vermittelnd aufgetreten, ohne jemals wirklich zu handeln. Im Grunde hatte sie das Geschehen um sich herum lediglich beobachtet, genau wie Richard.

Gillian schüttelte ungläubig den Kopf. Bisher hatte sie sich noch nie ernsthaft Gedanken über ihr Leben gemacht, und nun war sie sich alles andere als sicher, ob ihr gefiel, was sie erkannte. Hatte sie die ganzen Jahre über gelebt oder vielleicht nur existiert? Vielleicht war es höchste Zeit, etwas zu riskieren. Vielleicht bekam man das, was man wirklich im Leben wollte, nur, wenn man bereit war, ein Risiko einzugehen.

Aus der Eingangshalle drangen Stimmen zu ihr, und sie wartete gespannt.

»Gillian.« Richard erschien im Türrahmen.

»Richard.« Ihre Stimme klang gelassen, aber ihr Herz schlug ihr bis in den Hals.

Er betrat das Zimmer. Sie hatten sich seit ihrer Rückkehr nach London nicht mehr gesehen; dennoch schien er über die Begegnung nicht sonderlich erfreut zu sein. Es schien fast so, als wäre er genau so nervös wie sie selbst.

Sie wusste nicht, wie sie anfangen sollte. Zögernd trat sie an die Anrichte und goss ihm einen Brandy ein. »Ich habe dich erwartet.«

»So, so.« Er fuhr sich mit den Fingern durch das Haar. Weshalb war er genauso unruhig wie sie?

»Ich habe nachgedacht …«

»Ich auch.« Sie stöhnte lautlos in sich hinein und nahm einen Schluck von dem Alkohol. Sie klangen wie zwei völlig Fremde, die sich über Gott und die Welt unterhielten.

»Worüber? Uns?«, fragte sie.

»Unter anderem«, murmelte er.

Konnte er sich etwa auch nicht überwinden, darüber zu sprechen? Das führte zu nichts. »Ich habe den Eindruck, dass wir nicht immer ganz ehrlich zueinander gewesen sind.«

»Ach ja?«, fragte er misstrauisch.

»Ja.« Sie holte tief Luft.

»Inwiefern?«

»Nun, was unsere … Gefühle angeht, meine ich.« Die Sache gestaltete sich viel schwieriger, als sie gedacht hatte. »Was wir füreinander empfinden.«

»Ist das denn so wichtig?« Er musterte sie eingehend.

»Natürlich ist es wichtig. Wir werden immerhin heiraten.«

Er sprach langsam. »Anfangs schien es nicht von Bedeutung zu sein.«

»Nein. Mittlerweile hat sich das aber geändert.«

»Warum?«

Weil ich dich liebe. Weil ich will, dass du mich liebst. »Weil sich seitdem alles verändert hat.«

»Tatsächlich?«, fragte er gelassen, zu gelassen.

»Aber ja, ich glaube, schon.«

»Inwiefern?«

Sie nahm noch einen Schluck. »Hast du vor, jede meiner Fragen mit einer Gegenfrage zu beantworten?«

»Hast du vor, mir etwas zu trinken anzubieten?«

Sie blickte überrascht das Glas in ihrer Hand an. Offensichtlich hatte sie vergessen, es ihm zu reichen. »Das ist deines.«

Er verzog belustigt die Lippen. »Du hast die seltsame Angewohnheit, meine Getränke für mich zu trinken.«

»Tatsächlich? Nun, ich trinke ja nicht viel«, murmelte sie.

Er hob eine Augenbraue, trat zu Gillian und nahm ihr das halb leere Glas aus der Hand. »Also gut, habe ich das denn wirklich getan?«

»Was getan?« Sie schüttelte verwirrt den Kopf.

»Habe ich wirklich all deine Fragen mit einer Gegenfrage beantwortet?«

»Du weißt ganz genau, dass du das getan hast.«

Er zuckte die Achseln. »Na gut, sollte ich es getan haben, bitte ich hiermit um Entschuldigung. Also los.« Er nippte an seinem Brandy. »Stell mir eine Frage, und ich will versuchen, sie ohne Umschweife zu beantworten.«

»Sehr schön.« Sie holte tief Luft. »Was empfindest du für mich?«

»Was ich für dich empfinde?«

Sie runzelte die Stirn.

»Oh, ich habe es schon wieder getan, nicht wahr?« Ein ironisches Lächeln umspielte seine Lippen. »Tut mir Leid. Aber lass mich nachdenken.« Er ging um sie herum und musterte sie abschätzend von allen Seiten, als prüfte er die Qualität einer Ware, die er zu kaufen gedachte. »Du bist intelligent. Das schätze ich an einer Frau.«

»Tatsächlich?«, entfuhr es Gillian, und sie fragte sich unwillkürlich, weshalb sie diese Feststellung so überraschte.

»Ja. Frauen, die nicht intelligent sind, finde ich langweilig.« Er verengte die Augen zu Schlitzen. »Du, meine Liebe, bist nie langweilig. Außerdem bist du eine sehr schöne und geistreiche Frau.« Auf seinem Gesicht machte sich ein Grinsen breit. »Und auch ... wie soll ich sagen ... Nun, wir passen auch in einer ganz anderen Hinsicht ausgezeichnet zueinander.«

Bei seiner letzten Bemerkung errötete sie, ging jedoch nicht darauf ein. »Das ist alles schön und gut, aber es beantwortet meine Frage nicht.«

»Ich dachte, ich hätte sie ausgiebigst beantwortet.«

»Da hast du dich eben getäuscht.« Sie stieß einen gequälten Seufzer aus. »Ich habe nicht nach einer Liste meiner Vorzüge gefragt …«

»Ich mag deine Vorzüge aber sehr gern.«

»Und ich deine, Richard«, erwiderte sie unwirsch. »Aber was ich eigentlich wissen möchte, ist, ob ich …«

»Ob du mir etwas bedeutest?«

»Ganz genau«, sagte sie erleichtert und sah ihn erwartungsvoll an. Eine Sekunde verstrich. Dann noch eine und noch eine. »Und?«

»Nun …« Er wählte seine Worte mit Bedacht. »Natürlich empfinde ich etwas für dich.«

»Ist das alles?«, sprudelte es aus ihr heraus, bevor sie über ihre Worte nachdenken konnte. »›Natürlich empfinde ich etwas für dich‹? Das war's? Nichts weiter?«

»Was willst du denn von mir hören?«, fragte er gedehnt.

Ich will, dass du mir sagst, wie sehr du mich liebst!

»Ich weiß nicht«, log sie. »Vielleicht ein bisschen mehr als das?«

»Soll ich vor dir auf die Knie fallen und dir meine ewige Treue geloben? Soll ich dir mit der Hand auf dem Herzen meine unendliche Liebe schwören? Soll ich die Fenster aufreißen und der Welt lauthals das unauslöschliche Feuer meiner Leidenschaft verkünden?«

»Ach ja, das fände ich nett!« Das Gespräch verlief überhaupt nicht nach Plan.

»Hätte Charles es so gemacht?« Seine Stimme klang kühl, aber in seinen Augen glomm unterdrückte Leidenschaft.

Sie runzelte verwirrt die Stirn. »Charles hat überhaupt nichts damit zu tun.«

»Ach nein?« Er leerte sein Glas und stellte es auf einem

Tisch ab. »Hatte Charles nicht von Anfang an sehr viel damit zu tun?«

»Nein.« Sie schüttelte den Kopf. »Anfangs habe ich mich schuldig gefühlt, aber das ist vorbei.«

»Ich bin nicht wie Charles.«

»Nein, bist du auch nicht!«

»Warum hast du mich dann ausgesucht?«

»Ich hatte eine Liste.«

»Eine *Liste*«, wiederholte er verächtlich. »Mit mir an der Spitze. Und warum stand ich an der Spitze? Weil du in mir dieselben edlen Eigenschaften wieder gefunden hast, die dein geliebter Mann besaß.«

»Ja, natürlich, wenn du es so sehen willst ...«

»Willst du dann wirklich mich oder nur eine Kopie deines verstorbenen Gatten?«

»So ist es nicht gemeint.«

»Aber am Anfang wolltest du keinen Ehemann, Gillian, nicht wahr? Keinen richtigen Ehemann. Du wolltest lediglich ein Mittel zum Zweck.« Er starrte sie an. »Was willst du jetzt?«

Dich. »Ich ... weiß es nicht.«

»Nein?« Er verfiel in brütendes Schweigen. Die Stimmung war zum Zerreißen gespannt. Angst, Zweifel und ungestellte Fragen, auf die es keine Antworten zu geben schien, hingen ungelöst in der Luft. »Dein Mann war ein Narr.«

»Inwiefern?«, fragte sie entrüstet. »Weil er es für wichtig hielt, seinem König und seinem Land zu dienen? Weil er sein Leben für seine Überzeugung geopfert hat?«

»Nein.« Richards dunkler Blick schien sie zu durchdringen. »Weil er dich verlassen hat.«

Siebzehntes Kapitel

Richard machte auf dem Absatz kehrt, ging aus dem Zimmer und schlug die Tür geräuschvoll hinter sich zu.

Seine Worte hatten Gillian zutiefst getroffen. Sie starrte ihm nach, während sie über die Bedeutung seiner anschuldigenden Worte nachdachte.

Weil er dich verlassen hat.

Sie sank auf das Sofa.

Weil er dich verlassen hat.

Das Grollen, mit dem er die Worte gesagt hatte, hallte in ihrem Kopf nach wie ein hartnäckiges Echo. Auf einmal verstand sie alles. Sie verstand Richard, vor allem aber sich selbst.

Sie hatte nicht Angst vor der Liebe, sondern vor dem Verlust und dem niederschmetternden Kummer, den die Liebe mit sich brachte. Charles hatte sie ihr Herz voll und ganz geschenkt, ohne jemals nach seinen Beweggründen zu fragen, und er hatte sie verlassen. Für immer.

Wie konnte sie sicher sein, dass Richard es nicht ebenso machen würde?

Ehrlichkeit zwischen Mann und Frau ist genauso wichtig wie gegenseitiges Vertrauen.

Ehrlichkeit? Gegenseitiges Vertrauen? Bisher hatten sie sich weder das eine noch das andere entgegengebracht. Sicherlich hatte Richard seine Geheimnisse, aber was auch dahinter stecken mochte, er war doch ein ehrenhafter Mann, dem sie vertrauen konnte. Uneingeschränkt. Und ihr Herz durfte sie ihm ebenfalls ohne weiteres anvertrauen, das konnte sie an seinen Augen ablesen. Sie würde die Angst, ihn zu lieben und zu verlieren, nie völlig unterdrücken können; gegen den Tod war man machtlos. Doch sie konnte zumindest sicher sein, dass er sie niemals aus eigenem Antrieb verlassen würde.

Sie musste ihm ihr Herz ganz öffnen. Dabei würde sie ein Risiko eingehen, das sehr viel Mut erforderte. Sie hätte nicht gedacht, dass sie so viel Mut besaß – oder dass sie jemals so viel Mut brauchen würde.

Sie musste ihm auf der Stelle sagen, was sie ihm gegenüber empfand. Es war nicht nötig, auf ein Liebesgeständnis seinerseits zu warten. Er musste keine Worte aussprechen, die er vermutlich noch nie zuvor gesagt hatte und die er höchstwahrscheinlich gar nicht sagen konnte. Er liebte sie trotzdem; das konnte sie in seinen Augen sehen und in seinen Berührungen spüren. Und wenn er sie am Ende doch nicht liebte, würde sie eben irgendwie lernen, damit umzugehen. Sie zuckte die Schultern. Um diese Möglichkeit würde sie sich kümmern, wenn sie auf sie zukäme. Sie ging ein Risiko ein, und bei diesem Mann war es sicher nicht das letzte Risiko, das sie eingehen würde. Doch ihre Belohnung würde überwältigend sein.

Gillian sprang auf und ging auf die Tür zu. Sie musste ihn auf der Stelle aufsuchen. Auf einmal stockte sie. Sie wusste ja gar nicht, wo er wohnte. Es lag völlig in seiner Hand, wo und wann sie sich das nächste Mal treffen würden. Sie konnte ihm eine Nachricht durch seinen Anwalt zukommen lassen. Auf diese Weise hatte sie ihn kontaktiert, als sie ihn zu ihrem Salon eingeladen hatte. Doch das mochte gut einen Tag oder sogar länger dauern, und sie wollte nicht eine einzige Stunde vergeuden.

Wenn sie nur den Jungen ausfindig machen könnte, der seine Nachricht überbracht hatte … Hatte Wilkins nicht gesagt, dass es sich um denselben Burschen handelte, der auch Toussaints Botschaften ablieferte? Offensichtlich logierte Richard in derselben Gegend wie der Künstler. Toussaint würde wissen, wie man den Jungen erreichte, und sie könnte ihm eine Nachricht für Richard übergeben. Noch besser, sie sollte darauf bestehen, persönlich zu ihm geführt zu werden. Sie würde Richard überraschen und ihm ihre Gefühle gestehen. Im Gegenzug würde er ihr dann hoffentlich all seine Geheimnisse offenbaren.

Dieser Schritt würde ihr außerdem Gelegenheit geben, die dummen Spielchen mit Toussaint zu beenden. Sie würde ihm deutlich zu verstehen geben, dass es vorbei war mit seinem Unsinn über Liebe und Lust. Abendliche Sitzungen würde es auch nicht mehr geben. Sie hatte den starken Verdacht, dass seine Anziehungskraft sehr viel mit der exotischen Atmosphäre seines Ateliers zu tun hatte, mit dem Chaos, den seltsamen Gerüchen von Öl und Terpentin – und natürlich dem geheimnisvollen Zauber der Dunkelheit.

Tagsüber würde nichts von diesem Zauber zu spüren sein. Jedenfalls bei Toussaint nicht. Stattdessen gäbe es eine Enthüllung: Gillian würde endlich sein Gesicht sehen. Nicht dass es sie ernsthaft interessierte, sie war einfach nur ein wenig neugierig.

Entschlossen ging sie zur Tür. Sie musste die Sache sofort angehen, bevor ihr Mut sie wieder verlassen würde. Wilkins sollte ihr eine Kutsche besorgen und …

Die Tür wurde aufgerissen, und Robin spazierte ins Zimmer. »Gillian, wir müssen miteinander reden.«

»Nicht jetzt, Robin«, sagte sie abwehrend. »Ich habe es eilig.« Sie ging um ihn herum und wollte zur Tür.

Robin hielt sie jedoch am Arm fest und blickte ihr in die Augen. »Doch, jetzt, Gillian.«

»Du meine Güte, Robin, ich habe im Augenblick weder Zeit noch Lust, mich um dein Anliegen zu kümmern.« Sie versuchte, sich frei zu machen, doch er hielt sie nur noch fester. »Lass mich gefälligst los.«

»Nein.« Er musterte sie mit einem ergebenen Blick, nahm sie in die Arme und küsste sie lange und ziemlich ausgiebig.

Gillian war völlig überrascht und zu verblüfft, um auch nur Atem zu holen.

Robin richtete sich auf und sah erwartungsvoll auf sie herunter. »Und?«

»Und was?« Sie starrte ihn an.

»Das war ein … ein Zeichen. Ein Zeichen meiner unsterblichen Hingabe.«

Er ließ sie los und trat einen Schritt zurück. Er hob seinen Kopf und sah alles in allem aus wie ein Mann, der in die Gewehrmündung seines Erzfeindes blickt. »Ich liebe dich, Gillian, ich habe dich immer geliebt. Ich kann nicht zulassen, dass du einen Mann heiratest, den du nicht liebst. Heirate mich.«

»Das ist nicht dein Ernst.« Sie konnte das Lachen kaum zurückhalten.

»Es war mir noch nie so ernst.«

»Aber du willst mich doch eigentlich gar nicht besonders gern heiraten«, fragte sie gedehnt. »Oder?«

»Natürlich will ich das.«

»Ich merke es immer, wenn du lügst.« Sie musterte ihn nachdenklich. »Was hast du vor?«

»Ich will dich heiraten«, wiederholte er standhaft.

Sie hob eine Augenbraue.

»Nun, ich möchte gern bald heiraten, warum also nicht dich?«

»Pass auf, sonst verdrehst du mir noch den Kopf mit deinen Komplimenten«, sagte sie ironisch.

Robin ging nicht darauf ein. Er verschränkte die Arme hinter dem Rücken und ging im Zimmer auf und ab. »Du musst heiraten, um an deine Erbschaft zu kommen. Ich will heiraten, weil ich es leid bin, dass meine gesamte Familie mir pausenlos junge Frauen vorstellt, von denen keine dir das Wasser reichen kann, was Verstand oder Aussehen anbelangt …«

»Jetzt fühle ich mich aber wirklich geschmeichelt und auch gerührt. Ich wusste gar nicht, dass du so viel von mir hältst.«

Er sah sie überrascht an. »Das wusstest du nicht? Das tut mir Leid, Gillian, ich habe schon immer sehr viel von dir gehalten. Nun, ich muss gestehen, dass ich ein wenig enttäuscht war, als du dich damals für Charles entschieden hast.«

»Robin.« Sie blickte ihn ungläubig an. »Ich hatte ja keine Ahnung.«

Er machte eine wegwerfende Handbewegung. »Ich bin darüber hinweggekommen.«

»Ohne Zweifel.«

Er warf ihr einen belustigten Blick zu. »Ich war keineswegs am Boden zerstört, lediglich enttäuscht.«

»Danke, dass du das klargestellt hast.«

»Auf jeden Fall habe ich dich immer auf meine Weise geliebt, Gillian«, sagte er, indem er näher trat und ihre Hand ergriff. »Und ich bin mir sicher, dass auch du mich immer geliebt hast.«

»Ja, schon, aber ...«

»Selbst wenn es nicht genau dieselbe Liebe ist, die du für Charles empfunden hast, würden wir bestimmt glänzend miteinander auskommen.«

»Höchstwahrscheinlich, aber ...«

»Wenn du mich also heiraten würdest, geschähe es in gewisser Weise aus Liebe, und du würdest außerdem Shelbrooke nicht heiraten müssen.«

Auf einmal verstand sie. »Darum geht es also.«

Robin nickte. »Gillian, schon allein weil wir so lange befreundet sind, kann ich es nicht zulassen, dass du irgendeinen Mann heiratest, nur um an eine Erbschaft zu gelangen.«

»Robin«, sagte sie sanft und entzog ihm ihre Hand.

»Ich werde Richard nicht heiraten, nur um an meine Erbschaft zu gelangen …«

»Nein?« Ein Grinsen machte sich auf seinem Gesicht breit. »Ausgezeichnet. Ich wusste doch, dass du die Sache nicht durchziehen würdest. Ich kann dir gar nicht sagen, wie …«

»… aber heiraten werde ich ihn.«

»Also doch?« Er starrte sie verwirrt an. »Warum?«

»Ich liebe ihn.« Sie lächelte ihn entschuldigend an und fragte sich, weshalb es so viel leichter war, ihre Gefühle ihrem alten Freund zu beichten als dem eigentlichen Objekt ihrer Zuneigung.

»Du liebst ihn?« Robins Augen weiteten sich. »Wie kannst du ihn nur lieben? Ich kann ihn nicht ausstehen.«

»Dann trifft es sich ja gut, dass du nicht ihn heiraten wirst«, erwiderte sie lachend.

»Bist du dir ganz sicher, Gillian?«

»Ja.«

»Erwidert er deine Gefühle?«

»Ich weiß nicht. Aber ich hoffe, genau das herauszufinden.« Sie ging auf die Tür zu, hielt dann jedoch inne und wandte sich ihm zu. »Würdest du mir deine Kutsche leihen?«

»Natürlich.« Er trat ans Fenster. »Mein Kutscher müsste noch …«

Die Tür flog auf, und Kit stürmte ins Zimmer. »Gillian.« Er stürzte auf sie zu, sodass sie instinktiv ein paar Schritte zurückwich. »Ich liebe dich, Gillian, und habe dich immer geliebt. Ich kann es nicht zulassen, dass du einen Mann heiratest, den du nicht liebst. Heirate mich.«

»Wie bitte?«

Kit ging näher auf sie zu. »Ich liebe dich, Gillian, habe dich immer geliebt.« Es klang, als hätte er die Worte auswendig gelernt. Er hielt sie an den Schultern fest und zog sie zu sich heran. »Ich kann es nicht zulassen, dass du einen Mann heiratest, den du nicht liebst. Heirate mich.«

Sie blickte zu ihm auf. »Du wirst mich doch wohl nicht küssen?«

»Das habe ich eigentlich nicht vorgehabt ...«, antwortete er unentschlossen. »Aber ich denke ... also, wenn du meinst ...«

»Nein, nein, lass es ruhig bleiben.« Sie erhob ihre Stimme. »Oder was meinst du, Robin? Sollte er es tun?«

»Ich vermute, dass es nicht viel nützen würde«, sagte Robin mit einem ironischen Unterton.

»Robin?« Kit über Gillian hinweg. »Ich dachte, wir hätten uns darauf geeinigt, einzeln vorzugehen?«

Robin verschränkte die Arme und lehnte sich gegen den Fensterrahmen. »So war es ursprünglich geplant.«

»Dein Heiratsantrag ist nicht der erste, der mir heute gemacht worden ist.« Gillian verkniff sich ein Lächeln. »Du darfst mich jetzt loslassen.«

»Oh, natürlich.« Kit zog seine Hände zurück, als hätte er sich die Finger verbrannt. »Bitte verzeih.«

»Vielleicht hätte einer von euch die Güte, mir zu erklären, was hier vor sich geht? Wie lautet euer ursprünglicher Plan?« Sie blickte von Kit zu Robin.

»Es ist wirklich ganz einfach, meine Liebe«, erwiderte Robin mit einem Seufzer. »Wir haben uns dazu entschlossen ...«

»Und zwar gestern Abend«, ergänzte Kit.

»... dass dieser Farce zwischen dir und Shelbrooke ein Ende gemacht werden muss.«

»So, so.«

»Einer von uns beiden sollte dich erlösen.« Kit sah Gillian und dann Robin an. »Du bist mir also zuvorgekommen, altes Haus. Gott sei Dank.« Er ließ sich auf das

Sofa fallen und seufzte erleichtert. »Ich hätte die Sache selbstverständlich durchgezogen …«

»Schon wieder ein Kompliment. Wenn mir das nur nicht zu Kopf steigt.«

»… aber nur ungern.«

»Weitere Schmeicheleien ertrage ich einfach nicht.«

»Es hat nichts mit dir zu tun, Gillian«, versicherte er schnell. »Nun, jedenfalls nicht ganz. Ich glaube nur, dass wir viel besser als Freunde zusammenpassen – enge Freunde, natürlich …«

»Natürlich.«

»… als wenn da mehr zwischen uns wäre. Außerdem«, sagte er, indem er vom Sofa aufsprang, als fiele es ihm schwer, still zu sitzen, »gibt es da eine Person, die ich noch lieber heiraten würde.«

Gillian und Robin tauschten Blicke aus.

»Weißt du, Gillian, wegen ihr bin ich in London geblieben. Als du und ihr Bruder zu deiner Großmutter gefahren seid, dachte ich …« Er hielt inne, und seine Augen weiteten sich vor Entsetzen. »Zum Teufel. Wenn du Shelbrooke erzählst, dass du nicht ihn, sondern Robin heiraten wirst, wird er das doch wohl nicht zu meinem Nachteil auslegen, oder? Ich glaube ernsthaft, dass er mich nicht ausstehen kann.«

»Das tut er auch nicht.« Sie lächelte süßlich. »Nicht im Geringsten.«

»Und wir werden nicht heiraten«, fügte Robin hinzu.

»Nein?« Kit runzelte die Stirn. »Nun, das überrascht mich nicht wirklich. Ich habe sowieso nicht gedacht, dass sie einen von uns nehmen würde.« Er wandte sich Robin zu. »Emma glaubt sogar, dass Gillian Shelbrooke liebt. Ich habe ihr gesagt, dass das eine blödsinnige Vorstellung ist. Gillian ist schließlich viel zu pragmatisch …«

»Sie liebt ihn«, gab Robin niedergeschlagen von sich.

»Wirklich? Das ändert natürlich alles, nicht wahr?« Kit dachte kurz nach, dann hellte sich seine Miene schlagartig auf. »Das löst natürlich all unsere Probleme. Wenn du vielleicht ein Wort für mich bei ihm einlegen könntest ...«

»Ich werde sehen, was sich machen lässt«, erwiderte sie lachend. »Nachdem ich erst einmal ein Wort für mich selbst eingelegt habe.«

»Ach, das wird gar nicht nötig sein«, versicherte Kit mit Überzeugung. »Emma ist sich ziemlich sicher, dass er dich auch liebt.«

Gillian zögerte. »Wieso glaubt sie das?«

»Weil er dich noch nicht geheiratet hat.« Kit lächelte selbstgefällig. »Emma meint, er hätte dich schon längst geheiratet, wenn ihm wirklich nur an deiner Erbschaft gelegen wäre.«

»Emma weiß von der Erbschaft?«, fragte Gillian.

Kit zuckte zusammen. »Ich fürchte, ja. Es tut mir Leid, Gillian, ich konnte nicht anders. Außerdem«, fügte er erhobenen Hauptes hinzu, » glauben wir, dass zwei Leute, die sich lieben, keine Geheimnisse voreinander haben sollten.«

»Nein, das sollten sie auch nicht«, murmelte sie. »Du kennst also alle ihre Geheimnisse?«

»Ich weiß, dass sie malt.« Er wandte sich Robin zu. »Sie malt ganz wunderbar, wenn mir dieses Urteil gestattet ist.«

»Große Kunst heißt doch in deinen Augen, dass jemand ein Pferd und einen Jagdhund nett abpinseln kann«, erwiderte Robin.

Kit ging nicht auf seine Bemerkung ein. »Gillian, du musst unbedingt versuchen, etwas an Shelbrookes Einstellung gegenüber Emmas Malerei zu ändern.«

»Auf jeden Fall.« Hatte Emma Recht? Liebte Richard

sie? Der Gedankengang seiner Schwester klang überzeugend. Gillian konnte nur hoffen, dass sie tatsächlich Recht behielt.

»Anfangs hätte ich es nicht für möglich gehalten, Gillian, aber die ganze Angelegenheit scheint doch ihr Gutes zu haben«, sagte Kit lächelnd. »Ich liebe Emma, und sie liebt mich. Du liebst Shelbrooke, und er liebt dich. Natürlich verabscheut er mich …«

Robin schnaubte verächtlich.

»… aber mit ein bisschen Glück und deiner Unterstützung wird er schon darüber hinwegkommen.« Kit schenkte Robin ein süffisantes Grinsen. »Auch wenn das natürlich dich außen vor lässt.«

»Ich werde mich bemühen, tapfer damit fertig zu werden«, antwortete Robin düster.

»Armer Robin.« Gillian schüttelte den Kopf. »Dabei warst du immer derjenige von uns, der am meisten für Liebe und Heirat übrig hatte.«

Robin zuckte die Achseln. »Die Ironie ist überwältigend.«

»Verzweifle nicht, mein Freund«, grinste Gillian. »Auch für dich ist noch nicht alle Hoffnung verloren. Richard hat mehr als eine Schwester im heiratsfähigen Alter.«

»Monsieur Toussaint?« Gillian klopfte nochmals an die Tür.

»Vielleicht ist er nicht da, Mylady?«, rief Robins Kutscher vom Fuß der Treppe.

»Dann werde ich hier auf ihn warten – wenn nötig, den ganzen Tag.« Sie war fest entschlossen, den Jungen zu finden, der sie zu Richard bringen konnte. Es war höchste Zeit, mit ihm ins Reine zu kommen, und sie würde es nicht länger aufschieben.

Toussaint mochte außerdem durchaus in seinem Atelier sein. Womöglich war er lediglich zu sehr in seine Arbeit vertieft, um ihr Klopfen zu hören. Sie ballte ihre Hand erneut zur Faust und hämmerte ungeduldig gegen die Tür. Das Klopfen war im ganzen Treppenhaus zu hören. »Monsieur, seid Ihr zu Hause?«

Die Tür öffnete sich einen Spalt.

Sie zögerte. War er da, oder hatte dieser törichte Kerl tatsächlich sein Atelier verlassen, ohne die Tür abzuschließen? Wenn er derart leichtsinnig war, verdiente er einen unerwarteten Besuch.

Sie stieß die Tür ein Stück auf und lugte in das Zimmer. »Monsieur?«

Es war niemand da. Sie öffnete die Tür weiter und trat vorsichtig ein. Bei Tageslicht sah der Raum genau so aus, wie sie ihn sich vorgestellt hatte. Die chaotische Unordnung legte die Vermutung nahe, dass der Bewohner kein Dienstmädchen hatte, das gelegentlich aufräumte.

Leinwände lehnten an den Wänden. Auf wackeligen Tischen lagen Farben und andere Malutensilien herum. In einer entfernten Ecke stand Toussaints ungemachtes Bett. Es gab kaum Möbelstücke in dem Zimmer, lediglich das Sofa, auf dem sie immer gesessen hatte, den Schemel mit dem Kerzenständer, die Staffelei und den Wandschirm daneben, der Toussaints Gesicht vor ihren Blicken verborgen gehalten hatte. An einer Wand prangte ein großer blauer Farbfleck.

Sie durchquerte das Zimmer und trat auf die andere Seite der Staffelei. Ein Tuch hing über ihrem Bild, und sie zog es vorsichtig beiseite. Sie blickte auf ihr Antlitz, und wieder hatte sie das Gefühl, dass Toussaint beim Malen weit mehr als ihre äußere Erscheinung eingefangen hatte. Das Porträt war fast fertig, es fehlt nur noch ein kleiner Teil des Hintergrunds. Ehrfürchtig betrachtete sie das Bild, das ihr so ähnlich sah.

Toussaints Können war wirklich beeindruckend. Es war nicht verwunderlich, dass seine Werke langsam Anklang fanden. Sein Talent verdiente es, gewürdigt zu werden, und sie würde tun, was in ihrer Macht stand, um ihm zu helfen. So viel schuldete sie ihm wohl.

Zumindest aber hatte er ihre Entschuldigung verdient. Sie ging langsam im Zimmer umher, wobei sie immer wieder stehen blieb, um ein Bild oder eine Skizze zu betrachten. Schließlich hatte sie ihn aufgefordert, sie zu küssen, und es war im Grunde ihr Ärger über sich selbst gewesen, der sie dazu gebracht hatte, ihn zu ohrfeigen. Er hatte nur getan, was für einen Mann wie ihn wahrscheinlich ganz natürlich war.

Sie musste lächeln, als sie sich vorstellte, wie er sie hier finden würde. Bisher hatte er durch seine blödsinnige Weigerung, ihr sein Gesicht zu zeigen, immer die Oberhand gehabt. Nun würde sich das Blatt wenden.

Sie glaubte nicht ernsthaft, dass Toussaint hässlich war, aber sie konnte sich auch nicht vorstellen, dass er besonders gut aussah. Wahrscheinlich war er einfach nur gewöhnlich. Doch egal, wie er aussah, sie freute sich schon auf seinen Gesichtsausdruck, wenn er sie hier so unerwartet antreffen würde.

Irgendwann musste er in sein Atelier zurückkehren. Sie hatte vor, so lange wie nötig auf ihn zu warten. Toussaint war ihre einzige Verbindung zu dem Jungen, der sie zu Richard führen konnte. Nach dem heutigen Tag würde es hoffentlich keine weiteren Geheimnisse mehr zwischen ihnen geben, weder darüber, wo er lebte, noch was er tat oder für sie empfand.

Da fiel Gillian eine halb fertige Landschaft ins Auge. Es war eine wunderhübsche Szenerie: ein Wald mit einer Lichtung und einem kleinen griechischen Tempel, welcher der »Herzoglichen Torheit« auf dem Grundstück ihrer Großmutter erstaunlich ähnlich sah. Die Proportionen stimmten, die Anzahl der Säulen, und … Sie kniff die Augen zusammen und beugte sich über das Bild.

Auf der Spitze des Tempels thronte ein weinroter Hut mit einer kecken, dunkelgrünen Feder.

Ihr Hut? Tousaint hatte ihren Hut auf das Dach eines Bauwerks gemalt, das auffällig nach ihrem Tempel aussah. Wie um alles in der Welt … Sie kniete auf dem Boden nieder und betrachtete das Bild eingehend.

Es war nicht nur der Tempel, sondern auch die Lichtung, die Anordnung der Bäume – und war da nicht sogar ein See im Hintergrund zu erahnen? Dies war ohne Zweifel die »Herzogliche Torheit«. Da sie Toussaints Gesicht noch nie gesehen hatte, war es zwar unwahrscheinlich, aber nicht unmöglich, dass er das Anwesen ihrer Familie einmal besucht hatte.

Vielleicht hatte er sogar an dem Fest oder dem Ritt teilgenommen. Doch nur sie und Richard wussten von dem Hut.

Richard? Konnte er Toussaint beauftragt haben, dieses Bild zu malen? Selbstverständlich nicht. Für so etwas hatte er kein Geld. Er brauchte das Geld, das er verdiente … Das er mit irgendeiner geheimnisvollen Tätigkeit verdiente …

Ich nehme an, dass es sich um irgendein geschäftliches Unternehmen handelt, aber Richard spricht nicht darüber; vermutlich, weil unsere Gesellschaft niemals einen Earl akzeptieren würde, der seinen eigenen Lebensunterhalt verdient.

Emmas Worte hallten in ihrem Kopf wider.

Was hatte Richard doch gleich gesagt?

Ein Kunstwerk, das von einer Frau oder einem Earl oder gar einem Prinzen stammt, wird zwangsläufig nicht ernst genommen.

Ihr stockte der Atem. War es möglich? Auf gar keinen Fall. Es war eine lächerliche, völlig verrückte Idee.

Die gemalte Landschaft schien vor ihren Augen zu verschwimmen.

Waren Richard und Toussaint ein und dieselbe Person?

Auf einmal kamen ihr hunderte winziger Details und einzelner Momente in den Sinn, die an sich betrachtet bedeutungslos schienen, die sich nun aber in ihrem Kopf wie die Teile eines Mosaiks zusammenfügten – und ein erstaunliches Bild ergaben.

Natürlich! Nun ergab alles Sinn: Toussaints Weigerung, ihr sein Gesicht zu zeigen, die nächtlichen Sitzungen und nicht zuletzt sein übertrieben starker Akzent, der gelegentlich nachzulassen schien. Wahrscheinlich sprach er noch nicht einmal Französisch.

Und es hatte so viel mehr Hinweise gegeben. Ein und derselbe Laufbursche, der die Nachrichten beider Männer überbrachte. Richards Bemerkungen über das harte Leben eines Künstlers. Seine viel zu ausgeprägten Kunstkenntnisse. Und Emmas Beobachtung, dass Toussaint so ähnlich malte wie Richard früher. Früher? Ha!

Hinzu kam der schwache Geruch nach Terpentin, den sie nach ihrer ersten gemeinsamen Nacht wahrgenommen hatte.

Wieso war es ihr bisher noch nicht aufgefallen? War sie so dumm, so verliebt in diesen Mann? Sie schüttelte unwillig den Kopf. Sie wäre niemals in ihrem Leben darauf gekommen, dass der Earl of Shelbrooke Etienne-Louis Toussaint sein könnte.

Doch weshalb hatte er es ihr nicht gesagt? Sie gehörte doch nicht zu den Leuten, die seine Malerei verurteilen würden.

Was ist mysteriöser und aufregender als ein Mann, dessen Gesicht verborgen ist? Oder ein Mann mit Geheimnissen?

Ging es darum? Hatte er Toussaint benutzt, um ihre Zuneigung zu gewinnen, damit sie seine Bedingung bezüglich ihrer Ehe erfüllen konnte? Wenn dem so war, war sein Plan fehlgeschlagen, jedenfalls teilweise. Sie war nicht in Toussaints Armen gelandet. Sie sehnte sich nicht danach, von dem Maler gehalten zu werden.

Eine weitere Erkenntnis traf sie wie ein Schlag, und sie schnappte nach Luft. Sie war nicht wollüstig, empfand keineswegs wie eine dahergelaufene Dirne! Sie fühlte dasselbe, wenn Richard und Toussaint sie küssten, weil es sich schließlich um ein und denselben Mann handelte: den Mann, den sie liebte. Es war keine Lust, zumindest war es nicht nur Lust. Andere Männer hatten sie schließlich auch geküsst, zum Beispiel Robin, der sie noch vor kurzem sehr leidenschaftlich umworben hatte – und sie hatte rein gar nichts empfunden.

Warum hatte er ihr nicht die Wahrheit gesagt?

Vielleicht ist er ja auch verwirrt.

War er das? Und war er verwirrt, weil auch er verliebt war? Überschwängliche Freude stieg in ihr auf, und sie hätte am liebsten laut losgelacht. Natürlich, das war die einzig mögliche Erklärung. Was hatte sie denn erwartet? Gab es etwas anderes, das ebenso verwirrend war wie die Liebe? Und hatte sie Pandora nicht selbst erklärt, dass Männer die Sprache ihres eigenen Herzens nicht verstanden, sobald es um die Liebe ging? Wenn Richard sie tatsächlich nur wegen der Erbschaft heiraten wollte, hätte er das längst tun können. Doch wenn sein Herz mit im Spiel war …

Eigentlich müsste sie wütend auf ihn sein, müsste ihn am besten erschießen oder ihm zumindest einen stumpfen Dolch durch die Brust jagen wollen. Stattdessen grinste sie wie eine Närrin vor sich hin.

Gillian erhob sich vom Boden und klopfte den Staub von ihrem Kleid. Armer Richard: so verliebt und so verwirrt. Man könnte fast Mitleid für ihn empfinden. Das würde sie auch, eines Tages, doch nicht gleich. Schließlich konnte sie ihm seinen kleinen Betrug nicht einfach ohne Strafe durchgehen lassen. Das wäre keine gute Art und Weise, ihr gemeinsames Leben zu beginnen. Dieser Mensch hatte nicht die leiseste Ahnung, was es hieß, richtig verwirrt zu sein.

Wenn es tatsächlich nichts Mysteriöseres oder Aufregenderes gab als einen Mann mit Geheimnissen, wurde es höchste Zeit, dass Richard herausfand, dass es nichts Gefährlicheres gab als eine Frau, die diese Geheimnisse kannte.

Jedes einzelne.

Achtzehntes Kapitel

Was war schief gelaufen?

Richard starrte auf die Leinwand und versuchte weiterzuarbeiten, doch er musste immerzu an sein Treffen mit Gillian denken. Er war mit den besten Absichten zu ihr gegangen, hatte vorgehabt, ihr alles zu gestehen, ihr zu sagen, dass er Toussaint war und dass er sie liebte. Stattdessen hatte ihn eine völlig irrationale Eifersucht auf ihren verstorbenen Mann gepackt. Bis zum heutigen Tag war Richard nicht einmal bewusst gewesen, dass ihre erste große Liebe ein derartiges Problem für ihn darstellte.

Doch sie war ein Problem. Er konnte den Gedanken einfach nicht ertragen, dass er nicht der erste Mann in ihrem Leben war, der erste Mann in ihrem Bett und der erste Mann, der die schöne Prinzessin gerettet hatte.

Was hatte sie nur mit ihm angestellt? Er hätte Gillian auf der Stelle heiraten sollen. Er hätte ihre Bedingungen akzeptieren, das Erbe antreten und sein Leben weiterleben sollen, ohne sich darum zu scheren, dass sie nur dem Namen nach seine Frau sein wollte. Zumindest hätte er dann jetzt keine Schulden mehr. Doch zuerst hatte sein Stolz ihm im Weg gestanden, und nun hielt ihn sein Herz zurück.

Es klopfte an der Tür, und eine weibliche Stimme fragte: »Monsieur Toussaint?«

Gillian?

»Madame?« Er sprang auf und eilte auf die Tür zu. »Was macht Ihr hier?«

»Ich muss dringend mit Euch sprechen.« Sie hielt inne. »Darf ich eintreten?«

»Es tut mir unendlich Leid, aber ich bin heute Abend nicht auf eine Sitzung eingestellt.« Er konnte sie auf keinen Fall hereinlassen.

»Dann warte ich eben.« Es entstand eine Pause. »Monsieur, ich habe meinen Kutscher bereits fortgeschickt.«

»Einen Augenblick, *s'il vous plaît.*« Verdammt. Was, zum Teufel, hatte Gillian hier zu suchen? Er hastete durch das Zimmer, zündete die Kerzen neben dem Sofa an, löschte die übrigen Lichter, postierte sich hinter der Leinwand und zündete schließlich die Kerze an, die an der Staffelei befestigt war. Mit einer Hand fuhr er sich durchs Haar, holte tief Luft und ließ sich, hinter dem Wandschirm verborgen, auf seinem Schemel nieder. »Also gut, Madame, tretet ein.«

Er hörte, wie sich die Tür öffnete, und sah, wie sich ihre Gestalt aus dem Schatten am Eingang löste und in den Lichtkegel um das Sofa trat. »Guten Abend, Monsieur.«

»Madame«, erwiderte er zögernd. Sie ließ ihren Mantel auf den Stuhl neben dem Sofa fallen. »Ich hatte nicht erwartet, Euch jemals wieder zu sehen.«

»Weshalb denn nicht?« Sie setzte sich auf das Sofa und schlüpfte aus ihren Schuhen. »Ist das Porträt fertig?«

»Nicht ganz, aber für den Rest brauche ich Euch nicht. Wenn Ihr also lieber gehen möchtet, rufe ich Euch gern eine Droschke.«

»Nein, gar nicht.« Sie streckte sich auf dem Sofa aus. Ihre Bewegungen waren träge und verführerisch. »Ich möchte bleiben.«

»Tatsächlich?«

»Ja.« Sie lachte leise, ein Geräusch, das tief aus ihrer Kehle an sein Ohr drang.

Er spürte, wie sich seine Bauchmuskeln anspannten. »Ihr sagt, Ihr braucht mich nicht für den Rest dieses Porträts?«

»Nein.« Da sie jedoch einmal hier war, konnte er ebenso gut an dem Bild weiterarbeiten. Er griff nach einem Pinsel. Wie lang sie wohl zu bleiben vorhatte? Soviel er wusste, hatte sie bisher immer Wilkins am Fuß der Treppe warten lassen. Wo steckte der Mann heute?

»Dann würdet Ihr vielleicht einen Auftrag für ein weiteres Gemälde annehmen?«

»Ein weiteres Gemälde?« Er runzelte die Stirn. »Reicht denn eines nicht?«

»Es ist mir einfach so in den Sinn gekommen, wie reizend es wäre, ein Werk zu besitzen, das, nun ja, ein wenig anders ist. Einzigartig.«

»All meine Bilder sind einzigartig«, murmelte er. Nicht genug damit, dass sie ihn mit ihrem Besuch überrumpelt hatte, nun kritisierte sie ihn auch noch.

»Ja, aber ich dachte an etwas eher Klassisches.«

»Etwas Klassisches?« Was war denn klassischer als eine Frau in einem griechischen Gewand?

»In der Art einer Skulptur, einer griechischen Skulptur, wisst Ihr. Das wäre wundervoll. Etwas, das … zum Beispiel in einen Tempel passen würde.«

»In einen Tempel?«, sagte er und schickte innerlich ein Stoßgebet in Richtung Himmel. Hoffentlich hatte er die Landschaft, die er zu malen begonnen hatte, nachdem Gillian und er vom Land zurückgekehrt waren, gegen die Wand gelehnt, sodass sie sie nicht sehen konnte.

Sie schwang ihre Beine von dem Sofa und stand auf. Ihre Bewegungen waren graziös und aufreizend zugleich. »Dieses Gewand ist genau das Richtige für ein solches Gemälde.« Sie streckte ihre Arme über den Kopf und drehte sich langsam. Das Kerzenlicht umspielte die Falten des hauchdünnen Stoffes und betonte jede ihrer Rundungen. »Meint Ihr nicht auch, Monsieur?«

Er musste schlucken. »Ja, sicher, aber ich habe Euch doch bereits in diesem Gewand gemalt.«

»O je.« Sie zog einen hinreißenden Schmollmund und verschränkte die Arme vor der Brust, eine Haltung, die ihren wogenden Busen vollends zur Geltung brachte. »Dann geht das natürlich nicht.«

»Nein, vielleicht nicht«, flüsterte er. Das Spiel des flackernden Lichts auf ihrer elfenbeinfarbenen Haut hielt seinen Blick gefangen.

»Was könnten wir stattdessen tun?« Sie legte einen Zeigefinger an ihre Unterlippe.

»Ich weiß es nicht.« Er wusste genau, was er in diesem Moment tun wollte, doch die Malerei spielte dabei keine Rolle.

»Ich möchte doch so gern etwas Klassisches.«

»Etwas … Klassisches.«

»Vielleicht sogar etwas Gewagtes.«

»Gewagt.« Ihre verführerischen, reizvollen Lippen.

»Ja, aber vielleicht nicht unbedingt etwas Griechisches, vielleicht lieber etwas nach Art der großen italienischen Meister.« Langsam wandte sie ihm den Rücken zu. Sie bewegte sich wie in einem Traum. Vielleicht träumte er? Ihre Hände glitten zu der goldenen Kordel, die um ihre Taille gebunden war. »Botticelli.« Sie löste die Kordel. »Oder Tizian.«

»Tizian«, wiederholte er und sah fasziniert auf die dünne goldene Schlange, die nun glitzernd zu ihren Füßen lag.

»Lieber Botticelli, glaube ich. In der Art von *Die Geburt der Venus*.«

»Madame, die Venus war …« Ihr Gewand glitt zu Boden und bedeckte die Kordel. Sein Blick wanderte an Gillians Beinen hinauf, über die Rundung ihres Gesäßes, den Rücken entlang bis zu ihren Schultern. Ihre Haut glänzte warm und golden. Sie löste das Band aus ihren Haaren, und ihre Locken fielen wie gleißendes Licht über ihren Rücken.

Sie warf ihm einen Blick über die Schulter zu. Er wusste genau, dass sie ihn nicht sehen konnte, dennoch schien ihr Blick sich in seinen zu bohren. »Venus war …?«

»Ihr habt Euer Gewand verloren, Madame.« Er hatte Mühe, die Worte hervorzubringen.

»Gar nicht, Monsieur.« Sie griff danach und warf es achtlos zu dem Mantel auf den Stuhl. »Ich weiß doch, wo es ist.«

»Und wisst Ihr auch, was Ihr tut?« Das hoffte er sehr, denn er hatte keine Ahnung, was sie vorhatte.

»Ach, ich denke, schon. Wisst Ihr, Monsieur … Etienne …«

Etienne? Seit wann nannte sie ihn Etienne?

»Ich habe seit gestern Abend sehr viel über meine Situation nachgedacht.« Sie bewegte sich auf den Kerzenständer zu, und das flackernde Licht umspielte ihren nackten Körper wie eine Hand aus Licht. Anmutig beugte sie sich vor und blies eine der Kerzen aus. »Und ich habe darüber nachgedacht, was Ihr zu mir gesagt habt.«

»Was ich zu Euch gesagt habe?« Warum war sein Mund auf einmal so trocken?

»Genau. Und zwar über alles, was Ihr zu mir gesagt habt.« Sie blies die zweite Kerze aus.

»Alles?« Warum zitterte seine Stimme?

»O ja. Darüber, was ich empfunden habe, als Ihr mich geküsst habt.« Sie löschte eine weitere Kerze. »Und über die Probe, auf die Ihr mich gestellt habt.« Sie sah ihn an. »Das war ungerecht.« Sie blies die nächste Kerze aus.

»Ja?« Sein Herz schlug wie wild in seiner Brust.

»Allerdings. Ich hatte so etwas nicht erwartet und war überhaupt nicht darauf vorbercitet.« Sic sah in scinc Richtung und leckte genüsslich an ihrem Daumen und dann an ihrem Zeigefinger.

»Nein?« Er konnte kaum mehr atmen, aber das war ihm egal.

»Nein. Doch jetzt, Monsieur«, sie löschte die letzte Kerze mit den angefeuchteten Fingern. Es zischte leise. Jeder Muskel in seinem Körper war zum Zerreißen gespannt. »Jetzt bin ich es.«

»Seid Ihr?« War er es?

»Stellt mich auf die Probe, Etienne.« Sie schnurrte die Worte förmlich. Gillian war nur mehr eine dunkle Silhouette am anderen Ende des Zimmers.

»Was wollt Ihr von mir, Madame?« Trotz seiner Worte setzte er sich langsam in Bewegung. Seine Beine schienen sich von selbst zu bewegen.

»Was ich von Euch will?« Sie lachte auf eine Art, die er bisher noch gar nicht an ihr kannte. Er spürte heißes Verlangen in sich auflodern. »Nun, was will wohl eine Frau von Etienne-Louis Toussaint, dem Meistermaler und Liebhaber *par excellence*?«

»Madame, ich ...« Er war nur noch einen einzigen Schritt von ihr entfernt. Er sollte die Sache beenden. Jetzt sofort, bevor es zu spät war.

»Ja?« Sie trat auf ihn zu und legte ihre Hände auf seine Brust. Dann glitten ihre Finger spielerisch über sein Hemd. Er stieß ein Keuchen aus und hielt ihre Hände fest in den seinen.

»Weshalb?«, fragte er gepresst.

»Weshalb?« Sie schmiegte ihren nackten Körper an ihn, und ihre Haut brannte sich durch den Stoff seiner Kleidung hindurch. Dann beugte sie sich vor und ließ ihre Zunge über seinen Hals fahren. »Früher dachte ich, ich könnte niemals einen Mann heiraten, den ich nicht liebe.« Ihre Stimme klang dunkel und berauschend. Sie machte ihre Hände frei und schlang ihre Arme um seinen Hals. »Außerdem dachte ich früher, ich könnte niemals mit einem Mann schlafen, den ich nicht liebe.«

»Und jetzt?«

»Jetzt?« Sie fuhr mit den Fingern durch sein Haar und zog seinen Kopf näher zu sich heran. »Das wird sich zeigen.«

»Ich ... wir müssen reden«, flüsterte er, wobei sein Mund beinahe ihre Lippen berührte.

»Müssen wir das?« Sie fuhr mit ihren Händen über seine Schultern, den Rücken hinunter, bis sie unter seinem Hemd verschwanden.

Mit einer ruckartigen Bewegung riss er sich das Hemd vom Leib und warf es zur Seite. Sofort war sie wieder in seinen Armen. »Es ist dringend ...« Es fiel ihm schwer, einen Satz oder auch nur einen Gedanken zu Ende zu bringen. »Ich muss Euch sagen ...«

»Geht es um Eure Geheimnisse, Etienne?« Ihre Hände schienen überall gleichzeitig zu sein. Sie ertasteten seinen Körper und arbeiteten sich immer und immer weiter nach unten vor.

Ihm wurde bewusst, dass es längst zu spät war. Er konnte ihr nicht widerstehen und wollte es auch nicht. Sie schob seine Hose über seine Hüften nach unten und befreite sein hartes Glied. Ihre Hände hielten ihn umfasst und streichelten ihn mit einer geradezu schockierenden Selbstsicherheit. Richard stöhnte auf.

Gillian zog ihn auf das Sofa. Die Hitze, die von ihrem Körper ausströmte, versengte seine nackte Haut und betäubte sein Gehirn, bis er nur mehr ihre leidenschaftlichen Berührungen und das wachsende Verlangen in sich spürte.

In diesem Augenblick war es ihm völlig gleichgültig, ob Gillian Toussaint oder Richard wollte, ob sie den Earl oder den Maler liebte. Sie war in seinem Blut, in seiner Seele. Er begehrte sie so sehr, dass es körperlich schmerzte. Er konnte nicht mehr unterscheiden, was richtig und was falsch war, was Ehre war und was Täuschung. Richard liebte Gillian, er begehrte sie, und es war ihm egal, wen sie wollte oder wen sie liebte.

Er und Toussaint waren ein und dieselbe Person. In ihm steckte genug von dem leichtlebigen Künstler und dem Mann, der er einmal gewesen war, um nun alle Gedanken an die Folgen seiner Handlung, an morgen von sich zu schieben. Jetzt gab es nur diesen einen Mann und die Frau, die er liebte.

Doch selbst als sein Körper mit ihrem verschmolz, und ihre Ekstase jegliche Vorsicht und Kontrolle mit sich riss, warnte ihn eine innere Stimme, dass ihm dies alles sehr bald nicht mehr so gleichgültig sein würde.

Er würde an nichts anderes mehr denken können.

Sie lagen still beieinander, eingehüllt in ein Gefühl der Zufriedenheit und Ruhe, das Richard früher nach dem Liebesakt niemals für möglich gehalten hätte. Vielleicht war jetzt der beste Augenblick, Gillian alles zu beichten, auch wenn es ihm auf einmal nicht mehr so dringend zu sein schien. Sie lag warm und geschmeidig neben ihm und war vermutlich empfänglich für die Wahrheit. Er fühlte sich unglaublich wohl und hatte das unlogische Gefühl, dass sie nun nichts mehr trennen könnte.

Gillian seufzte, drehte sich zu ihm und küsste ihn. »Ich habe noch nie zuvor einen Mann verführt.«

»Das ist mir aber nicht aufgefallen«, erwiderte er scherzhaft. Gerade noch hatte er daran gedacht, mit französischem Akzent zu sprechen. Er lachte leise vor sich hin. »Ihr habt es sehr gut gemeistert.«

»Danke.« Am Tonfall ihrer Stimme konnte er hören, dass sie lächelte. »Ich habe vorher geübt.«

Sie setzte sich auf und beugte sich nach vorn, um ihre Schuhe zu finden. Dann erhob sie sich vom Sofa. Er sah schemenhaft, wie sie im Dunkeln nach dem Stuhl suchte.

Sie fand ihn und zog ihr Kleid und ihren Mantel an. Ihm wurde bewusst, dass sie genau wusste, wo in dem dunklen Zimmer ihre Kleidung zu finden war. Sie musste darauf geachtet haben, als sie sich vorhin ausgezogen hatte. Er stützte sich auf den Ellbogen.

»Ihr geht schon?« Er hatte gehofft, dass Gillian bis zum Morgen bleiben würde, sodass die aufgehende Sonne ihr sein Gesicht zeigen und es ihm auf diese Weise erleichtern würde, sein Täuschungsmanöver einzugestehen. Er hatte schon immer die Verteidigung dem Angriff vorgezogen.

»Ja, mein Kutscher wartet unten.«

»Habt Ihr nicht gesagt, Ihr hättet ihn weggeschickt?«

»Das habe ich gesagt?«, erwiderte sie. »Was habe ich mir dabei nur gedacht?«

»Madame?«, fragte er gedehnt.

»Monsieur, der Abend war wirklich ganz hinreißend. Ich bin Euch sehr dankbar für die Rolle, die Ihr darin gespielt habt.« Ihr Tonfall war freundlich und höflich, als wollte sie sich bei ihm für nichts weiter als eine gelungene Spazierfahrt bedanken.

Sie ging auf die Tür zu und öffnete sie. Ihre Silhouette zeichnete sich vor dem trüben Licht des Treppenhauses ab. »Ach ja, damit Ihr Euch deswegen nicht die restliche Nacht herumquälen müsst, will ich es Euch sagen, bevor ich gehe.«

»Was wollt Ihr mir sagen?«

»Die Antwort auf Eure letzte Frage, Monsieur«, sie hielt kurz inne, »lautet nein.« Mit diesen Worten schloss sie die Tür hinter sich.

»Welche Frage?«, murmelte Richard und starrte ihr nach. Er konnte sich an keine wichtige Frage erinnern. Nachdenklich lehnte er sich zurück und sah zum Himmel auf. Heute Nacht schienen keine Sterne. Wolken bedeckten den Himmel. Zuvor war er ihnen dankbar gewesen, da sie ihm dabei geholfen hatten, sein Geheimnis vor Gillian zu bewahren, doch nun wirkten sie bedrohlich. Ein Omen?

Welche Frage? Er grübelte nach. Vermutlich war er viel zu sehr mit seinen eigenen Fragen beschäftigt gewesen, um darauf zu achten, ob sie vielleicht etwas Wichtiges …

Außerdem dachte ich früher, ich könnte niemals mit einem Mann schlafen, den ich nicht liebe.

Und jetzt?

Er fuhr in die Höhe.

Die Antwort auf Eure letzte Frage, Monsieur, lautet nein.

Nein? Was, zum Teufel, sollte das bedeuten?

Richard sprang auf und stieß sich im Dunkeln sein Knie an dem Stuhl an. Ein stechender Schmerz durchfuhr ihn. Er stieß einen Fluch aus, griff nach seiner Hose, zog sie an und kehrte zu seiner Staffelei zurück, die immer noch von einer einsamen Kerze beleuchtet wurde. Dort ließ er sich auf den Schemel vor Gillians Porträt sinken und starrte auf ihr Gesicht.

Sie erwiderte seinen Blick.

Nein?

Wenn sie mit keinem Mann schlafen konnte, den sie nicht liebte …

Seine Bauchmuskeln verkrampften sich.

Doch sie hatte mit Toussaint geschlafen. Sie hatte ihn sogar verführt, und zwar sehr eifrig.

Liebte sie demnach Toussaint? Hatte sein dummer Plan funktioniert? Viel zu gut funktioniert?

Das Gesicht auf dem Bild schenkte ihm ein herablassendes, zufriedenes Lächeln.

Was, zum Henker, sollte er jetzt tun? Gillian hatte sich in den falschen Mann verliebt, auch wenn er dieser Mann war. Er war sein eigener Rivale. Richard fuhr sich mit der Hand durchs Haar und versuchte einen klaren Gedanken zu fassen.

Sollte er einfach Toussaint aus dem Weg räumen? Bei dem Gedanken wurde ihm wohler. Er könnte den Schurken zurück nach Frankreich schicken, oder noch besser, umbringen. Vielleicht in einem Duell? Nein, auf keinen Fall, das wäre viel zu romantisch. Außerdem würde er Zeugen und einen Gegner auftreiben müssen.

Ein Duell würde zudem Anlass zu vielen Gerüchten geben, und das Letzte, was er brauchte, war die Aufmerksamkeit der Städter. Vielleicht ein Unfall? Er dachte fieberhaft nach … Es musste unbedingt glaubwürdig sein. Ein Unfall mit dem Wagen? Sollte er ertrinken? Das würde gehen. Seine Leiche würde niemals gefunden werden. Verdammt, er konnte Toussaint nicht umbringen. Gillian hätte dann zusätzlich zu ihrem toten Mann noch einen toten Geliebten zu beklagen, und Richard hatte nicht die Absicht, gegen die Erinnerung an einen weiteren Mann anzukämpfen. Selbst wenn er nie wirklich existiert hatte.

Natürlich konnte er sich täuschen, was ihre Gefühle anging. Nein. Seine Hoffnung sank. Er hätte von Anfang an wissen müssen, dass sie nicht die Art Frau war, die mit einem Mann das Bett teilte, den sie nicht liebte – ganz egal wie ihre ursprünglichen Absichten gewesen sein mochten. Genauso wenig war sie die Art Frau, die jemanden heiratete, den sie nicht liebte.

Er liebte sie, verdammt noch mal. Doch sie liebte einen anderen. Und sie würde ihn hassen, wenn sie die Wahrheit erfuhr. Sie würde ihm niemals glauben, dass er sie nicht nur getäuscht hatte, um an ihre Erbschaft zu gelangen. Und zu Beginn dieses verfluchten Durcheinanders war es ja auch so gewesen, wenn er ganz ehrlich war.

Mittlerweile war ihm ihre Erbschaft egal. Wenn er den Rest seines Lebens damit verbringen müsste, unter falschem Namen zu malen, das uralte Dach seines Anwesens zu reparieren und die Mitgift für seine Schwestern zusammenzukratzen, wäre es das wert, solange nur Gillian dieses Leben mit ihm teilte.

Er stieß einen tiefen Seufzer aus und sah dem Gesicht auf der Leinwand vor ihm in die Augen. Er liebte sie. Er hatte noch nie zuvor geliebt und würde es wahrscheinlich auch nie wieder tun. Doch wie um alles in der Welt sollte er eine Frau heiraten, die einen anderen liebte?

Er konnte es nicht tun. Weder sein Stolz noch sein Herz erlaubten ihm diesen Schritt. Alles war so einfach gewesen, bis auf einmal die Liebe mit ins Spiel gekommen war. Die verdammte Liebe.

Wieder einmal hatte sein Leben eine ironische Wendung genommen. Er, der niemals einen Gedanken an die Liebe verschwendet hatte, konnte nun über nichts anderes mehr nachdenken. Liebe war das Einzige, was er sich wünschte.

Und das Einzige, was ihm verwehrt blieb.

Neunzehntes Kapitel

Es war drei Tage her, dass Gillian Toussaint, oder besser gesagt Richard, verführt hatte, und sie hatte weder von dem einen noch von dem anderen etwas gehört. Eigentlich hatte sie erwartet, dass Richard am Tag danach wutentbrannt in ihr Haus stürmen würde, um sich über ihr skandalöses Verhalten zu beschweren. Sie hatte sich bereits darauf gefreut.

Am zweiten Tag hatte sie eher damit gerechnet, dass er bei ihr erscheinen und so tun würde, als wäre nichts geschehen. Auch diese Variante wäre sehr interessant gewesen. Mittlerweile fragte sie sich, ob das, was zwischen ihnen geschehen war, ihn derart verwirrt hatte, dass er nicht mehr im Stande war, etwas zu unternehmen. Das hoffte sie sehr.

Gillian lächelte zufrieden, während sie die Nachricht an ihrem Schreibtisch zu Ende schrieb. Er hatte seine Chance gehabt. Nun lag die Zukunft in ihren Händen. Schließlich hatte sie einen guten Grund, ihn zu sich zu bestellen. Sie versiegelte den Brief und schrieb eilig eine Adresse auf ein Stück Papier.

In der Eingangshalle erklang helles Gelächter. Ein Hund bellte, worauf eine empörte Stimme laut wurde. Jeden Moment würde Wilkins durch die Tür stürzen und voller Entrüstung erklären, dass er daran gewöhnt sei, einem ruhigen, gepflegten Haushalt vorzustehen. Ihr Haus war tatsächlich nicht für derart viele Gäste gedacht, und es machte den Anschein, als werde es bald aus allen Nähten platzen. Dennoch ging es Gillian ausgezeichnet, was man vom armen Wilkins nicht gerade sagen konnte.

Ihre Großmutter war an allem schuld. Obwohl die Herzoginwitwe immer behauptete, dass ihre Familienangehörigen ihr Leben auch ohne sie meisterten, hatte sie gelegentlich doch das starke Gefühl, sich ein wenig einmischen zu müssen.

Wie bestellt flog die Tür auf, und Wilkins marschierte ins Zimmer. »Mylady, ich muss wirklich darauf bestehen, dass Ihr etwas unternehmt, ansonsten sehe ich mich gezwungen, die Sache selbst in die Hand zu nehmen.«

Sie unterdrückte ein Grinsen. »Das kann warten, Wilkins. Vorerst benötige ich Eure Dienste, um diese Nachricht an Lord Shelbrooke bei seinem Anwalt abzugeben. Sie muss unbedingt gleich heute an den Lord weitergeleitet werden. Wenn möglich sofort, aber auf keinen Fall später als heute Mittag.«

Wilkins runzelte die Stirn. »Aber was ist mit ...«

»Ich kümmere mich darum.« Sie erhob sich und reichte dem Butler den Brief und die Notiz. »Ich habe die Adresse hier aufnotiert. Sagt dem Anwalt von Lord Shelbrooke, dass die Herzoginwitwe, nein, der Herzog von Roxborough ihm diesen Dienst nicht vergessen wird, falls die Nachricht so schnell wie möglich in die Hände des Adressaten gelangt.«

»Mylady!« Wilkins sah sie entgeistert an. »Euer Vater weiß nicht das Geringste von dieser Angelegenheit!«

»Nein, aber ich handle in seinem Sinne.« Sie ignorierte das ungute Gefühl, das in ihr aufstieg. Bisher hatte sie noch nie den Einfluss ihrer Familie geltend gemacht, aber schließlich war sie auch noch nie in einer derartigen Situation gewesen. »Ich bin mir sicher, dass er nichts dagegen hätte.« Sie deutete ungeduldig mit der Hand in Richtung Tür. »Also los, die Sache eilt.«

Wilkins gab ihr mit einem wunden Blick zu verstehen, dass er sich ausgenutzt fühlte. »Wie Ihr wünscht.« Er machte auf dem Absatz kehrt und stolzierte auf die Tür zu, wobei er kaum hörbar vor sich hin murmelte: »So ein

Unding. Ein Haus voller Frauen.« Er riss die Tür auf. »Verfluchter Hund«, murmelte er und schloss die Tür hinter sich.

Sie schüttelte lächelnd den Kopf. So schwer es ihm auch fallen würde: Wilkins würde akzeptieren müssen, dass sich ihr Leben für immer veränderte, wenn alles so lief, wie sie es sich erhoffte. Mit etwas Glück würde Richard in ein paar Stunden bei ihr sein. Doch zuvor hatte sie noch einiges zu erledigen.

Es war schon seltsam, wie fest sie davon überzeugt war, dass Richard sie liebte. Er hatte es nie gesagt, und vielleicht würde er das auch nie fertig bringen, doch tief in ihrem Herzen hegte sie nicht den geringsten Zweifel daran.

Gillian öffnete die oberste Schublade ihres Schreibtisches und nahm die Miniatur heraus, die er angefertigt hatte. Sie hätte es in dem Augenblick wissen müssen, als sie dieses so überaus persönliche Andenken das erste Mal in Händen gehalten hatte – auch wenn Richard selbst es damals vermutlich noch nicht geahnt hatte.

Es war nicht ihre Seele, die er in dem winzigen Bildnis eingefangen hatte, sondern seine eigene.

Richard griff nach dem Klopfer an Gillians Eingangstür und klopfte so sachte wie möglich. Dennoch hallte das Geräusch durch das ganze Haus – und seinen Kopf. Er zuckte zusammen, sein Gesicht war schmerzverzerrt. Er hatte sich diese Schmerzen redlich verdient, nachdem er in den letzten Tagen den Versuch unternommen hatte, jeden Tropfen Alkohol zu trinken, der in seine Reichweite kam.

Seit der Nacht mit Gillian in seinem Atelier waren drei lange Tage verstrichen. Er hatte schon vorher zu ihr gehen wollen, hatte jedoch nicht gewusst, was er sagen sollte, und war sich außerdem nicht sicher gewesen, ob er hören wollte, was sie ihm zu sagen hatte. Doch in ihrer heutigen Nachricht hatte sie regelrecht auf einem Treffen bestanden, und so konnte er das ohnehin unabwendbare Schicksal nicht weiter hinauszögern. Zweifellos wollte Gillian sich von ihm trennen, um für Toussaint frei zu sein.

Die Tür öffnete sich mit einem leisen Quietschen, das wahrscheinlich niemandem auffiel, ihm heute jedoch wie eine kalte, grausame Klinge durch den Kopf fuhr.

Wilkins stand im Türrahmen und betrachtete ihn missbilligend, als wäre Richard für alles Leid dieser Welt verantwortlich zu machen. »Guten Tag, Mylord.«

»Wilkins.« Richard nickte ihm zu.

Unwillig trat der Butler zur Seite, um Richard ins Haus treten zu lassen.

Das Licht in der Eingangshalle war nicht so grell wie die Nachmittagssonne, wofür Richard ausgesprochen dankbar war. Er blinzelte und konnte auf der Treppe eine bekannte Gestalt ausmachen, die in der einen Hand ein offenes Buch, in der anderen einen Apfel hielt.

Er schüttelte den Kopf, zuckte erneut schmerzerfüllt zusammen und starrte die Erscheinung unverhohlen an. »Marianne?«

»Oh, guten Tag, Richard«, erwiderte sie geistesabwesend. Marianne warf einen letzten Blick in das Buch, schlug es dann zu und blickte ihn an. »Wir haben uns schon gefragt, wann du wohl auftauchen würdest.«

»Wir?« Seine Stimme wurde lauter. Was ging hier vor?

»Mhm.« Sie schenkte ihm ein strahlendes Lächeln. »Becky und Jocelyn und Emma stecken irgendwo im Haus. Und natürlich Henry.«

»Henry?« Er konnte sich keinen Reim darauf machen. Vielleicht befand er sich im Delirium.

»Becky hat sich geweigert, ohne ihn zu kommen. Und Tante Louella konnte schließlich unmöglich Becky zurücklassen.«

»Tante Louella?« Er stöhnte. Musste diese Furie ihn selbst in seinen Träumen heimsuchen? »Was hat die denn hier zu suchen? Was macht ihr alle hier?«

»Das würde ich dir gern erklären«, sagte sie schulterzuckend, »aber ich kann es nicht.«

»Warum nicht?«

»Weil ich es selbst nicht weiß. Aber ich habe den Verdacht, dass etwas Aufregendes dahintersteckt.« Sie grinste und lief die Treppe hoch.

Er starrte ihr nach. Was war hier los?

Die Tür zum Salon wurde geöffnet. Gillian trat in die Eingangshalle. Sie hielt ein Glas mit Brandy in der Hand. Richard warf dem Glas einen schmachtenden Blick zu. »Richard, welch eine reizende Überraschung.« Sie strahlte. »Ich war mir nicht sicher, wann ich dich wieder sehen würde.«

Er sah sie misstrauisch an. »Du hast doch nach mir geschickt.«

Sie lachte amüsiert. »Das stimmt. Wie konnte ich das nur vergessen?«

»Du hast darauf bestanden, dass ich komme«, sagte er langsam. »In deiner Nachricht hast du geschrieben, dass es dringend sei.«

»Ja, das habe ich, nicht wahr?« Sie musterte ihn eingehend. »Du siehst schrecklich aus, Richard. Bist du krank?«

»So ähnlich«, murmelte er.

»Ich bin mir sicher, dass du dich schon bald besser fühlen wirst.« Sie reichte Richard das Brandyglas, nachdem sie daran genippt hatte. »Das hier wird dir helfen.«

»Es kann sicher nicht schaden.«

»Ausgezeichnet.« Ihre Augen funkelten herausfordernd. »Es gibt da etwas, das wir unbedingt besprechen müssen.«

Mit einem Mal war Richard elend zumute. »Selbstverständlich.«

»Aber zuerst einmal: Du hast Besuch.« Sie winkte ihn in den Salon. »Sie kamen hierher, weil sie nicht wussten, wo sie dich finden sollten. Es ist schon eigenartig, aber bisher war mir noch gar nicht aufgefallen, dass auch ich nicht weiß, wo du zu erreichen bist. Das sollten wir vermutlich ebenfalls besprechen, auch wenn ich vermute, dass es mittlerweile nicht mehr so wichtig ist. Außerdem gibt es kaum etwas Aufregenderes als einen Mann mit Geheimnissen.« Er ging an ihr vorbei in den Salon. Sie lächelte ihn unschuldig an. »Meinst du nicht auch?« Zu unschuldig.

»Guten Tag, Richard.« Der strenge Tonfall seiner Tante griff seine ohnehin geplagten Nerven an. Sie saß auf dem Sofa und sah ihn ungefähr so vorwurfsvoll an wie Gillians Butler vor wenigen Minuten.

»Tante Louella.« Er nickte ihr zum Gruß zu, ließ dann aber jeglichen Schein höflichen Benehmens fahren. Im Augenblick hatte er einfach nicht die Geduld, sich dieser Verschwörung zu stellen, an der offensichtlich sämtliche Frauen aus seinem Leben beteiligt waren. »Was machst du in London? Und weshalb sind meine Schwestern hier?«

»Es ist wie immer ein Vergnügen, dich zu sehen, Richard.« Sie sah ihn wütend an, und kurz war Richard versucht, ihrem Blick standzuhalten. Doch er war nicht in der Stimmung, sie auf diese Weise herauszufordern. Bei seiner momentanen Verfassung wäre es nur allzu wahrscheinlich, dass sie gewinnen würde; er würde als Erster den Blick abwenden, und sie würde es ihm – wie so vieles andere – für den Rest seines Lebens vorhalten.

Er trank den Brandy in einem Zug aus, wobei er feststellte, dass um einiges mehr im Glas gewesen wäre, wenn Gillian nicht die ärgerliche Angewohnheit besäße, seine Getränke mit ihm zu teilen. Dennoch hatte sie Recht: Der Drink half. Richard stellte das Glas auf einem Tisch ab und zwang sich zu einem Lächeln.

»Verzeih, dass ich so ganz ohne Umschweife frage. In letzter Zeit fühle ich mich nicht ganz auf der Höhe, und dich und Marianne hier anzutreffen hat mich doch sehr überrascht.« Er trat auf sie zu und küsste sie leicht auf die Wange. »Es ist jedoch wie stets eine Freude, dich zu sehen.«

Sie schnaubte verächtlich. »Mach mir doch nichts vor, Junge. Ich weiß, dass es dir am liebsten wäre, wir würden weiterhin auf dem Land versauern. Nun, es ist mittlerweile einige Jahre her, seitdem ich das letzte Mal in London war, und da wir nun einmal hier sind, werden wir auch eine ganze Weile bleiben. Aber setz dich bitte. Ich kann es nicht ausstehen, wenn du mich dermaßen überragst.«

Richard fühlte sich erleichtert. Er ließ sich auf das andere Ende des Sofas fallen und schüttelte in gespieltem Bedauern den Kopf. »O je, das dürfte schwierig werden. Es tut mir unendlich Leid, aber ich hause hier in einer armseligen Bleibe, in der ihr unmöglich …«

»Sie sind herzlich eingeladen, so lange sie möchten bei mir zu wohnen«, erklang Gillians Stimme irgendwo hinter ihm. Er hatte gar nicht damit gerechnet, dass sie noch immer im Salon war. Doch als er sich nach ihr umdrehte, sah er, wie sie mit dem Rücken an der geschlossenen Salontür lehnte. Missmutig registrierte er, dass sie ihn strahlend anlächelte.

»Ausgezeichnet.« Er versuchte, ihr ein Lächeln zu schenken, was ihm jedoch nicht gelang, und wandte sich dann wieder seiner Tante zu. »Verzeih bitte, dass ich *noch einmal* frage, aber weshalb seid ihr überhaupt hier?«

»Meine Idee war es nicht.« Louella griff nach einer großen Stofftasche, die neben ihr auf dem Sofa lag, und kramte darin herum. »Wo ist es nur?« Sie zog ein zerknittertes Blatt Pergamentpapier aus der Tasche und wedelte ihm damit vor der Nase herum. »Deshalb sind wir hier.«

»Was ist das?« Was konnte so wichtig sein, dass seine gesamte Familie nach London reiste?

»Eine Bitte, auch wenn sie im Grunde genommen mehr wie ein Befehl wirkt«, murmelte sie.

»Ein Befehl?«

»Genau.« Sie reckte den Hals, um an ihm vorbeizusehen, und warf Gillian einen misstrauischen Blick zu. »Von der Herzoginwitwe von Roxborough.«

Richard sah Gillian über die Schulter hinweg an. »Von deiner Großmutter?«

»Anscheinend«, antwortete sie leichthin. Er hatte es ganz ohne Zweifel mit einer Verschwörung zu tun. Wer dabei welche Rolle spielte, war zwar noch unklar, aber Richard war sich ganz sicher, dass die Frauen etwas im Schilde führten.

»Wie ich schon sagte«, erschallte Louellas Stimme durch das Zimmer, und Richard wandte seine Aufmerksamkeit wieder seiner Tante zu, »erhielt ich diesen Brief von der Herzoginwitwe. Sie schreibt darin, dass es gewisse Dinge in der Geschichte deiner Familie gibt, über die du in Kenntnis gesetzt werden solltest.«

»Was für Dinge?«

»Soll ich mich lieber zurückziehen?«, fragte Gillian.

»Nein.« Wenn Gillians Großmutter der Ansicht war, dass es Dinge gab, die er wissen sollte, traf das wahrscheinlich ebenso auf Gillian zu. Richard musterte seine Tante. »Sprich weiter.«

»Anscheinend kannte die Herzoginwitwe deine Großmutter und meinte, du solltest erfahren, dass dein Vater …«

»Ich weiß bereits alles, was ich wissen muss«, sagte er kalt und erhob sich. »Wenn es lediglich darum geht …«

»Setz dich, Junge«, fuhr Louella ihn an. »Du weißt überhaupt nichts.«

»Nun gut.« Unwillig ließ er sich auf das Sofa zurücksinken und versuchte vergeblich, den Sarkasmus aus seiner Stimme herauszuhalten. »Was genau meint die Herzoginwitwe, sollte ich wissen?«

Louellas Stimme klang vorwurfsvoll. »In ihrem Brief schreibt sie, dass man dich über die Schwester deines Vaters aufklären sollte.«

»Die Schwester meines Vaters?« Richard runzelte die Stirn. »Was für eine Schwester?«

»Ich wusste nicht, dass du noch nie von ihr gehört hast. Andererseits ist es auch nicht sehr verwunderlich. Man sprach im Grunde nie über sie.« Louellas Tonfall wurde ein wenig sanfter. »Ich hatte ja keine Ahnung, dass du überhaupt nichts von der Sache weißt.«

»Von welcher Sache denn?«, verlangte er ungeduldig zu wissen.

Sie hielt kurz inne, wie um ihre Gedanken zu ordnen, und holte dann tief Luft. »Zu ihrer Zeit war es ein ziemlicher Skandal, obwohl das Ganze schon bald niemanden mehr interessiert hat, wie das eben so ist mit Skandalgeschichten. Sie war … also, sie …«

»Was?«

»Sie malte.« Louella seufzte gequält. »Nicht diese netten, bedeutungslosen Bildchen, die wohl erzogene junge Damen malen sollen, sondern die Art Bilder, die in Museen und Galerien hängen. Ich weiß, dass das lächerlich klingt, und kenne deine Meinung über malende Frauen, seitdem Emma mit dir darüber gesprochen hat. Es ist ohne Zweifel das Blut ihrer Tante.« Sie schnaubte verächtlich. »Ich stimme dir in dieser Hinsicht voll und ganz zu: Mit einer Frau, die versucht, sich alleine zu ernähren, ohne die Hilfe eines Ehemannes, und die in einer Welt bestehen will, die nichts übrig hat für derartige Frauen, noch dazu für Künstlerinnen, kann es kein gutes Ende nehmen.«

»Was ist mit ihr geschehen?« Gillian klang auf einmal seltsam angespannt.

Richard starrte seiner Tante ins Gesicht. Jeder Muskel in seinem Körper war zum Zerreißen gespannt. Er wusste nicht, weshalb, aber ihm war klar, dass es hier um etwas Wichtiges ging. »Sprich weiter.«

»Deine Mutter hat mir das alles erzählt, ich selbst habe die Schwester deines Vaters nie kennen gelernt.« Louella hielt inne. »Ich weiß nicht viel mehr als Folgendes. Sie lief davon. Soweit ich weiß, lebte sie eine Zeit lang mit einem Franzosen zusammen und malte, ganz so, wie sie es wollte. Es sollte jedoch nicht lange dauern, bis sie krank wurde und schießlich starb. Bis zu diesem Zeitpunkt hatte man sie, nun ja, längst vergessen. Doch wie ich schon erwähnt habe, war es anfangs ein ziemlicher Skandal. Dein Großvater hatte sie verstoßen. Was deinen Vater anbelangt …« Sie zuckte die Achseln. »Nun, er war kein besonders starker Mann.«

Richard lachte bitter. »Das weiß ich nur zu gut.«

Louella sah ihn lange schweigend an. »Aber du bist stark.«

»Ach ja?«

»Dein Vater liebte seine Schwester, doch er tat nichts, um ihr zu helfen. Ich glaube, er ergriff sogar Partei für deinen Großvater. Er liebte auch deine Mutter, konnte jedoch ihren Tod nicht verhindern. Und ein Leben ohne sie ertrug er nicht.«

»Und was war mit seinen Kindern?«, wollte er verbittert wissen. »Liebte er seine Kinder etwa auch?«

»Ich weiß es nicht.« Das erste Mal in seinem Leben sah Richard so etwas wie Mitleid in den Augen seiner Tante.

»Das spielt jetzt sowieso keine Rolle mehr, vermute ich«, murmelte er.

»Richard.« Louella beugte sich vor und legte ihre Hand auf die seine. »Dein Vater war schwach, und ich kann sein Verhalten nach dem Tod seiner Frau nicht gutheißen. Es ist vielleicht verständlich, aber das ist keine Entschuldigung. Was seinen Sohn betrifft«, sie sah ihm in die Augen, »so habe ich ihn die Jahre hindurch nicht gerecht behandelt. Selbst als du begonnen hast, dich deiner Familie und ihrer schwierigen Situation anzunehmen, habe ich immer befürchtet, dass du genau wie dein Vater enden würdest. Ich gebe gern zu, dass ich Unrecht hatte.«

»Du? Du gibst zu, dass du Unrecht hattest?« Er zog eine Braue hoch. »Ich war mir immer ganz sicher, dass die Welt untergehen müsste, bevor derartige Worte deine Lippen verlassen würden.«

»Wer weiß, mein Junge«, sagte sie schelmisch, »vielleicht ist dem auch so.«

»Verzeihung.« Gillian trat auf sie zu, und Richard erhob sich vom Sofa. »Ich verstehe nicht so ganz, weshalb meine Großmutter wollte, dass Richard das alles erfährt. Es ist eine längst vergessene Familientragödie. Warum sollte man jetzt daran rühren?«

Louella runzelte verärgert die Stirn. »Das weiß ich auch nicht, mein Kind. Es macht überhaupt keinen Sinn. Die Herzoginwitwe ist allerdings auch nicht mehr die Jüngste, oder? Vielleicht ist sie einfach ein bisschen verwirrt.«

»Ist sie nicht«, empörte sich Gillian.

»Nein? Wie ist dann das hier zu erklären?« Sie deutete

auf den Brief. »Hier heißt es, dass Richard wissen sollte, dass das wahre Erbe des Earl of Shelbrooke, also *sein* wahres Erbe, nicht von einem Mann stammt, sondern von einer Frau. Was auch immer das bedeuten mag.«

Richard warf Gillian einen Blick zu. »Ich nehme an, dass die Herzoginwitwe von deinem absurden Vorhaben weiß.«

Gillian lächelte süffisant. »Anscheinend.«

»Jetzt reicht es mir aber.« Louella erhob sich. »Sofern sich die Dinge nicht sehr geändert haben sollten, ist nun die Tageszeit, zu der jeder, der etwas auf sich hält, im Park spazieren fährt. Und genau das werde ich jetzt tun.«

»Einen Augenblick noch.« Gillian durchquerte das Zimmer. Jetzt erst fiel Richard auf, dass vor den Fenstern drei Staffeleien mit je einem Gemälde aufgereiht waren. Es waren verschiedene Landschaftsbilder. »Ich hatte keine Ahnung, was deine Tante dir zu sagen hatte, Richard. Diese Bilder hatte ich ursprünglich hier aufgestellt, um dir etwas ganz anderes zu demonstrieren.« Gillian deutete auf die Gemälde. »Zwei davon habe ich vor einigen Jahren gekauft. Oben habe ich noch zwei. Sie wurden angeblich von einer Adeligen gemalt, die verstorben ist.« Sie sah Richard an. »Sie starb allein und in ärmlichen Verhältnissen.«

Louella blickte zwischen Gillian und Richard hin und her.

»In der rechten unteren Ecke sind ihre Initialen, doch ich konnte sie nie entziffern. Lady Louella, vielleicht …«

»Ich habe ihre Bilder nie zu Gesicht bekommen. Wahrscheinlich würde ich sie nicht einmal erkennen, wenn ich sie gesehen hätte. Von solchen Dingen verstehe ich nun einmal nichts, sie interessieren mich nicht.« Sie ging auf eines der Gemälde zu und betrachtete die rechte untere Ecke. »Das könnte ein *C* sein und das ein *S*, mit Sicherheit kann ich es allerdings nicht sagen.« Sie richtete sich wieder auf. »Ist das alles?«

Gillian starrte Richard an. »Es sind die Bilder deiner Tante. Du weißt, dass es so ist.«

»Vielleicht«, sagte er leise. Es war sehr wahrscheinlich, dass dies tatsächlich die Werke einer Verwandten waren, von der er bis zum heutigen Tage nie etwas gehört hatte. Dass es vor vierzig Jahren eine weitere Frau gegeben haben sollte, die genau dasselbe Schicksal geteilt hatte, wäre ein zu großer Zufall gewesen. Die Nachricht von der Existenz seiner Tante erklärte einiges.

Richard kamen wieder die unzähligen Male in den Sinn, die sein Vater sich voller Wut über Kunst und Künstler, Pflichtbewusstsein und die Stellung jedes Einzelnen in der Welt ausgelassen hatte. Jede seiner Bemerkungen machte im Nachhinein Sinn.

Er trat vor das erste Bild, betrachtete es eine Weile und trat zum Nächsten. Die Geräusche im Haus – fernes Stimmengewirr und Türen, die geöffnet und geschlossen wurden – nahm er kaum mehr wahr. Er merkte nicht einmal, wie seine Tante das Zimmer verließ.

»Sie sind wunderbar«, sagte Gillian neben ihm.

»Ja, das sind sie.«

»Es ist jammerschade, dass ein solches Talent der Welt verloren ging, nur weil die nötige finanzielle Unterstützung fehlte.«

»Das stimmt wohl.« Er trat vor das letzte Gemälde und hielt inne. Obwohl die ersten beiden Bilder verschiedene Motive darstellten, war doch der Stil der Malerin unverwechselbar. Dieses letzte Werk hingegen stammte nicht aus derselben Hand. »Wer hat das hier gemalt?«

»Wer?«, rief Gillian vom anderen Ende des Zimmers zu ihm herüber. Hatte sie nicht eben noch neben ihm gestanden? Er drehte sich nach ihr um. Gillian stand bei der halb geöffneten Tür und sprach leise mit jemandem in der Eingangshalle. Anscheinend ging es bei der Verschwörung nicht nur um die Dinge, die Louella ihm eröffnet hatte.

Resigniert wandte er sich wieder dem dritten Bild zu. Vielleicht sollte er sich den Frauen einfach fügen und der Dinge harren, die da noch kommen sollten. Zumindest würde das sein Gespräch mit Gillian hinauszögern.

Er betrachete das letzte Gemälde eingehend. Es handelte sich ebenfalls um eine Landschaft. Das Bild war geschickt ausgeführt, mit einem Gespür für die richtigen Proportionen und das Wechselspiel von Licht und Schatten. Dennoch erschien ihm dieses Bild im Vergleich zu den anderen weniger raffiniert zu sein. Der Pinselstrich dieses Künstlers war weniger selbstsicher, sein Talent nicht so weit entwickelt. Wahrscheinlich musste es *ihr* Talent heißen. Es war offensichtlich, dass Gillian ihm – im Einvernehmen mit seiner Familie – etwas beweisen wollte. Obwohl er es nicht gern zugab, musste er sich doch eingestehen, dass das Bild von beachtlichem Talent zeugte.

»Also, Gillian, welche verarmte Frau hat das hier gemalt?«

»Ich fürchte, das war ich«, erklang Emmas Stimme hinter ihm.

Richard seufzte. Er war nicht wirklich überrascht. Schließlich hatte er selbst trotz der Einwände seines Vaters die Malerei nie aufgegeben. Richard und seine Schwester waren nicht nur beide künstlerisch veranlagt, sondern auch unglaublich stur.

»Gefällt es dir?« Sie trat neben ihn.

Er nickte bedächtig. »Ja.«

»Wirklich?« Emmas Miene hellte sich auf, und sein Herz verkrampfte sich. Emma in der Ausübung ihres Talents einzuschränken, um sie zu schützen, war nicht nur falsch, sondern auch vergeblich gewesen. Das hätte er eigentlich die ganze Zeit über wissen müssen.

»Es ist verbesserungsfähig.« Er zeigte auf eine Stelle, an der Bäume und Horizont ineinander übergingen. »Wenn du hier die Schatten noch mit ein paar Pinselstrichen akzentuieren würdest und …«

»Richard, du überraschst mich immer wieder mit deinem Wissen«, ließ sich Gillian vernehmen. »Man könnte fast meinen, Emma wäre nicht die einzige Künstlerin in der Familie.«

»Oh, aber ich habe doch gesagt, dass Richard früher auch gemalt hat«, warf Emma ein.

»Hast du das?« Richard starrte Gillian an. Sie wusste, dass er früher gemalt hatte? Weshalb hatte sie ihm gegenüber nie etwas erwähnt?

Gillian zuckte die Schultern. »Das muss mir entfallen sein.«

»Wie so vieles heute«, sagte er mehr zu sich als zu ihr.

Gillian setzte das strahlende Lächeln auf, das ihm immer weniger gefiel. »Da du nun Emmas Werk und ihre offensichtliche Begabung gesehen hast, wie auch die Bilder deiner Tante …«

»Das wissen wir nicht.« Noch während er die Worte aussprach, wusste er, dass sie nicht stimmten.

»Tante Louella malt?« Emma sah verwirrt aus.

»Wohl kaum«, erwiderte er spöttisch.

»Später«, sagte Gillian zu Emma, bevor sie sich wieder an Richard wandte. »Jedenfalls könntest jetzt selbst du die Wahrheit eingestehen.«

Ihm stockte der Atem. »Welche Wahrheit?«

»Dass du Unrecht hattest, was Frauen und wahre Kunst angeht …«

»Ich ziehe mich besser zurück«, murmelte Emma.

Richard atmete erleichtert durch. »Ich werde nichts

dergleichen eingestehen. Ich gebe gern zu, dass du es geschafft hast, mir die Bilder zweier außergewöhnlich begabter Frauen zu zeigen, mehr aber nicht. Das ändert gar nichts.«

»Was meinst du damit – es ändert gar nichts?« Sie runzelte verärgert die Stirn. »Es ändert alles.«

»Diese Diskussion sollte besser ohne mich stattfinden«, erklärte Emma und zog sich in Richtung Tür zurück.

»Nein, gar nicht.« Er warf Gillian einen wütenden Blick zu. »Frauen gehören nicht hinter eine Staffelei, egal wie talentiert sie sein mögen. Das Leben eines Malers ist nicht leicht. Es ist kein Leben für eine Frau und schon gar nicht für meine Schwester. Ich werde es auf keinen Fall gutheißen oder erlauben!«

»Genauso wenig wie dein Vater es bei seiner Schwester gutgeheißen oder erlaubt hat!«, erwiderte Gillian gereizt.

Emma verschlug es den Atem.

Gillian holte tief Luft. Ihre Augen waren vor Schreck geweitet, als könnte sie selbst nicht glauben, dass sie etwas Derartiges gesagt hatte.

Die Worte hingen zwischen ihnen in der Luft. Gillians Anschuldigung hatte ihn wie ein Hieb getroffen. Er schluckte.

»Richard«, sagte sie und trat einen Schritt auf ihn zu. »So habe ich das nicht gemeint …«

»Nein.« Er hielt abwehrend eine Hand hoch und holte unsicher Atem. »Du hast natürlich Recht. Das war ohne Zweifel genau das, was auch mein Vater gesagt hätte. Vielleicht steckt doch ein großer Teil von ihm in mir.«

»Vielleicht ist das gar nicht so schlecht«, sagte Gillian sanft und legte eine Hand auf seinen Arm. »Einmal hat jemand zu mir gesagt, dass ein Mann, der zu gut ist, nun ja … unglaublich langweilig sein kann.« Sie lächelte ihm belustigt zu. »Meinst du nicht auch?«

»Worauf willst du hinaus, Gillian?« Er sah ihr in die Augen.

»Ich fürchte, ich komme ungelegen …«

Richard verdrehte die Augen und sah zur Tür. Cummings hatte sich soeben zu ihnen gesellt. Wer, zum Teufel, würde wohl als Nächstes durch diese verfluchte Tür spazieren? Cummings trat zu Emma, und die beiden tauschten einen Blick, der für Richards Geschmack viel zu innig war.

Er knirschte mit den Zähnen. »Wie scharfsinnig von Euch.«

»Du kommst vielleicht gerade recht«, sagte Gillian und überging den zornigen Blick, den Richard ihr zuwarf.

Emma flüsterte Cummings etwas ins Ohr. Er richtete sich auf und sah Richard herausfordernd an. »Ich möchte Eure Schwester heiraten, Mylord.«

»Und ich möchte ihn heiraten«, sagte Emma bestimmt.

»Und wenn ich es verbiete?« Richard verschränkte die Arme vor der Brust und starrte Cummings wütend an. Vielleicht war er nicht in der Lage, dem Blick seiner Tante standzuhalten, doch dieser Mann war etwas ganz anderes.

»Nun, du hast ihr bereits verboten zu malen«, sagte Gillian beiläufig.

Emma schenkte ihm ein unschuldiges Lächeln, und Richard fragte sich, ob sie Gillian dieses Lächeln beigebracht hatte oder umgekehrt.

Gillian lehnte sich vertraulich zu ihm herüber. »Kit weiß genau, dass es eigentlich nicht notwendig ist, um Emmas Hand anzuhalten, weil sie volljährig ist, aber er dachte, es sei eine nette Geste.«

»Ich kann ihn nicht ausstehen«, knurrte Richard.

»Er dich auch nicht …«

»Kein bisschen«, fügte Cummings strahlend hinzu.

»… aber anscheinend liebt Emma euch beide …«

Emma nickte bekräftigend. »Natürlich tue ich das.«

»… und du wolltest schließlich, dass sie eine gute Partie macht.«

»Ich will alles tun, was in meiner Macht steht, um sie glücklich zu machen, Mylord.« Cummings klang aufrichtig.

»Genug!« Richard hob beide Hände. »Macht doch, was ihr wollt! Heiratet! Malt! Lauft nackt durch die Straßen! Es ist mir alles gleich.«

»Richard.« Gillian runzelte die Stirn und schüttelte den Kopf, als wiese sie einen kleinen Jungen zurecht. »Muss das wirklich sein?«

Er widerstand der Versuchung, sich gänzlich wie ein Kind zu benehmen und ihr die Zunge herauszustrecken. Stattdessen warf er ihr einen trotzigen Blick zu, auf den jeder kleine Junge stolz gewesen wäre.

Emma grinste. »Danke Richard, das werden wir tun.«

»Was davon?«, fragte Cummings neugierig.

»Alles.« Emma lächelte Cummings liebevoll an und warf ihm einen Blick zu, der Richard gewahr werden ließ, dass die Verantwortung für seine älteste Schwester von nun an nicht mehr in seinen Händen lag. Ein seltsames Gefühl der Erleichterung, aber auch der Wehmut überkam ihn.

»Emma benötigt die Dienste, die ich Frauen wie ihr zur Verfügung stellen möchte, selbstverständlich nicht mehr. Doch sie hat sich dazu bereit erklärt, mit mir zusammenzuarbeiten. So genau weiß ich schließlich nicht, was für Räumlichkeiten und sonstige Dinge Malerinnen wirklich brauchen.«

»Das ist im Augenblick nicht so wichtig.« Richard holte tief Luft. Gillians Bemerkung bot ihm die ideale Gelegenheit, endlich zu sagen, was gesagt werden musste, ob es ihm nun gefiel oder nicht. Es war lange genug hinausgeschoben worden. »Du wirst nicht die finanziellen Mittel für ein derartiges Projekt zur Verfügung haben.« Er konnte keine Frau heiraten, die einen anderen liebte, gleichgültig, wer dieser andere Mann in Wirklichkeit war. »Du wirst nicht an deine Erbschaft kommen, indem du mich heiratest. Meine Entscheidung steht fest.«

Er hielt Gillians Blick stand und hoffte, dass sein gebrochenes Herz sich nicht in seinen Augen widerspiegelte. »Ich werde dich nicht heiraten.«

Zwanzigstes Kapitel

Seine Worte hallten im Zimmer nach.

»Nein?« Gillian sah ihn lange an. »Bist du dir sicher?«

Er ballte seine Hände zu Fäusten. »Ja.«

»Ganz sicher?«

»Ja«, sagte er düster.

»Gibt es nichts, was ich tun könnte, damit du deinen Entschluss änderst?«, fragte sie halbherzig. Warum war sie nicht ein wenig bestürzter?

»Nein.« Warum war sie überhaupt nicht bestürzt? Er war es.

»O je.« Gillian neigte den Kopf zur Seite und runzelte die Stirn.

»Jetzt sollten wir aber wirklich gehen.« Emma trat auf die Tür zu und zog Cummings hinter sich her.

»Warum denn?«, wollte Cummings grinsend wissen. »Das hier dürfte ziemlich interessant werden.«

»Eben drum.«

Emma riss die Tür auf, schob ihren protestierenden Begleiter nach draußen und schloss sie wieder hinter sich.

Gillian schüttelte den Kopf. »Nun, das war's dann also.« Sie zuckte mit den Schultern. »Wenigstens bleibt mir bis zu meinem Geburtstag noch ein wenig Zeit, einen passenden Ehemann zu finden.«

»Das ist alles?« Er starrte sie ungläubig an. »Mehr hast du nicht dazu zu sagen?«

»Ich werde eine neue Liste anlegen müssen«, sagte sie geistesabwesend. Auf einmal lächelte sie ihn strahlend an. »Oder hast du irgendwelche Vorschläge?«

»Ich? Du willst, dass ich dir dabei helfe, einen passenden Ehemann für dich zu finden?«

»Ich bin mir sicher, dass du das kannst. Du weißt doch

genau, wonach ich suche. Schließlich warst du selbst einmal an der Spitze meiner Liste.«

Er sah sie entsetzt an. Obwohl sie ihn als Toussaint liebte, hatte er gehofft, dass sie für ihn als Richard ebenfalls etwas empfände. War er ihr derart gleichgültig, dass sie ihn einfach so, ohne einen weiteren Kommentar, ablegen konnte?

»Ich kenne da einen Maler, der ein idealer Kandidat wäre«, sagte sie nachdenklich. »Du hast eines seiner Werke gesehen. Es handelt sich um Etienne-Louis Toussaint.«

»Das halte ich für ausgeschlossen«, erwiderte er bitter.

»Unsinn. Er würde ganz bestimmt in eine Heirat einwilligen, sobald er erfährt, was auf dem Spiel steht.«

»Du wirst Toussaint niemals heiraten.«

»Natürlich werde ich das. Ich sehe keinen vernünftigen Grund, weshalb das nicht gehen sollte.«

»Ich kann dir einen verraten.« Die Stunde der Wahrheit war gekommen.

»Das bezweifle ich. Außerdem gefällt mir die Idee, einen derart talentierten Mann zu heiraten.« Sie hielt inne. »Er ist natürlich äußerst arrogant und will mir sein Gesicht nicht zeigen, ja, und sein Akzent ist grauenhaft und ziemlich unglaubwürdig ...«

»Grauenhaft? Ich glaube kaum ...«

»Und unglaubwürdig«, fügte sie hinzu.

»Wie konnte ich das nur vergessen«, stieß er verächtlich hervor. »Was ist denn so ...«

»Genau. Dieser Mensch redet mit einem aufgesetzten Akzent, sicher um zu verheimlichen, dass er überhaupt kein Französisch spricht. *Est-ce que vous ne consentez pas?*«

»Hä?«

»Das habe ich mir gedacht. Aber wie schon gesagt, gefällt mir die Idee, einen Künstler zu heiraten, der eine große Zukunft vor sich hat – fast so sehr wie die Idee, einen Earl zu heiraten, der keinen einzigen Penny besitzt.«

»Dir gefällt die Idee, einen Earl zu heiraten, der keinen Penny besitzt«, wiederholte er langsam.

»Einen ganz bestimmten Earl, der keinen Penny besitzt.«

»Einen ganz …«

»Es ist zu dumm«, seufzte sie. »Scheinbar habe ich zwei Männer gefunden, die für denselben Zweck geeignet wären …«

»Gillian«, sagte er gedehnt.

»… die beide genau dieselben Gefühle in mir auslösen …«

»Gillian.« Worauf wollte sie hinaus?

»… und die sich in vielem so unglaublich ähnlich sind, zum Beispiel in der Art, wie sie küssen …«

»Was sagst du da?«

»… sodass man meinen könnte, es wären gar nicht zwei verschiedene Männer, sondern ein und derselbe.« Sie lächelte unschuldig.

»Ein und derselbe?« War es möglich? Wusste sie es?

»Das ist natürlich lächerlich.« Sie trat einen Schritt näher. »Wer würde auch nur im Traum daran denken, dass der vierzehnte Earl of Shelbrooke«, sie tippte ihm mit dem Zeigefinger auf die Brust, »Etienne-Louis Toussaint ist?«

»Ja, wer schon?«, sagte er leise.

»Würde dir so etwas einfallen, Richard?«

»Mir?« Er schluckte. Sie wusste es.

»Oder sollte ich besser Monsieur Toussaint sagen?«

»Toussaint?«, erwiderte er, als hätte er den Namen noch nie zuvor gehört.

»Etienne-Louis Toussaint.« Sie tippte ihm bei jedem einzelnen Wort gegen die Brust.

»Aua.« Er hielt ihre Hand fest. »Du tust mir weh.«

»Ach ja?« Sie grinste ihn an. »Und wem genau tue ich weh?«

Er blickte sie fragend an, und zum ersten Mal seit Tagen stieg ein Gefühl der Hoffnung in ihm auf. »Hat Thomas es dir verraten?«

»Thomas? Mein Bruder?« Sie runzelte verärgert die Stirn. »Er weiß Bescheid über dein Doppelleben?«

»Nun, ja.« Vielleicht konnte er Thomas die Schuld für alles geben. »Toussaint war hauptsächlich seine Erfindung.«

»Und weiß er auch, wie du seine Erfindung eingesetzt hast, um an dein Ziel zu gelangen?«

»Thomas weiß nichts über dich und Toussaint«, gab er unwillig zu. »Das war allein meine Idee.«

Sie zog eine Augenbraue in die Höhe.

»Am Anfang schien es mir ein ausgezeichneter Plan zu sein«, murmelte er.

»Warum erklärst du mir nicht zuerst einmal, was genau dieser Plan gewesen ist?«

»Der Plan?« Er versuchte angestrengt, seine Gedanken zu ordnen. Wie sollte er Gillian nur seinen ursprünglichen Plan erklären? »Es schien mir, also, ich dachte ...«

»Dass ich, wenn ich schon nicht das Bett des Earl of Shelbrooke wärmen wollte, vielleicht wenigstens auf die Annäherungsversuche von Etienne-Louis Toussaint eingehen würde?«

»So ähnlich.« Laut ausgesprochen klang es ziemlich lächerlich.

»Und ist dein Plan aufgegangen?«

»Nicht ganz«, erwiderte er kleinlaut. »Aber du warst einfach immer viel entspannter bei Toussaint, als wenn du mit mir zusammen warst.«

»Aber warum hast du das Spielchen aufrechterhalten,

als ich mich in deiner Gegenwart, wie du so schön sagst, schließlich *entspannte?*«

»Ich musste wissen, was du fühlst und denkst. Toussaint hast du dich schließlich anvertraut.«

»Im Nachhinein hätte ich das lieber nicht tun sollen.« Sie schüttelte den Kopf. »Und hast du etwas über meine Gefühle herausgefunden?«

»Das kann man wohl sagen«, gab er unwillig von sich. »Du liebst Toussaint.«

»Ach ja? Wie hast du denn das festgestellt?«

»Du hast es selbst gesagt.« Bei der Erinnerung verkrampfte sich sein Herz erneut. »Du sagtest, dass du niemals mit einem Mann schlafen könntest, den du nicht liebst.«

»Und?«, wollte sie wissen.

»Und du hast mit Toussaint geschlafen.« Er warf ihr einen verbitterten Blick zu. »Sehr gern sogar, wenn ich das einmal sagen darf.«

»In Wirklichkeit habe ich aber mit dir geschlafen.«

»Nun, ja«, gab er zögernd zu.

»Mit anderen Worten kommt es nun also darauf an, ab wann genau ich die Wahrheit wusste, oder?«

»Mag sein.« So ungern er es zugab, sie hatte Recht.

»Was, wenn ich dir nun sage, dass ich zu Toussaints, das heißt zu deinem Atelier ging, um den Jungen zu finden, der Toussaints und auch deine Briefe überbracht ...«

»Den Jungen? Verdammt, habe ich denselben Jungen geschickt?« Er schlug sich mit der Hand gegen die Stirn. Er hatte bisher überhaupt nicht daran gedacht, dass beide Männer denselben Boten benutzten. Welch ein dummer Fehler.

Er hatte es verdient, entlarvt zu werden.

»Und während ich dort war – ist dir eigentlich bewusst, dass du deine Türen nicht abschließt?«

Er stöhnte. »Darauf hat man mich bereits hingewiesen.«

Sie nickte. »Auf jeden Fall stieß ich auf ein begonnenes Werk, während ich auf den schwer fassbaren Künstler wartete. Ein Landschaftsgemälde, sehr hübsch und malerisch: eine Lichtung mit einem reizenden kleinen Tempel.«

»Einem Tempel?«

»Auf dessen Dach ausgerechnet ein Hut lag.« Sie hielt kurz inne. »Mein Hut.«

»Oh.« Er betrachtete sie einen langen Augenblick. Ein winziger Hoffnungsschimmer keimte in ihm auf. »Also in der Nacht, als …«

»Als ich Toussaint verführt habe? Als ich dich verführt habe?«

»Du wusstest es«, sagte er.

»Mhm.« Ein selbstzufriedenes Lächeln umspielte ihre Lippen.

»Aber du hast mir gegenüber nicht erwähnt, dass du es wusstest.«

»Wo wäre denn da der Spaß geblieben?«

»Du hast mich glauben lassen, dass du einen anderen Mann verführst, ja sogar liebst.« Er sah sie wütend an. »Wie konntest du mir das nur antun?«

»Und du hast mich glauben lassen, du seist ein anderer Mann.« Sie verschränkte die Arme vor der Brust. »Wie konntest du mir das antun?«

»Ich tat es, weil … weil ich …«

»Weil du meine Erbschaft wolltest? Mein Vermögen?«

»Vielleicht am Anfang, aber ich wollte außerdem, dass du mich begehrst. Mein Stolz war im Grunde genauso daran schuld wie meine Geldgier.«

»Und zum Schluss?« Sie sah ihm in die Augen. »Was war es zum Schluss?«

»Zum Schluss?« Er erwiderte ihren Blick und verlor sich in ihren strahlend blauen Augen. Die Gefühle, die er darin sah, waren genauso tief wie seine eigenen. »Zum Schluss war es Liebe, Gillian.«

Ein seltsamer Glanz erschien in Gillians Augen. »Liebst du mich, Richard?«

»Ja, verdammt noch mal. Ich liebe dich.« In dem wütenden Blick, den er ihr zuwarf, spiegelte sich die ganze Leidenschaft wider, die er bisher zurückgehalten hatte. »Und genau aus diesem Grund kann ich dich nicht heiraten.«

Sie runzelte verwirrt die Stirn. »Das macht doch überhaupt keinen Sinn.«

»Natürlich macht es Sinn.« Er fuhr sich mit der Hand durch die Haare und begann, im Zimmer auf und ab zu gehen. »Wie kann ich dich denn heiraten, wenn du einen anderen liebst?«

»Selbst wenn dieser andere du bist?«

»Und überhaupt, wenn ich dich jetzt, vor deinem Geburtstag, heirate, wie kannst du dir dann jemals sicher sein, dass ich dich wirklich liebe und dich nicht nur wegen deiner Erbschaft heirate?«

»Würdest du mich dann nach meinem Geburtstag heiraten?«, fragte sie langsam.

Er hielt inne und starrte sie an. »Nach deinem Geburtstag ist es doch zu spät.«

»Beantworte meine Frage«, erwiderte sie sanft.

Für eine Weile sagte keiner ein Wort.

»Lady Gillian.« Er sah ihr tief in die Augen. »Ich habe Euch nichts zu bieten außer meinem Namen, einem Anwesen, dessen Dach undicht ist, und meinem Talent, das ich vor der Öffentlichkeit geheim halten muss. Trotzdem werde ich den Rest meines Lebens versuchen, Euch glücklich zu machen, wenn Ihr mir die ungeheure Ehre erweisen wollt, am Tag nach Eurem Geburtstag meine Frau zu werden.«

»Nun gut«, sagte sie mit stockender Stimme. »Lord Shelbrooke, es wird mir eine Ehre sein, am Tag nach meinem Geburtstag Eure Frau zu werden.«

»Aber was ist mit deiner finanziellen Unabhängigkeit?«, wollte er zögernd wissen. Er hatte Angst, dass sie ihre Meinung noch ändern könnte, doch er musste es einfach wissen. »Was wird aus der Idee, Künstlerinnen wie Emma zu helfen?«

»Sie müssen eben ohne meine Hilfe auskommen. Ich … wir werden weiter Salons abhalten. Was meine Unabhängigkeit betrifft«, sagte sie mit einem Funkeln in den Augen, »so ist das ein geringer Preis, den ich dafür zu zahlen habe, dass ich die Gräfin von Shelbrooke werde.«

»Gering? Du bist bereit, auf sechshunderttausend Pfund, acht Schiffe und ganze Ländereien zu verzichten?«

»Die Ländereien sind ja doch nur in Amerika«, erwiderte sie abschätzig. »Vermutlich ist das alles sowieso nur Sumpfland, und zu Gesicht bekommen würde ich es ohnehin nie.«

»Du würdest das alles aufgeben? Für mich?«

»Ja.«

»Warum?«

»Warum?« Sie sah ihn mit großen Augen an. »Ich denke doch, dass ein Mann, der klug genug ist, sich eine Möglichkeit einfallen zu lassen, zwei Männer gleichzeitig zu sein, auch klug genug sein müsste, um sich diese Frage selbst zu beantworten.«

»Sag es.« Er trat auf sie zu.

»Warum?« Sie kam ihm entgegen.

Sein Herz klopfte ihm bis zum Hals. »Weil ich hören muss, wie du es sagst.«

»Ja?« Er konnte beinahe ihr Herz schlagen spüren.

»Ja.«

»Also gut: Egal ob reich oder arm, ich möchte mein Leben nicht ohne dich leben. Keinen einzigen Tag, ja keine einzige Minute mehr.« Auf einmal war sie in seinen Armen. »Weil ich dich liebe.«

Eine unglaubliche Freude stieg in ihm hoch. Sie küssten einander, und jeder Gedanke an Erbschaften oder Vermögen gehörte der Vergangenheit an. Für Richard gab es nur noch die Frau in seinen Armen – für immer.

Jemand klopfte an die Tür, die kurz darauf geöffnet wurde.

»Pardon«, sagte Jocelyn.

Richard stöhnte, löste sich von Gillians Lippen und blickte in die wunderschönen blauen Augen der Frau, die er liebte.

»Du bist dir darüber im Klaren, in was für eine Familie du da einheiratest?«

Gillian lachte ihn an. »Dafür wirst du dich mit den Effingtons herumschlagen müssen. Das ist ein gerechter Tausch.«

Jocelyn räusperte sich. »Ich habe zufällig etwas von eurem Gespräch mitbekommen.«

»Dann musst du wohl ebenso zufällig dein Ohr an die Tür gepresst haben«, meinte Richard, der Gillian nun eng an seine Seite gedrückt hielt.

»Darum geht es jetzt nicht.« Jocelyn trat ohne zu zögern in den Raum. »Ich, das heißt wir meinen …«

Gillian sah sie erstaunt an. »Lauscht ihr etwa alle an der Tür?«

»Selbstverständlich nicht«, erwiderte Jocelyn entrüstet. »Nur Becky und ich.«

»Hallo Richard«, erklang Beckys Stimme aus der Eingangshalle.

»Was wollt ihr?«, fragte Richard ärgerlich.

Jocelyn warf ihm einen bösen Blick zu. »Wie ich bereits sagte, meinen wir, dass du sie, wenn du sie liebst, und das tust du doch, nicht wahr?«

Richard verdrehte resigniert die Augen und nickte.

»Und wenn sie dich liebt …« Seine Schwester warf Gillian einen auffordernden Blick zu.

»Gehe ich recht in der Annahme, dass du jetzt von Richard als dem Earl of Shelbrooke sprichst und von niemandem sonst?«, fragte Gillian unschuldig.

Richard starrte vor sich hin.

Jocelyn runzelte verwirrt die Stirn. »Nun … ich meine eben *Richard*.«

»Aha.« Gillian lächelte. »Ja, ich liebe ihn.«

Jocelyns Miene hellte sich auf. »Ausgezeichnet. Wenn ihr einander also liebt, warum, um Himmels willen, wollt ihr euch dann das Vermögen durch die Lappen gehen lassen?«

»Ja, wirklich, warum eigentlich?« Gillian grinste.

»Reicht es nicht zu wissen, dass ihr beide dazu bereit wärt?«, fragte Jocelyn eifrig. »Ich sehe einfach nicht ein, weshalb wir – oder ihr – den Rest unseres Lebens, also eures Lebens, in Armut …«

»Wir haben nie in Armut gelebt«, murmelte Richard.

»Aber besonders viel Spaß hat es auch nicht gemacht«, erwiderte Gillian spitz.

»Wo es doch ein ziemlich großes Vermögen gibt, das ihr euch nur zu nehmen bräuchtet.«

»Um ehrlich zu sein, Jocelyn, sehe ich das ganz genau so.« Gillian legte ihren Kopf schief und betrachtete Richard. »Ich will dich, für den Rest meines Lebens, ganz egal wie du dich gerade nennst. Wenn ich gezwungen werde, mich zwischen dir und der Erbschaft zu entscheiden, verzichte ich von Herzen gern auf das Geld und helfe dir von nun an dabei, Nägel in das verflixte Dach deines Anwesens zu hämmern. Doch ich meine, dass es viel angenehmer wäre, zusammen zu sein und Bedienstete zu haben, die sich um derartige Dinge kümmern. Dann könnte ich auch talentierte Frauen wie Emma unterstützen, und wir hätten das Geld für eine anständige Mitgift für jede deiner Schwestern. Vielleicht haben sie ein bisschen Glück und finden Männer, die sich in Angelegenheiten wie dieser hier intelligenter verhalten als ihr Bruder.«

Jocelyn kicherte. »Gut gesagt, Gillian.«

»Du darst dich jetzt zurückziehen.« Richards Worte galten seiner Schwester, doch er sah dabei unverwandt Gillian an.

Jocelyn ging grinsend zur Tür zurück. Bevor sie das Zimmer verließ, wandte sie sich noch einmal zu Gillian um. »Wir finden das sehr romantisch, dass ihr beide bereit seid, alles für die Liebe aufzugeben. Wir hätten niemals gedacht, dass Richard, der ja immer so praktisch denkt, zu so etwas …«

»Raus mit dir!«, rief Richard.

»Würdest du wirklich alles aufgeben?«, fragte er leise.

»Das habe ich schon einmal gesagt. Ich heirate den ehrenwerten Earl of Shelbrooke, der keinen einzigen Penny besitzt, oder den viel versprechenden, aber ebenso mittellosen Etienne-Louis Toussaint. Alles, was ich will, ist die Frau von Richard Shelton zu werden, ob er nun wohlhabend ist oder nicht.«

»Warum?«

»Auch das habe ich schon einmal gesagt.«

»Dann sag es noch einmal.«

»Weil er der Mann ist, den ich liebe.«

»Ach ja?« Er zog sie in seine Arme und konnte es immer noch nicht fassen.

»Ja.« Sie blickte zu ihm auf. »So ist es.«

»Du weißt, dass das nichts ändert. Ich bin noch immer nicht sonderlich von deiner lächerlichen Idee begeistert, Malerinnen zu fördern.«

»Ich weiß aber auch, dass du versprochen hast, mich glücklich zu machen.« Sie lächelte ihn mit einem siegessicheren Blitzen in den Augen an.

»Das habe ich.« Er lachte vor sich hin. »Ihr seid eine niederträchtige Frau, Mylady.«

»Und Ihr, Mylord, seid ein noch viel niederträchtigerer Mann.«

Sie küsste ihn sanft. »Anscheinend passen wir perfekt zusammen.«

»Nun, ich war schließlich auch an der Spitze deiner Liste.« Er musterte sie einen Moment lang.

Wieder einmal kam ihm in den Sinn, welch ironische Wendungen sein Leben genommen hatte. Während er immer geglaubt hatte, dass in der Welt der Kunst kein Platz für Frauen wäre, war ihm sein eigenes künstlerisches Talent von einer Frau vererbt worden. Wegen des in Aussicht gestellten Vermögens war er auf Gillians Vorschlag eingegangen, doch nun spielte Geld in seinen Überlegungen keine Rolle mehr. Anfangs war sein Verhalten von seinem Stolz regiert worden, doch mittlerweile war alles, was zählte, die Liebe.

»Etwas verwirrt mich immer noch.«

»Ich mag es, wenn du verwirrt bist«, erwiderte Gillian mit einem Lachen.

»An dem Abend in meinem Atelier«, begann er langsam.

»Als du dachtest, ich hielte dich immer noch für Toussaint?«

»Ja, genau. Also, ich hätte nicht erwartet, das heißt, ich war etwas überrascht, dass ... also, was ich damit sagen will ...«

Sie hob eine Braue. »Du hättest nicht gedacht, dass ich eine derartige Verführungskünstlerin sein kann?«

»Ich hätte nicht gedacht, dass irgendjemand eine derartige Verführungskünstlerin sein kann«, sagte er beinahe ehrfürchtig.

»Demnach hat es dir gefallen?« Sie schlang die Arme um seinen Nacken.

»Ja«, erwiderte er eifrig nickend, »das könnte man wohl sagen.«

»Ich glaube aber, dass ich das noch besser könnte.« Ihr Mund näherte sich seinen Lippen. »Alles, was ich brauche, ist ein wenig Nachhilfeunterricht.«

»Nun, ich habe schließlich versprochen, dich glücklich zu machen.« Ihre Lippen trafen sich, und er wusste, dass dies erst der Beginn ihres gemeinsamen Glücks war, das nicht das Geringste mit sechshunderttausend Pfund, acht Schiffen und Ländereien in Amerika zu tun hatte. Sie hatten erfahren, dass ein Gefühl, das niemals Teil ihres Abkommens gewesen war, sich in Wahrheit als ein viel größerer Gewinn herausstellte als aller Reichtum. Richard sah voller Hoffnung und Zuversicht seinem zukünftigen Leben entgegen, das er an der Seite dieser Frau zu verbringen gedachte.

Im Augenblick aber freute er sich erst einmal auf den gemeinsamen Nachhilfeunterricht.

Epilog

Vier Monate später ...

»Ziemlich beeindruckend, meint Ihr nicht auch?« Lady Forester ließ ihren Blick durch den eleganten Ballsaal im neuen Heim des frisch vermählten Earl of Shelbrooke und seiner Gattin schweifen. »Und es sind so viele Leute gekommen.«

«Es ist eben der erste Ball, den sie geben. Jeder, der Rang und Namen hat, ist erschienen, selbst zu dieser Jahreszeit.« Die Dame neben ihr nickte. »Vorhin habe ich den Herzog und die Herzogin von Roxborough gesehen. Es sind sowieso unzählige Effingtons anwesend. Wie ich hörte, ist sogar die Herzoginwitwe hier, und Ihr wisst ja, dass sie sonst nie in die Stadt kommt.«

»Das hier ist schon etwas ganz anderes als Lady Shelbrookes Salons«, murmelte Lady Forester. Die Hausherrin gab ihre Salons zwar immer noch, doch nicht so häufig wie vor ihrer Heirat. Scheinbar wurde ihre Zeit zu sehr von der Gründung eines Heims für Künstlerinnen in Anspruch genommen. Lady Forester konnte das Verlangen, mittellosen Künstlern unter die Arme zu greifen, weiß Gott verstehen – aber Frauen? Wozu denn das? Wo blieb denn da das Vergnügen?

»Habt Ihr ihr Porträt gesehen?«, fragte ihr Gegenüber voll Bewunderung. »Dieser Franzose hat es gemalt. Tou ... irgendwas. Sie sieht darauf so ... so ...«

»Perfekt aus. Das ist zweifellos auch der Grund, weswegen die Nachfrage nach Toussaints Gemälden weiterhin so groß ist.« Das Porträt hing im Ballsaal und stellte das Prunkstück von Lady Shelbrookes kostspieliger Gemäldesammlung dar.

»Ich habe mir sagen lassen, dass es ein weiteres Bild gibt, das er von ihr gemalt hat, und das ausgesprochen skandalös sein soll.«

»Davon habe ich auch gehört«, flüsterte Lady Forester.

Ihre Gesprächspartnerin sah sie forschend an. »Habt Ihr bereits die Bekanntschaft des Künstlers gemacht?«

»Nein«, seufzte sie. »Und ich bezweifle, dass mir diese Ehre noch zuteil werden wird.« Neuerdings waren Gerüchte im Umlauf, dass Etienne-Louis Toussaint seinen berüchtigten Lebensstil aufgegeben habe, um einer einzigen Frau treu zu sein – und zwar ausgerechnet seiner eigenen Ehefrau. Es war zu schade. Sie hatte nie Gelegenheit gehabt, selbst herauszufinden, ob wirklich stimmte, was man sich über ihn erzählte, ja, ob dieser Mann seinem sagenhaften Ruf tatsächlich gerecht wurde.

Lady Forester ließ den Blick durch den erlesenen Raum mit den ebenso erlesenen Gästen wandern. Auf einem Balkon über dem bunten Treiben spielte eine Gruppe von Musikern. Eine ganze Brigade von Kellnern mit weißen Masken, Dreispitzen und den Umhängen venezianischer Dominos eilten dienstfertig durch die Menge. Lady Forester war sich nicht sicher, ob sie sich über diese offensichtliche Nachahmung ihrer Idee ärgern oder geschmeichelt fühlen sollte.

Da erblickte Lady Forester die Gräfin und betrachtete sie nachdenklich. Lady Shelbrooke lachte über eine Bemerkung ihres Gegenübers. Seit neuestem schien Lady Shelbrooke oft zu lachen oder zumindest sinnend vor sich hinzulächeln. Sie strahlte eine Zufriedenheit aus, die insgesamt, nun ja, zu echt war, um wirklich schicklich zu sein. Für einen Augenblick stieg in Lady Forester ein seltsames Gefühl hoch, das Eifersucht hätte sein können, wenn sie andere tatsächlich um etwas derart Banales wie Glück oder wahre Liebe beneidet hätte.

»Lady Shelbrooke sieht heute Abend ganz besonders reizend aus«, bemerkte die andere Frau. »Die Ehe scheint ihr zu bekommen.«

»Nicht wahr?«

Die Wangen der Gräfin waren leicht gerötet, und ihre Augen leuchteten mit einer Intensität, die nicht gespielt sein konnte. Sie wirkte beinahe so ätherisch wie das Porträt, das über ihren Köpfen an seinem Ehrenplatz hing.

»Wie erreicht man das nur, frage ich mich?«, sagte Lady Forester mehr zu sich selbst als zu jemand anderem.

»Wie? Aber meine liebe Lady Forester.« Der Earl of Shelbrooke trat an ihre Seite. Er hielt ein Glas Champagner in der Hand, von dem er gelegentlich nippte. Seine Worte waren zwar an Lady Forester gerichtet, doch sein Blick hing an seiner Gräfin. »Ich bin mir sicher, dass Lady Shelbrooke ihr Geheimnis gern mit Euch teilen wird. Ihr hattet doch schon immer etwas für Geheimnisse übrig, nicht wahr?«

»Das ist richtig.« Sie blickte lachend zu ihm auf. Es war nicht schwer nachzuvollziehen, wie dieser Mann das Herz der schönen Witwe hatte erobern können. Wieder stieg Neid in ihr auf. »Und kennt Ihr das Geheimnis, Mylord?«

Er trank nachdenklich von seinem Champagner. »Es ist eigentlich nichts weiter dabei. Zuerst muss man sich entscheiden, was genau man will. Dann bleibt nichts weiter zu tun, als einfach«, seine Mundwinkel verzogen sich zu einem Lächeln, »eine Liste anzufertigen. Zumindest war das im Fall meiner Frau so.«

»Eine Liste?«

»Ganz genau.« Sein Lächeln spiegelte deutlich wider, wie glücklich und verliebt er war. »Eine Liste.«